即便技艺多么出众，不辨人之五常，也必将堕入地狱。

——《地狱变》P039

读客三个圈经典文库

经典就读三个圈　导读解读样样全

图书在版编目（CIP）数据

地狱变 /（日）芥川龙之介著；徐建雄译 . —— 南京：
江苏凤凰文艺出版社，2022.7（2022.8 重印）
（三个圈经典文库）
ISBN 978-7-5594-6701-0

Ⅰ . ①地… Ⅱ . ①芥… ②徐… Ⅲ . ①短篇小说 - 小
说集 - 日本 - 现代 Ⅳ . ① I313.45

中国版本图书馆 CIP 数据核字 (2022) 第 047491 号

地狱变

［日］芥川龙之介　著　　徐建雄　译

责任编辑　　丁小卉

特约编辑　　车　童　　黄　婧　　李颖荷

装帧设计　　胡　艺　　吴浩演

责任印制　　刘　巍

出版发行　　江苏凤凰文艺出版社

　　　　　　南京市中央路 165 号，邮编：210009

网　　址　　http://www.jswenyi.com

印　　刷　　三河市兴博印务有限公司

开　　本　　880 毫米 ×1230 毫米　1/32

印　　张　　13.5

字　　数　　250 千字

版　　次　　2022 年 7 月第 1 版

印　　次　　2022 年 8 月第 2 次印刷

标准书号　　ISBN 978-7-5594-6701-0

定　　价　　59.90 元

江苏凤凰文艺版图书凡印刷、装订错误，可向出版社调换，联系电话：010-87681002。

日本平安时代，《地狱草纸》局部，云火雾地狱，东京国立博物馆馆藏[1]

---

1 在日本平安时代，作恶的人将在六道轮回中自食恶果的观念传开，以地狱为主题的绘画也越来越多。地狱被许多画家描绘得极其恐怖，以警示世人。——编者注

日本平安时代，《饿鬼草纸》局部，东京国立博物馆馆藏

日本江户时代，《地狱绘》局部，阿鼻地狱

日本江户时代，《地狱绘》局部，众合地狱

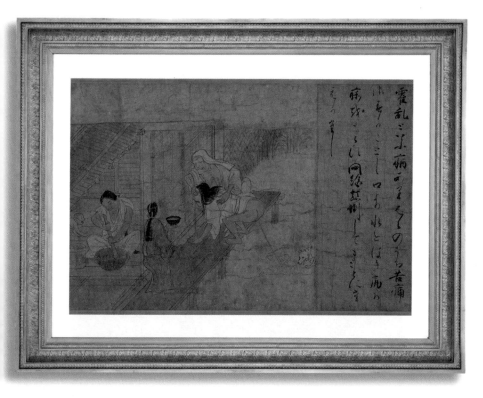

日本江户时代，《病草纸》局部，东京国立博物馆馆藏

日本江户时代，《一百三升芋地狱》局部，早稻田图书馆馆藏

目　录

地狱变　　　　　　　　　　001

邪宗门　　　　　　　　　　041

蜘蛛之丝　　　　　　　　　101

疑惑　　　　　　　　　　　107

猿蟹交战后传　　　　　　　127

魔笛与神犬
　　——献给郁子　　　　　133

女性　　　　　　　　　　　147

酒虫　　　　　　　　　　　153

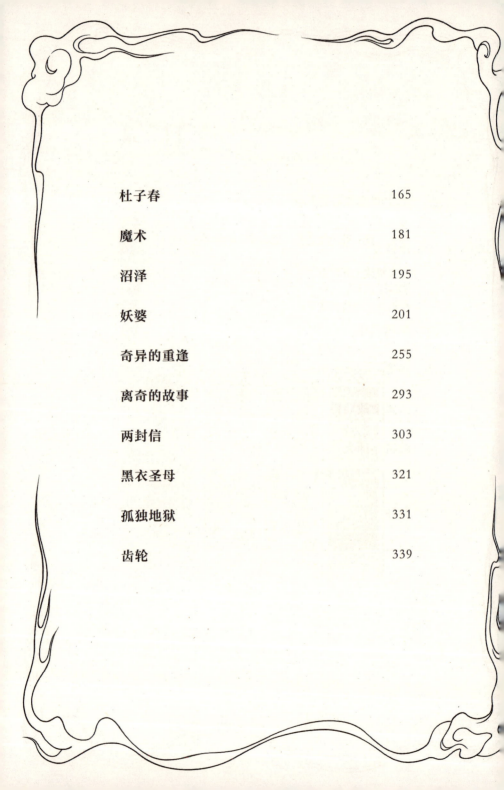

杜子春   165

魔术   181

沼泽   195

妖婆   201

奇异的重逢   255

离奇的故事   293

两封信   303

黑衣圣母   321

孤独地狱   331

齿轮   339

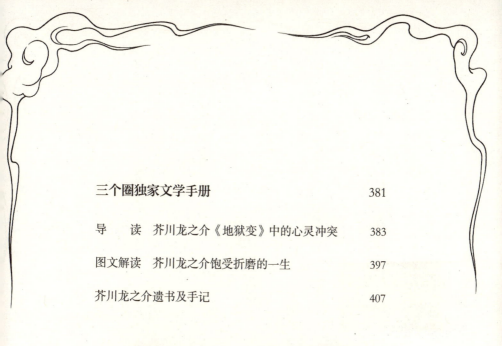

三个圈独家文学手册   381

导　　读　芥川龙之介《地狱变》中的心灵冲突   383

图文解读　芥川龙之介饱受折磨的一生   397

芥川龙之介遗书及手记   407

地狱变 [1]

---

1 该小说最初连载于《大阪每日新闻》1918年5月1日—22日（大正时代）。取材于日本古籍《宁治拾遗物语》卷三中的《绘佛师良秀喜欢火烧自家记》和《古今著闻集》卷十一中的《弘高的地狱屏风图》的故事。《地狱变》全称为《地狱变相图》，为著名佛教题材画像，反映身犯罪孽之人堕入地狱后，惨遭种种果报的景象。——译者注（若无特殊说明，本书注释均为译者注。）

话说堀川大人[1]这样的人物真个是绝无仅有的。在他之前自不必说，即便是在他之后，恐怕也不会再有第二个了。甚至有传闻说，他母亲在将要生下他的时候，曾梦见大威德明王[2]站在枕头旁。总之，大人天生就是与众不同的。正因如此，大人的所作所为，无一不出乎我等的意料。别的暂且不说，您只要去堀川瞻仰一下大人的府邸，啊，那是多么宏伟，多么壮丽，其气魄之大绝不是我等凡夫俗子所能想象的。当然了，世上也不乏口无遮拦、妄加评论之辈，竟将大人的秉性、做派比作秦始皇或隋炀帝，可这不正是谚语所说的"盲人摸象"吗？其实，大人绝不是只顾独自安享富贵之人。他思虑更多的是底下小民的温饱疾苦，是有着所谓"与天下共乐"的恢宏度量的。

1　堀川为由北往南流经日本京都的一条河流。古代有许多贵族、大臣居住在那一带，民间统称为"堀川大人"。本文中的"堀川大人"为虚构人物，用此称呼以示其身份尊贵而已。
2　佛教中五大明王之一。镇守西方，有大威德力，能断除一切魔障，摧伏一切毒龙。全身青黑色，呈愤怒形，六面六臂六足，坐于瑟瑟座上，背负火焰，手持戟、弓、索、剑、箭、棒等武器。

正因为大人是如此之人物，所以即便他遇到了二条大宫的"百鬼夜行"也全然无碍。再如，他那座位于东三条，因模仿陆奥[1]、盐灶[2]之风光而名声大噪的河原院里，据说之前融左大臣[3]的鬼魂夜夜都要出来游荡，后来肯定也是遭到了堀川大人的呵斥才销声匿迹的。大人的威势是如此之盛，也就难怪京城里不论男女老幼，只要一提起堀川大人来，全都肃然起敬，仿佛他就是神佛转世似的。有一次，大人进宫去赴梅花宴，回来路上，不料拉车的牛脱缰乱跑，撞伤了一个路过的老者。那老者非但不恼，竟还双手合十，口中念念有词，称能被堀川大人的牛撞上，实乃三生有幸。

唯其如此，堀川大人这一辈子留给后世的逸闻趣事也多如牛毛。诸如赴大飨宴[4]时得到的赏赐仅白马一宗就有三十匹啦，让自己宠爱的娈童充当长良桥[5]的桥柱啦，让一位继承了华佗之术的震旦僧人来割除他腿上的疱疮啦，等等，数不胜数。然而，在为数众多的逸闻之中，没有哪一桩比如今仍在其府上珍藏着的、画有《地狱变

1　日本古国名，相当于今天的青森、岩手、宫城、福岛各县全境和秋田县的一部分。

2　盐灶市。位于日本宫城县中部，濒临松岛湾，也是去著名旅游胜地松岛的观光基地。

3　指源融（822—895），日本平安时代前期的贵族。本为嵯峨天皇的皇子，后降为臣籍，受赐源姓，官至左大臣。擅长和歌，作品被选入《古今和歌集》。《伊势物语》中也记载其逸话。因在京都鸭川边模仿奥州盐灶的风景营造豪宅河原院，且生活奢靡，又被人称为河原左大臣。据说他还命人每天从大阪湾等处挑三十石海水来煮盐取乐。源融去世后，河原院成为宇多法皇的别墅。而他的鬼魂常会夜游此地，哀叹昔日之盛况不再，后被宇多法皇喝退。

4　日本平安时代，每年正月初七会在皇宫里举办"白马节会"。当时认为在这一天看到白马（也包括青马、棕色马）后能全年免灾（此风俗来自中国）。天皇在御览了众多白马后，便在皇宫中举行盛大宴会，之后将白马赏赐给出席宴会的公卿大臣。

5　即长柄桥。"长良"与"长柄"在日语读音相同。该桥位于日本大阪府大阪市东淀川区。据说当初因为施工难度大，曾用活人充当桥桩才得以建成。故有"人柱传说"。

相图》[1]的屏风之由来更可怕的了。就连平日里一向镇定自若的堀川大人，也在事发当场为之大惊失色，我们这些侍奉左右的下人就更别提了，可真所谓是吓得魂飞魄散啊。就拿我来说吧，侍奉大人已经二十来年了，也还从未遇见过如此恐怖的场景呢。

不过莫急，莫急，在讲这个故事之前，还得先说说描画此屏风的画师——良秀的事。

二

提起良秀，想必如今也仍有人记得他的吧。在当时，他可是个名噪一时的画师，就画技而言，那可真是无人能出其右的。发生那事的时候，他已年近五十大关了吧。倘若仅看外表，他也就是个身材矮小、瘦得皮包骨头、似乎还有些心术不正的小老头。他来堀川大人的府上时，总是穿着土黄色的狩衣[2]，戴着软乌帽，却又总让人觉得猥琐不堪。不仅如此，他还有一处怪相：也不知为什么，他的嘴唇竟是通红通红的，一点儿也不像个老人，看着怪瘆人的，会叫人联想起兽类。有人说，那是他老爱舔画笔，沾上了红颜料的缘故，可谁又知道是不是这么回事呢？更有些没口德的家伙，说良秀的行为举止活像一只猴子，于是就给他取了个"猴秀"的绰号。

1　变相是指为了传扬佛法而将佛经故事绘成图画。流行于古印度及中国的南北朝、隋、唐之际。《地狱变相图》即是描绘亡灵堕入地狱后惨遭种种酷刑的图画，旨在劝人行善抑恶。据说中国唐朝的吴道子曾在长安景云寺的白壁上作《地狱变相图》，屠夫、渔夫看后自悔每日杀生罪孽深重，竟然纷纷改行。
2　原为狩猎时的服装。平安时代成为公卿、武士的日常便服。现在是神官的服装。

说到"猴秀"，我倒又想起了这么个故事来。

良秀有个女儿，那会儿才十五岁，正在堀川大人的府上做小丫头。这可是个十分讨人喜欢的小姑娘，长得也跟她亲爹一点儿都不像。她天生乖巧，再加上兴许是母亲早逝的缘故吧，还十分善解人意。小小的年纪，做起事来比那些年长的还要周到妥帖。故而从夫人到各位内侍，都对她宠爱有加。

说来也巧，那会儿丹波国[1]献上来一只驯养好了的小猴子，于是正值爱淘气的年纪的小少爷就给它取名为"良秀"了。那猴子的模样本来就够逗的，再给取了这么个名字，府里上上下下还会有谁不觉得好笑呢？光是觉得好笑倒也罢了，大伙儿还一有机会就作弄它，每当它爬上院中的松树，或弄脏了小少爷房里的榻榻米时，就"良秀""良秀"地大呼小叫起来，肆意戏弄，乐此不疲。

却说有一天，上面说过的那个良秀的女儿，手执一枝系着书信的红梅，正走在长长的走廊上，忽然看到那只被大家叫作"良秀"的小猴子从远处的移门那儿慌慌张张地逃了过来。它像是崴了脚了，没力气跟往常似的爬上柱子，只是一拐一拐地跑着。后面则是小少爷高举着鞭子追了上来，嘴里高喊着：

"站住！你给我站住！你这个偷橘子的小毛贼！"

见此情形，良秀的女儿不由得犹豫了一下。恰在此时，那猴子已来到她身边，还拽着她的裙裤下摆，凄声哀叫着。想必是觉得猴子可怜，再也按捺不住恻隐之心了吧，她就一手依旧拿着那枝红梅，一手抬起，轻轻展开了那件浓淡有致的紫色内褂的大袖子，温

---

1 日本旧国名之一，相当于现在的京都府中部和兵库县东部。

柔地将小猴子抱了起来。随后便在小少爷跟前微微俯身，用银铃般的嗓音说道："请您饶了它吧。它不过是只畜生呀。"

小少爷是因为怒气冲天才追出来的，哪能轻易放过呢？他板着脸跺了两三回脚，反问道：

"这猴子是个偷橘子的毛贼。你干吗要包庇它？"

"它不过是只畜生呀……"

姑娘又重复了一遍。随即，她凄然一笑，像是豁出去了似的继续说道：

"再说，既然它叫'良秀'，那么它受责罚，就跟我父亲受责罚一样，我怎么能袖手旁观呢？"

饶是小少爷，听她这么一说，也就不得不网开一面了。

"哦，是这样啊。既然你是替父求情，我就饶它一回吧。"

小少爷不情不愿地说着，扔下鞭子，转身就朝来时的那扇移门走去了。

三

从那以后，良秀的女儿就与那只小猴子成了好朋友。她将小姐赏赐的黄金铃铛用美丽的红带子穿好后挂在小猴子的脖子上。而小猴子则不管发生什么事都缠在她的身边，很少离开。有一次她感冒了，卧床不起，小猴子就一直坐在她的枕头旁，啃着自己的指甲。或许是错觉吧，还叫人觉得它脸上愁云密布，一副忧心忡忡的样子。

说也奇怪，这么一来，就再也没人像以前那样欺负小猴子了。不，非但不欺负，反倒开始喜欢起来了。到后来，连小少爷也时不时地扔一些柿子、栗子什么的给它吃。有一次，某个侍卫用脚踢小猴子，还惹得小少爷大为光火。据说堀川大人听说此事后，还特意让良秀的女儿抱着小猴子去见他呢。当然了，良秀女儿疼爱小猴子的缘由，这时也传进他的耳朵里了。

"真是个孝女啊。理当奖赏！"

按照大人的尊意，姑娘拜领了一件红色的中衣[1]。有趣的是，那小猴子居然见样学样，也把红衣衫举过头顶作拜谢状。见此情形，大人自然是越发兴致盎然了。由此可见，所谓堀川大人偏爱良秀女儿，完全是由于赞赏她在疼爱小猴子这件事上所体现的孝心，绝不像坊间胡乱流传的那样，是什么贪恋美色。当然了，无风不起浪，人们之所以会如此说三道四，倒也不全是凭空捏造的，但眼下暂且按下不表，留待以后慢慢叙说吧。在此，我以为只要讲明一点就行了。那就是：堀川大人是绝不会因为贪恋美色而对区区一个画师的女儿动了什么心念的。

虽说良秀的女儿在大人面前赚足了风头，但凭着她天生的聪慧乖觉，并未受到其他庸俗无聊的侍女的嫉妒。不仅如此，从那以后，她反倒与那只小猴子一起，受到了众人的喜爱。尤其是小姐，简直到了片刻都不让她离开左右的地步，就连外出游览，也非要与她同坐一车不可。

不过，姑娘这边我们就暂且打住，下面再来说她父亲良秀的事吧。

却说小猴子固然很快就得到了众人的喜爱，可我们的主角良

1　日本中古时代女性在着正装时穿在外衣和单衣之间的衣服。往往会重叠地穿上几件。

秀，却依旧是人见人厌，大家背地里也还是叫他"猴秀"。并且还不仅限于堀川大人府上的人，就连横川[1]的僧都[2]也只要一提及良秀就脸色骤变，简直跟遇到了魔障似的，厌恶得不行。（有人说这是因为良秀将僧都的行为情状画成讽刺画的缘故，不过这仅仅是下里巴人之间的谣传而已，是当不得真的。）总而言之，这家伙的名声确实很臭，无论你去问哪一路人，得到的答复也都大同小异。不说他坏话的倒也不是没有，但仅限于两三个画师朋友，或只了解他的画而不了解他为人的人之间了。

其实，良秀不仅仅模样猥琐不堪，还有些更令人讨厌的恶癖，所以这一切，都只能说是他自作自受。

四

说到良秀的恶癖，那就是：吝啬、刻薄、没羞没臊、好吃懒做、贪得无厌——不，要说最不可救药的，恐怕还得数蛮横无理，目空一切，老是摆出一副老子天下第一的面孔吧。要是他的这些个臭毛病仅限于绘画领域倒也罢了，可他那股子死硬劲儿，体现在对世上所有的习俗、惯例统统嗤之以鼻。据一位跟随他多年的弟子说，有一天，一位著名的桧垣巫女在大人府上神灵附体，可就在她传达可怕的神谕之时，那家伙居然一边心不在焉地听着，一边将巫女那张可怕的脸蛋，仔仔细细地给描画了下来。估计在他看来，所

1　日本京都比睿山延历寺的分区之一。该寺共分为东塔、西塔、横川三个部分，人称"三塔"。
2　僧官的名称之一，位居僧正之下，律师之上，统辖僧尼。

谓神灵的报应也只是骗骗小孩子的把戏而已吧。

他就是这么个家伙，所以他画吉祥天[1]时，画的是一个下贱的流浪歌女的脸蛋；而在画不动明王[2]的时候，则画成了无赖、放免[3]之类的模样。凡此种种，尽干些亵渎神佛的勾当。你要是责问他，他还会装疯卖傻地说什么"我良秀画的神佛反而责罚我良秀，这不成了咄咄怪事了吗？"这下子连他的弟子们都吓坏了，不少人唯恐日后遭连累，便匆匆谢师而去了。若要一言以蔽之，那就是：狂妄无比。他就是个觉得当今天下唯我独尊、无人可比的家伙。

与此同时，若要论良秀在画艺一道上达到了多高的境界，倒也同样是毋庸多言的。不过由于他在运笔和用色上都与别的画师不同，所以就连他的画作，也被许多与他交恶的同行说成是欺世盗名、邪门歪道。照他们的说法，像川成[4]、金冈[5]及别的古代名家的画作，都有些高雅优美的传闻流传后世，如画在门板上的梅花，每逢月明之夜就会散发幽香啦；在屏风上画了吹笛的公卿贵族后，就真能听到优美的笛声啦。凡此种种，不一而足。可一说到良秀的画作，就尽是些离奇可怕的传闻了。譬如说他在龙盖寺[6]的大门上画了

1　也称"吉祥天女"，原是印度神话中的女神，被佛教引入后成为赐予众生福德安乐、护持佛法的天女。通常是容貌端正、体态丰腴的女性形象。

2　佛教中的守护神之一。形象为满脸怒气，右手握利剑，左手执缚索，身披火焰，并有八大金刚童子相从。

3　日本古代因请罪被赦免而在检非违使手下服役的人。

4　百济川成（782—853），也写作"百济河成"，日本平安时代初期的画家。自百济的渡来人后裔，本姓余。擅长以写实的手法描画人物、山水。《今昔物语》载有其逸事。

5　巨势金冈，生卒年不详，日本平安时代前期画家，巨势派鼻祖。无作品留存，但其事迹在多种文献均有记载，应该是由中国唐代画风转向日本式画风的代表性画家。

6　通称为"冈寺"，位于日本奈良县高市郡明日香村大字冈，属于真言宗丰山派。传说663年由义渊僧正开基，为西国三十三所名刹的第七处。

幅《五趣生死图》[1]，有人半夜里从门下经过时，就听到了天人的叹息和哭泣之声。不仅如此，还有人说闻到了尸体腐烂的臭味呢。还有，堀川大人吩咐他给侍女们画像，可蹊跷的是，被他画过的侍女都在三年内得了失魂症死掉了。要让那些说他坏话的人来说，这正是良秀的画已走上邪道的最佳明证。

然而，正如前面所说，他是个蛮不讲理的人，故而他不以为耻，反以为荣。甚至有一次当堀川大人跟他开玩笑说"看来你就喜欢些丑恶的东西啊"时，他竟咧开那两片与年纪极不相称的红嘴唇笑了笑，傲慢地答道：

"大人所言极是。那些平庸浅薄的画师，又哪里懂得丑恶事物中的美呢？"

即便真是本朝第一画师，又怎么能在大人面前如此大言不惭呢？也难怪先前提到的那位弟子，要在背后称其师父为智罗永寿[2]，以此来讥讽其狂妄自大了。想必您也知道吧，"智罗永寿"就是从前从震旦过来的天狗的名字。

但是，饶是这么个良秀——这个不可名状、蛮横无理的良秀，却还保留着一份人类所特有的温情。

---

1 "五趣"为佛教用语。谓众生根据生前善恶行为有五种轮回转生的趋向。即地狱、畜生、饿鬼、人和天。又叫作五道、恶趣等。《五趣生死图》就是描绘如此生死轮回景象的图画。

2 《今昔物语集》卷二十第二话《震旦天狗智罗永寿渡此朝语》讲一名为"智罗永寿"的震旦（中国）天狗（日本人想象中的怪物，红脸蛋，长鼻子，会飞，来无影去无踪。通常以负面形象出现）来到日本与高僧比试法力，结果一败涂地的故事。

五

这温情不是别的，正是他对自己那个在堀川大人府上做侍女的独生女儿的、异乎寻常的疼爱。正如先前所述，他女儿是个极为温顺、极具孝心的姑娘，作为父亲，其护犊之心也同样是毫不逊色的。平日里，无论哪个寺院里的和尚前来化缘，他都不肯施舍一点儿钱的，可只要是女儿的衣着和穿戴，他就毫不吝惜金钱，头是头，脚是脚，全都给制备得妥妥帖帖、漂漂亮亮。

不过良秀疼爱女儿，也只顾自己疼爱，至于要不要给她寻个好女婿之类的念头，他是连做梦时都不会有的。非但如此，就他那个肚量，要是有人敢跟他的宝贝女儿搭讪套近乎，是免不了会被他叫上几个街头泼皮暗地里揍个半死的。因此，当堀川大人召他女儿去府上做侍女时，他这个做爹的就心里一百个不乐意，有好一阵子，他总是耷拉着脸，一副愁眉苦脸的样子。至于说堀川大人为姑娘的美貌而动了心，不顾人家当爹的愿不愿意就硬将姑娘召进府里的谣传，想必就是有人看到了良秀的那副苦恼的模样而推想出来的吧。

然而，虽说那谣传纯属子虚乌有，但良秀出于护犊之心，心心念念祈求女儿早日回家倒是千真万确的。有一次堀川大人吩咐他画一幅稚儿文殊像，他将菩萨的脸蛋画成了大人所宠爱的某个娈童，画作大获成功，大人也看得十分满意，就十分难得地嘉慰道：

"想要什么赏赐，尽管说，不用客气。"

良秀毕恭毕敬地道了谢。可您猜他接下来说了什么？他居然不知天高地厚地说道：

"我什么都不要，只希望大人您能放回我女儿。"

要是在别人的府上倒也罢了，在堀川大人府上侍奉的人，不管你多么疼爱，也不能如此冒冒失失地往回要呀。天底下哪有这个道理呢？因此，大人再怎么宽宏大量，到底也露出些许不快的神色来了。他沉默了好一会儿，才看着良秀的脸吐出了两个字：

"休想！"

随即，便拂袖而去了。

诸如此类，这样的事情还不止一次，前前后后，共有四五次之多吧。如今回想起来，大人看良秀的目光，是一次比一次冷淡的。每逢这种时候，或许是为父亲的安危担心吧，姑娘回房后，总要咬着袖子，抽抽搭搭地哭上好一会儿。也正因如此吧，大人看上了良秀女儿的谣传也就越传越疯了。甚至还有人说，正是姑娘不肯顺从，后来才有了那个"地狱变屏风"的惨祸。当然了，这种说法完全是捕风捉影，是绝对不可信的。

照在下看来，大人不肯放良秀的女儿回家，完全是出于对她的同情：与其让她回到那个倔老头的身边，还不如让她在府上衣食无忧地过日子呢。这应该是十分难得的一片好心呀。当然了，大人确实喜欢性情温顺的姑娘，可要说这就是好色，就未免有些牵强附会了吧。不，应该说，那简直就是无中生有。

闲话少说。总之，出于女儿的原因，良秀已经很不受大人的待见了。就在这当儿，也不知出于何种打算，堀川大人突然将良秀召进府里，吩咐他画一面地狱变的屏风。

六

一说到地狱变屏风，那个恐怖的画面就栩栩如生地浮现在我的眼前了。

同样是地狱变，良秀所描绘的地狱变与别人的相比，首先构图就大不一样。他只在屏风的一个角落里画上十王[1]及其手下小鬼的小小身形，其余则是一大片熊熊烈焰——让人觉得连刀树剑山都被熔化为炽烈火海。因此，除了冥官的唐式衣冠上点缀了些许黄色和蓝色以外，别处都是烈火之赤色。烈焰之中也升腾着泼墨画就的黑烟和喷撒金粉所形成的点点火星，翻卷飞舞，犹如"卍"字一般。

仅仅是这样，那气势就已经叫人瞠目结舌了，而更为出奇的是，那些惨遭业火焚烧、痛苦翻滚着的罪人，几乎没有一个是常见的地狱图中的模样。因为，上至月卿云客[2]，下到乞丐贱民，良秀将各种身份的人全都画了进去。有峨冠博带、道貌岸然的殿上人，身穿五重丽服、美丽娇艳的年轻女官，挂着念珠的僧侣，脚踏高齿木屐的侍学生[3]，身穿修长童装的豆蔻少女，高举币帛[4]的阴阳师[5]……形形色色，数不胜数。总而言之，各色人等在饱受烟熏火燎的同时，还惨遭牛头马面之狱卒的百般凌辱，如同狂风中的落叶，四散奔逃着。头发被钢叉缠住、手脚如蜘蛛般蜷缩着的女人，想必是个巫师

1　即掌管地狱的十殿阎罗。

2　日本古代的公卿大臣，语出《平家物语》。月卿，三位以上的公卿。云客，被允许上殿之人。

3　指武士身份的太学生。

4　献身物品的统称。

5　日本古代律令制下，隶属阴阳寮的，以阴阳学占卜确定灾难原因和对策的人。

吧。被长矛刺穿胸膛、如蝙蝠般倒挂着的男子，肯定是个新任国司[1]。此外还有遭受铁鞭责打的、被压在千钧磐石之下的。有的被怪鸟的尖喙叼住，有的被毒龙的巨颚咬住……刑罚的种类也与罪人的人数相对应，花样繁多，层出不穷。

然而，其中最醒目，也最令人触目惊心的，还得说是一辆从半空中摔落下来的牛车了吧。那牛车有一半已掠过了兽牙般的刀树顶端（刀树的树梢上已是尸骸累累，那些身体已被尖刀洞穿），而被地狱之风撩起的车帘之内，有一位分不清是女御[2]还是更衣[3]的女官。只见她满身华丽的绫罗绸缎，长长的黑发在火焰中飘扬，雪白的脖子朝后仰起，正在痛苦地挣扎着。无论是这位女官的身姿，还是熊熊燃烧着的牛车，无不叫人切身感受到炎热地狱[4]的责罚之苦。可以说，那宽阔画面上所有的凄惨恐怖，全都辐辏在这一人身上了，并且描绘得那么出神入化，以至于只要你盯着她看，耳旁就自然会响起撕心裂肺的惨叫之声。

啊，正是这一场景——正是为了描绘这一场景，才发生那件可怕的事情。倘若没有那件事情，即便良秀的画技再怎么高超，又怎么能将地狱之苦画得如此栩栩如生呢？他完成了这一杰出的画作，却也惨遭大难，丢掉了自己的性命。可以说，这画中的地狱，也正

1　日本古代律令制下由中央派往地方诸国主持政务的地方官员，掌管一国的行政、司法、警察和军事等，由守（主官）、介（辅官）、掾（属官）、目（秘书官）四等官员以及史生（誊写员）等组成。一般情况下，国司即专指国守。

2　日本平安时代在天皇寝所侍奉的女官。身份在皇后、中宫之下，更衣之上。

3　日本平安时代的后宫女官之一，地位次于女御。起初就是伺候天皇更衣的，后来也侍奉于寝所。

4　佛教所说的八大地狱之一。其特点是，火随身起，炎炽周围，酷热难堪。其余七大地狱为：等活地狱、黑绳地狱、众合地狱、号叫地狱、大叫地狱、大热地狱和无间地狱。

是本朝第一画师良秀本人，迟早会堕入其中的地狱……

在下急于叙说这面绝无仅有的地狱变屏风，或许已经将故事的先后顺序弄颠倒了。好吧，下面还是将话头转到受了堀川大人之命要画这面地狱变屏风的良秀身上来吧。

七

却说良秀领命之后，一连五六个月都没去堀川大人的府上，而将全部的心思都用在画那面屏风上了。那么个疼爱女儿的人，一拿起画笔来，居然就不想再见女儿一面了，这可真是岂有此理啊。不过听先前提到的他的那个弟子说，这家伙只要一画开了头，就跟被狐狸精迷住了心窍似的，什么都顾不上了。事实上当时就有传闻，说良秀之所以能靠绘画出人头地，是因为他在福德大神[1]跟前发过誓。其证据就是，如果躲在暗中看良秀作画，就会发现他身边肯定有狐仙的影子，还不是一只，而是一群，前后左右地将他团团围住。狐仙是如此之多，所以只要他一画起画来，就将别的事情统统都抛在脑后了。也不管是白天还是黑夜，他都将自己关在房间里，连阳光都难得一见。更别说是在画地狱变屏风的时候了，他的这种痴迷劲儿越发严重，简直到了走火入魔的地步了。

在下这么说，并不是指他大白天躲在放下了格子悬窗的房间，

---

1 从印度传入日本的荼吉尼天被神道教吸收为稻荷神，自中世纪起又将狐狸视为稻荷神的使者，故稻荷神社祭祀的是狐狸（多为白狐）。到了江户时代，一般庶民又将它当作福德神来信仰了。

在三叉灯台[1]下神秘兮兮地调配颜料，或者让弟子们穿上水干[2]、狩衣等服装让他一个个地仔细写生。这类事情只要一画上画——即便不是画地狱变屏风，他都会这么干的。事实上在画龙盖寺的《五趣生死图》的时候，他就悠悠然地坐在常人唯恐避之不及的路边的死尸旁，临摹着已经腐烂了一半的脸蛋和手脚，甚至连头发都画得一根不差。那么，所谓痴迷到走火入魔的程度，到底是指什么呢？——想必有人会如此嘀咕吧。抱歉，眼下还无暇一一细说，要是拣主要的来讲，大体就是像下面这样的。

有一天，良秀的一位弟子（就是先前提到过的那位）正在用水化开颜料，他师父突然跑来说：

"我要睡一会儿午觉。可最近老是做噩梦。"

这并不算什么稀罕事，所以那弟子连手都没停，只是随口敷衍了一句：

"哦，是吗？"

不料良秀却一反常态，愁眉不展地用商量的口吻说道：

"那么，我午睡的时候，你能坐到枕头旁来吗？"

见师父居然为做梦而纠结，那弟子觉得有些不可思议。但又觉得这也并非什么大不了的事情，就应了一声：

"遵命。"

可师父似乎仍有些担心，沉吟片刻后又说道：

"那么你就立刻上里屋来吧。还有，如果有别的弟子进来，不要让他们走进我睡觉的地方。"

---

1 用绳子将三根杆子在偏上处捆扎，上下都叉开后在其上部安放油灯而形成的灯台。
2 日本古朝臣礼服，猎衣的一种。

他所谓的"里屋",就是他画画的那个房间。那天也跟往常一样,门窗紧闭,里面黑咕隆咚,跟晚上似的,点着一盏昏暗的油灯,那面仅用炭笔勾勒出草图的屏风,正围立在他的被褥前。良秀像是已经累得筋疲力尽了,一进屋,枕着胳膊躺下后,马上就呼呼入睡了。但是,没过半个时辰,那位坐在他枕头旁的弟子,就听到了一种难以名状的、叫人毛骨悚然的声音。

八

一开始那还仅仅是声音而已,可随后就渐渐地成了断断续续的话语了——快要溺死之人在水里呻吟的话语。

"什么?你叫我'来'?……上哪儿?……你叫我上哪儿?来地狱吧。来炎热地狱吧。……喂!你是谁呀?……我问你是谁?……哦,我以为是谁呢……"[1]

那弟子不由得停下了正在化颜料的手,战战兢兢地窥探了一下师父的脸。只见那张满是皱纹的脸刷白刷白的,渗出了大颗大颗的汗珠子,嘴唇干燥、牙齿稀疏的嘴张得大大的。嘴里有个东西在飞快地活动着,像被线牵着似的。定睛一看,那不就是师父的舌头吗?那些断断续续的话语,原来就是从这条舌头上发出来的。

"我还以为是谁呢……嗯,原来是你呀。我也想到是你的。你说什么?你来接我了?所以叫你来。叫你到地狱来。……地狱里……地狱里你女儿正等着你呢。"

---

1 仿宋字体文字为良秀复述的对方的话语。下同。——编者注

那弟子感到毛骨悚然，仿佛看到一个朦朦胧胧的鬼影忽忽悠悠地从屏风上飘下来了。那弟子自然立刻就将手搭在良秀身上使劲儿摇晃了起来。可他师父却仍迷迷糊糊的，继续说着梦话，不像是马上就会醒来的样子。于是那弟子就狠下心来，将放在一旁的笔洗中的水哗地一下全都泼到了师父的脸上。

"正等着你呢。快坐上这车来吧。……坐上这车，到地狱来吧……"

师父正说着呢，咽喉仿佛被人掐住了似的，变成了呻吟之声。随即，他终于睁开了眼睛，像被针扎着了似的慌慌张张地跳起了身来——想必是梦中的恶鬼尚未离去吧。一时间，他的眼里满是惊恐之色，依旧张大了嘴，直愣愣地望着虚空。过了一会儿，他像是终于回过神来了。他冷冷地吩咐道：

"行了。你出去吧。"

那弟子明白，这个时候要是违拗师父，定会被他训个没完，于是就匆匆地走出了师父的房间。看到外面还是天光大亮的，他这才像从噩梦中醒来了似的，长出了一口气。

其实，这名弟子的遭遇是算不得什么的，另一名弟子的遭遇，那才叫惨呢。

一个月过后，又一个弟子被良秀叫进了里屋。那时良秀正咬着画笔，待在昏暗的油灯下。弟子进去后，良秀就猛地转向他说道：

"劳驾，你还是把衣服脱了吧。"

由于在此之前，师父也时常会这么吩咐，所以那弟子也没多想，就将自己脱了个一丝不挂。可奇怪的是，良秀却皱起眉头说道：

"我想看看被铁链绑住的人的样子，对不住了，你就照我的意思来吧。"

他嘴上说得好听，可态度冷冰冰的，一点儿都没有觉得对不住人家的意思。那弟子身体十分健硕，比起握画笔来，他更适合握大刀。可饶是如此，他当时也大为惊骇，日后提起此事时还不停地说：

"我以为师父疯了，要杀了我呢。"

却说当时良秀见对方磨磨蹭蹭，不耐烦起来，也不知他从哪儿哗啦啦地抽出一条细铁链来，饿虎扑食一般扑到弟子的背上，反拧起他的两条胳膊，胡乱地将铁链一圈圈地缠了上去，随后又死命一拽铁链头。这下谁还受得了？那弟子扑通一声就躺倒在地板上了。

九

那弟子此刻的模样，活像一只滚倒在地的酒坛子。可怜他的手脚都被弯曲着捆成了一团，一点儿都动弹不得，能动的也只有脖子跟脑袋了。他那肥硕的身体被细铁链勒得紧紧的，浑身血脉不畅，故而脸上也好，身上也罢，都憋得通红通红的。而良秀似乎对此并不在意，只顾一个劲儿围着身体如酒坛子似的弟子打转，同样的写生画一连画了好多张。在此期间，被捆住了身子的那弟子有多痛苦，恐怕就用不着在下——交代了吧。

要是那天没什么变故的话，那弟子恐怕还要再多受一会儿罪呢。所幸的是（或许说"不幸"更恰当吧），没过多久，从放在房间角落里的一个坛子背后，蜿蜒曲折地流淌出了一长条黑油似的东西来。那玩意儿开始还像是黏性很大，流淌得也较为迟缓，可渐渐地，顺畅流滑起来，泛着幽光一直淌到了那弟子的鼻尖。那弟子定睛一看，不由得倒吸了一口冷气，大叫道：

"蛇！是蛇呀！"

这时他只觉得浑身的血液都一下子被冻住了。也难怪，这种事，有谁受得了呢？事实上，当时那条蛇的冰凉的舌头，差一点儿就要舔上他那被铁链勒住的脖子了。由于实在是事发突然，想来就连蛮横无理的良秀，当时也吓得不轻吧。他慌忙丢下画笔，赶紧弯下腰去，飞快地抓住那条蛇的尾巴并将它倒提了起来。那蛇仰起头来，缠住自己的身体一个劲儿地倒卷上去，可到底还是够不到良秀的手的。

"你这畜生，害我画坏了一笔。"

良秀咬牙切齿地嘟囔着，直接将蛇扔进了房间角落的坛子里，然后极不情愿地解开了捆在弟子身上的铁链。不过他也仅仅是替弟子解下铁链而已，对遭此大罪的弟子，并无一句抚慰的话语。或许是比起弟子被蛇咬来，害他画坏了一笔更令他怒不可遏吧。——后来听说，那条蛇也是他为了写生，特意养在屋里的。

听了这些事后，想必诸位也对于良秀那近乎走火入魔的痴迷劲儿有所了解了吧。不过最后我还要说一件事。在这件事中，良秀的一个才十三四岁的弟子也为了他画地狱变屏风而遭了大罪，甚至差点儿送掉了小命。

却说那弟子长得细皮白肉的，简直就像个女孩子。一天夜里，师父若无其事地把他叫进了里屋。进屋后那弟子一看，见师父在灯台下托着一块鲜红的生肉，正在喂一只从未见过的怪鸟。那鸟的大小跟家猫差不多。说来也是，无论是脑袋两侧像耳朵般耸起的羽毛，还是呈琥珀色的又大又圆的眼珠子，怎么看都像一只猫。

✛

要说良秀这家伙，向来就是自己做的任何事，都讨厌别人问东问西。就跟先前提到的那条蛇似的，他自己房间里有些什么，是从不对弟子们说的。因此，他的书桌上有时会摆上一个骷髅，有时会摆上几个莳绘[1]的高脚盘，也会根据他当时所画的内容，摆放一些出人意料的玩意儿。至于那些玩意儿平时是收在哪里的，就又是个无人知晓的秘密了。应该说，这也是谣传他暗中得到狐仙帮助的缘由之一。

那弟子心想，桌上的这只怪鸟肯定也是师父用来画那地狱变屏风的。随即，他便在师父跟前正襟危坐，毕恭毕敬地问道：

"师父，您有什么吩咐吗？"

可良秀似乎没听到他说话似的，舔了舔他那两片红嘴唇，用下巴颏儿指了指那怪鸟，说道：

"怎么样？挺老实的吧？"

"这是什么鸟？我还从未见过呢。"

弟子嘴里这么说着，不由得又战战兢兢地打量起这只长着耳朵，跟猫儿似的怪鸟来。良秀则跟平时一样，语带嘲讽地说道：

"什么？没见过？唉，要不说城里的孩子不中用呢。这叫猫头鹰，是两三天前，鞍马[2]的一个猎人给我的。不过，这么老实的倒还

---

1 日本独特的漆器工艺装饰技法之一。用漆画好图案后，再用金、银、锡等粉末涂在上面一表现图案。有研出莳绘、平莳绘和高莳绘三种技法。
2 此指鞍马山，是位于京都市北部，海拔570米，为北山的一座山峰。半山腰有鞍马寺，相传平安时代末期著名战神源义经曾在此修行。

是真不多啊。"

　　说着，他徐徐抬起手来，从上往下，轻轻抚摩了一下刚喂过食的猫头鹰背上的羽毛。他这一摸不打紧，不料那猫头鹰却在尖利而短促地叫了一声后，突然从桌子上飞了起来，张开一双利爪，猛地朝那弟子的脸上扑去。要不是那弟子忙不迭地用袖子挡住了脸，肯定会被抓出一两道口子的。他"啊"地惊叫一声，挥动袖子驱赶着，可那猫头鹰却凶悍异常，乘胜追击，嘴里吱呀怪叫着又扑了上去。那弟子已经忘了师父在场了，他时而起身抵挡，时而坐下驱赶，在狭小的屋子里抱头鼠窜，狼狈不堪。那怪鸟则不依不饶的，或高或低地飞翔着，只要发现一点点空隙，就会瞅准对方的眼睛猛扑过去。每逢这时，它还将翅膀拍打得噼啪作响，而这响声又营造出了一种怪异、可怖的氛围，仿佛飞流直下的瀑布就在眼前迸溅，又似乎带来了落叶的气味以及馊了的猿酒[1]那热烘烘的气息。那弟子后来说，当时他觉得那盏昏暗的油灯就是朦胧夜月，师父的那间屋子简直就是深山里妖气重重的峡谷，感到惶恐万分、毛骨悚然。

　　然而，令那弟子感到无比恐惧的，还不仅仅是猫头鹰的袭击，更将他吓得毛发倒竖的，是他的师父良秀。他正冷眼旁观这场骚乱，并慢慢地铺开纸，舔着笔，摹写起少女般娇嫩的弟子遭受怪鸟肆虐的惨状。那弟子后来说，他一看到师父这样，立刻就吓得半死。一瞬间还真以为自己的小命就要葬送在师父的手上了呢。

1　传说猿猴所造之酒。实际上是其吃剩的果子经发酵而成的酸臭味液体。

十一

　　要说这"小命送在师父手里"的事情，也并非全无可能。事实上，那天晚上良秀特意将弟子叫进里屋，就是为了诱使猫头鹰攻击他，好让自己摹写他惊慌逃窜的模样。因此，那弟子只看了师父一眼就明白了。他不由自主地用两只袖子兜住了脑袋，嘴里发出连自己都不明所以的惊呼惨叫，蜷缩在房间角落里的移门下动弹不得。可就在这当儿，良秀似乎也大呼小叫地站了起来，而猫头鹰拍打翅膀的声音也愈加猛烈了，其中还夹杂着什么东西摔倒、跌破的尖利之声，简直是乱作了一团。那弟子再次被吓个半死，却又不由自主地抬起了头来，只见屋里漆黑一片，听到师父正在心急火燎地叫别的弟子进来。

　　不一会儿，有个弟子远远地应了一声，随即便用手护着油灯急匆匆地进来了。借着油味熏人的灯光一看，只见那架三叉灯台已经倒在了地上，地板上、榻榻米上尽是油污，那只猫头鹰拍打着半拉翅膀，在地上痛苦地翻腾打转。桌子对面，师父良秀抬起半个身子，到底也露出了惊呆了的表情，嘴里嘟嘟囔囔地不知道在说些什么。这也难怪。因为猫头鹰的身上，从脖子到半拉翅膀，被一条漆黑的蛇紧紧缠住了。多半是刚才那弟子蹲下时将坛子撞倒后，那条蛇逃了出来，而猫头鹰一击不中反被缠绕，所以才闹出了这么大的动静来。两名弟子面面相觑，一时间都不知所措，只是茫然地看着这一怪异的场景。随后，他们就默默地给师父鞠了一躬，退出了房间。至于那条蛇和那只猫头鹰该如何处置，就没人过问了。

　　诸如此类的事情还有许多。先前说过，堀川大人吩咐良秀描画地狱变屏风，还是初秋时的事情，而从那时直到冬末，良秀的弟子们就不断地遭受着师父古怪行为的惊扰。然而，到了冬末，良秀的屏风画像是遇到了障碍，他的模样也变得越发阴森恐怖，说起话来自然也更加狂暴无状了。这时，屏风画的底稿已经完成了八成，可似乎再也画不下去了。不，看他那意思，似乎连已经画好的部分，也都要全都涂抹掉呢。

可是，他的屏风画到底遇到了什么障碍呢？谁也搞不清楚。而且，谁也不想去搞清楚。此前发生过的各种事情，已让弟子们吃足了苦头，他们简直觉得自己与老虎关进了同一个笼子，都只想尽量离师父远点儿。

十二

故而在此期间，也就没什么值得一提的事了。倘若非要说一件的话，那就是，这个倔老头，也不知为什么，居然变得爱掉眼泪了。就是说，他时不时地会在没人的地方独自哭泣抹泪。一天，某位弟子有事来到院子里时，看到师父正呆呆地站在走廊上，仰望着春日将近的天空，而他的眼里，竟然噙满了泪水。见此情形，那弟子自己反倒害臊起来，只得默不作声地悄悄退了回去。这个为了画《五趣生死图》不惜去路边临摹死尸的率性自大之人，竟会因画屏风不太顺心而像个孩子似的哭鼻子，这也实在太反常了吧。

却说就在良秀以走火入魔的痴迷劲儿描画地狱变屏风的当儿，另一方面，他的女儿却不知为何忧愁日深，以至于在我等面前，也都露出忍泪含悲的面容来了。要说她原本就是个眉宇含愁、肤色白皙、恭谨娴静的女儿家，可如今变得睫毛低垂，眼眶发黑，自然就越发给人以孤寂凄切之感了。起初，众人还纷纷猜测，有说是惦念老父之故的，也有说是春心萌动、为情所困的。直到出了堀川大人欲使她顺从自己的传闻之后，有关这姑娘的传言就终止了。

恰逢这么个时期，有天晚上，已是更深夜阑，在下独自经过走廊时，那只被人叫作"良秀"的小猴子不知从哪儿蹿了出来，飞快地扑向我，还一个劲儿地拽我的裙裤下摆。记得那是个暗香浮动、月光浅淡、暖意融融的夜晚，借着月光望去，只见那小猴子龇着雪白的牙齿，皱起鼻尖，发疯似的尖叫着。我出于三分惊恐，七分气恼（因新做的裙裤被那厮乱拽），起初只想一脚将它踢开，一走了事。可转念一想，之前不是已有侍卫因欺凌猴子而惹少爷光火了吗？更何况看猴子如此举动，似乎确有什么非同小可之事。于是我拿定了主意，就顺着它拽的方向走了五六间[1]。

待我沿着走廊转了个弯，在夜色之中也能看到枝叶扶疏的松树前面那个泛着白光的宽阔池面时，从附近的某个房间传来了有人撕扯争斗的动静：时而激烈慌乱，时而悄无声息。此时，四周一片寂静，月光朦胧，薄霭轻淡，除了鱼儿跃起的响声外，听不到半点儿人语之声。如此静谧的环境中居然有人在争斗！我不禁站定了身躯，心想要是真有歹人作恶，非得给他点儿厉害尝尝不可。于是就屏气凝神，悄悄靠近了那个房间的移门。

---

1 长度单位，1间约等于1.818米。1958年后已不再作为法定单位使用。

十三

　　然而，许是嫌我行动太过迟缓了吧，"良秀"像是十分焦躁地在我脚下转了两三圈后，就跟喉咙被掐住了似的嘤嘤低叫着，猛地蹿上了我的肩膀。我怕它抓挠，不由自主地仰起了脖子。这时，它为了不从我身上滑落下来，又一口咬住了我所穿的水干的袖子。被它这么一闹腾，我禁不住跟跄跄了那么两三步，后背重重地撞上了那扇移门。事已至此，也就再也容不得我片刻踌躇了。我一把拉开了移门，就要蹿到月光照不到的房间里去。就在这时，有个什么东西遮住了我的双眼——不，是在我拉开移门的同时，一个女人如同离弦之箭一般冲了出来，让我大吃一惊。那女子差点儿与我迎面相撞，出得门来，她便就势滚倒在地。也不知道为什么，她随即便双膝跪地，气喘吁吁地仰望着我的脸，那神情，就跟看到了什么可怕的东西似的。

　　无须多言，那女子就是良秀的女儿。然而，那晚的她，却显得格外动人。大大的眼眸熠熠生辉。双颊通红，跟着了火似的。而凌乱的裙裤和中衣，也给她增添了几分妖艳，与往常的小女孩模样截然不同了。——她真是那个总是那么弱不禁风、凡事谦恭忍让的良秀的女儿吗？

　　我靠在移门上，望着月光中这个美丽的姑娘，用手指了指仓皇离去的脚步声的方向，用眼神询问她："那是谁？"

　　但姑娘咬着嘴唇，默默地摇了摇头。那神情显得异常委屈。

　　于是我俯下身去，将嘴凑在姑娘的耳朵旁，低声问道：

　　"是谁？"

姑娘依旧只是摇头，什么也不肯说。然而，她那长长的睫毛上已沾满了泪水，嘴唇也咬得更紧了。

在下生性愚笨，只懂一些显而易见的事情。故而我一时不知道该说些什么才好，只是愣愣地傻站着，像是聆听着姑娘的心跳声似的。而另一个原因是，不知何故，我隐隐觉得，再问下去，就是冒犯这姑娘了。

如此这般，也不知道僵持了多久。随后，我关上了那扇一直开着的拉门，回头看着脸上红霞稍退的姑娘，尽量温和地说道：

"回你自己的房间去吧。"

随后，我也带着看到了不该看的事情的不安，以及没来由的羞耻感，悄没声地原路返回了。然而，没走上十步，裙裤的下摆又被拽住，像是身后有人怯生生地要将我留下来。我吃了一惊，立刻回头望去。您道那是什么人？

原来就是那只被叫作"良秀"的小猴子。它正像人似的跪在那里给我磕头呢，脖子上的那颗金铃被摇晃得叮当作响。

十四

出了那晚的事情之后，约莫过了半个来月吧。有一天，良秀突然来到堀川大人的府上，请求面见大人。按说身份如此卑贱的人，哪能轻易获准呢？或许是大人平日里一向对他另眼相看的缘故吧，并非谁想见就能见的大人，那天居然十分爽快地答应了，并命他速速进见。良秀照例是身穿土黄色的狩衣，头戴软乌帽，脸色却比往常更为阴郁。他恭恭敬敬地拜倒在地，扯着沙哑的嗓子说道：

"小人先前奉大人之命描绘地狱变屏风，日夜运笔，不敢懈怠，如今好歹已大体完成了。"

"哦，可喜可贺。予甚满意。"

大人如此说道。奇怪的是，他的声调颇为慵懒，显得无精打采。

"非也。可谓是无喜可贺。"

良秀像是憋着闷气似的，头也不抬地说道：

"虽说已大体完成，可如今却有一处，叫小人无从下笔啊。"

"你说什么？画不出来了？"

"正是。通常说来，不是亲眼所见之物，小人是画不出来的。即便勉强画出，也无法称心满意。这样，还不是跟画不出来一般无二吗？"

听了他这话之后，大人的脸上浮起了一丝嘲讽的微笑。

"如此说来，要画地狱变屏风，你就非得亲眼看看地狱不成？"

"正是。不过，前些年大火时，我看到了堪比炎热地狱的熊熊烈火。我之所以画出了不动明王背后的火焰，正是拜那场大火所赐。想必大人也见过那幅画吧。"

"那么罪人又该怎么画呢？还有地狱里的狱卒，想必你也没见过吧！"

大人像是根本就没听良秀说话，只顾一个劲儿地追问。

"小人见过被铁链捆绑的人，也细细摹写过被怪鸟追啄的人。故而不能说对罪人的惨状一无所知。至于狱卒嘛——"

良秀露出骇人的苦笑，继续说道：

"至于狱卒嘛，小人已于似梦非梦之间，见过多次了。有牛头，有马面，还有三头六臂的恶鬼，他们拍着无声的手，张着不出声的嘴，几乎每日每夜都来折磨我。——总之，我想画而又无从下笔的，并非此类。"

听到这里，饶是堀川大人似乎也吃惊不小。一时间，他默不作声，只是焦躁不安地紧盯着良秀的脸。随后，他就颇为凶险地挑了挑眉毛，厉声说道：

"到底什么画不出来，快说！"

十五

"小人想在屏风的正中央画上一辆从空中坠落的蒲葵叶牛车[1]。"

说到这里，良秀这才抬起头来用锐利的目光注视着大人。在下早就听说过，这家伙只要一说起绘画的事来，就亢奋得跟疯子似的，而他此刻的眼中，确实带有某种叫人不寒而栗的神情。

"车里有一位艳丽的贵妇，散乱的黑发飞舞着，在烈火中苦苦挣扎。她的脸因浓烟熏呛而花容失色，两条蛾眉紧蹙着，正抬起头仰望着车篷。或许她的手还在撕扯着车帘，想借此遮挡雨点般纷纷洒落的火星。而在其四周，还翻飞着一二十只凶悍的鸷鸟，张开长喙呱呱乱叫着。——啊，小人怎么也画不出来的，不是别的，就这牛车里的贵妇啊。"

"既如此……你想怎样？！"

大人催促道。不知为何，大人的脸上竟然泛起一抹奇妙的欢愉之色。可良秀却像发着高烧似的，两片嫣红的嘴唇颤动着，用梦呓

1　日本古代的一种将蒲葵叶撕开晒干后铺满车厢屋顶的牛车。通常为四位以上身份的达官贵人所乘坐。

般的声调重复道：

"小人画不出来的，就是这个。"

随即，他又突然气势汹汹地说道：

"请当着我的面，烧一辆蒲葵叶牛车来看看。还有，若能办到的话……"

大人的脸色陡然阴沉了下来，忽然又哈哈大笑了起来，直笑得上气不接下气，随后说道：

"好啊。一切都如你愿。什么'若能办到'，少说废话。"

闻听此言，在下不由得感到后背发凉，像是预感到惊天惨祸将要发生了。事实上大人此刻的面容已变得十分可怕，他的嘴角泛起了白沫，他的眉毛犹如闪电般抽搐个不停，简直就跟染上了良秀的疯魔症一般。

他的话音刚落，紧接着又爆发出一阵狂笑，笑得喉咙里咯咯作响，难以自抑。

"烧一辆蒲葵叶牛车，行！再让一名艳丽的女子装扮成贵妇人坐到里面去，好！让车中的女子在烈火和黑烟的折磨下，苦苦挣扎着死去！——能想出如此画面来，你真不愧是天下第一画师！哈哈。理当嘉奖！理当嘉奖！"

听了大人这话，良秀突然面如土色，喘息似的颤动着嘴唇，一会儿过后，他又跟泄了气似的，浑身瘫软着匍匐在地，恭恭敬敬地拜谢道：

"多谢大人恩典。"

但他的声音很低，低到几乎听不见。想必他所设想的恐怖场景，已因大人话语而出现在他的眼前了吧。此时此刻，我平生唯

——次觉得，良秀是个可怜之人。

十六

两三天之后的一个夜晚，堀川大人如约召见了良秀，为的是让他近距离目睹一下焚烧蒲葵叶牛车的场景。不过地点并不在大人的府邸，而是在京城外一座名叫"雪解御所"的山庄内。从前，大人的妹妹就是住在那儿的。

这座名叫"雪解御所"的山庄，已经很久都没人居住了，宽阔的庭院早已荒芜不堪。或许有人看到了如此毫无人气的荒凉景象后，就开始胡乱猜测了吧。关于大人的这位已故的妹妹，还流传着种种传闻。其中最为诡异的一则是说，每逢月黑之夜，就会出现一条红色裙裤，脚不沾地地行走在走廊上。其实有这样的传闻也并不奇怪。因为该山庄在大白天就如此荒寂，等到天一断黑，溪流声自然就越发阴森恐怖，而飞行于星光之下的苍鹭更是形同鬼魅，令人毛骨悚然。

那天夜晚，恰巧也是个没有月亮、漆黑一片的夜晚。借着堂上的灯光望去，但见大人身穿浅黄色直衣[1]，深紫色的提花指贯[2]，高高地盘腿坐在一个靠近檐廊、白底镶锦边的稻草蒲团上。他的前后左右，还有五六个恭恭敬敬的贴身侍卫伺候着——这是毋庸赘言的。不过，其中有一人特别引人注目，如同凶神恶煞一般。据说在早年的陆奥之战中，他因饥饿难耐而吃过人肉，打那以后，就变得力大

1　日本古代贵族男子的便服。
2　日本古代公卿、贵族穿的一种肥裤腿、束裤脚的和服裙裤。

无穷，甚至能生劈鹿角。那天他似乎在衣服下面还衬着软甲，腰间佩刀的鞘尖高高翘起[1]，恶狠狠地蹲在檐廊之下。夜风吹拂，灯火或明或暗，叫人分不清眼前所呈现的到底是梦境还是现实，但不知为何，看着是那么阴森恐怖。

院子里停着一辆蒲葵叶牛车，高高的车篷，在黑暗中赫然可见。车上没套牛，黑色的车辕斜搭在车榻[2]上。望着车上金属件如繁星般闪烁的金光，尽管眼下已是春天，却叫人感到莫名的寒意，一阵阵地直透肌骨。由于牛车上挂着提花缎镶边的青色车帘，严严实实的，叫人无从得知车内是何等光景。牛车周围站着杂役，一个个手执熊熊火把，同时留心着不让黑烟飘向檐廊，像煞有介事地守候着。

良秀面对着檐廊，跪坐在稍远处。这天，他也穿着土黄色狩衣，戴着软乌帽，沉沉星空之下，他显得比平日里更瘦小、更寒碜了。他的身后，也蹲着一个穿狩衣、戴乌帽的人，估计是他的弟子吧。由于他们俩都缩在较远的黑暗处，从我所在檐廊下望去，连狩衣的颜色都看不太清楚。

十七

时近夜半，整个庭院都被笼罩在黑暗之中，四周一片寂静，唯有夜风阵阵，像是在试探众人气息发出微微的声响。每逢这时，就会飘来松明火把的烟火味儿。大人也默不作声，只是凝望着眼前

1　这是一种随时都能拔刀的佩刀法。
2　上下牛车时的踏脚台。卸下拉车的牛后，也将车辕搁在该台上。

这一片奇异的景色。过了好一会儿，他终于往前挪了挪膝盖，厉声喊道：

"良秀！"

良秀似乎应了一句什么，可我只听到轻微的哼哼声。

"良秀，今夜如你所愿，我要将牛车烧给你看。"

说着，大人目光流转，瞟了身边的侍卫们一眼。此时，他似乎还与侍卫中的某一位交换了一个意味深长的微笑。不过，这也可能是我的错觉。良秀听了这话后，战战兢兢地抬起头来，仰望着檐廊之上，但依旧不发一言。

"你好生看着。这就是我平日里所乘坐的牛车。想必你也认得出来吧。现在我就将此车付之一炬，让你看看炎热地狱的模样。"

堀川大人再次打住了话头，并朝身边的侍卫们使了个眼色。随即，他突然用十分苦涩的语调说道：

"这车内绑着一个有罪的侍女。故而只要举火烧车，那女子必定会被烧得皮焦肉烂，痛苦万分地死去。就你描绘屏风而言，恐怕没有比这更好的范本了吧。雪白的肌肤将被烧得枯焦，乌黑的秀发将化作火星而升腾飞舞，你给我好生看着，不要白白错过了。"

说完，堀川大人第三次停下话头，沉吟半响。随后，他像是又想到了什么，摇晃着肩膀，无声地笑了起来。

"此等景象想来直到末世也难得一见的。好吧，就让我也在此一饱眼福吧。来人。揭开车帘，让良秀好好看看车内的女子。"

听到吩咐，一名杂役便将手中的火把高高举起，大大咧咧地走近牛车，一伸手，猛地将车帘撩了起来。烧得噼啪作响的松明火把，在红红的火焰呼地摇晃了一下之后，就一下子将狭窄的车厢内部照了个清清楚楚。只见一名女子被铁链紧紧捆绑着，那模样简直叫人目不忍视。——啊！该是我看错了吧！只见她华丽的刺绣樱花唐衣[1]上，垂着乌黑发亮的浓发，斜插着的金钗也闪烁着美丽的光芒——尽管这身装束与往常大不相同，可那娇小的身姿和雪白的颈项，还有那神情凄恻的侧脸都表明，她就是良秀的女儿，千真万确，毫无疑问。看到这时，我差点儿喊出声来。

就在此时，我对面的那名侍卫急忙站起身来，一手按住刀柄，目光炯炯，紧盯着良秀的方向。我大吃一惊，顺着他的目光看去，见良秀面对此情此景，像是已丢掉了半个魂灵。原本跪坐着的他，此刻猛地跳起了身来，双手前伸，不由自主地想要朝前奔去。不巧的是，正如先前所述，他处在离我较远的黑暗处，以至于我看不清他脸上的神情。但就在我这么一闪念之间，良秀那张已了无人色的脸蛋，不，是他那被某种看不见的力量吊在半空中的身影，忽然冲破重重黑暗，清晰地浮现在了我的眼前。原来是那辆囚禁着姑娘的牛车，随着堀川大人"点火！"的一声令下，已因杂役投下的火把而熊熊燃烧了起来。

十八

转眼之间，烈火就裹住了车盖。缀在盖檐上的紫色流苏如同被风吹起似的飘了起来。而从那下面弥漫开来的白烟（即便在夜色之中也清晰可见）打着旋儿翻腾着。火星如雨点一般漫天飞舞，

---

1 日本平安时代贵族女性的礼服之一。短袖或无袖的外套，穿在十二单的最外面。

以至于车帘、衣袖、车顶上的金属饰物都给人以瞬间碎裂、飞散的感觉。这可怕的景象真是难以用语言来形容。不，还有比这更可怕的。舔过格子车厢壁的红色火舌，随即蹿上了半空，颜色是那么耀眼，仿佛烈日坠地、天火迸溅一般。刚才差点儿叫出声来的我，此刻早已魂飞魄散，只是茫然地张着嘴，怔怔地望着眼前这可怕的场景而已。

那么，身为父亲的良秀，此刻又如何呢？良秀当时的表情，是我至今都难以忘怀的。

正不由自主地朝牛车跑去的他，就在火苗腾起的同时，陡然停下了脚步，手依然朝前伸着，眼睛直愣愣地盯着前方，就跟目光全都被包裹着牛车的黑烟吸过去了似的。此时他浑身上下都沐浴在火光之中，满是皱纹的脸上，连胡子尖都能看得一清二楚。但是，无论是他那双睁得大大的眼睛，还是扭歪了的嘴唇，抑或是不停抽搐着的脸颊，都清清楚楚地表明了他心中往来交错着的恐惧、悲哀和震惊。即便是马上要被砍头的盗贼，被拖到十殿阎罗跟前的十恶不赦的罪人，也不见得会露出如此痛苦的表情。就连那个凶悍的侍卫看了，也不禁为之色变，以至于忐忑不安地去窥探堀川大人的脸色。

然而，堀川大人只是紧咬着嘴唇，目不转睛地看着牛车，脸上时不时地露出令人胆寒的狞笑。此时车里——啊，我此时看到的车里的姑娘是怎样一副模样呀！我简直没勇气细说。那被浓烟熏呛得朝后仰起的雪白面庞；为了驱散火舌而挥舞着的长长的乱发；绚丽无比而又顷刻间化为火焰的樱花唐衣——这是一幅多么惨烈的景象啊！尤其是当一阵夜风吹散了浓烟，姑娘的身影便从如同撒了金粉的熊熊烈焰中显露出来时，她那口咬黑发、使出几乎要挣断铁链的力气苦苦挣扎时的模样，让人觉得地狱中的无边痛苦真的出现在眼前了。不仅是我，就连那个凶悍的侍卫也都看得毛发倒竖。

当夜风再次嗖地掠过院中的树梢时——估计当时谁都以为就是这样的吧。就在那声响穿过昏暗的天空的当儿，突然有个黑乎乎的东西，既不着地，也不升空，而是像一个球似的弹跳着，从山庄的屋面上笔直地射入了正熊熊燃烧着的牛车之中。就在被烧得通红的木格子车壁纷纷崩落的当儿，那玩意儿抱住了拼命后仰着的姑娘的肩膀，发出了劈竹裂帛般的尖叫声。那叫声穿过浓烟久久地回响着，凄厉至极，难以名状。紧接着又响起了第二声，第三声——我等不约而同啊地惊呼了起来。因为大家都明白了，在火墙之内，紧搂着姑娘肩膀的，正是被系在堀川府邸之内、诨名"良秀"的小猴子。它是从哪儿、怎样潜入这个山庄的呢？对此，自然已无人知晓了。而事实是，为了平日里疼爱自己的姑娘，这只小猴子纵身跳入火中，甘愿与姑娘死在一起。

十九

然而，人们看到那只小猴子，也只是一瞬间的事。如同描金画中金粉底子般的万点火星啪地一下迸向半空之后，不要说小猴子了，就连那姑娘的身影也都被淹没在浓烟深处了。此时的院子正中间，只有一辆喷着火的牛车，在噼啪作响地熊熊燃烧着。不，与其说是喷着火的牛车，还不如说是火焰立柱更符合它那翻腾不已、直冲星空的骇人气势吧。

而此刻的良秀，正一动不动地站在那根火焰立柱之前——这又是多么不可思议啊！方才还饱受地狱之苦折磨的良秀，这时，他那张满是皱纹的脸上，居然呈现出了难以名状的光辉——心醉神迷的法悦[1]光辉。他大概连堀川大人仍在堂上坐着都忘掉了吧，居然将双臂抱在胸前，直挺挺地站立在那儿。此刻映入他眼帘的，似乎已不是女儿痛苦死去的景象了，只有色彩绚丽的火焰，以及在火中苦苦挣扎着的贵妇人，而如此景象又令他感到了无穷无尽的喜悦。

令人感到不可思议的，还不是这家伙眼睁睁地看着独生女儿痛苦死去而无动于衷，那时的良秀身上，居然产生了一种人类所不具有的、宛如梦中怒狮般奇妙的威严之感。正因如此，受到突如其来的火势所惊吓，无数狂飞乱叫的夜鸟，也似乎都不敢接近良秀那顶软塌塌的乌帽了。或许那些浑朴的鸟儿，也看到了他头顶上如同佛光般的威严了吧。

鸟儿尚且如此，更别说我等乃至杂役了。一个个全都屏息凝神，内心战栗不已，却又充满了异样的随喜[2]之情，如同观看大佛开眼一般，目不转睛地望着良秀。漫天飞舞、噼啪作响的烈焰，失魂落魄、呆若木鸡的良秀——这是何等庄严、何等欢喜的场面啊。然而，在此之中，唯有高坐堂上的堀川大人已变得与刚才判若两人。他脸色刷白，嘴角边堆起了泡沫，两手死死地抓着紫色指贯下的膝盖，像一头干渴的野兽一般喘着粗气……

1　佛教用语。聆听佛法后，因信仰而产生的极度喜悦。
2　佛教用语。见到别人做善事而感到发自内心的欢喜。

二十

堀川大人在"雪解御所"烧车之事,不知被谁传了出去,立刻招致外界议论纷纷。议论的焦点首先在于:堀川大人为什么要烧死良秀的女儿?关于这一点,说得最多的是,因爱恋不成而导致怨恨。这简直就是胡说八道。大人的本意,应该在于惩戒画师那为了画屏风而不惜烧车杀人的邪恶本性。这是毫无疑问的。事实上在下就曾听大人亲口这么说过。

还有就是,眼睁睁看着亲生女儿被烧死也要画屏风的良秀的那种铁石心肠,也遭到了人们的非议。甚至有人骂他是个只知道画画而没有父女之情的、人面兽心的怪物。就连横川的那位僧都,也赞同这种说法。他常说:

"即便技艺多么出众,不辨人之五常[1],也必将堕入地狱。"

却说过了一个来月,那面地狱变屏风终于画成了。良秀立刻将其送来堀川大人的府上,恭请大人观赏。当时正巧僧都也在,他只看了那屏风一眼,就为那漫卷于天地之间如同狂飙一般的烈焰之可怖而震惊。之前一直阴沉着脸对良秀怒目而视的他,居然情不自禁地拍了一下膝盖,说道:

"妙哉!"

闻听此话,堀川大人不由得苦笑了起来。他当时的神情,也是令我至今都难忘的。

自那以后,至少在大人的府上,就几乎没人再说良秀的坏话

---

1 指儒家所推崇的仁、义、礼、智、信。

了。想必是由于不管平日里如何讨厌良秀的人，只要看到了那面屏风，就会不可思议地为其威严的内心所震慑，就会身临其境地感受到炎热地狱之莫大痛苦的缘故吧。

然而，此时的良秀，已不再是世上之人了。就在完成那面屏风画的翌日夜晚，他就抛绳于自己的屋梁上，投缳自尽了。想必这个害死了自己独生女儿的家伙，再也无法心安理得地苟活于人世了吧。他的尸骸，至今仍埋在他家的遗址上。只是那块小小的墓碑，经过数十年的风吹雨淋，已布满了青苔，辨认不出是何人的坟墓了。

大正七年（1918）四月

邪宗门[1]

1　本义为邪教。而在日本的江户时代则以此称基督教。

一

先前，在下曾叙述过堀川大人一生中最为惊人眼目之"地狱变屏风"的由来，这次，则要讲一讲堀川大人的少爷的一生中，唯一一件不可思议的事情。然而，在进入正题之前，还须简要地交代一下堀川大人突发急病而撒手人寰的经过。

记得那事发生在少爷十九岁那年。虽说是意想不到的急病，其实在此前的半年里，就已经出现了种种凶兆。诸如流星划过其府邸的上空；院中的红梅反季绽放；马厩中的白马在一夜之间变成了黑马；池塘中的水眼瞅着就干涸见底，令鲤鱼、鲫鱼在泥淖中苟延残喘；等等。而其中最令人心惊胆战的是一个侍女所做的噩梦。在梦中，她看到有个人面怪兽拉着一辆像是良秀女儿坐过的、熊熊燃烧着的牛车，从天而降。紧接着又听到从车内传出一声柔声细气的呼唤："奴家前来迎接老爷啦！"她朝正怪叫着的人面怪兽那昂起的脑袋望去，在昏暗的梦境中，别的都看不太清楚，唯有那两片鲜红的嘴唇清晰可见[1]。吓得那侍女尖声惊叫，把自己给吓醒了。醒来后她

1　作者在《地狱变》中着重描述过良秀的红嘴唇。见本书第5页。

觉得自己浑身都被冷汗浸湿了，心怦怦直跳，仿佛火警钟被人急急地敲打着一般。于是，上至尊贵的老夫人，下至我等下人，全都忧心如焚，惶恐不已。我们在府内所有的门上都贴了从阴阳师那儿请来的护符，还请来有灵验的法师，做了种种祈祷法事，可依旧无济于事，想来这就是所谓在劫难逃的定业[1]吧。

却说有一天——那可是个天降大雪、寒冷彻骨的日子。堀川大人从今出川[2]的大纳言[3]大人的府上出来，坐在回家的车中时，就突然发起了高烧，而回到府邸后，他就只有一个劲儿"烫！烫！"地呻吟的分儿了。不仅如此，他全身还呈现出了吓人的紫色，连用作被褥的白色罗缎也变成了烤焦一般的颜色。此时，他的枕边坐着法师、医生、阴阳师等辈，这些人全都殚精竭虑，施展了浑身解数，可堀川大人的热度却越来越高，不久之后便翻滚到了地板上，还像换了个人似的用沙哑的嗓音狂吼道：

"啊——，我的体内着火了。浓烟滚滚，该如何是好？！"

仅仅三个时辰，堀川大人就一命呜呼了。其惨状简直叫人无法用语言来形容。当时的情景是多么悲惨、可怕与令人惶恐啊——时至今日，只要一回想起当时的情景，那缭绕在窗格上护摩[4]之烟，左奔右蹿，哭哭啼啼的侍女们的红色裙裤，与那些束手无策、茫然不知所措之法师、阴阳师一起，仍会栩栩如生地浮现在我的眼前。即便想简要地述说个大概，也是尚未开口便泪如雨下了。然而，即

1　佛教用语。指难以消除的重大业力。

2　原本为流经日本京都一条东洞院附近的由北往南流淌的河流，如今该河已经没有了，但留下了今出川大道的地名。

3　日本律令制下太政官的次官。参加政务的审议，大臣不在时则代行其职。

4　佛教中一种在护摩炉内焚烧护摩木后向佛祈祷的宗教仪式。

便是在如此回忆之中，少爷的身姿仍会给人以奇妙的感觉。当时的他，一点儿也没慌乱的迹象，只是板着那张苍白的脸，心事重重地坐在堀川大人的枕边。不知为何，他身上似乎散发着一股新磨过的利刃般的寒意，透人心肺。可尽管如此，看着还是叫人觉得颇可仰仗的。

二

说到父子之间，恐怕很少有像堀川大人与少爷这样，从外貌到性情都截然相反的了吧。正如您所知，堀川大人长得高大魁梧，而少爷则是个中等个子，且偏于精瘦。其容貌，也丝毫不具老大人那天神般的阳刚之气，而是显得颇为优雅。就这一点而言，或可谓与那位美貌的老夫人如出一辙吧。他双眉紧蹙，双眸水灵，嘴角略翘，生就一副女儿家的面容，却又带着些许阴沉之色。尤其是在盛装打扮之后，更会焕发出一种深沉静穆之威严，与其说风流俊美，不如说是庄严神圣。

然而，要说堀川大人与少爷最大的不同，恐怕还是在于气度上的差异吧。老大人的所作所为，无不竭尽豪放、宏大之能事，凡事非要惊人眼目。可少爷却偏好纤细、优雅之旨趣。譬如说，老大人的气派，由此宏伟的堀川府邸上便可窥其一斑。而少爷的旨趣则体现在其为小王子所建造的"龙田院"上：规模虽小，却与菅相丞[1]

1　菅原道真的异称。菅原道真（845—903），日本平安初期的学者、政治家。官至从二位右大臣，故异称为"相丞"。后世尊其为"学问之神"。曾编纂《类聚国史》，著有诗文集《菅家文草》。

的和歌所吟诵的一模一样——落满红叶的庭院；蜿蜒其间的清清溪流；放养水边的多只白鹭……桩桩件件，无不显示着少爷的雅人深致。

因此，老大人的喜好偏向于弓马刀枪，而少爷却独爱诗歌管弦，且时常忘了自身尊贵的身份，与此道中的名家高手密切交往。据说他不仅仅是爱好，还常年潜心研习诸般技艺之奥秘。因此，甚至有传闻说，除了吹笙一项外，自声名远扬的帅民部卿以来，能登上"三舟"[1]者，仅为少爷一人而已。正因如此，在其家族文集中，至今仍保留着少爷的诸多名句、名歌。而其中为世人评价最高者，恐怕就要数他在那良秀画过《五趣生死图》的龙盖寺做法事时，听得二位唐人问答后所作的和歌了吧。当时，有两位唐人正望着一响器上铸出的两只孔雀护持一朵八瓣莲花的图案，其中一位吟出了"舍身惜花思"的诗句，而另一位则立刻接了下句"打不立有鸟"。在场的其他人不解其意，正议论纷纷之际，少爷闻听后，便在手里拿着的折扇背面，用流利的字体，挥毫写下了这首和歌，并赐予了众人。歌曰：

舍身为惜花，有鸟打不飞。

---

1 指汉诗、和歌、管弦三大领域。日本中古时期，公卿贵族在宴游时常准备代表汉诗、和歌、管弦的三艘船，并让各领域的高手分别乘坐。

三

如此这般，老大人与少爷在许多方面都是截然不同的，因此，两人之间的关系不太和睦也就是理所当然之事了。外界甚至还流传着他们父子俩曾为一个公主所生的女官争风吃醋的谣言。其实，如此荒唐的事情，又怎么可能发生呢？在我的印象中，在少爷十五六岁时，就已经冒出了与父不和的苗头了。这还与先前提到的少爷不吹笙之事有些瓜葛呢。

那时，少爷是十分喜欢吹笙的，还拜他的一位身为中御门[1]少纳言[2]的远房表兄为师。这位少纳言是此道中的绝代高手，他家代代相传着有着"迦陵"[3]之美誉的笙和名为《大食调入食调》的乐谱。

之后少爷便在少纳言的身边用功。他们俩切磋琢磨，一起研习了很长时间。可是，每当少爷请求少纳言传授《大食调入食调》时，也不知少纳言出于何种考虑，总是不肯让少爷如愿以偿。少爷一而再，再而三地加以请求，可少纳言依旧不松口。对此，想必少爷一定觉得非常遗憾吧。

有一天，少爷在陪着老大人玩双六[4]的时候，不经意间就吐露了心中的这一牢骚。据说，老大人听了之后，便一如既往地朗声大笑了起来，还安慰他道：

1　待贤门的异称。平安京大内里外郭十二门之一。

2　日本律令制下太政官少纳言局的职员，负责小事的奏宣、内外印的管理等事务。

3　即迦陵鸟，亦称迦陵频伽鸟。原产印度，叫声清亮动人。佛教经典中，常以其鸣声譬喻佛菩萨之妙音。或谓此鸟即极乐净土之鸟，常将其画作人头鸟身形状。

4　一种起源于埃及或印度，在奈良时代之前便由中国传入日本的棋类游戏。两人对局，各有黑白十五颗棋子，通过掷骰子来决定棋子移动的步数。有点像跳棋。

"这有什么好发牢骚的？你等着吧。过几天那本笙谱就会到你手里的。"

却说没过半个月，有一天，中御门的少纳言来堀川大人府邸赴宴。回去时却在半路上就突然吐血身亡了。这事暂且不提。在下要说的是，就在第二天，当少爷漫不经心地来到客厅时，却发现那把名为"迦陵"的笙和《大食调入食调》的笙谱，也不知是谁拿来的，竟好好地放在了那张镶嵌着螺钿的几案上了。

后来，少爷又陪老大人玩双六时，老大人颇为关切地问道：

"近来你的笙乐，定然是大有长进了吧？"

不料少爷听了之后，却平静地注视着棋盘，冷冰冰地答道：

"我已决定，终生不再吹笙了。"

"为什么不吹了？"

"多少也算是为少纳言祈求冥福吧。"

说着，他还两眼直勾勾地紧盯着老大人的脸。可老大人却像是没听到他说的话似的，用力摇了摇筒子[1]，说道：

"这一局，也是我大获全胜哦。"

随即，他便若无其事地继续下棋。如此这般，当时的对话就戛然而止了，可他们父子之间，就从此刻开始，产生了不愉快的隔阂。

1　指装有双六骰子的竹筒。

四

自那时起，到老大人仙逝为止，他们父子俩就像两只在天空中盘旋着的苍鹰一样，彼此对视着，各自都不露出一点儿破绽来。不过，正如前文所述，少爷对于口角之类，是极为厌恶的，所以他对于老大人的所作所为，几乎从未表示过反抗。只是在他那略斜的嘴角处挂上些许嘲笑的同时，说出一两句尖锐的批评而已。

曾经，老大人在二条大宫遇上"百鬼夜行"后依旧安然无恙，并因此在京城内外大获好评。对此，少爷曾不无嘲笑意味地对我说道：

"这叫作鬼见鬼，老爷子安然无恙又有什么可奇怪的呢？"

之后，便有了融左大臣夜夜在东三条的河原院显灵，却被老大人大喝一声而从此绝迹的事情。对此，我记得少爷也曾在他那略歪的嘴角边挂着嘲讽的微笑，对我说过这样的话：

"融左大臣不是极富吟风咏月之才的吗？所以他遇上了老爷子，定然是因为不屑与之交谈而有意避开的。"

对于老大人而言，这些话无疑是十分刺耳的。冷不丁地听到后，老大人虽说也只是面呈苦笑，但从他的面部表情上，分明能看出其心中的无比愤怒。有一次，在进宫赴梅花宴回来的路上，不料拉车的牛脱缰乱跑，撞伤了一个路过的老者。那老者非但不恼，竟还双手合十，口中念念有词，称能被堀川大人的牛撞上，实乃三生有幸。那会儿少爷也当着老大人的面训斥那牵牛童子道：

"你真是个笨蛋！既然让牛乱跑，何不干脆用车轮将这贱货碾死呢？你看这老头，撞伤了他，他还双手合十，连声道谢呢。你要是碾死了他，就会有菩萨来带他去西方极乐世界了。那不是更加可喜可贺？再说，这样的话，老大人不就更加声名远扬了吗？你真是个缺心眼儿的东西！"

我辈在一旁听了，全都吓得手脚冰凉，不知所措，心想这下可把老大人给惹毛了，说不定老大人会举起手中的折扇，狠揍少爷的吧。这便如何是好？不料少爷居然满不在乎，还露出美丽的牙齿对着老大人笑道：

"父亲大人，您不要生气。这牵牛童子已经知道错了。下次他会用心的。要么不出事，要出事，就一定会碾死个把人，让父亲大人的美名一直传到震旦去的。"

老大人哭笑不得，像是拿他一点儿办法也没有，只得带着满脸的苦笑，吩咐继续上路。

正因为他们父子俩一直处于如此关系之中，所以少爷那守候在老大人临终之时的模样，在我们的心头投下了不可思议的阴影。至今回想起来，也如在下先前已说过那样，只觉得他身上似乎散发着一股新磨过的利刃般的寒意，透人心肺。可尽管如此，看着少爷还是叫人觉得颇可仰仗的。确实，当时我们都有一种改朝换代的感觉——并且不仅限于该府邸之内，仿佛普照天下的太阳，一下子从南边甩到了北边一样，叫人惶惶不可终日。

五

自从少爷成了一家之主之后，府中如同吹进了春风一般，呈现一派从未有过的风雅景象。赛诗会、赏花会、艳书会[1]之类频频举办，盛况大胜从前，这些都是无须多言的。就连侍女、武士们也像是从古代画卷上走下来的一般，神情样貌、言谈举止都变得高雅起来了。要说这些还都在情理之中。而变化尤为显著的，竟是前来做客的贵人们。因为，不论是多么权势熏天、名动当下的大臣名将，若非在某个领域具有出众的才能，都很难得到少爷的垂青。不，应该说即便得到了少爷的眷顾，也被邀为了上宾，可他们看到在座的无不是多才多艺的风流才子，也不免自惭形秽，自然而然地就退避三舍了。

与此相反的是，即便是无官无职的白丁，只要在诗歌管弦上有一技之长，也会受到少爷大力褒奖。譬如说，某个秋夜，皎洁的月光穿过窗格子照入屋内。远处又传来了阵阵织布声。少爷忽然叫了声"来人"，便有一位新入府当值的武士应声上前。可当时也不知少爷是怎么想的，居然突然对那武士说道：

"这阵阵的织布声，想必你也听到了吧。就以此为题，吟上一首来吧。"

那武士蹲在下方，侧着脑袋略一思索，便吟出了"青柳"二字。此时，伺候在少爷身旁的侍女们竟忍不住笑出了声来。也难怪，这"青柳"是春天的季语，与眼下的时节不合。不料那武士不

1　日本平安时代贵族间流行的雅集之一。来客分两组各自书写情书、情诗，然后互较优劣。

慌不忙，吐字清晰地继续吟诵道：

> 青柳垂绿线，春逝夏去秋复来，唧唧机声起。

四周顿时鸦雀无声。

随后，少爷便命人将一件织有胡枝子花样的礼服，从窗格子里递到外面的月光中，赏给了那名武士。其实，该武士也并非旁人，正是我姐姐的独生子。他的年岁与少爷相仿，风华正茂，没想到刚入府当差就得了如此机缘。之后，他也屡屡获得少爷的青睐。

总之，少爷平素大致如此。在此期间，他迎娶了夫人，每朝廷任命职官，他也总能加官晋爵。但这些都已广为人知，就无须在下赘言了。与此相比，还是说说早承诺过的，少爷一生中唯一的一个离奇故事吧。话虽如此，由于少爷的一生风平浪静，除了获了一个"天下情圣"的雅号——这一点与老大人不同以外，确实也没什么脍炙人口的故事了。

六

却说那还是老大人仙逝五六年后的事情了。那会儿，少爷正情迷于先前提及的那位中御门少纳言的独生女，接二连三地给这位世间公认的美貌小姐写情书呢。不过，如今我等在他跟前提及他那会儿的似火浓情时，他总是爽朗地笑笑，显得十分洒脱，还仿佛自嘲一般地说：

"老伯，虽说天高任鸟飞，可我那会儿只会一个劲儿写些蹩脚的情诗、和歌，这全是'情'字作的孽啊。如今回想起来，那会儿真像是一脚踏进了狐狸精的坟地，简直是鬼迷心窍啊。"

可当时的少爷却一反常态，深陷相思泥潭，难以自拔。

然而，如此"鬼迷心窍"的，也并不只是少爷一人。在当时，可以说所有的年轻殿上人[1]无一不钟情于这位中御门小姐。在她那自父亲一代就定居于此的二条西洞院府邸周围，常有此辈中的多情种出没。他们或乘车，或徒步，趋之若鹜，络绎不绝。据说有一次在一个晚上，前后就有两个头戴乌帽子的公子哥儿站在该府邸的一树梨花下，对着月亮吹笛。

事实上就连才高八斗、名噪一时的菅原雅平也倾心于这位中御门小姐，还因恋情无果而含恨弃世。有人说他自我流放去了荒僻的筑紫[2]，也有人说他甘冒东海波涛而去了遥远的唐土。总之是销声匿迹、杳无音信了。这位仁兄与我家少爷也有着很深的诗文之交，往来酬唱时，他曾将少爷比作乐天[3]，自己则比作东坡[4]。然而，中御门小姐再怎么美貌动人、倾国倾城，这位天下无双的风流才子竟因为难得其芳心而远赴边土，断送自己一生的前程，未免也太执迷不悟了吧。

可话又说回来，他如此灰心丧气也是情有可原的。因为，中御门小姐实在是长得太美了。在下有幸，也见过她一两次。当时，但见她行若拂柳，貌似璨樱，身穿丽服，锦衣玉带，在大殿明灯的辉映下，

---

1 原指品阶在五位以上，且被允许进入清凉殿（古时天皇的办公处，后专用于举行各种仪式）的公卿。这里泛指贵族子弟。

2 日本九州地区的古称。

3 即中国唐朝的白居易。

4 指中国北宋的苏轼。在平安时代日本文人的心目中，白居易的地位是最高的，故而菅原雅平这么打比方还是带有自谦意味的。

秀目低垂，矜持凝重。如此情影，恐怕我也是永生难忘的。更兼这位小姐的秉性也与众不同，心气高迈，一般的纨绔子弟别说让她动心了，反倒会被她一眼看透本性，从此便嗤之以鼻。就连她所宠爱的猫儿也一样，被她耍弄够了，就再也不让它靠近自己的膝头了。

七

正因如此，在钟情于中御门小姐的各位公子哥儿之间，居然闹出了许多如同《竹取物语》[1]故事中的笑话来，而其中最令人同情的，则是京极[2]的左大弁的遭遇。这家伙的脸蛋生得黑不溜秋的，以至于被京里顽童称作"乌鸦左大弁"。可是，人家尽管长得黑，七情六欲却与常人没什么不同，故而也爱上了中御门小姐。然而，这家伙看似机灵，胆子却很小，所以尽管心里对中御门小姐恋慕得不行，却既不敢主动表白，也从不肯在朋友面前提起此事。但他时常跑去偷窥中御门小姐的事情，终究是无法隐瞒的。有一次，他的朋友中就有人以此为由头，变着法地、不依不饶地对他展开了责问。这位乌鸦左大弁被逼得无路可走，就编造了一个借口：

"哪儿呀，我就实说了吧。其实不是我一厢情愿，而是那位小姐先有所表示，略示风情，我才常往她家跑的。"

不仅如此，他为了证明自己说的是真话，还无中生有地连带

1　日本现存最古的平安时代前期的传奇故事。作者不详。讲述一伐竹老翁从竹子里得到了仙女辉夜姬。辉夜姬长大成人后美貌无比，在拒绝了五位贵族公子以及皇帝的求婚后，返回了月宫。

2　地名。位于日本京都市内。此指平安京（京都故称）东西两端贯穿南北的大道。通称东京极、西京极。但也多将东京极（今称寺町大街）单独称为京极。

着编造了一些来自中御门小姐的字句、和歌什么的，说得像煞有介事，似乎小姐已对他情深义重、芳心似焚一般。他那个朋友本就不是什么省油的灯，是最喜欢搞恶作剧的，故而在半信半疑之下，立刻就炮制了一封中御门小姐的假信，随手找了根藤条绑上后，就派人送到了左大弁的手里。

不明就里的京极左大弁收到来信后，胸口如有小鹿乱撞一般，激动之情难以自抑。他急忙展信来读，不料又是大吃一惊。原来中御门小姐的来信极尽哀婉悲切之能事，明明白白地诉说着自己对左大弁的刻骨相思，最后竟说自己明知无望得结良缘，已经心灰意懒，打算削发为尼，遁入空门，在黄卷青灯的陪伴下度过余生了。那乌鸦左大弁做梦也没想到中御门小姐竟会对自己如此痴情，激动之余连自己都搞不清自己此刻的心情是欢喜还是悲哀了。一时间，他只是茫然地面对着摊开的书信，一个劲儿地长吁短叹。随即，他就觉得现在已经到了非得当面向中御门小姐一诉衷肠不可的时候了。当时正值黄梅雨季。于是他就在一个淫雨霏霏的黄昏，带上一个小童，打着伞，悄悄地来到了中御门小姐那位于二条西洞院的府邸。然而，中御门小姐家的大门紧闭着，任凭他怎么敲，怎么喊，也不见有人出来开门。就这么一来二去，天色已经入夜，人迹稀少的夯土路上，只听得青蛙在恼人地聒噪着。雨也越下越大了，身上的衣服全都湿透了。他只觉得头晕目眩，狼狈不堪。

过了好长时间，大门总算开了。出来的是一位名叫平太夫、跟我差不多年纪的老武士。他将手里一封同样拴着一根藤条的信，递给了乌鸦左大弁，随即便默不作声关上了大门。

左大弁内心五味杂陈，七上八下地回到家里后，赶紧拆信来看。只见信上并无半句多余的话，只龙飞凤舞地抄写着一首古代的和歌：

> 落花纵有意
>
> 怎奈流水太无情
>
> 何苦单相思

不消说，是那位好恶作剧的朋友，将事情的原委一五一十地告诉了中御门小姐。对于乌鸦左大弁既不解风情又痴心妄想的蠢样儿，小姐早已了然于胸了。

八

照此说来，或许有人会觉得与世间一般的小姐相比，中御门小姐的所作所为似乎太过离奇，简直叫人难以相信了。可在下要讲的就是眼下我所侍奉的少爷的故事，又怎么可能凭空捏造呢？其实，当时在京城广受热议的小姐，除了中御门小姐，还有一位呢。不过这一位小姐是以偏好虫类而出名的。据说她连长虫[1]都养，那才真是叫人不可思议呢。不过她的事情纯属无关主旨的闲谈，在此就不啰唆了。

却说中御门小姐父母双亡，因此她家除了她以外，就只有以先前提到过的那位平太夫为首的几个男仆女侍了。由于她家自上代起

1　即蛇。

都是有福之人，故而衣食无忧，小姐也凭着自己的美貌，任着自己高傲的心气儿，为所欲为，根本不把世俗人情放在眼里。

要说这世人还真是喜欢捕风捉影、信口雌黄，居然有人说中御门小姐其实是少纳言的夫人与堀川老大人所生的。而她父亲的暴毙，也为老大人出于旧情遗恨而下毒所致。可是，关于少纳言的骤死，正如先前在下已陈述的那样，又怎么可能是死于老大人之手呢？可见这种谣言完全是无中生有，一派胡言。再说，倘若真是那样，少爷也绝不会如此钟情于中御门小姐了。

我听人说，少爷在刚开始追求中御门小姐时，虽说热情似火，可小姐对他却比对待任何追求者都更加冷淡。不，不仅如此。有一次我外甥替少爷前去传递情书，也跟乌鸦左大弁似的吃了闭门羹。就连那位平太夫，似乎也对堀川家的人怀有刻骨仇恨似的。正当我外甥用力推门，想强行闯入的当儿，他老人家便沐浴在春日阳光下，映衬着娇艳梨花的围墙上探出那颗满是白发的脑袋来，高声喝道：

"喂！青天白日的，你小子就想打家劫舍吗？告诉你，我平太夫的刀可不是吃素的。你胆敢跨进门一步，我就将你一刀两断！"

只见他气势汹汹，还将浅黄色狩衣的两只衣袖挽得老高。如此情形，要是换了我，就难免要白刃相交、血洒当场了。可我外甥说，他当时只是在路边捡了一坨牛粪扔过去就赶紧跑回来了。老实说，在这种情况下，即便情书送到了中御门小姐的手中，也绝不会有回音的。可少爷却不以为意，隔三岔五地，依旧差人送去情书、和歌或者美丽的画卷，无怨无悔、毫不懈怠地坚持了三个多月。正因为如此，少爷如今所说的"我那会儿只会一个劲儿写些蹩脚的情诗、和歌，这全是'情'字作的孽"，是一点儿也不错的。

九

恰在此时，京城里出现了一个长相奇特的怪和尚，开始了至今从未听说过的摩利教的传教活动。这事在当时被传得满城风雨，想必诸位也有所耳闻吧。后来被话本小说大写特写的什么从震旦来的天狗[1]的故事，也正如染殿之后[2]被鬼魅附身之事那样，都是借了这个怪和尚的事迹编造出来的。

要说起来，在下第一次见到那个怪和尚，也就在那会儿。我记得那是个花阴[3]时节的正午，我外出办什么事回来时，打神泉苑[4]外路过。只见那围墙外聚集了二三十人，又吵又骂，闹得不可开交。其中有戴软礼帽的，有戴硬礼帽的，有最喜欢看热闹、戴斗笠的妇女，还有个骑竹马的小孩子。我心想该不是遭了福德大神的报应而在那儿发狂乱舞吧？要不，就是哪个冒冒失失的近江商人着了偷鱼贼的道儿了？正因为闹腾得太厉害了，我也就站在人背后朝里面瞄了一眼。出乎意料的是，但见人圈子的正中间站着个形同乞丐的怪和尚。他一手杵着一根旗杆，旗上画着个从未见过的女菩萨，正一刻不停地说着什么。看年纪快到三十岁了吧，肤色黝黑，眼角上翘，相貌十分吓人。身上穿着一件皱巴巴的黑色袈裟，打着卷的头发一直垂到了肩上，脖子上挂着个"十"字形、模样古怪的黄金护身符。一看就知道不是个寻常的和尚。我正看着的时候，一阵风刮

---

1 日本人想象中的怪物，红脸蛋，长鼻子，会飞，来无影去无踪。通常以负面形象出现。
2 即藤原明子（829—900），藤原良房之女，于文德天皇的东宫时代入宫，生清和天皇。
3 指樱花盛开的季节里时常出现的、淡云密布的阴天。
4 日本平安时代，皇宫中天皇、贵族等荡舟游玩的地方。

来，将神泉苑里凋落的樱花花瓣，从头到脚撒了他一身。总之，那人的模样太古怪了，与其说他是人，不如说他是智罗永寿一类的更确切些，只不过他将翅膀隐藏到了袈裟下面去罢了。

就在此时，站在我身旁的一个身材魁梧，像是个铁匠的家伙，一把从孩子手里抢过竹马来，对着那怪和尚大叫道：

"你这个混蛋！竟敢说地藏王菩萨是天狗！"

随即便挥起竹马朝那怪和尚的脸上打去。可那怪和尚毫不惊慌，脸上露出令人讨厌的微笑，高高举起那幅画有女菩萨的画像，任由其随同落花一起在风中翻飞。与此同时，他还大声呵斥道：

"就算今生今世享尽荣华富贵又有何益？违背了天上皇帝的教义，一旦丧命，就会立刻堕入阿鼻叫唤地狱[1]，被无尽的业火烧得皮开肉烂，吼叫不已。而你要是殴打了受天上皇帝派遣而来的摩利信乃法师，则更是罪孽深重，不必等到寿终正寝，明日就会受到诸天童子的惩罚，会患上浑身发白的麻风病的。"

震慑于他的如此气势，在下就不必说了，就连那个铁匠，一时间也只是用竹马指着对方，呆呆地望着这个发了疯似的怪和尚。

＋

然而，仅过了片刻工夫，那铁匠便重新握紧了竹马，气势汹汹地骂道：

"好你个浑蛋！还在这里胡说八道！"

1　佛教八大地狱中最下、最苦之处。

话音未落，他就猛扑了过去。当时，无论是我还是其他看热闹的人，无不认为这下子竹马可要重重地砸在那怪和尚的脸上了。事实上那竹马也确实在怪和尚那被太阳晒得黑黑的脸上添上了一条蚯蚓似的红杠。可是，就在那竹马刚把空中的落花扫入翠绿的竹丛时，就听咕咚一声，有人倒在了地上。而出乎所有人意料的是，倒地的不是那个怪和尚，而是那个身强力壮的铁匠。

见此情形，这一干看热闹的全都吓得倒退了几步，摆出了一副随时准备逃走的架势来。那些戴软乌帽、硬乌帽的家伙更是露出了孬种本色，居然已经转过身来，从那怪和尚的身边跑开了。再看那个铁匠，正仰面朝天地躺在那怪和尚的脚下，手里还拿着那个竹马，可嘴里却跟抽羊角风似的吐着白沫。那怪和尚先是窥探了一番铁匠的呼吸状况，然后抬起眼来望着我等，傲慢地说道：

"看到了吧。我说的可有一句假话？诸天童子挥动无形之剑，一下就击倒了这个蛮横无理的家伙。没将他的脑袋打个粉碎、叫他血洒京城大道，已经算是他天大的造化了。"

这时，鸦雀无声的人群中，突然爆发出了一阵哇哇大哭之声。刚才那个骑着竹马玩的小孩，甩动着一头披肩长发，连滚带爬地跑到了那个倒下了的铁匠身边。

"阿爸！阿爸！阿——爸！"

那孩子叫了好多遍，可铁匠依旧不省人事。他嘴边的白沫，在花阴时节的春风吹拂下，一直垂到了穿着白色上衣的胸部。

"阿爸！你快醒醒呀！"

那孩子不住地哭喊着，见铁匠毫无反应，他便突然脸色大变，杀气腾腾地跳起身来，双手抓过父亲手里的竹马，直扑那个怪和尚，抡起竹马就打。怪和尚用那根挂着女菩萨画像的旗杆，随便一扒拉，就把竹马扒拉开了。随即他露出令人讨厌的微笑，故意柔声细气地说道：

"别胡闹了。你父亲不省人事，可不干我摩利信乃法师什么事哦。再说你这么为难我，也无法令你父亲生还的呀。"

那孩子停止了攻击。不过，这倒不是听懂了怪和尚说的道理，而是他明白，自己是无论如何也打不过这个怪和尚的。于是，这个铁匠的儿子挥动了五六次竹马后，只得站在大道中间哇哇大哭。

十一

摩利信乃法师见此情形，脸上又浮起了诡笑，他走到那孩子的身边，说道：

"看来你是个懂事的，比同龄人聪明的小孩啊。只要这么乖乖地待着，诸天童子就会喜欢你，一会儿就让你阿爸活过来的。现在，我就来为你阿爸祈祷，来，你也学着我一起祈祷吧。让我们一起来祈求天上皇帝的慈悲吧。"

说着，那怪和尚就双手抱着那根旗杆，在大道的正中央跪了下来，恭恭敬敬地低下了脑袋。随即，他便闭上了眼睛，嘴里则高声念起了奇怪的咒语来。也不知他这么祷告了多长时间。反正我们这些围在他身边看他做这种奇怪的加持仪式的人，觉得过了半个来时辰之后吧，那怪和尚睁开了眼睛，依旧跪着，伸过手去罩在那铁匠的脸上。随后，就眼看着那铁匠脸蛋恢复了血色，并从他那张满是白沫的嘴中，发出了一声长长的呻吟。

"啊！阿爸又活了！"

小孩子扔掉了手中的竹马，高兴得手舞足蹈，又跑到父亲的身边。可是没等他用手去将父亲抱起来，那铁匠就随着一声呻吟，像是喝醉了酒似的，慢慢地，摇摇晃晃地坐起了身子。这时，怪和尚像是十分满意，也悠悠然地站起身来，展开那幅画有女菩萨的画像，罩在了他们父子的头上，就像是在为他们遮蔽太阳光似的。

"天上皇帝的威德，犹如这天空一般无边无际。难道你们还不信吗？"

他庄严地说道。

铁匠父子这会儿虽说还搂抱着坐在地上，可那怪和尚惊人的法力，恐怕已将他们吓得魂飞魄散了吧。他们仰望着画有女菩萨的旗幡，浑身颤抖，双手合十，像是十分虔诚地礼拜着。很快，我们这些站在周围看热闹的人中，也有那么两三个人，或脱下斗笠，或端正了一下乌帽子，开始膜拜起那女菩萨来了。不过我总觉得那怪和尚以及那女菩萨画像都透着一股魔界的妖气，故而看到铁匠已经回阳，就离去了。

日后听人说，那怪和尚所宣讲的，是从震旦传来的摩利教，至于这个摩利信乃法师，有人说是本国人，有人说他已经变成唐土人了，莫衷一是。还有人说他既非本国人，亦非震旦人，而是来自遥远的天竺。白天，他就这么走街串巷；一到夜里，他那件墨染一般的法衣就变成巨大的翅膀，飞身在八阪寺高塔的上空，回旋翱翔。想来这些传闻应该都是些子虚乌有、荒诞不经的谣言吧。然而，这位摩利信乃法师的所作所为，确有颇多奇妙之处，以至于叫人觉得，这些谣传也不无几分道理。

十二

　　首先值得一提的是，这个摩利信乃法师的咒语可谓是法力无边，曾在眨眼间就治好了许多的顽疾。瞎子重见光明啦；瘫子站起身来啦；哑巴开口说话啦——如此这般，其神奇疗效数不胜数。而其中最脍炙人口的，恐怕要数他治好了摄津守[1]的人面疮[2]之事了吧。这个摄津守将外甥打发到老远的地方去，自己却霸占了他的女人。结果遭了报应，在左膝盖头上，生出了一个十分古怪的大疮。那疮的形状，跟他外甥的脸一模一样，钻心刻骨地疼，闹得他日夜都无法安宁。据说在那怪和尚的咒语加持之下，那"人脸"眼瞅着就和颜悦色起来了，不一会儿，还从那像是嘴巴的地方隐隐约约地吐出了"南无"二字，随后，整个疮疤就消失得无影无踪了。至于那些被狐仙上身的，被天狗上身的，或被其他各种不知名妖魔怪鬼上身的人，更是不值一提了，他们只要一戴上那个"十"字形的护身符，那些个狐仙、天狗或其他各种不知名妖魔怪鬼，统统都像树叶上的蛀虫遇到了狂风一般，一个个地全给刮跑了。

　　当然，说摩利信乃法师法力无边，也不仅仅是由于以上这些实例。譬如说，对于诽谤摩利教人的，谩骂其信徒的人，那怪和尚也会立刻祈求天神给予可怕的惩罚。关于这方面，在下在大街上也看到过。在他的咒诅下，井水会立刻变成血水；田里的稻子会在一夜之间被蝗虫吃个精光。至于白朱社的那个要咒死摩利信乃法师的

1　官名。摄津（相当于今天的大阪府西部和兵库县东南部）的地方长官。但也可能仅仅是个头衔，并无实际权力。

2　一种形状像人脸的怪疮。通常长在膝盖上，奇痛。据说喂饭粒给它吃就不痛了。

巫女，所得到的报应则是，仅被法师瞪了一眼，就立刻患上了令人作呕的白皮麻风。正因如此，也就让更多的人相信他是天狗的化身了。于是，从鞍马的深山老林里走出了一个箭术高明的猎人来。他声称："既然是天狗，又有什么可怕的。叫他吃我一箭！"[1]结果他也着了诸天童子的道，被一箭刺瞎了眼睛，最后反倒成了摩利教的信徒。

　　如此气势之下，不论男女老少，成为摩利教信徒的人自然是与日俱增的。而入教的仪式，也可谓是别开生面。先要用水将脑袋淋湿，搞个灌顶似的仪式。说是不灌一次顶，就无法证明你皈依了天上皇帝。以下的场景可是我外甥亲眼所见的。有一天，他走过四条的大桥，看到桥下河滩上聚了很多人。心想，他们在干吗呢？便留意观看了一下。结果发现是那摩利信乃法师正给一个像是关东武士模样的人灌顶呢。那会儿的加茂川，河水微温，漂浮着落樱花瓣的河面上，映照出了佩刀跪坐着的武士和手举"十"字形护身符的怪和尚的身影。或许是那仪式也太过稀奇了吧，故而看热闹的人很多。——哦，对了，之前忘了说了。那个摩利信乃法师倒是从一开始就在四条河原的非人[2]小屋之间用草席搭了一间小屋，始终一个人孤孤单单地住在那儿。

1　传说鞍马山中就有天狗。

2　日本古代处于最下层的人。该阶层的人只能从事牢狱、刑场上的杂役，或卑俗的演艺等。直到明治四年（1871）才从法制层面废除了该称呼。京都的四条河滩在古人是处决犯人的场所之一，故而有许多非人小屋。

十三

下面请允许在下说回正题。

却说我家少爷在此期间因一件意外之事，终于能与他心仪已久的中御门小姐亲密交谈了。

这件意外之事，发生在某个橘花飘香、杜鹃声声、雨意浓浓的夜晚。而十分难得的是，夜深之后，皎洁的月亮露出了脸来，即便不掌灯，也能朦朦胧胧地分辨出人脸来了。当时，少爷正幽会了某位女官后踏上归途，为了不招人耳目，只带了一两个随从。他坐着牛车，在明亮的月光下缓缓而行。正是夜深人静时分，行进在大道上，只能听到远处田里的蛙声，以及辚辚的车轮声。尤其是到了那荒寂的美福门[1]外，由于那儿常有狐火[2]点点，就更觉得鬼气逼人，似乎连那头不解风情的老牛也都加快了脚步。

就在此时，随着对面围墙背后突然发出的几声干咳，从左右两边一共窜出了六七个像是强盗的蒙面男人来，他们手中的白刃在月光下闪闪发亮，猛地扑向少爷所乘坐的牛车。由于事出突然，牵牛的童子和随从的杂役全被吓得魂飞魄散，他们"啊呀！"大叫一声，就撒腿朝来的方向跑掉了。然而，强盗们对他们看都没看一眼。他们中的一个抢上前来，一把抓住牛缰绳，将车停在了大路中间。与此同时，明晃晃的白刃将车牛团团围住，且步步紧逼了上来。紧接着为首的一个粗暴地掀开了车帘，回头向同伴确认道：

"怎么样？是这家伙吗？"

---

1 日本古代平安京大内里的外郭十二门之一。朝南，位于朱雀门的东面。

2 日本传说狐狸在半夜里点的火。一说是狐狸嘴里喷的青白色怪火。原因不明，或为磷火。

看样子，他们不是来打劫的。少爷吃惊之余，倒也觉得有些奇怪。他刚才一直是一动也不动地坐着的，这会儿用折扇斜斜地挡在脸前，透过扇骨缝隙打量起这伙强盗来。这时，强盗中有人用沙哑的嗓音恶狠狠地说道：

"没错。就是他。"

少爷听了之后，觉得这嗓音好像在什么地方听到过似的。于是他越发觉得奇怪了，借着明亮的月光，朝说话的那人看去，只见那人尽管用布包着脸，但还是能认出，他就是长年侍奉中御门小姐的那个平太夫。据说在那一瞬间，少爷也不由得吓得倒吸了一口凉气。因为他早就听说，这个平太夫将堀川一家人全都视作仇寇，必欲除之而后快。

当时，听到平太夫如此回答后，刚才问话的那个强盗头子就用刀尖指着少爷的胸口，用更为粗暴的口吻喝道：

"那你就拿命来吧！"

十四

然而，凡事都不慌不忙的少爷，很快就恢复了镇定。他悠然摇动手中的折扇，事不关己似的说道：

"慢来，慢来。你要取我的性命，我倒也并非一定不给你。只是我有一事不明，你取了我的性命，又拿来何用呢？"

那强盗头子将白刃又抵近一些，说道：

"中御门少纳言，是谁害死的？"

"是谁害死的我不知道。但我有确凿的证据可以证明不是我害死的。"

"不是你，就是你老爹。不管是谁，反正你就是仇人家的。"

强盗头子这么一说，其余的强盗也都嚷嚷了起来：

"对！你就是仇人家的。"

其中平太夫更是骂得咬牙切齿，他跟一头野兽似的望着车内，用长刀指着少爷用嘲弄的口吻说道：

"别耍小聪明了！还是念上十遍'阿弥陀佛'吧。"

但少爷不为所动，依旧不慌不忙，对于递到了胸口的白刃，看都不看一眼。

"如此说来，你们都是少纳言的家人吗？"

他突然抛出了这么个问题来。众强盗听了，不由得面面相觑，一时间不知道该如何回答是好。见此情形，平太夫立刻接口说道：

"是的。你又待怎样？"

"我倒也不想怎样。只是觉得你们当中若有人不是少纳言的家人，那他一定是天底下最大的傻瓜了。"

说完，少爷便露出美丽的牙齿，晃动肩膀哈哈大笑了起来。这笑声，居然连这些亡命之徒也觉得心惊胆战，连抵近少爷胸口的刀尖，也十分自然地退到车外了。

"为什么这么说呢？"少爷继续说道，"你们现在杀了我，明天就会遭到检非违使[1]的追捕，日后还将遭受极刑。若是少纳言的家人，则是舍命尽忠，可谓是求仁得仁，并无遗憾。可你们当中若有人并非少纳言的家人，只是为了金银而对我白刃相向，那就等于拿

1．日本平安时代初期设置的执掌京城治安和司法的官职，权力极大。

自己只有一次的性命来换取奖赏了。不是傻瓜又是什么呢？你们好好想想，是不是这个道理？"

强盗们听了这话，像是才明白过来似的，再次面面相觑了起来。只有平太夫一人，像发了疯似的吼道：

"胡说！什么傻瓜不傻瓜的。在傻瓜的刀下送命的你，才是大上一百倍的傻瓜！"

"哦，这么说来，你已经承认那是傻瓜了？看来你们之中确实有跟少纳言毫不相干的人了。这就有趣得紧了。我倒有几句话要说给与少纳言不相干的人听听。你们这些人要杀我，不为别的，只为得到金银，是不是？这就好办了嘛。这金银，你们要多少，我就可以给多少啊。可与此同时，我对你们也有一事相求。反正是为了金银嘛，为我做事，得到的金银更多，岂不是更合算一些呢？"

少爷从容不迫地微笑着，用折扇敲打着指贯膝盖处，如此这般跟车外的强盗展开了谈判。

十五

"听您这么一说，还真是非得照您说的去做啊。"

强盗们这时全都听得战战兢兢，鸦雀无声，半晌过后，强盗头子才不无恐慌地如此回答道。少爷听了之后，像是十分满意，他"哗啦"一声展开了折扇，依旧用轻松的语调说道：

"是啊！其实，我要拜托你们做的，也并非什么难事。喏，那位老爷子，想必就是少纳言的家人，名叫平太夫吧。听得坊间传闻，他平日里就对我怀恨在心，想方设法地要取我的性命。你们今天肯定也是受了他的挑唆才来的吧？"

"正是。"

三四个蒙面强盗异口同声地答道。

"所以我要拜托你们的，就是擒住这个罪魁祸首，断了这个祸根。怎么样，能仰仗你们之力，将平太夫捆绑起来吗？"

或许是少爷的这番话太出乎众人的意料了，强盗们听了，一时间呆若木鸡。他们面面相觑了一会儿，稍稍地出现了一阵骚动，可马上就又恢复了沉寂。突然，强盗中响起了一个像是夜鸟啼鸣一般的沙哑嗓音。

"喂！你们发什么呆？你们全被这乳臭未干的家伙的花言巧语蒙骗住了吗？你们的刀拔出来难道就是摆花架子的吗？什么'照您说的去做'？简直是厚颜无耻！你们还有没有一点儿江湖道义了？罢了，罢了。我也不用你们动手。不就是他的一条小命吗？凭我平太夫的这把刀，还不是一眨眼的工夫就了结了吗？"

话音未落，平太夫就扑了上去，照着少爷的面门便挥刀砍去。说时迟，那时快，那强盗头子见此情形，"当啷"一声扔下了手中的刀，从一旁猛扑过去死命抱住了平太夫。随即，别的强盗也纷纷收刀入鞘，像蝗虫似的从西面八方扑向了平太夫。俗话说双拳难敌四手，好汉还怕人多，更何况平太夫已上了年纪，怎么会是他们的对手呢？一会儿的工夫，这老爷子就被人用牛缰绳捆了个结结实实，按在月光明亮的大道上了。要说此时的平太夫，那模样简直就跟中了套的狐狸一般，龇牙咧嘴，气喘吁吁，还不住地挣扎着，像是于心不甘、绝不服输的样子。

少爷见状，打着哈欠笑道：

"啊呀呀，辛苦了。辛苦了。这下可了却了我的一桩心事了。既如此，你们索性护着我的牛车，押着这老爷子，送我回堀川府邸吧。"

事已至此，强盗听他这么说，倒也不好违拗了。于是他们就代替了原先的杂役，簇拥着被五花大绑的平太夫，开始在月夜中结队而行了。有所谓"天下之大，无奇不有"的说法，能让强盗做自己的跟班，恐怕除了我家少爷再也没有第二个了吧。其实，这支异乎寻常的队伍尚未到堀川府邸，就遇上了闻讯赶来的我们一班下人。于是在当场分发过赏赐之后，就悄悄地将他们遣散了。

十六

却说少爷将平太夫带回府邸后，当夜就将他绑在了马厩的柱子上，并命杂役看守着他。可到了第二天早上，晨霭未散，就早早地命人把他带到了院子。

"我说平太夫，你虽一心想为少纳言报仇雪恨，其实乃是愚不可及。不过你办的这事，倒也并非一无是处。尤其是你想出在朗朗月夜，纠集一帮蒙面大盗来截杀我，实在是与你等身份不符的风雅之举啊。只是所选的美福门近旁那地方不好。一样办的话，选在纠森[1]那儿多好啊。那儿古木森森，树荫重重，夏日月夜里还能听附近的潺潺流水声。再说白色卯花[2]影影绰绰的，又会平添一段风情。当然了，我是否会去那儿也很难说，说不定会让你们白等一夜。总

1　指日本京都市左京区贺茂御祖神社（下鸭神社）内的树林。

2　溲疏的别名。虎耳草科、溲疏属落叶灌木。初夏时开白花，洁净素雅。

之，鉴于你出于忠心，其志可嘉，办事又不失风雅之趣，这次我就恕你无罪吧。"

说完，少爷又一如既往地哈哈大笑了起来。随后他又吩咐道：

"不过你既然来到了这里，就请你带封信给你家小姐吧。听到了吗？这事可就交给你了哦。"

平太夫当时脸上的表情，那才叫一个难以捉摸、不可名状。总之，在下从未见过更为奇妙的表情了。既诡谲又痛苦，既像哭又像笑。两只眼睛睁得大大的，眼珠子滴溜乱转。或许是少爷觉得他既好笑又可怜吧，很快就收起了脸上的笑容，十分宽宏大量地吩咐那攥着绳头的杂役道：

"快解开绳索。不要再为难平太夫了。"

片刻之后，像一张弓似的弯腰弯了一夜的平太夫，就狼狈不堪地从后门逃也似的溜出去了。他的肩上扛着一根带有橘花的树枝，树枝上拴着一封信。随后，又有一人悄悄地出门了。他可不是旁人，就是我的外甥。他担心平太夫毁弃书信，故而也不禀报少爷，就躲躲闪闪地盯上了那老爷子的梢。

他们两人之间，大约相隔有半町来地吧。平太夫此刻已毫无戒备，无力地迈开赤着的双脚，垂头丧气地走在两旁尽是围墙的京城大道上。此时，天上一片阴沉，空中飘荡着若有若无的柿树新叶的气味。卖菜女等此刻已经上街了，可每当她们与平太夫擦肩而过时，都会觉得这个老信使十分怪异，忍不住要诧异地回过头去目送他一程。可平太夫却几乎看都不看她们一眼。

我外甥盯梢盯到这会儿，觉得应该不会出什么差错，打算中途返回了，可又觉得不怕一万就怕万一，故而他还是继续跟踪了一会儿。就在平太夫走到道祖神[1]小庙，快要走上油小路[2]的当儿，正好有个模样怪异的僧人转过十字路口，朝他这边走来，差点儿与他撞了个满怀。只见那僧人手持画有女菩萨的旗幡，身穿漆黑的法衣，还戴着个"十"字形的护身符。我外甥一眼就认出，他就是那个摩利信乃法师。

十七

就在即将撞上之时，摩利信乃法师猛地一闪身躲开了。然而，也不知为何，他随即便站定身躯，怔怔地望着平太夫的身影。不过平太夫对此似乎毫不在意，他让开了两三步后，便依旧迈开了孤寂落寞的脚步。我外甥觉得十分诧异，他以为就连摩利信乃法师也看出了平太夫那一反常态的神情了。而当他走过法师身旁时，发现法师仍失魂落魄地伫立在道祖神的小庙前。虽说他是天狗的化身，可他当时的眼神却是异乎寻常。不，具体说来，他当时的眼里没有了平时那种恶毒的光芒，反倒十分柔和湿润，简直就跟热泪盈眶似的。一棵将枝条伸向小庙屋顶的米槠树，将其新叶的影子洒在法师的身上。法师将画有女菩萨的旗幡斜靠在肩上，久久地目送着平太夫那远去的背影。而他的如此模样，在我外甥眼里显得是那样孤寂。后来我外甥说，唯有这一次，他觉得摩利信乃法师是十分亲切的。

1　保护行人的神。其小庙一般都设在岔道口或村口。
2　日本京都南北向的主要街道之一。位于今京都市下京区。幕末时曾在此发生过著名的"油小路事件"。

不一会儿，估计也是被我外甥的脚步声惊醒的吧，摩利信乃法师仿佛从梦中醒来似的，慌慌张张地转过了头去，并突然高举起一只手来，在空中画着奇怪的"九"字[1]，口中重复着莫名其妙的咒语，迈开了脚步。据说在他的咒语中，还听到了"中御门"的字眼，不过这也可能是我外甥的错觉。在此期间，平太夫依旧肩扛着橘树枝，目不斜视地、无精打采地走着。这时，我外甥也仍躲躲藏藏地跟在他的身后，一直跟到了中御门小姐那位于西洞院的府邸。不过他说，他一度因十分在意摩利信乃法师的奇怪举动而心中七上八下，还差点儿忘了少爷的书信。

少爷的书信看来是安然无恙地交到了中御门小姐的手里了。因为，这次很快就有了回信。这可是破天荒的。至于其中的缘由，我等下人自然是无法确切了解的，不过您也知道，小姐的性情是十分豁达的，想必她听平太夫讲述了半夜截杀少爷的经过后，了解到少爷人品出众，才芳心暗许的吧。自那以后，中御门小姐与我家少爷又互通了两三次书信，最后少爷终于在我外甥的陪同下，于某个细雨霏霏的夜晚，造访了已完全掩藏在柳荫下的西洞院。事到如今，想必那个平太夫也已经捐弃前嫌了吧，虽说那天夜里他还皱着眉头，可毕竟不再对我外甥气势汹汹、恶语相向了。

1　画"九"字是日本佛教的一种仪式。即一边念九字真言，一边用手指在空中画交叉的四条纵线和五条横线，以求保佑。此指画"十"字，因当时的日本人不懂天主教，故云。

十八

自那以后，少爷便几乎每夜都造访中御门小姐的西洞院府邸，有时还会带上像在下这样的老人。在下就是因如此机缘才得以瞻仰中御门小姐的花容月貌的。有一次，他们俩还将在下叫到近前，要我讲讲今昔之变迁。我记得下面的事情就发生在那会儿吧。当时，透过帘子的缝隙，能看到璀璨的星光洒落在池塘的水面上，枝头残存的藤花，散发着若有若无的幽香。在如此凉爽的夜气之中，在一两个侍女的侍奉之下，他们俩悠然酌饮的俊美模样，简直就是跟从大和绘[1]上走下来的人物一般无二。尤其是在白色单衣上罩了一件浅紫色内裰的中御门小姐，真是美若天仙，一点儿也不输于《竹取物语》中的辉夜姬。

一会儿过后，少爷突然乘着酒兴看着小姐说道：

"正如老伯所言，即便是在这小小的京城之内，也有着沧海桑田之变迁。世间一切法，全都这般不停地生灭流迁，是一刻也停不住的。就连《无常经》[2]中也说'未曾有一事，不被无常吞'。恐怕我们之间的恋情，也难逃此定数吧。而我所在意的，只是始于何时、终于哪日而已。"

少爷这话是用开玩笑的口吻说的，可小姐听了似乎有些不悦，她故意避开明亮的灯光，耍性儿似的瞪起杏眼来瞟着少爷说道：

1　与主要描绘中国风土人情的唐绘不同的，以日本风景、风俗为题材的绘画。这是日本平安时代的用语。

2　佛教典籍，全一卷。唐朝义净译于大足元年（701）。又称《无常三启经》《三启经》。旨在阐说老病死之难免。本经原或为某经的一部分，不知何时被分出，主要用于送葬时僧侣读诵。

"你说什么呢？好讨厌！如此说来，你是从一开始就打算抛弃我的？"

少爷听了这话非但不生气，反而兴致更高了。他端起酒杯一饮而尽，说道：

"非也。应该说，我倒是从一开始就担心被抛弃的那位啊。"

"你就会花言巧语地作弄人。"

小姐如此说道。她娇滴滴地嫣然一笑之后，忽又茫然地看着帘外的夜色，自言自语道：

"莫非世上的恋情，也全都是这么虚无缥缈的吗？"

于是少爷便同往常一样，露出美丽的牙齿笑道：

"是啊，何尝不是如此呢？不过，我等生而为人，也只有在坠入爱河之际，才能忘却万法无常，才能品尝到莲华藏世界[1]的灵丹妙药。不，应该说只有在坠入爱河之际，才能连爱恋之无常也忘却啊。因此，在我看来，反倒是日日沉湎于情爱三昧的业平[2]，才是具有非凡智慧与见识之人啊。而我等要想去除秽土中的众多苦难，置身于常寂光[3]之中，除了投身于《伊势物语》[4]那般的情爱，是别无他法的。小姐以为然否？"

说着，他便柔情万种地望着中御门小姐的侧脸。

---

1 佛经《华严经》《梵网经》中所说净土观中读到毗卢遮那佛居住的世界。

2 在原业平（825—880），平安时代初期的著名歌人。六歌仙或三十六歌仙之一。平城天皇之子阿保亲王的第五子，也称在五中将。降为臣籍后姓在原。以才华横溢、风流倜傥而闻名。被看作《伊势物语》主人公之原型。著有和歌集《业平集》。

3 即"常寂光土"。佛教所说四种佛土中的最高佛土。是佛教真谛具现化的世界。

4 日本现存最古老的和歌短篇故事集。成书于平安时代初期。作者不详。以在原业平等人的和歌为主线，收录了125则故事。多为爱情题材，表现了"物哀"和"风流"的精神境界。

十九

"如此说来，情爱的功德，才是千万无量的了。"中御门小姐说道。

少顷，少爷将他那十分陶醉的面庞从因害羞而垂下了眼帘的中御门小姐的方向转向了我，说道：

"老伯，看来你也是这么认为的吧？要说起来，对你而言，本不该是情爱，而是异常喜爱的杯中之物吧。"

"啊呀呀，罪过罪过。小老儿只怕来世遭报应啊。"

我挠着满头的白发，慌不择言地答道。少爷依旧带着爽朗的笑声说道：

"你这个回答真是太好了。你虽然怕来世，可这颗欲往生彼岸之心，就如同黑夜里的指路明灯，毫无疑问，这就是忘却无常的指望啊。如此说来，你与我虽有佛教与情爱之别，其实是殊途同归的嘛。"

"啊呀，这又是怎么说的呢？诚然，中御门小姐的美貌是连伎艺天女[1]也比不上的，可情爱是情爱，佛教是佛教，与我喜爱的杯中之物更是不可混为一谈的呀。"

"你这么想，还是因为你见识狭窄。于我而言，弥陀也好，女子也罢，无非都是令我等忘忧的玩偶而已。"

听得少爷如此高谈阔论，中御门小姐忽然偷眼瞟了他一眼，小声说道：

1　即"伎艺天"。佛教诸神之一。是从大自在天化生而来的天女，执掌福德，面容端庄。一般呈左手捧着堆满花的碟子，右手提起衣襟的形象。

"说女子是玩偶，难道不觉得讨厌吗？"

"既然比作玩偶不好，那就说成是佛菩萨好了。"

少爷势不可当地如此回答后，突然又像是想起了什么似的，两眼望着明亮的油灯，以从未有过的低沉语调，忧心忡忡地嘟囔道：

"从前，我与菅原雅平交好之时，也常如此争论的。想必你也知道吧，雅平与我不同，他本性朴实，遇事好钻牛角尖。每当我以调侃的口吻说什么世尊金口之佛典其实与情诗恋歌也无甚区别时，他就火冒三丈，说我是邪魔歪道，把我骂个狗血喷头。如今，他的骂声还在我的耳边，可他的人已经不知去向了。"

或许是受了他此种情绪的影响了吧，听他说完这番话后，从中御门小姐到我等下人，全都闭口不言，只觉得房间里藤花的芳香，又比方才浓郁了许多。这时，或许是想打破这令人尴尬的场面吧，一个侍女战战兢兢地说道：

"那么，近来京里流行的摩利教，也是忘却无常的新的方便法门吗？"

听她将话岔开后，另一个侍女也像是十分厌恶似的接下去说道：

"是啊是啊，据说关于那个四处传教的怪和尚，还有着各种各样古怪的传说呢。"说着，她还故意将灯芯挑了一下，让油灯燃得更亮。

二十

"你说什么？摩利教？这倒是个十分新奇的宗教啊。"

正陷入沉思的少爷，这时像是才想起来似的，举起了酒杯，并看着那侍女说道：

"既然称为摩利，恐怕就是祭奉摩利支天[1]的宗教吧。"

"不是的。要是祭奉摩利支天倒好了。据说那教的本尊，是个从未见过的女菩萨。"

"那么，就是波斯匿王[2]之妃，茉利夫人了吧。"

见话都说到了这份儿上了，在下便将前些日在神泉苑外所看到的，摩利信乃法师的所作所为详细述说了一遍，并且也表明了自己的看法：

"总之，那女菩萨的模样不像是茉利夫人。不仅如此，也不像以前所有的菩萨模样。尤其是她还抱着个赤身裸体的婴儿，简直就像个母夜叉。反正她不是本朝的善类，一看就是个邪宗之佛。"

听了我这一番话之后，中御门小姐便蹙起了两条美丽的柳眉，不放心地问道：

"如此说来，那个叫作摩利信乃法师的人，看着真像是天狗的化身吗？"

"正是。看他那模样，就跟从熊熊燃烧着的火山里振翅飞出来的一般。反正光天化日的，京城中可从未出现过这样的怪物。"

听到这儿，少爷又同往常一样，爽朗地笑了笑，然后说道：

1　佛教中二十四诸天之一，为毗卢遮那佛的化身。有隐形自在的大神通力，能救芸芸众生于危难水火之中。在佛寺的造像为一天女形象，手执莲花，头顶宝塔，坐在金色的猪身上，周围还环绕着一群猪。在日本被当作武士的守护本尊。

2　中印度憍萨罗国国王，兼领有迦尸国，与摩揭陀国并列为佛陀时代的大强国。波斯匿王与佛陀同龄，曾和佛陀辩论而结成好友，视佛陀如师，在印度与频婆娑罗王同是护持佛教的两大国王。

"天下之大，无奇不有。想那延喜天皇[1]之世，就有天狗化身佛陀模样，在五条那儿的柿树梢上待了七日之久，两眼之间还放出白毫光[2]来呢。还有每日去法眼寺勾引仁照阿阇梨[3]的美女，其实也是天狗变的。"

"啊呀，你尽说些吓人的事情。"中御门小姐说道。

其实也不仅仅是小姐，就连两个侍女，也都随声附和着，用宽大的衣袖遮住了脸蛋。不料少爷的兴致反倒更高了，他和颜悦色地继续说道：

"大千世界本就广袤无垠，而人的智慧微乎其微，又凭什么说有没有呢？譬如说，倘若那天狗变成的沙门恋上了贵小姐，于半夜三更破风而来，从半空中伸下指甲老长的手来……这样的事谁又能说绝对没有呢？不过……"

此时小姐已吓得面无人色，将身子紧紧地靠着少爷。少爷则温柔地抚摩着她的后背，就跟哄孩子似的，笑着安慰她道：

"不过，所幸的是，那个摩利信乃法师尚未得窥小姐的芳容吧。故而眼下还不用担心他的魔道之恋。莫怕，莫怕。一切都还平安无事嘛。"

1 　延喜为日本平安时代醍醐天皇时代的年号。延喜年间（901—923）的天皇即为醍醐天皇。
2 　相传佛陀的两眉间有白色的毫毛，右旋宛转。为佛陀的三十二相之一。白毫光即是白毫所放出的光。
3 　《今昔物语》中佛眼寺里的高僧。见第二十卷第六篇《天狗附女体惑乱仁照阿阇梨》。

二十一

在之后的一个来月里，什么事也没发生。时节很快就进入了盛夏。在烈日的照射下，加茂川的水面越发耀眼了。由于天气太过炎热，平日里往来于河道之中的纤船也不见了踪影。有一天，素来喜欢钓鱼的我外甥来到了五条的桥底下，在那艾蒿丛中坐了下来。所幸的是，唯有这儿凉风习习，十分畅快。他将鱼钩垂下水位已下降了许多的河中，一连钓起了好多条小鲤鱼。恰在此时，从他头顶上的桥栏杆处，传来了十分耳熟的说话声。他漫不经心地抬头望了一眼，发现是平太夫靠在栏杆上，正用力扇着折扇，与那个摩利信乃法师聚精会神地说着什么事呢。

看到这一情景后，我外甥的脑海里便不由自主地浮起了之前在油小路的十字路口所看到摩利信乃法师的怪异举动。同时也联想到，即便在那时，他们俩之间似乎也有着什么隐秘似的。当然了，我外甥尽管心里纳闷儿，面上却不动声色，眼睛依旧注视着钓鱼线，只是竖起耳朵来，用心倾听着桥上的谈话。再说那桥上面，或许是由于没有行人通过，一心只想聊天解闷的缘故吧，那两人做梦也没想到桥下有人偷听，故而说起话来毫无顾忌。

"你说你在传播摩利教，可这偌大的京城中，恐怕没有一个人认识你吧。就连老朽我，也是你说起之后，才觉得似乎是见过面的，却又一点儿也想不起来了。不过想来这也毫不奇怪。当年春夜，你在月下吟唱《樱人》[1]之时，是多么年轻、多么风流啊。如今

---

1 平安时代的歌谣"催马曲"的曲名之一。

呢，却形同可怕的天狗，匆匆地奔走于烈日之下。即便问卜于打卧的巫女[1]，恐怕也不会说是同一个人的吧。"

平太夫扇着扇子，满不在乎地说道。随即便传来了摩利信乃法师那不无傲慢的说话声，让人觉得他是个老爷似的。

"遇到了你，我是十分满意的。当然了，日前在油小路的道祖神小庙前，我也看到你了。不过那会儿你心事重重，正有气无力地扛着一根拴着书信的橘树枝，垂头丧气地往回走呢。"

"是吗？我真是老糊涂了。实在是太失礼了。"

平太夫像是想起那天早晨的事情了吧，略带不快地回应道。随后他又用力扇着扇子说道：

"不管怎么说，今天能与你相会，真是全仗着清水寺观音菩萨的保佑啊。我平太夫的一生中，还从未有过这么高兴的事呢。"

"不。你不要在我面前提什么神佛之名。我虽不肖，怎么说也是蒙天上皇帝的神敕，来此日本国传播摩利教的沙门啊。"

二十二

摩利信乃法师像是突然皱起眉头后插入这话的，可出乎意外的是，平太夫似乎并未呈现惶恐之态，他同时运动起折扇和舌头，继续说道：

"说来也是啊。想我平太夫近来真是老糊涂了，说话办事动辄出错，该死，该死。好吧，从今往后，我再也不在你跟前提神佛的

---

1 《今昔物语》中的人物。精于占卜，纤毫无爽。见于第三十一卷第二十六篇《巫女打卧御子》。

名号了。其实，我这老朽，平日里就没什么信仰之心。刚才突然提到观世音菩萨，完全是由于与你久别重逢，心中过分欢喜的缘故。哦，对了，从小就与你相熟的小姐，要是知道了你如今安然无恙，不知会高兴成什么样儿呢。"

这个平太夫平时见了我等向来寡言少语，爱搭不理的，那天竟像换了个人似的，说起话来伶牙俐齿，滴水不漏，就连摩利信乃法师一时也难以招架，唯有点头称是的份儿了。可就在他提到小姐的当儿，摩利信乃法师终于得着了机会，接过话头来说道：

"对了，说到小姐，我正有事要与你商量呢。"

随即他又压低了嗓音，继续说道：

"平太夫，你能助我一臂之力，让我与小姐在夜里见上一面吗？"

这时，桥上的扇子声突然停了。与此同时，我外甥忍不住想探头朝桥栏杆望去，不过他知道，轻举妄动是要坏事的。所以他强忍着，依旧一动不动地坐着，双眼盯着从艾蒿间流过的河水，屏住呼吸，一心留神着桥上的动静。然而，平太夫却一改刚才的健谈劲儿，变成了没嘴儿的葫芦了。这一段沉默持续了很长时间，害得待在桥下的我外甥浑身的筋骨发痒，苦不堪言。

"虽说我如今住在河滩上，可毕竟也在京城之中啊。堀川家的少爷最近常往小姐那儿跑，我也是有所耳闻的——"

过了一会儿，摩利信乃法师依旧用他那平静的声调，自言自语般地继续说道：

"我并非爱慕小姐，也不想得到她的芳心。我的情欲之心，在我浪迹唐土，从红毛碧眼的胡僧口中听到天上皇帝的教旨那会儿，就已经灰飞烟灭了。然而，令我心痛的是，如花似玉的一位小姐，居然不知道创造了天地的天上皇帝，却去相信什么神呀佛的天魔外道，还在仿造其形的木头、石块前焚香供花。长此以往，到了她生命终结之时，定将堕入永劫不复的地狱，遭受烈火焚烧。我一想到这事，小姐她在阿鼻大城黑暗的底层苦苦挣扎的模样就会浮现在眼前。啊，事实上昨晚我又做了这样的噩梦。"

说到这里，那怪和尚像是感慨万千，再也无法忍受了。他闭上了越说越激动的嘴，沉默了好一会儿。

二十三

"昨晚，出了什么事了吗？"

过了一会儿，平太夫颇为担心地问道。摩利信乃法师到这会儿才回过了神来，又开始用一如既往的平静的语调，一字一顿地说道：

"不。倒也不是发生了什么事。昨晚我独自睡在那草庵之中，梦见身穿着外白内绿五重衬褡的小姐缓步走到我枕前。烟雾迷蒙之中，但见她乌黑光亮的头发上别着一枚金钗，正闪烁着怪异的光芒。只有这一点是与以往不同的。我因久别重逢而欣喜万分，禁不住说了声'别来无恙'。可小姐只是凄然垂下眼帘，坐在了我的跟前，却并不回答。忽然，我看到她红色裙裤的下摆处，有什么东西在蠢蠢欲动。也不仅仅是裙裤下摆处，仔细观察后发现，就连她的肩膀上、胸口处，也有东西在蠕动。而她的黑发之中，似乎还有什么东西似的哂笑着。"

"你这么说，叫人怎么听得明白呢？那到底是什么东西呢？"

此时的平太夫似乎已在不知不觉间被那怪和尚带过去了，就连这说话声中，也没了刚才的那股子气势了。可摩利信乃法师依旧用故弄玄虚的口吻说道：

"要说有什么东西，老实说，就连我也都无法确定。我只看到有好几堆如同水蛭一般的东西，在小姐的身边蠕动着。我当时尽管身处梦境，可一看到这些奇怪的东西，便忍不住哭喊了起来。小姐看到我哭，也不禁泪水涟涟。就这么着持续了一段时间。随后，我就被鸡叫声惊醒了。"

摩利信乃法师一口气讲完之后，平太夫并未接话，他只是一个劲儿地扇着扇子。我外甥一直在凝神倾听着，甚至连已经上了钩的小鲤鱼都不顾了。当他听到摩利信乃法师所讲的梦境后，就觉得桥下的凉意渗入了自己的肌肤，仿佛小姐那悲切的模样已出现在眼前似的，连自己都觉得十分不可思议。

过了一会儿，从桥上再次传来了摩利信乃法师那低沉的声音：

"我以为，那些蠕动着的怪物就是妖魔。是天上皇帝怜悯身负罪业的小姐，不愿任她堕入地狱才托梦于我，命我对她施以教化的。方才我说，希望你助我一臂之力，让我与小姐见上一面，就是为了这个。如何？你能予以大力相助吗？"

尽管摩利信乃法师已经把话说到这份儿上了，可平太夫似乎仍有些犹豫不决。过了一会儿，他像是收起了折扇，在桥栏杆上"啪"地敲了一下，说道：

"也罢。想我平太夫，当年在清水阪下遭到泼皮无赖的围攻，已经身受刀伤，堪堪废命，多亏了你仗义相助，才得以苟活至今。想起了你的救命之恩，我又怎么能拒绝你的求助呢？至于小姐愿不愿意皈依摩利教，全在于她本人。但我想只是与久违的你见上一面，她总不会推辞的吧。总之，尽我所能，就设法让你们见上一面吧。"

二十四

这番密谈的详细内容，我是在三四天后的一个早晨，从我外甥那里听说的。堀川府邸中武士的居所，平日里人多眼杂，可当时却只有我们两人。院子里梅树葱绿，朝阳炫目，而透过梅树枝叶吹来的阵阵凉风，已微微带有秋意了。

我外甥讲述完毕后，又压低了声音说道：

"至于那个叫作摩利信乃法师的家伙是怎么认识中御门小姐的，我也只觉得奇怪，并不知道之中的原委。可我总觉得他要与小姐见面，是对我家少爷不利的。甚至有一种会给少爷带来灾祸的不祥之感。可我家少爷性情豁达，即便将此事禀明了他，他也肯定不当一回事的。所以我想凭我一己之力，将他们见面之事给搅黄了。叔父大人，您意下如何？"

"我自然也不想让那个怪模怪样的天狗法师跟中御门小姐见面。可无论是你还是我，没有少爷的差遣，是不能去西洞院担任护卫的呀。你说不让那怪和尚靠近小姐，可是……"

"是的。难就难在这儿了。小姐的心思我们不得而知，再说那儿还有那个叫平太夫的老爷子呢，我们要想阻止摩利信乃法师靠近西洞院府邸，恐怕难以做到。可是，那怪和尚每天晚上都要回他那位于四条河原的茅草屋睡觉，所以我想完全可以想办法让那家伙不出现在京城之中。"

"可你也不能一天到晚地将他堵在那小屋里呀。你说的话就跟猜谜似的，我老头子可吃不透啊。你就直说了吧，到底想把摩利信乃法师怎样？"

我疑惑不解地问道。我外甥像是担心隔墙有耳，将处于梅树阴影中的这个屋子，前后左右地睃了个遍，然后把嘴巴贴在我的耳边说道：

"还能有什么法子？不就是深更半夜地摸到四条河原，把那个怪和尚给干掉吗？"

听了他这话，饶是我这样的老江湖一时间也惊得目瞪口呆，半晌说不出话来。可我外甥毕竟年轻气盛。他满不在乎地说道：

"这有什么呀？不就是个叫花子法师嘛，就算他有两三个帮凶，也不在话下。"

"这、这不是无法无天了吗？不错，摩利信乃法师是在到处传播邪宗门，可他并没有犯下任何罪过呀。你要是杀了他，不就等于滥杀无辜了吗？"

"不。道理怎么说都成。可要是任由这怪和尚借助了天上皇帝的法力还是别的妖法，咒死了少爷和小姐，那么不管是叔父大人您还是我，岂不是白白享用了这份俸禄了吗？"

我外甥此刻已涨得满脸通红，没完没了申辩着他这番道理，根本听不进我说的话。恰巧此刻，有两三个武士扇着扇子走过来了，我们俩的谈话也只好就此打住，不了了之。

二十五

又过了三四天的一个星月皎洁的夜晚，待到更深之后，我与我外甥就悄悄地来到了四条河原。其实，直到那时，我还没有杀死那个天狗法师的打算，也并不觉得应该杀死他。可我外甥怎么也不肯打消最初的念头，而我又怎么也放心不下让他一个人单干，结果我就跟这一把年纪都白活了似的，甘冒河滩艾蒿上的露水，跟着他一起冲着摩利信乃法师的小屋摸来，窥探起他的动静来了。

正如您所知，这个河滩上，排列着许多间肮脏寒酸的非人小屋。今夜也一样，不知有多少生着白皮麻风的乞丐正酣然入睡，做着我们想都想不到的怪梦呢。当我们蹑手蹑脚地在这些小屋前经过时，只能听到从那用作墙壁的草席后面传来的如雷鼾声。而四下里却是一片寂静。只有一堆篝火余烬，还在冒着白烟。或许是无风的缘故吧，那白烟笔直地往上升去，居然连上了斑斓明灭的银河。远远望去，似乎数不胜数的漫天星辰，都从这京城的夜空中倾斜下来了，一尺一寸，不住地下落，仿佛连它们滑落时的声响都能听得一清二楚似的。

我外甥想必是早就找准了位置了吧，他站在艾蒿丛中，指着一间临近加茂川细流的茅草屋，转过头来对我说：

"就是那间。"

恰好此时那堆篝火余烬又冒出了火苗，借着那微弱的光亮看去，我发现那间屋子比其他的小屋更小，用竹子做的支柱和用旧席子做的屋顶，都跟其左邻右居并无差别；不同的是，在其屋顶上，立着一个用树枝扎成的十字架，显得有些庄严肃穆，即便是在黑夜也十分醒目。

"就是那间吗？"

我不由自主地，用颤巍巍的声音反问道。事实上到这会儿，到底要不要杀死摩利信乃法师，我还没拿定主意呢。可是，我外甥这次连头都不回了。他全神贯注地望着那间小屋，只是冷冷地回答了一声：

"没错。"

只见他浑身抖动了一下，像是做好了终于要让长刀畅饮鲜血的心理准备。随即，他上下周身检点了一下，又仔细地弄湿了刀柄上的销钉[1]，看都不看我一眼，分开艾蒿，像一只盯上了猎物的蜘蛛似的，悄没声儿地朝那间小屋走去。确实，在朦胧昏暗的篝火照耀下，我外甥那贴在草席墙壁上窥探屋内动静时的身影，就像一只大的蜘蛛，令人毛骨悚然。

二十六

事已至此，在下自然也不能袖手旁观了。于是我将两只衣袖在背后打了个结，跟在我外甥的身后走近草屋，从草席的缝隙里窥探着里面的情形。

首先映入眼帘的，就是那幅被挂在旗杆上招摇过市的女菩萨画像。现在则被挂在了对面的草席墙上。那女菩萨的模样是看不清了，可在借助从门口挂着的草袋片的缝隙射进来的篝火的光亮，可看到她背后那个美丽的金色光环，依旧熠熠生辉，宛如月食一般。画像前横躺着一个人，应该就是因整日奔波而疲惫不堪的摩利信乃

1　目的是防止固定刀身与刀柄的销钉在打斗中因受到冲击力而脱落。

法师了吧。而那件盖住了他半个身体的衣服，正处在背光处，看不清到底是传说中的天狗翅膀，还是来自天竺的火鼠裘[1]。

见此情形，我和我外甥便一言不发地，从前后两个方向包围了这间草屋，并悄悄地从刀鞘中抽出了长刀。可是，或许是由于我从一开始就内心发怵的缘故吧，就在这一刻，我的手抖动了一下，长刀的护手发出了清脆的声响。说时迟，那时快，不容我内心惊骇，草袋片里面的摩利信乃法师像是已经跳起身来了。

"谁？"

他发出了一声断喝。

事到如今，我和我外甥都已势同骑虎，除了杀死这个怪和尚，已经没第二条路可走了。于是他的话音未落，我们就一声不吭地，挥动长刀从前后两个方向冲进了草屋。紧接着，便响起了一片白刃相交声、竹柱断裂声、草席破裂声——这些声响几乎是同时响起的。突然，我外甥往后跳开了两三步，用刀指着前方，气喘吁吁地喊道：

"好小子！你休想逃走！"

我吃了一惊，也立刻跳开身躯，借着仍在燃烧着的篝火的亮光朝前望去。啊呀，你可知此刻呈现在我眼前的是一幅什么样的景象吗？草屋已被砍得粉碎，那个看着瘆人的摩利信乃法师肩披着单色内裰，像一只猴子似的躬身蹲在小屋前，将那枚"十"字形的护身符贴在额头上，正一动不动地看着我们瞎忙活呢。

见他这样，我本该立刻上去给他一刀，可不知怎的，他躬身蹲着的地方特别黑暗，我居然找不到进攻的破绽。或者说，在那黑暗

---

1 用一种传说中的动物——火鼠的毛皮制成的衣服。出自日本古代小说《竹取物语》。

中，有什么肉眼看不到的东西在涡卷翻腾着，使我的长刀无法确定攻击对象。并且，我外甥似乎也有这种感觉，故而尽管他时不时喘气似的吼叫几声，可高高举起的刀只是一个劲儿地在头顶上画圈，却老也砍不下去。

二十七

在此期间，摩利信乃法师徐徐起身，左右晃动着手中的"十"字形护身符，用暴风雨一般的凄厉嗓音骂道：

"呔！尔等不自量力，竟敢蔑视天上皇帝之威德。在尔等愚昧昏聩的眼里，我摩利信乃法师身上只披着一件黑色法衣，其实我是受到所有诸天童子在内的百万天军的保护的。如若不信，你们就挥动手中的刀剑，与我身后圣众之车马剑戟一较高下吧。"

说到最后，话中便明显带有嘲讽意味了。

当然，我们也不是什么被人一吓唬就瑟瑟发抖的孬种。所以他的话音刚落，我和我外甥就跟两匹脱缰的野马似的，从两边冲向那个怪和尚，挥刀便砍。不，应该说是正要砍下的时候吧。就是说，就在我们将长刀高高举起的当儿，摩利信乃法师又将那枚"十"字形的护身符在头顶上挥舞了一通，那玩意儿的金色如同闪电似的飞上了天空，我们的眼前立刻出现了一幕可怕的幻境。啊，我又该如何来描述这幕可怕的幻境呢？就算能够描述，恐怕也会是指鹿为马、错误百出的吧。但是，如果非要描述一下，或许可以这么说吧：当他将那枚"十"字形的护身符举向天空后，我就看到摩利信乃法师背后的黑夜突然裂开了，并且只有他背后那部分的黑夜裂开了。而从那裂开处，涌出了无数冒着火焰的马和车，还有龙蛇一般的怪物，迸发着比暴雨更为猛烈的火花，朝我们的头顶上压了过来。铺天盖地，令我们无处可躲。其中又有旗帜、刀剑似的东西，成千上万，闪闪烁烁，如同狂风巨浪，朝我们席卷而来，几乎连河滩上的石块都要被卷飞了。而站在这幕幻境之前的摩利信乃法师，依旧肩披着浅紫色内褂，高举着"十"字形的护身符，庄严肃穆，简直就是率领着地狱之魔军降临河滩的大天狗。

这一幕实在是太不可思议了，以至于我们长刀脱手，掉在了地上，紧接着抱着脑袋，一左一右地趴在了法师跟前。我们的头顶上，又响起了摩利信乃法师凄厉的骂声：

"想要活命的话，就赶紧向上皇帝求饶吧！如若不然，那百万护法圣众瞬间就会将你们碎尸万段。"

声震如雷，恐怖万分。直到如今，只要一想到当时那种恐怖、吓人的场景，我也仍会浑身发抖。于是我们便再也无法忍受了，只得合掌上拜，闭上眼睛，战战兢兢地口称"南无天上皇帝"。

二十八

之后的事情，说起来连在下都觉得惭愧，所以就尽可能说得简短一些吧。想必是我们祈求了天上皇帝的缘故吧，那可怕的幻境已在刹那间消失得无影无踪。可刚才的刀击之声惊醒了住在这河滩上的非人们，他们蜂拥而至，将我们围了个水泄不通。更何况这些家伙大多是摩利教的信徒，所以来势汹汹，幸好我们已经抛下了长刀，不然的话，恐怕难逃他们的一顿暴打。即便如此，他们也对着我们骂骂咧咧的。男男女女，里三层外三层，全都带着憎恶的表情，就跟看中了套的狐狸似的，看着我们。在重新点燃的篝火的映照下，他们中好多张患有白皮麻风的脸十分恶心，一个个地还伸长了脖子，几乎连美丽的星月之夜都被他们挡住了。总之，那景象简直就不像是人世间所应有的。

在此期间，摩利信乃法师反倒用好言安抚住了那些非人，脸上带着一如既往的怪异微笑，来到我们的面前，开始言语恳切地讲述起天上皇帝那珍贵无比的威德来了。不过我当时在意的，倒不是他的说教，而是仍披在他肩上的那件美丽的浅紫色内褂。要说这浅紫色内褂，也并非什么稀罕之物，可我疑心这一件，莫非就是中御门小姐的那一件。万一被我猜中的话，那就说明他们俩不知在什么时候已经见过面了，或者小姐已经皈依了摩利教亦未可知。想到此，我就无法老老实实地听他说教了。可想到要是露出破绽的话，不知又会有怎样可怕的遭遇呢。再说看摩利信乃法师的那样子，似乎也只是以为我们不满于他蔑视神佛而前来暗杀他的，尚未发觉我们效力于堀川少爷。因此，我故作镇静，尽量不去看那件浅紫色的内褂，坐在河滩上，装出一副倾心听讲的模样来。

想必我们这样的态度，在对方看来是非常值得嘉许的吧，故而在一番说教之后，摩利信乃法师便将那枚"十"字形的护身符举到了我们的头上，和颜悦色地说道：

"由于你们的罪业全在于懵懂无知，想必天上皇帝定会格外开恩的，故而我也不想过多地惩戒你们。你们以今晚的夜袭为机缘而皈依摩利教的那一天，定会到来的。现在，机缘尚未成熟，你们就先回去吧。"

周围的非人们，到这会儿也依旧对我们咬牙切齿的，似乎随时都会猛扑上来，可随着摩利信乃法师的一声吩咐，他们就立刻为我们闪开了一条归路。

我和我外甥连长刀入鞘的工夫都顾不上，慌慌张张地逃离了四条河滩。当时我的内心，说不上是欣喜还是悲哀，抑或是懊恼，简直无法形容。因此，直到远离了河滩，那群如同蚂蚁般围着篝火的白皮麻风所唱的怪异歌曲，也只是隐约可闻的时候，我们依旧相互不看一眼，只顾叹着气闷头走路。

二十九

自那以后，我和我外甥只要一有机会，就聚在一起揣摩摩利信乃法师与中御门小姐的关系，并商量如何才能让那个怪和尚远离小姐。可是，只要一想到上次所遭遇的可怕场景，就一筹莫展，怎么也想不出个好法子来。当然了，我外甥要比我年轻得多，做起事来一根筋，不肯轻易放弃最初的念头。他甚至想学平太夫的样，纠集一帮泼皮无赖再次偷袭四条河滩上的那个草屋。可就在这么一来二去之间，又发生了一件出乎意料的，叫人再次为摩利信乃法师那神秘法力震惊不已的大事。

却说正是秋风初起之时，长尾[1]的律师[2]在嵯峨[3]建造了一个阿弥

---

1 指位于日本香川县东部的长尾寺。
2 僧官的名称。位居僧正、僧都之下。
3 地名。位于日本京都市右京区京都市街的西面，隔着桂川与岚山相对的地区。有广泽池、大泽池、大觉寺、清凉寺、天龙寺等。

陀堂。事情就发生在为该佛堂做法事之际。那所佛堂早已被烧毁，如今已不复存在了，可当时是汇集了各地的上等建材、由众多著名工匠加以建造的。用掉的黄金不计其数。规模虽说不是很大，然其精美庄严之相，想必诸位也能想见吧。

到了举办法事之日，除了三个以上的殿上人，出席的女官也不计其数，故而东西长廊边停满了各色车辆，各个看台上都挂着锦缎镶边的门帘。门帘旁露出的华服下摆和袖口上，都饰有胡枝子、桔梗、败酱[1]，在明媚的阳光下，显得那么美丽动人，简直叫人有置身于莲花宝土之感。不仅如此，被走廊环绕着的院中池塘里，绽放着人造的红白莲花，可谓是花团锦簇。中间还有龙舟一艘，上搭锦缎幔帐。身穿花鸟彩绣服饰的童子，摇动画棹，劈开绿波。船儿在曼妙的音乐声中缓缓荡起。啊，这景象是多么美妙、高洁，令人感动不已，热泪盈眶。

再看佛堂正面，格栅上镶嵌的螺钿在阳光下熠熠生辉。在其后，则因焚烧着名贵的香料而一片烟雾缭绕。所供奉的佛像自本尊如来到势至观音[2]等，全都紫金磨面，装饰着珠玉璎珞，远远望去，面目隐约可见，更显得宝相庄严。佛像前面的院子里，在令人望之目眩的宝盖下，以礼盘[3]为中心排开一列高座，参与法事的几十位法师身穿或黑或红的法衣、袈裟错坐其间。一时间诵经声、铃铎声不绝于耳，白檀、沉水之香味，直冲秋日之晴空。

1　败酱科多年草本植物。夏秋季节开众多黄色小花。连带前两种，都为日本秋七草之一。

2　或为"（大）势至菩萨"之误。大势至菩萨是西方极乐世界无上尊佛阿弥陀佛的右胁侍者，与无上尊佛阿弥陀佛以及阿弥陀佛的左胁侍观世音菩萨合称为"西方三圣"。

3　供住持佛事者拜佛或讲经而登之高座。

然而，就在佛事进行到高潮之际，不知为何，聚集在四面门外，想要看一眼佛堂内情形的人们突发躁动，他们推推搡搡，犹如海面上狂风骤起，人潮涌动了起来。

三十

见此骚乱，看督长[1]立刻赶去，他挥动长弓一阵抽打，想要镇住涌入门内的人群。可就在此时，有个奇形怪状的沙门分开众人，现出了身来。看督长一见此人，非但不上前阻拦，反倒扔掉了手里的长弓，翻身倒地，纳头便拜，就跟遇上了天皇出行似的。因注意到外面的骚乱而门内一时嘈杂的人们，也一度变得鸦雀无声。可随后，他们又窃窃私语道：

"是摩利信乃法师。摩利信乃法师。"

如同风吹芦苇叶似的，虽不知起于何处，却迅疾地传播开来了。

摩利信乃法师今天也一如既往，身穿黑色法衣，蓬乱的长发披到了肩上，黄金制成的"十"字形的护身符在胸前熠熠生辉，只是赤着一双脚，未免叫人看着都觉得寒冷。他的身后，便是那面画有女菩萨的旗幡，在秋日的阳光上高举着——像是他的随从举着的。

"敬请诸位得知，鄙人乃摩利信乃法师。现奉天上皇帝之神敕而来此日本国传播摩利神教。"

这个怪和尚悠然自得地接受着看督长的膜拜，毫不客气地踏入铺着细沙的院子，用庄严的语调如此说道。门内众人听到后，又响

---

1 日本平安时代的官职之一。为检非违使的属官，主要职责是管理牢狱和追捕逃犯。

起了一片嘈杂声。内中的检非违使们，虽说也震惊于眼前的突发事件，可他们毕竟尚未忘记自己的职责。只见两三个像是火长[1]的人，各自抄起家伙，高声呵斥着，朝着那怪和尚扑了过去。紧接着，四面八方都有人跑来，想要将其拿住。摩利信乃法师不耐烦地看着他们，发出了嘲笑之声。

"来吧，要打便打，要拿便拿。不过天上皇帝马上就会加以惩罚的哦。"

此时，他挂在胸前的那枚"十"字形的护身符，在阳光的照耀下发出了耀眼的光芒。与此同时，也不知为何，那些火长都扔下了手中的家伙，就跟被晴天霹雳击中了似的，滚到了那怪和尚的脚下。

"怎么样？诸位。天上皇帝的威德，正如尔等亲眼所见的一样。"

摩利信乃法师摘下了胸前的护身符，不无夸耀地举给东西长廊的人看。

"如此灵验，其实也没什么可奇怪的。因为这天上皇帝本就是创造了天地万物的、独一无二的大神。尔等正因为不知道这样一位大神，才竭尽诚心，像煞有介事地去供奉什么叫作阿弥陀如来之类的妖魔。"

许是再也无法容忍如此狂言了吧，从刚才起就停止了诵经，一脸茫然地旁观着事态发展的僧侣们，此刻突然爆发了。

"杀了他！"

"绑了他！"

1　日本平安时代检非违使的下级职员。

可他们尽管嘴上骂骂咧咧，喊得十分热闹，却并无一人离开座位，前去惩戒摩利信乃法师。

三十一

摩利信乃法师傲然而立，用睥睨的目光扫视众僧人，高声说道：

"唐国的圣人说过，'过则勿惮改'[1]。尔等一旦知道了佛菩萨为妖魔，则不如皈依摩利教，颂赞天上皇帝之威德。倘若尔等对我摩利信乃法师所说的话还有所怀疑，难以判定佛菩萨是否是妖魔，天上皇帝是否是邪神，那就不妨来与我较量一下法力，辨明正法之所在吧。"

然而，检非违使们晕倒在地的情形是大家刚才亲眼所见的，故而听了摩利信乃法师这番话后，无论是帘子里面还是帘子外面，全都鸦雀无声，僧俗众人之中，并无一人挺身而出，来与他斗法。说到底，那长尾的僧都自不必言，就连当日驾临此地的名山座主和仁和寺[2]的僧正[3]，都被现人神[4]一般的摩利信乃法师吓破了胆吧。一时间，池内龙舟的音乐停了，院子里一片寂静，仿佛连阳光落在人造莲花上的声响都听得到了。

---

1 语出《论语·学而》："子曰：君子不重则不威，学则不固。主忠信，无友不如己者。过则勿惮改。"
2 日本真言宗御室派的总寺院。位于日本京都市右京区御室仁和寺町。山号"大内山"。本尊为阿弥陀三尊。落成于宇多天皇之仁和四年（888）。因天皇出家后居住于此，故为日本最早之门迹寺院。院内金堂为日本国宝。又因御室樱花闻名天下而成为赏樱名胜。
3 日本僧官之一。是僧纲的最高级别。推古三十二年（624）开始设立。后分为"大僧正""僧正""权僧正"三级。
4 借人的形象出现在现世的神。

那怪和尚像是越发得劲儿了。他高举着那枚"十"字形的护身符，发出了天狗一般的嘲笑，并盛气凌人地骂道：

"简直荒唐可笑。想那南都北岭，可称圣僧的也不在少数，怎么就没一个肯站出来与我摩利信乃法师比试法力的呢？看来是害怕天上皇帝以及诸天童子之神光，不分贵贱老少，都想皈依我摩利法门了吧。好吧。那就从名山座主开始，就在此地给你们一个个地举行灌顶仪式吧。"

不料他的话音未落，从西边的长廊上，从容走下了一位模样尊贵的僧人。只见他身披锦襕袈裟，手捏水晶佛珠，两条眉毛白如霜雪——一望便知，他正是名动天下、功德无量的横川僧都。僧都尽管年事已高，可依旧缓缓移动着肥胖的身躯，十分威严地走到了摩利信乃法师的眼前。

"下流的东西！正如你方才所说，在此佛堂供养法会上，列坐着无数的法界龙象。只为投鼠忌器，故而没人与你这下流胚比试什么法力。你本该自觉羞愧，仓皇离去才是道理。不料你居然得寸进尺，非要比试神通，简直荒唐至极。也罢，想你这外道沙门也曾在哪儿学过点金刚邪禅，老衲便亲自与你来一较高下吧。一是为了显示三宝之灵验，同时也是为了拯救为你之魔缘所惑，即将堕入无间地狱之众生。即便你的幻术可驱使鬼神，可老衲自有护法加佑，你又如何能触我一指哉？见识到佛法威严之后，甘愿受戒的，恐怕正是你自己吧。"

说罢，僧都作一大狮子吼，即刻便结下了法印[1]。

1　日本真言宗僧人在作法时，在口诵咒语的同时，双手做出的各种手势。

三十二

僧都那结了法印的手中，突然升起了一股白气，隐隐缭绕在半空，随即又变成了雾霭，像一顶宝盖似的罩在了他的头顶正上方。不，说是雾霭，恐怕还不能让人真切领会这团不可思议的云气的模样。因为，它若是雾霭的话，那么它前面的佛堂屋顶就该是模糊不清了，可事实上这云气只让人觉得有什么不成形的东西盘踞在半空之中，透过它，却就连万里晴空也照样能像原先那样一览无遗。

院子周围的人，想必也全都对此云气感到惊讶不已吧。此时，也不知起自何处，又卷起了一股风一般的、仿佛能掀动垂帘似的嘈杂声。然而，没等这嘈杂声平息下来，重新结过法印的僧都，就缓缓鼓动着肉鼓鼓的腮帮子，念开了神秘的咒语。紧接着，那半空的云气之中，便出现了两尊威武的金甲天神，手里还高举着金刚杵。不过这也仅仅是个幻影，你觉得有就有，觉得没有就没有。但他们俩的气势异常勇猛，似乎立刻就要踏空前去，给摩利信乃法师的脑袋以重重一击似的。

但是，摩利信乃法师却依旧仰着那张高傲的脸，一动不动地望着金甲天神，连眉毛也没动一下。不仅如此，他那紧闭着的嘴唇边，还露出了惯常的、瘆人的微笑，似乎他正强忍着嘲笑的冲动。想必对他这种傲睨自若的姿态再也难以忍受了吧，横川的僧都突然解了法印，晃起水晶佛珠来，用沙哑的嗓音大喝了一声：

"咄！"

随着他的一声呵斥，金甲天神便随同云气一起从天而降——可与此同时，下面的摩利信乃法师也将"十"字形的护身符贴在额头上，用尖利的嗓音叫喊了一句什么。转瞬之间，只见一道彩虹似的亮光直冲天空，金甲天神顿时消失得无影无踪，而僧都的水晶佛珠则从中间断开，一颗颗珠子就跟雪珠似的，顿时朝着四面八方飞散开去。

"哈哈，老师傅的手段我已领教了。原来修炼了金刚邪禅的，不是别人，正是您自己啊。"

怪和尚扬扬得意，他的嘲笑声盖过了人们不由自主的唏嘘声。至于僧都听后有多么无地自容，就不用在下介绍了。总之，如果没有他众徒弟争先恐后地上来搀扶，恐怕他都无法平平安安地回到长廊上了吧。而这会儿的摩利信乃法师，就越发得意了。他挺着胸，睨视八方，说道：

"我知道横川的僧都是当今闻名天下、法誉无上的大和尚，可在本法师看来，只不过是个未得到天上皇帝眷顾的、只会胡乱使役鬼神的火宅僧[1]。由此看来，说佛菩萨是妖魔之类，佛教乃堕入地狱之业因，又岂是我摩利信乃法师一人之误？事到如今，倘若还有人不愿皈依摩利教，那么不论僧俗，也无论众寡，就请当场领教一下天上皇帝的威德吧。"

就在此时，东边长廊上有人朗声喊道：

"好！"

只见他理了理衣衫，便从容走下了庭院。这人不是别人，正是堀川少爷。

（未完）

大正七年（1918）十一月

1　本义为有妻室的僧人。佛教谓入世即居火宅，为僧而有室家，是未离火宅，故称。此处是指好而不灵验的俗僧。

蜘蛛之丝[1]

1　本篇并非佛教故事，而是作者根据铃木大拙的译作《因果小车》（原作为美国作家保罗·卡卢斯的《业力》）而创作的一部短篇小说。其主旨与佛教的世界观、价值观也不尽相同。

一

　　一天，释迦世尊正独自在极乐净土的莲池边悠然漫步。池中绽放着朵朵莲花，全都洁白如玉，而从其金色的花蕊之中，又不断地向四周散发着无以名状的阵阵清香。其时，正值极乐净土之清晨。

　　不久，释迦世尊在莲池旁驻足而立，忽然从覆于水面的荷叶间隙处俯视起水下的情景来了。位于这座莲池下方的正是地狱的最底层，透过水晶一般的池水，三途冥河[1]与针山[2]的景色清晰可见，就跟看"西洋镜"[3]似的。

　　于是，一个名叫犍陀多[4]的男子与其他罪人一起蠕动着的场景便映入了释迦世尊的法眼。这个犍陀多原是个大盗，杀人放火，无恶不作。不过，他倒也行过一件善事。那就是，有一次这家伙在林中经过时，看到一只蜘蛛正在路边缓慢地爬着，他立刻抬起了脚来，

1　传说中的生界与死界的分界线。因为河水根据死者生前的行为，形成缓慢、普通和急速三种不同的流速，故称。

2　指地狱中折磨罪人的插满尖针的山。也称刀山、剑山。

3　一种让看客透过透镜孔观看图片（多为西洋奇景）的游乐装置。在日本，流行于江户时代中期至昭和时代初期。类似于中国旧时的"洋片"。

4　多读犍（qián）陀多。——编者注

可就在他正要将蜘蛛踩死的当儿，一个善念闪过了他的心头：

"不可，不可。蜘蛛虽小，好歹也是一条性命。让它就这么死于非命，也实在太可怜了吧。"

于是他便放了那蜘蛛一条生路。

释迦世尊望着地狱中的景象，想起了犍陀多放生蜘蛛的善行，心想：作为如此善行之果报，如有可能，还是将他从地狱中拯救出来吧。恰巧，释迦世尊看到一旁的翡翠色荷叶上，有一只极乐净土的蜘蛛正口吐着美丽的银丝，搭建蛛网呢。释迦世尊便伸手轻轻地撩起一根蛛丝，从洁白如玉的莲花间笔直地放下去，直达深邃莫测的地狱底层。

二

地狱底层的血池中，犍陀多正和其他罪人一起载沉载浮着。在那里，无论朝哪边看去，全都是一片漆黑，偶尔发现黑暗中有什么东西隐隐约约地浮现出来，那也是可怕的针山上的针在闪光，只会令人心惊肉跳。并且，那儿还死寂无声，就跟墓穴中一般，偶尔能听到些许声响，那也是罪人们微弱的呻吟而已。堕入此间的罪人，早已饱受地狱的折磨，全都筋疲力尽，连哭泣的力气都没有了。因此，饶是大盗犍陀多，此刻也只是呛咽着血池中的血，如同濒死的青蛙一般，无力地挣扎而已。

恰在此时，犍陀多无意间抬头朝血池的上空一看，却发现寂然无声的黑暗之中，从无比遥远的天上，垂下了一根银色的蛛丝，它是那么细微，闪烁着微弱的光芒，像是怕被人发现似的，迅捷而准确地垂到了自己的上方。看到如此情景，犍陀多不禁拊掌大喜。因为他明白，要是能顺着这根蛛丝一直往上爬，一定能逃出地狱。不，走运的话，说不定还能进入极乐净土呢。要是真能这样的话，那以后就不会再被赶上针山，也不会再被沉入血池了。

想到此，他立刻就用双手紧紧地抓住蛛丝，开始拼着命往上爬了。他本是个大盗，这种活儿对他来说，可谓是轻车熟路。

可是，地狱与极乐净土之间，相距何止万里，故而不论他怎么心急火燎，也轻易到不了上面。爬了一阵子过后，犍陀多就累得筋疲力尽，想要再往上捱一把都不能了。没办法，他只得暂且休息一下。于是便吊在半空中，朝下方遥遥望去。

一望之下，犍陀多就发现自己的力气并未白费，自己刚才所在的血池，不知不觉间已隐没在黑暗的底层了。还有那座发着朦胧微光的针山，也处在自己的脚下了。照此情形，逃出地狱似乎也并不太难啊。犍陀多双手紧缠着蛛丝，哈哈大笑道："妙极！妙极！"

他已经好多年没发出过如此爽朗的声音了。

然而，他又忽然发现，在蛛丝的下方，有数不清的罪人像一队蚂蚁似的，也跟在自己的后面，拼着命往上爬呢。见此情形，犍陀多惊恐万分，一时间他竟像个傻瓜似的大张着嘴发愣，只有眼珠子在骨碌碌乱转。这根蛛丝是如此之细，自己一个人拽着往上爬尚且岌岌可危，哪能承受得了这么多人呢？万一途中吧嗒一声断掉了岂不是前功尽弃，连费了九牛二虎之力才爬到这儿的自己也要重新跌入地狱吗？要真是那样，可就全完了。然而，就在他如此寻思的当儿，就有成百上千的罪人蠕动着身子，从那黑咕隆咚的血池底部拽着蛛丝排成一长串，一个劲儿地往上爬呢。不行！不马上采取措施的话，蛛丝定然从中断为两截，自己定然重新堕入地狱。

于是犍陀多便大喝了一声：

"呔！你们这些该死的罪人。这根蛛丝是我的！是谁允许你们爬上来的？还不给我滚回去？滚回去！"

突然，刚才还一直好好的蛛丝，此刻却从犍陀多拽着的地方吧嗒一声断掉了。这下可够犍陀多受的。只见他眨眼间就大头冲下，像个陀螺似的打着旋，嗖的一声掉到了漆黑一片的地狱最底层。

只剩下短短的半截蛛丝，闪烁着细微的光芒，垂挂在星月皆无的半空之中。

三

释迦世尊伫立在极乐净土的莲池旁，原原本本地看完了这一幕活剧。很快当犍陀多又像一块石头似的沉入血池底部后，他便带着一脸的痛苦，又开始无所事事地走来走去了。毫无慈悲之心，只想独自逃出地狱，因而受到了相应的惩罚，重新坠入地狱的犍陀多，在释迦世尊看来，想必是卑劣无耻的吧。

然而，极乐净土的莲池中的莲花，对此事却浑不在意。那白玉般的花朵，在释迦世尊的脚边轻轻摇晃着花萼，从其金色的花蕊中，不断地向四周散发着无以名状的阵阵清香。

其时，已近极乐净土之正午。

大正七年（1918）四月十六日

疑　惑

要说起来，那也已经是十多年前的事了。那年春天，我应邀去岐阜县的大垣町教授实践伦理学，在那儿前后待了一个礼拜左右。对于当地贤达的热情款待，我向来是不堪其扰的，故而事先给邀请我的教育家团体写了信，表示对于欢迎、宴会以及游览名胜古迹等各种惯常的讲课时所附带的消遣活动，一概敬谢不敏。幸而许是我那"怪人"的名声早已传到了彼处的缘故吧，所以在我于不久之后到达那儿时，在身兼该教育家团体会长的大垣町长的斡旋下，不仅万事皆如我所愿，就连住处，也有意避开普通的旅馆，安排在了当地望族 N 氏的别墅里。我下面要讲的事情，就是我逗留此别墅期间偶然听到的一则悲惨的故事。

　　这栋别墅，位于郭町[1]中最远离俗尘的一个街区，离巨鹿城不远。尤其是我休息起居的那个八铺席[2]大小的书院式[3]房间，虽说略有日照不足之憾，但移门、隔扇都颇为古雅，是个宁静、安逸的住所。照料我日常生活的，是一对别墅看门人夫妇，平时只要没什么

1　岐阜县大垣町的地名。
2　日本的和式房间一般都以铺席，也即榻榻米的张数来表示大小。一张榻榻米的面积通常为1.62平方米，八铺席就是12.96平方米。
3　带有壁龛、博古架的日式房间。

特别的事情，他们总是待在厨房里。因此，这个略微幽暗的八铺席房间，基本上没什么人气，显得十分冷清。屋外有一棵木莲，枝条伸到了花岗岩洗手钵的上方。由于四周过于静谧，就连木莲那白色花朵不时掉落的声响也清晰可闻。

我每天上午出去上课，下午和晚上就待在这屋子里，日子过得极为安泰。但与此同时，除了一只装了参考书和替换衣物的皮包之外一无所有的我，也时常在此料峭的春寒中倍感孤寂。

下午时而有客来访，我的心绪得以分散，倒还不觉得怎么寂寥。可一到了晚上，点上了那盏古色古香的竹筒油灯之后，就觉得有人气的世界一下子就缩小到我身边那一圈灯光所及的范围了。而且甚至连周围的环境，也难以令我心安。我身后的佛龛中放着一个肃穆凝重的青铜瓶，瓶里并无插花。其上方挂着一幅像是"杨柳观音"的画轴。装裱部分的锦缎已被油灯熏得黝黑，画面上墨色朦胧，依稀可辨。每当我将目光从书上抬起，扭头去看那幅陈旧的菩萨画像时，总会闻到一股线香味——可我又确实没点线香。如此这般，房间被笼罩在寺院一般的闲寂氛围之中。因此，我通常睡得很早，只是躺下后也很难睡着。因为防雨套窗外远近莫辨的夜鸟声，常令我胆战心惊。这些鸟叫声让我在心中勾勒出俯瞰着该别墅的天守阁[1]来。白天看时，那天守阁总是将三层白壁重叠于蓊郁的松林之间，并将无数的乌鸦撒向反翘着的屋顶上方的天空中。——就这样，我总是于不知不觉间迷糊起来，可即便如此，仍觉得心底荡漾着水一般的春寒。

---

[1] 耸立于日式城堡中央的瞭望楼，一般有三层至五层。此指巨鹿城的天守阁。

却说有天晚上——正是预定的授课日数将尽的当儿，我与往常一样，盘腿坐在灯下，正漫不经心地看着书。突然，与外间相隔的移门被轻轻地拉开了——轻得令人发怵。我原本就等着别墅看门人前来呢，所以发觉移门被拉开后，心想正好托他将刚才写好的明信片给寄出去，于是便不经意地朝那儿瞥了一眼。出乎预料的是，端坐在昏暗的移门旁的，竟是一个从未见过的陌生男子。说实话，那一瞬间，我与其说是惊愕，倒不如说是感到了一种带有迷信色彩的恐惧更恰当一些。事实上这个男人那沐浴在朦胧灯光下幽灵般的模样，也确实能令人惊骇万分。而在我们面面相觑之后，他便按照旧礼，高高地撑起双肘，恭恭敬敬地低下了头，机械刻板地跟我打了招呼：

"百忙之中，深夜打扰，真是万分抱歉。只因在下有一事相求，故而冒昧造访，还望见谅。"

他的声音倒也比我预想的要年轻许多。

在他如此致辞的当儿，好不容易才从最初的震惊中恢复过来的我，这才有机会定下神来仔细观察来人。

只见他额头宽阔，脸颊消瘦，眼神与年龄不甚相符却甚为灵动，头发斑白。总体而言，倒是个颇有品位的人。身上虽没穿带族徽的礼服，但外褂和裙裤也很挺括，并且靠近膝盖处还端端正正地放着一把折扇。只有一样，于刹那间刺激了我的神经，那就是：他的左手少了一根手指。我忽然注意到这一点后，便不由自主将视线从他那只手上移开了。

"有何贵干？"

我合上了读到一半的书，冷冰冰地问道。自不必说，对于此人的突然造访，我不仅感到意外，同时也是深感不悦的。而别墅看门人不替他事先转达一声，也令我十分纳闷儿。但是，那人却并未因我的冷淡而气馁，他再次将脑袋贴到了榻榻米上，用读书一般的声调说道：

"未及自我介绍，还望见谅。我叫中村玄道，每天都聆听先生的讲义。当然了，课堂里学生众多，想必先生不会记得我。我想借此机缘，今后也能继续得到先生的指教。"

直到此时，我才觉得自己终于领会了此人的来意。然而，夜读的清兴被扰，我依然感到十分不快。

"如此说来，你是对我的讲授有所质疑了？"

我嘴上这么说，心里已预备了一句得体的回绝之词："若是质疑，请留待明天课堂上再提吧。"可对方脸上的表情纹丝未动，只将视线稳稳地落在裙裤的膝盖处，说道：

"我非为质疑而来。只是想就自身的处世安身之方，聆听一下先生的指教。此事说来话长，约在二十年前，我遭遇了一件意外之事，其结果导致我全然不能理解我自己。我想，若能得到像先生这样的伦理学大师的指点，自然便能拨云见日、明辨是非了。故而今晚不揣冒昧，深夜前来打扰。我的遭遇说出来或许会让您感到乏味，不知先生能否拨冗听我一叙？"

我一时倒不知该如何回答了。就专业而言，我的确是一名伦理学家。这一点是毫无疑问的。可遗憾的是，我并不拥有一颗能灵活运用专业知识来干练地解决现实问题的、足以令自己沾沾自喜的机灵脑袋。此时，对方似乎已察觉到了我内心的犹豫不决，于是便抬起了之前一直落在膝盖上的视线，怯生生地，半恳求似的望着我的脸，用比刚才更为自然的声调，恭恭敬敬地继续说道：

"其实，话虽如此，我也并非一定要先生做出是非曲直的判断。只是直到今天，这个问题一直令我苦恼不已，因此我以为只要将此间的烦恼说给先生这样的大师听听，多少就能让自己的内心获得些许安慰了。"

话说到这份儿上，于情于理，我都不能不听一听这个素不相识的男子的叙述了。可与此同时，我也隐隐约约地产生了某种不祥的预感，并感到某种不甚分明的责任感，已沉甸甸地压在了我的心上。于是，只为了拂去心头的不安，我故意装出轻松的样子来，并请对方上前来，坐在朦胧的油灯对面。

"好吧，我就听上一听吧。只不过，听完之后是否能给出有价值的参考意见，是不敢保证的哦。"

"哪里，只要先生肯听我一叙，我就已经如愿以偿了。"

于是，这位自称是中村玄道的男子，用少了一根手指的手拾起扇子来，时不时地抬眼看看我——莫如说是偷看一眼我背后佛龛里的"杨柳观音"更确切吧，依旧用他那缺乏抑扬顿挫的阴沉语调，时断时续地叙述了起来。

事情恰好发生在明治二十四年。正如您所知，二十四年正是发生浓尾大地震[1]的年份。自那以后，大垣的面貌也发生了巨大改变。当时，这个镇上有两所小学，一所为原

1　1891年发生在日本岐阜、爱知县的大地震。因这两地旧称美浓、尾张，故称。浓尾大地震在日本政界和学术界引起强烈震动，并促成在日本成立了世界上最早的震害预防研究机构。

藩主所建，另一所是镇上建的。我那时奉职于原藩主所建的K小学。由于我是于两三年前在县师范以第一名的成绩毕业的，之后也一直为校长所器重，所以获得了十五日元的月俸。这在同辈人中可是高薪啊。若在今天，这每月十五日元的工资，自然是难以糊口的。可二十年前，虽说不算如何丰厚，却也堪称衣食无忧了。因此在同僚之间，我甚至成了被羡慕的对象。

我家中上无老下无小，只有妻子一人。我们结婚也才两年。妻子是校长的远房亲戚，小小年纪就与父母分别，直到嫁给我之前，一直由校长夫妇照顾着。他们对她爱如己出。她名叫小夜，人品嘛由我来说或许不太合适，但确实是十分淳朴、腼腆的，甚至有点过于沉默寡言，可谓是天生幽寂，淡如阴影。不过与我还是挺般配的，因为我的性格与她也相差不远。所以说结婚之后，虽说没什么轰轰烈烈的狂欢大喜，这日子一天天地倒也过得十分安稳。

不料在那场大地震中——那个让人难以忘怀的十月二十八日，应该是在上午七点钟左右吧。当时我正在井边刷牙，妻子正在将锅里的饭盛到饭桶里。正在此时，房塌了。也就是一两分钟之间的事情，一阵狂风般吓人的鸣响之后，房屋立刻就倾塌了，之后就只看到瓦片在空中乱飞。没容我啊地惊叫一声，我就被掉下的屋檐压在了底下，我没头没脑地挣扎了一会儿，在不知从何而来的地震波的摇晃下，最后终于从屋檐下爬到了四处飞扬的尘土之中。抬眼一看，眼前就是我家的屋顶，已经完全摊平在地面上了，瓦片之间的缝隙里甚至冒出了地上的青草。

我当时的心情，真不知说是震惊好呢，还是说慌乱好，只跟掉了魂儿似的，一屁股瘫坐在了地上，茫然地看着左右那一大片如同海中巨浪一般掉落的屋顶。耳边则是地鸣声、房梁掉落声、树木折断声、墙壁坍塌声，还有数千人仓皇逃命时发出的、无法听清的各种嘈杂之声。不过，这也仅仅是刹那之间的事情，当我发现屋檐下有什么东西在动之后，我就猛地跳起身来，仿佛刚从噩梦中醒来似的大叫着，冲了过去。因为，那被压在房檐下的，正是我的妻子小夜！她的下半身被房梁压住了，正在痛苦地挣扎着。

我抓住妻子的手往外拽，又推着她的肩膀想将她扶起来。可是，压在她身上的房梁纹丝不动，似乎连一只小虫子都不允许爬出来。我惊慌失措，一块块地扯掉屋檐上的木板条。一边扯，一边不住朝妻子高喊：

"挺住！你要挺住！"

我这是在给妻子打气吗？不，或许是在给我自己打气亦未可知。妻子小夜则说：

"我受不了了。快想办法救我。"

用不着我给她打气，她就拼着命想要抬起房梁。此刻她已经脸色大变，简直跟换了一个人似的，而她那双血肉模糊、连指甲都看不清了的、颤颤巍巍地去摸索房梁的手，至今仍清晰地留在我痛苦的记忆之中。

过了好长一会儿。当我突然回过神来的时候，发现不知从哪儿涌过来一片滚滚黑烟，漫过屋顶，呼地朝我迎面扑来，熏得我透不过气来。随即，浓烟后面响起了猛烈的爆裂声，稀疏的火星如同金粉一般闪烁着飞上了天空。我发疯似的紧紧地抱着妻子，再次不顾一切地想把她从房梁下拽出来。可妻子那被压在房梁之下的下半身依旧纹丝未动。我冒着再次涌来的黑烟，单腿跪在房檐上，吵架似的对她说着什么。说了些什么？您或许会问吧？不，您一定想问的。可是，当时我说了些什么，连我自己都不记得了。我只记得，妻子当时用血肉模糊的手抓住我的胳膊，叫了一声：

"夫君！"

我紧盯着妻子的脸。这是一张失去了所有表情的、徒然睁大了眼睛的、可怕的脸。紧接着扑面而来的就不光是浓烟了，而是扇动火星的一股热浪。我心想：完了！妻子要被活活烧死了！活活烧死？我握住妻子那双血肉模糊的手，又叫喊了句什么。妻子则又喊了一声：

"夫君！"

我从那一声"夫君"之中，感受到了无穷的含义，无穷的感情。活活烧死？活活烧死？这时我又第三次叫喊了起来。我记得我喊的好像是：

"去死吧！"

还记得也喊过：

"我也一起死！"

就在如此恍恍惚惚、连自己都不知道喊了些什么的当儿，我随手操起手边的瓦块，接二连三地朝妻子的头上砍去。

之后的事情，只能任由先生明察了。总之，我独自存活了下来。我在几乎将整个镇子烧了个精光的浓烟烈火的驱赶下，穿过堵塞了道路的，跟小山似的一家家的屋顶，经历了九死一生之后，总算是捡回了一条小命。这算是幸运呢还是不幸呢？我自己也不知道。我们的学校也在地震的一击之下化为瓦砾了。当天晚上，我与一两位同事待在校外的临时窝棚里，手里捏着从赈灾点领来的饭团，两眼望着夜空中仍在燃烧着的火，泪流不止。——这一场景是我无论如何也忘不了的。

说到这里，中村玄道暂时收住了话头。他像是十分胆怯似的将目光落到了榻榻米上。而我呢，突然听到这样的故事，觉得弥漫于空旷房间里的春寒，一下子涌到了衣领处，连敷衍一声"原来如此"的底气都没有了。

房间里只听得到煤油灯的灯芯在往上吸油的声音，以及我那只放在桌上的怀表所发出的窸窣之声。就在此时，我听到了一声微弱的叹息，仿佛壁龛里的"杨柳观音"动了一下身子。

我抬起有些发怵的眼睛，望着眼前这个颓然而坐的男子。刚才是他在叹息吗？还是我在叹息？然而，这个疑问尚未解开，中村玄道又以他那低沉的声调，缓缓地叙述起来了。

自不必说，妻子的去世，令我悲痛万分。不仅如此，有时听到校长、同僚们安慰、同情的话语，我也会不顾羞耻地当众落泪。唯有在地震中杀死了妻子这件事，我却怎么也说不出口。

"我想到与其看着她被活活烧死，还不如自己动手杀了她，所以……"——即便说出了这样的话，想必也不会被送入监狱的吧。不，非但如此，我要是真这么说了，世人一定会更加同情我的。但不知为何，每当我要这么说的时候，话就在喉咙口哽住了，舌头也调转不灵了。

当时我将其原因完全归结于自己的怯懦。可实际上与其说是单纯的怯懦，倒不如说还有更深层次的原因。只是这个原因，在有人建议我再婚，并即将开始新生活之前，我自己毫无察觉罢了。而明白了之后，我就意识到自己只是个可怜的精神失败者，是没资格再次过上正常人的生活的。

建议我再婚的不是别人，正是小夜的娘家人——校长。我很清楚，他纯粹是为了我好。当时，大地震已过去一年了，而且，事实上在校长亲自开口之前，已有人不止一次地在私底下探过我的口风了。不过，听了校长的介绍后令我大感意外的是，女方竟然就是眼下先生您下榻的这个N家的二小姐。当时，我除了在学校里上课，也时常上门去做学习辅导，而这位二小姐，正是受我辅导的寻常[1]四年级学生，N家长子的姐姐。于是我理所当然地婉言拒绝了。

---

1 寻常小学校的简称。日本于明治十九年（1886）根据小学校令设置的小学，对满6岁以上的儿童实施义务制初等普通教育，学制初为四年，明治四十年（1907）起改为六年。昭和十六年（1941）改称"国民学校初等科"。

因为，首先作为教员的我与作为资产家的N家，门第、身份相差太远。再说，我本是他家的家庭教师，要是被人胡乱猜测，以为我们在婚前就有过什么不清不白的关系，可就没意思了。其实，我之所以提不起劲儿来，还有另一个原因。那就是，虽说"去者日以疏"[1]，对于前妻的记忆也不那么刻骨铭心了，可被我亲手杀死的小夜的面容，却一直如扫帚星的尾巴似的，若隐若现地缠绕着我。

然而，校长在充分体谅我的心情的同时，又列举了种种理由，十分耐心地说服我，例如：我这么个年龄的人，今后一直过独身生活是非常困难的；这门婚事可是对方首先提出来的；有校长做媒，外界就不会说什么闲话了；对于我一直向往着的去东京游学，这门亲事也是大有裨益的；等等。听他这么一说，我倒也不好拒人于千里之外了。再说，这个结婚对象，是个出了名的美人。还有，说来惭愧，N家的财产也让我有些利令智昏。于是，随着校长锲而不舍的劝说，我的态度也逐渐软化，不知不觉间，从"容我三思"变成了"那就等过了年吧……"到了第二年，也即明治二十六年的初夏，事情终于进展到秋天里举行婚礼的地步。

奇怪的是，自从婚事定下来之后，我就变得异常抑郁，连自己都觉得不可思议，无论做什么都提不起过去的那股子劲头来了。到了学校，也只是坐在教员室的椅子上

1　语出中国古诗《古诗十九首·去者日以疏》。意谓死去的人隔得时间久了，印象就淡漠了。

发呆，好多次连通知上课的云板声都听漏了。可要说究竟在想什么心事，却连我自己都搞不清楚。只觉得头脑中的齿轮有什么地方咬合不上——而这没咬合处的背后，似乎还隐藏着一个超越了自我认知的秘密，令我心里发毛。

这样的情形大概持续了有两个来月吧。有一天傍晚，正好是刚放了暑假那会儿，我外出散步时去本愿寺[1]分院后面的一家书店逛了逛，看到有五六本当时颇受好评的杂志《风俗画报》，与《夜窗鬼谈》《月耕漫画》摆放在一起。这些杂志的封面都是石印的。我在书店门口站定身躯，漫不经心地拿起一本《风俗画报》翻看了起来。封面上画着房屋倒塌、发生火灾的场景，还印着两行大字——"明治廿四年十一月三十日发行、十月廿八日震灾记闻"。看到了这一标题，我的心就不由得怦怦乱跳了起来。我甚至觉得有人在我耳边一边兴奋地嘲笑着，一边对我低语：

"就是这本。就是这本。"

当时尚未点灯，我借着店门口微弱的日光，慌忙翻过封面，匆匆地看了下去。率先映入眼帘的，是一家老小都被掉落的房梁压在底下而惨死的画面。接着是土地裂成两半，将正好路过那儿的一个女孩吞了下去。接着——也不用一一列举了。总之，那本《风俗画报》在那一刻，将两年前那次大地震的惨状再次展现在了我的眼前。长良川[2]大

1　日本佛教净土真宗的寺院。总寺在京都市下京区，各地都有其分院。
2　发源于日本岐阜县西北部的大日岳，往南流经岐阜县中部，经浓尾平原注入伊势湾的河流。以养鸬鹚而闻名。

铁桥被震落的画面；尾张纺织厂坍塌的画面；第三师团的士兵在挖掘尸体的画面；爱知医院抢救伤员的画面——凄惨的画面接连不断，将我拖入了当时那可怕的被诅咒的记忆之中。看着看着，我的眼睛开始湿润了，我的身体开始颤抖了。一种分不清是痛苦还是欢喜的情感，不由分说地将我的精神世界搅得乱七八糟。而当最后一幅画面展现在我的眼前时，我所感到的震惊，是至今难忘的。那上面画的是：一个被掉落的房梁砸中腰部的女人，正在苦苦挣扎着。而房梁的后方，黑色的浓烟正滚滚涌来，通红的火星正在四处飞溅。这个女人，不是我的妻子，还会是谁呢？这幅画，画的不是我妻子的临终时刻，还能是什么呢？我差点儿失手将《风俗画报》掉在地上。我险些尖声大叫起来。更令我惊恐不已的是，四周突然亮起了红红的火光，与此同时，一股火灾时特有的烟味也扑鼻而来了。我强作镇静，放下了《风俗画报》，惊恐不安地四下张望了起来。原来，是书店里的小伙计将店门口的油灯点燃了，这会儿，他正将还冒着烟的火柴往马路上扔呢。

　　自那以后，我就比以前更加忧郁了。在那之前，威胁我的只是不可名状的不安；可在那以后，一个巨大的疑惑就盘踞在我的头脑之中，并开始不分昼夜地折磨我了。所谓"疑惑"，那就是：我在大地震时杀死妻子，果真是迫不得已的吗？说得更露骨一点儿，那就是：难道不是我早就起了杀心，才在大地震时杀死妻子的吗？或者说，难道大地震仅仅是给了我一个杀妻的机会？面对如此疑惑，我不知多少次斩钉截铁地回答道：

"不！不是的！"

可是，每当此时，那个在书店门口对我低语"就是这本。就是这本"的虚无缥缈的家伙，都会再次嘲笑我，并诘问我道：

"既然如此，你又为何不敢将杀妻之事讲出来呢？"

每当我想到这一事实，我都会怵然惊心。是啊，既然杀了，为什么不敢讲出来呢？为什么要对如此可怕的行为讳莫如深，一直隐藏到今天呢？

并且就在那时，一个叫人糟心的事实从我的记忆中清晰地复苏了，那就是：我当时在内心是厌弃我的妻子小夜的。如果我不把这件令人羞愧的事情说出来，或许您就难以理解了。事实上我妻子非常不幸，她是个肉体上有缺陷的女人。（以下省略八十二行）……在那之前，虽说也不够坚定，但我相信，我的道德情感还是占据上风的。然而，发生了像大地震这样的灾变，当所有社会性的束缚都从世上隐去之际，我的这种道德情感怎会不随之而出现裂缝呢？我的利己之心怎会不随之熊熊燃起呢？事到如今，我不得不面对这样一个疑惑，那就是：我的杀妻行为，难道不是仅仅为了杀死她吗？我之所以变得越来越忧郁，毋宁说是一种必然的结果更为合理吧。

然而，我仍有一条可用以"逃生"的"血路"，那就是："在当时那种情况下，我不杀死妻子，妻子就定会被活活烧死。因此，杀死妻子并不能说是我的罪恶。"

可是，在季节已由盛夏转入残暑，学校刚开始上课的某一天，我们这些老师正在教员室里围着桌子一边喝茶一边闲聊。不知怎的，话题又落在了两年前的那场大地震上了。当时，只有我一人闭口不语，毫不经意地听着同事们的话语。什么本愿寺分院的屋顶都掉下来了；船町河堤垮塌了；俵町的马路裂开来了——左一件，右一件，他们说得十分起劲儿。随后，一位老师又说了这么一件事：在中町还是在什么地方，一家名叫"备后屋"的酒馆的老板娘，一开始被房梁压住了，动弹不得，可在随后发生的火灾之中，幸好房梁被烧断了，她也就捡回了一条命。我听到这时，眼前突然发黑，觉得一时间连呼吸都停止了。事实上我当时的情形，应该是与突然失去知觉差不多的吧。好不容易回过神来一看，发现同事们围着我忙作了一团。有的在给我喝水，有的在给我喂药。原来，他们见我突然脸色大变，快要连带椅子一起倒下了，全都吓坏了。可是，我甚至都顾不上向同事们道谢。因为，那个可怕的疑惑已经将我的脑袋占得满满的了。看来，我还是仅仅为了杀死妻子，才将她杀死的，难道不是吗？即便她被压在房梁底下动弹不得，可我还是因为怕她万一获救，才将她杀死的，难道不是吗？要是当时不杀死她，那么就像那个备后屋的老板娘似的，难保她就没有九死一生的机会。可我却毫不留情地用瓦块将她砍死了。——想到此时，我内心痛苦万分。这种感觉无法用语言来表达，只能有劳先生自己来体察了。在如此痛苦之中，我拿定了主意，为了多少让自己纯洁些，至少也该回绝与N家的亲事。

可到了要将此决心付诸行动的时候，我又瞻前顾后、拖泥带水起来了。毕竟已是婚礼在即了，突然要将其全盘推翻，势必要有充分申诉理由的。大地震中的杀妻过程自不必说，就连之前所有的内心苦痛也非和盘托出不可。生性懦弱的我，一旦到了那样的场合，想必是无论怎样自我鞭挞也鼓不起那种毅然决然的勇气的。对于自己的这种窝囊劲儿，我已经不知道自责过多少次了。可自责归自责，却没有采取任何应有的措施。一来二去的，季节已从夏末的残暑转入了秋季的晨寒，而所谓"花烛之礼"，也终于近在眼前了。

其实在那时，我已成了异常消沉的人了，几乎不与人说话。提醒我推迟婚期的同事，已不止一两个了。校长也曾三次对我提出忠告，要我去看医生。然而，面对众人的如此关心，当时的我已经连口头敷衍一下"我会注意健康的"之类的心思都没有了。同时也觉得，事到如今，再利用同事的担心，以疾病为借口去推迟婚期，也不过是得过且过的懦夫行为罢了。而另一方面，N家的主人似乎以为我的抑郁之症，是由独身生活导致的，故而反倒一味地催促"快点结婚！"于是最终决定于两年前发生大地震的十月——日期有所不同，在N家的本宅举行婚礼。

到了那天，因连日的内心煎熬而憔悴不堪的我，穿上了新郎的礼服。但在别人的引导下进入那间围着金器屏风的大厅时，我为当下的自己感到无比羞愧。我觉得自己简直就是个要避开他人耳目去干大坏事的恶棍。不，不是觉得。事实上我就是个隐瞒了凶杀的罪恶，并企图同时偷走N家的小姐与财产的畜生。我的脸，发烫了。我的胸，苦闷难当。可能的话，我真想在当场将杀妻的过程一一坦白清楚。——这样的念头如同暴风骤雨一般在我头脑中回旋着。而就在此刻，我的座位前却梦幻一般出现了一双白纺绸地袜。紧接着又看到了和服下摆上微波荡漾的上空松鹤隐隐可见的图案。然后是嵌金线锦缎的腰带、洁白的衣领。当我看到插着玳瑁梳子的沉甸甸、光闪闪的高岛田[1]时，我被几乎令人窒息的、已突破临界点的恐惧压垮了。我不由自主地双手伏地，声嘶力竭地高喊道：

　　"我是个杀人犯！我罪该万死！"

　　中村玄道说完之后，怔怔地盯着我的脸看了好一会儿，然后在嘴角勉强挤出一丝微笑，继续说道：

　　"以后的事情，就毋庸赘言了。只有一件事想告诉先生，那就是：我当天就背上了'疯子'之恶名，今后也注定只能在此恶名下度过可悲的余生了。我果真是疯子吗？这就任由先生来判断了。然而，即便是疯子，将我逼疯的，难道不就是潜伏于我们心中的怪物吗？那么今天嘲笑我为疯子的人，明天难保不变成与我一样的疯子。——我是这么认为，先生以为如何？"

1　日本未婚女子梳的一种传统发髻。是相传日本东海道岛田驿艺伎首创之岛田髻的一种变化形式。

油灯依旧在我与这位可怕的客人之间，于春寒料峭的长夜之中，摇曳着惨淡的火苗。我也依旧背对着"杨柳观音"默默地坐着，根本没勇气去问对方怎么会少一根手指了。

大正八年（1919）六月

猿蟹交战[1]后传

---

1 日本民间故事之一。产生于室町时代末期。说的是螃蟹用自己的饭团交换了猴子的柿核，并将柿核种下了。等到柿树结出了柿子后，猴子假装帮螃蟹摘取，上树后自己吃了成熟的柿子，又扔下青涩的柿子，砸死螃蟹。螃蟹的儿子悲愤异常，纠集了臼、杵、蜂、栗（卵）一起讨伐猴子，最后终于报了父仇。该故事在日本各地均有流传，且说法不尽相同。

抢了螃蟹饭团的猴子，终于被螃蟹报仇雪恨了。也就是说，螃蟹与石臼、蜜蜂还有蛋蛋一起，杀死了猴子这个仇敌。——事到如今，这事已无须多说了。需要说一说的倒是，以螃蟹为首的战友们，在杀死了猴子之后，又遭遇了怎样的命运。因为，童话故事里根本就没提这茬儿。

不，不仅是没提这茬儿，而且还给人一种错觉，似乎从此以后，螃蟹待在洞穴里，石臼待在厨房角落里，蜜蜂待在房檐下的蜂巢里，蛋蛋待在稻壳里，一个个地全都太平无事地过着安稳日子呢。

其实，这些都是假象。事实上他们在报了仇之后，马上就被警察抓了去，全都投入了大牢。并且在多次开庭审理之后，主犯螃蟹被判处死刑，石臼、蜜蜂、蛋蛋等从犯也被判处了无期徒刑。只知道童话故事的读者或许会对他们遭遇如此命运感到讶异吧。但这是事实。千真万确的事实。

根据螃蟹自己的陈述，他确实用饭团与猴子的柿子做了交换。但猴子非但不给他熟柿子只给他青柿子，还用青柿子砸他，企图加害于他。然而，螃蟹与猴子之间，根本就没交换过什么契约证书。好吧，即便对于这一点不予考虑，那么用饭团交换柿子，也并非特指熟柿子。最后，说是被猴子用青柿子砸了，可猴子是否出于恶意呢？这方面的证据也是很不充分的。因此，就连为螃蟹辩护的、以雄辩著称的某律师，除了乞求法官同情以外，也束手无策。据说那位律师还十分同情地擦拭着螃蟹吐出的泡沫对他说：

"算了吧，你就不要再坚持了。"

至于这句"你就不要再坚持了"是针对死刑判决说的，还是针对要付给他巨额辩护费说的，那就无人知晓了。

不仅如此，就连报纸、杂志这些个舆论媒体，也几乎没一个对螃蟹寄予同情。而多的却是如下的责难：

"螃蟹杀死猴子无非是为了泄私愤。而这种私愤又是因自己的无知与轻率而被猴子占了便宜所导致的。如今是优胜劣汰的世道，泄私愤之人不是傻瓜就是疯子！"

事实上就有担任商会会长的某男爵，在发表了与上述责难大体相同的意见之后，还做出了"螃蟹杀死猴子，想必是受到了流行的危险思想的影响了吧"的论断。或许正是基于此种认识吧，据说该男爵在螃蟹复仇之后，不仅雇用了保镖，还一下子豢养了十条凶猛的斗牛犬。

即便是在所谓的有识之士之间，螃蟹的复仇行为也丝毫未获得好评。

身为大学教授的某博士，通过伦理学角度的分析得出结论：螃蟹杀死猴子完全是出于复仇意识，而复仇是难以称为善举的。

某社会主义者首领则声称，既然螃蟹如此推崇柿子、饭团之类的私有财产，想必石臼、蜜蜂、蛋蛋等也有着反动思想，而在背后兴风作浪的，或许就是国粹会[1]亦未可知。

---

1 "大日本国粹会"的简称。为了与新兴社会主义运动相抗衡，成立于大正八年（1919）的日本右翼组织。

某宗派掌门大师则说，螃蟹像是一点儿都不懂我佛慈悲，即便被猴子用青柿子砸，只要懂得了我佛慈悲，就非但不会怀恨在心，反倒会加以怜悯的吧。唉，要是螃蟹能听听我的说法就好了，哪怕一次也好啊。

除此之外，反正来自社会各界名流的声音还有许多，却一边倒地不认同螃蟹的复仇行为。其中只有一人为螃蟹大声喝彩。那就是酒仙兼诗人的某国会议员。他说螃蟹的复仇行为是与武士道精神一脉相承的。可他这种早就落后于时代的陈词滥调，谁都不会听。不仅如此，报上还有花边新闻说，该议员前几年去动物园玩的时候，曾被猴子浇了一泡尿，故而怀恨在心。

只知道童话故事的读者，或许会为螃蟹那悲惨的命运而一洒同情之泪吧。但螃蟹的死是理所当然的，为此感到哀伤，则无非是妇女儿童的多愁善感而已，而全天下之人都认为螃蟹之死是罪有应得。事实上在执行了死刑的当天晚上，无论是法官、检察官、律师、看守、行刑者还是管教员，据说全都熟睡了四十八小时。并且全都在梦里看到天堂的大门。根据他们的描述，天堂就是一个状似封建时代城堡的大百货商店。

接下来也顺带着说一下螃蟹死后其家庭成员的情况吧。

螃蟹的妻子成了娼妇。至于其原因是贫困还是出于她水性杨花的本性，那就不得而知了。

螃蟹的长子在父亲死后，用报纸杂志上的语言来说，就是"洗心革面"了，据说现在已是某证券公司的经理什么的了。该蟹有时为了吃同类的肉，会将受了伤的同伴拽入自己的洞中。据说克鲁泡特金¹在其《互助论》中所引用那只会抚慰同类的螃蟹，就是以他为模型的。

螃蟹的次子成了小说家。当然了，既然成了小说家，那么除了到处拈花惹草、迷恋女色就不干什么正事了。仅仅是将父蟹的一生引以为例，插科打诨、装疯卖傻地写些什么"善乃恶之异名"之类的文字。

螃蟹的三子是个傻瓜，所以仍是一只螃蟹而已。有一天他在道上横行的时候，看到地上有个饭团。要知道，他可是见了饭团就不要命的。于是他就举起硕大的钳子将饭团夹了起来。而这时，一只猴子正在高高的柿子树的树梢上捉身上的虱子呢。至于后面会如何发展，就不用再说了吧？

总之，与猴子交战之后，螃蟹必定会为了天下安定而送命——唯有此事是千真万确的。在此，我谨以此言寄语天下的读者。你们中的大多数，也都是螃蟹哦。

大正十二年（1923）二月

1　克鲁泡特金（1842—1921），俄国社会思想家、地理学家、无政府主义的理论家。主张废除国家，建立由小型组织联合而成的社会。著有《近代科学与无政府主义》《互助论》等。

魔笛与神犬

——献给郁子

一

　　从前，在大和国[1]葛城山[2]的山脚下，住着一个叫作"发长彦"的青年樵夫。由于他的面容似女性一般的柔美，头发也似女性一般的长，所以人们就给他取了这么个名字。

　　发长彦的笛子吹得非常好，他在去山上伐木时，以及在劳作的间隙中，都会抽出腰间的笛子吹上一曲，自得其乐。而不可思议的是，就连鸟兽与草木似乎也都非常欣赏他的笛声。故而每当发长彦吹起笛子来，便会芳草摇曳，树木招展，更有鸟兽围在他的身边，安安静静地一直听到一曲终了才肯离去。

　　却说有一天，发长彦跟往常一样，坐在一棵大树的树根上，十分投入地吹起了笛子后，眼前忽地出现了一个身上挂着许多绿色勾玉的、只有一条腿的男人。

　　他对发长彦说道：

　　"你吹的笛子真好听。我从很久以前起就一直住在深山洞穴之中，净做些上古神代的旧梦。自从你上山来伐木后，我就为你的笛

---

[1]　日本旧国名之一。相当于今奈良县全境。平安时代迁都以前，该地是历代皇居所在地。
[2]　位于日本大阪府与奈良县交界处的一座山。标高858米。以修验道之灵场而闻名。

声所陶醉，每天都过得很开心。今天，我是特地来表示感谢的，你想要什么，我都可以给你。"

那青年樵夫想了一会儿，说道：

"我喜欢狗，你就给我一条狗吧。"

那人大笑了起来。

"你只要一条狗吗？看来你不是个贪心之人啊。好吧，我很敬佩你这种清心寡欲的品性，那就给你一条举世无双的、神奇的狗吧。因为我并非凡人，我乃葛城山中独脚神是也。"

说完，他便吹起了嘹亮的口哨，于是便从树林深处，飞奔出一条白狗，一路将落叶踢得四下翻飞。

独脚神指着白狗说道：

"它名叫'嗅嗅'，聪明极了，无论多远地方的事情，它都能嗅出来。你就替我好好照料它吧。"

说完，他就跟云雾似的，一下子就消失得无影无踪了。

发长彦十分高兴，便带着白狗一起回到了村里。

第二天，发长彦上山后，自然而然地又吹起了笛子，不料一个身上挂着许多黑色勾玉的、只有一条胳膊的男人出现在了他的面前，并对他说道：

"独脚神是我哥哥，听说他给了你一条狗。我今天也是来向你表示感谢的，无论你想要什么，不用客气，尽管说好了。因为我也并非凡人，我乃葛城山中独臂神是也。"

于是发长彦就说道：

"我要一条不比'嗅嗅'差的狗。"

那人听了，马上吹起了口哨，唤出了一条黑狗来。

"这狗名叫'飞飞',无论是谁,只要跨上它的背,就能凌空飞过百里、千里。还有,明天我弟弟像是也要来谢你的。"

说完,就跟昨天他哥哥一样,立刻消失了。

第三天,发长彦上山后,还没等他吹笛,一个身上挂着许多红色勾玉的、只有一只眼睛的大个子男人,就像一阵风似的从天而降了。

"我乃葛城山中独眼神是也。听说我的两个哥哥已经给你送了礼物,好吧,我也送你一条绝不比'嗅嗅'和'飞飞'差的狗吧。"

话音刚落,他的口哨声就已经响彻了整个森林,一条露着獠牙的杂色狗便飞奔而来了。

"这狗名叫'咬咬',无论怎样的凶神恶煞,只要与它作对,都会被他一口咬死。我们兄弟给你的狗,无论离得多远,只要你一吹笛子,就会立刻跑来的。不过听不到你的笛声,它们是不会来的哦。切记,切记。"

说罢,这个独眼神就跟一股旋风似的消失在空中了,搅得树叶瑟瑟发抖。

二

四五天后,发长彦带着三条狗,吹着笛子,来到了葛城山山脚下的一个三岔路口。这时从大道上来了两个年轻的武士。他们身佩弓箭,骑着高头大马,十分威严地行进着。

看到他们后,发长彦便将笛子往腰里一插,恭恭敬敬地鞠了一个躬,然后问道:

"两位大人，你们这是要去哪儿呀？"

那两个武士先后答道：

"最近飞鸟国大臣的两位千金，一夜之间便不知了去向，像是被哪里的鬼神掳去了。"

"大臣十分担心，说是无论是谁，只要能找到小姐，就重重有赏。我们正在寻访呢。"

他们俩对这个长得跟女人一样的樵夫和三条狗不屑一顾，说完，就又匆匆上路了。

发长彦听了，觉得机会难得，便摸了摸白狗的脑袋，吩咐道：

"嗅嗅，嗅嗅，你赶紧嗅出小姐的去向来。"

这时，正好有一阵风吹来，"嗅嗅"便一个劲儿地翕动鼻子嗅了起来。很快，它就浑身打了个激灵，回答道：

"汪、汪。大小姐被住在生驹山洞窟里的食餍人掳去了。"

所谓食餍人，就是从前豢养八岐大蛇[1]的一个十恶不赦的坏蛋。

于是，樵夫立刻将白色的"嗅嗅"和杂色的"咬咬"抱在两肋之下，飞身跨上黑色的"飞飞"，大声吩咐道：

"飞飞，飞飞，你立刻飞往生驹山食餍人居住的洞窟。"

话音未落，发长彦的脚下就刮起了一阵猛烈的旋风，眼见得黑色的"飞飞"就如同一片树叶似的升上了天空，笔直地朝青云前方遥远的生驹山飞去。

1　出现在日本古籍《古事记》神话中出云国的八头八尾大蛇。后被素戈鸣尊（须佐之男）用酒灌醉后杀死，并在其尾部取出了天丛云剑，即三神器之一的草剃剑。

三

不一会儿，发长彦就来到了生驹山。一看，山腰里果然有个很大的山洞，里面有头插金梳的美貌小姐正在哀哀哭泣。

"小姐，小姐。我是来救您的，您不用再害怕了。您赶快收拾一下，我们马上就回您父亲那儿去。"

听发长彦这么一说，那三条狗也叼起那小姐的袖子和衣摆，叫道：

"快，快收拾一下吧。汪、汪。"

可小姐却眼泪汪汪地指了指山洞里边，说道：

"把我掳来的食蜃人，就在里面呢。他喝醉了酒睡着了。我们一走，他肯定会追上来的。到时候你我都性命不保啊。"

发长彦呵呵一笑，说道：

"不就是个食蜃人嘛，有什么可怕的？您瞧好了，我马上就把他给办了。"

说着，他拍了拍杂色狗的背，厉声吩咐道：

"咬咬，咬咬，快去把洞里的食蜃人一口咬死。"

杂色狗"咬咬"立刻露出了獠牙，发出雷鸣般的呜呜声，无比凶猛地冲进洞里，一会儿工夫就衔着食蜃人那鲜血淋漓的脑袋、摇着尾巴跑出来了。

不可思议的是，这时，从被云雾遮蔽着的谷底，刮起了一阵风，而这风中还带着一个细声细气的说话声：

"发长彦，多谢你了。我会铭记你的恩情的。我是一直遭受食蜃人欺凌的生驹山的驹姬。"

不过，那小姐因自己重获新生而欢喜不已，像是没听到这个声音。过了一会儿，她忧心忡忡地对发长彦说道：

"多亏了您，让我捡回了一条命。可我妹妹如今还不知身在何处、遭受怎样的折磨呢？"

发长彦听后，便抚摩着白狗的脑袋，说道：

"嗅嗅，嗅嗅，快嗅出二小姐的去向来。"

白狗"嗅嗅"翕动鼻子嗅了几下，便抬头看着主人的脸叫道：

"汪、汪。二小姐被住在笠置山洞窟里的土蜘蛛[1]掳去了。"

这个土蜘蛛，就是从前神武天皇[2]征讨过的小矬子坏蛋。于是发长彦就跟上次一样，将两条狗抱在肋下，与小姐一起跨到了黑狗"飞飞"背上，并吩咐道：

"飞飞，飞飞，你快飞到笠置山土蜘蛛所住的洞窟去。"

黑狗"飞飞"立刻腾空而起，如同离弦之箭一般，朝着青云缭绕的笠置山飞去。

四

却说那笠置山的土蜘蛛是个老谋深算、一肚子坏水的家伙，他看到发长彦他们找门来后，就满脸堆笑地迎出了洞口。

"欢迎，欢迎，发长彦君。您大老远地赶来，真是不容易啊。

1　日本神话中不臣服于大和朝廷的土著人。据说长得个子很矮，但四肢很长，过着穴居生活，故名。
2　日本第一代天皇，天照大神的后裔，传说他从九州率军东进，平定了大和地区，于公元前660年在大和的橿原宫登基。为日本开国之祖与天皇之起源。

请进，请进。请洞里休息吧。我这儿虽没什么像样的东西，可新鲜的鹿胆和狗熊的胎儿还是有的，就让我来好好地款待你吧。"

但发长彦没理他这茬儿。他摇了摇头，声色俱厉地说道：

"少废话！我们来是要你归还二小姐的。你赶紧将二小姐交出来还则罢了，如若不然，那个食魇人就是你的下场！"

那土蜘蛛听了，吓得直哆嗦，将原本就矮小的身子缩成了一团。

"好说，好说。我一定交出来。您都这么吩咐了，我怎么敢违拗呢？二小姐就在洞里，你们去将她带出来吧。"

于是，发长彦就带着大小姐和三条狗走进了山洞。果然，一位头插银梳的美貌小姐正在洞里哀哀哭泣呢。

察觉到有人进洞后，那小姐慌忙抬头来看，看到自己的姐姐后，便不禁大喊一声：

"姐姐！"

"妹妹！"

姐妹两人情不自禁地朝对方扑去，立刻就抱头痛哭了起来。一旁的发长彦见此情形，也跟着流下了眼泪。

突然，那三条狗背上的毛全都竖了起来。

"汪、汪。土蜘蛛这个畜生！"

"太可恶了！汪、汪。"

"汪、汪。你等着！汪、汪。汪、汪、汪。"

它们发疯似的狂吠了起来。发长彦他们回头一看，发现那个狡猾的土蜘蛛已经用巨大的岩石从外面将洞口封得死死的了。不仅如此，他还在外面拍着手大笑呢。

"哈哈，臭小子发长彦，尝到老子的厉害了吧。用不了一个月，就把你们一个个地统统饿死。这下你们该佩服我的老谋深算了吧。"

这下让发长彦也为自己轻易上当而懊悔不已了。所幸的是，他立刻就想到了腰间的笛子。只要吹起笛子来，鸟兽自不必说，就连草木都会如痴如醉，难保那狡猾的土蜘蛛不会动心。于是发长彦便鼓起勇气，安抚住狂吠不止的三条狗，全神贯注地吹起了笛子。

果然，婉转动听的笛声让那个可恶的土蜘蛛也听得心醉神迷、忘乎所以了。刚开始，他将耳朵贴在洞口的巨石上，屏息静气地聆听着，渐渐地，他就听得入了迷，并开始将那巨石一寸两寸地往边上移了。

等到那土蜘蛛将巨石移出够通过一个人缝隙时，发长彦便突然停下不吹了，拍了拍杂色狗"咬咬"的背，吩咐道：

"咬咬，咬咬，你快去将土蜘蛛一口咬死。"

土蜘蛛一听就被吓破了胆，拔腿就要逃走，可已经来不及了。"咬咬"如同一道闪电般蹿出洞去，毫不费事地就将土蜘蛛一口咬死了。

不可思议的是，这时，从深深的谷底，卷起了一阵风，风中还带着细声细气的说话声：

"发长彦，多谢你了。我会铭记你的恩情的。我是一直遭受土蜘蛛欺凌的笠置山的笠姬。"

五

随后，发长彦就带着两位小姐和三条狗，骑在黑狗"飞飞"的背上，从笠置山的山顶出发，凌空直向飞鸟国大臣所在的都城飞去了。途中，两位小姐也不知出于何种考虑，都拔下自己发髻上插着的金梳、银梳，悄悄地插在了发长彦的长发上。发长彦自然对此浑然不觉，他只是瞭望着脚下那大和国美丽的山川田野，不断地催促着黑狗"飞飞"快飞。

一会儿过后，当他们来到发长彦最初路过的那个三岔路口时，发现那两个曾经遇到过的武士，像是从哪儿回来了似的，正并马而行，朝着都城方向赶路呢。发长彦见状，突然按捺不住心中的激动，想要将自己所立下的大功讲给他们听。

于是他就吩咐黑狗"飞飞"道：

"快降下去，降下去。降到三岔路口那儿去。"

再说这两位武士找遍了各个地方都没打听到小姐们的下落，正心灰意懒、垂头丧气地往回走呢，现在突然看到两位小姐与那长得跟女人似的樵夫一起骑在一条健硕的黑狗身上从天而降，自然是大惊失色。

发长彦从狗背上跨下来后，恭恭敬敬地鞠了一躬，然后说道：

"两位大人，我与你们分手后，就立刻去了生驹山和笠置山，如此这般，就把两位小姐给救回来了。"

见身份如此卑贱的樵夫就这么轻易地抢了自己的功劳，这两位武士又是羡慕又是嫉妒，真是气不打一处来。但他们脸上装出十分高兴的样子，对发长彦立下的大功赞不绝口，引诱发长彦叙述事情经过。一会儿的工夫，就将那三条狗的来历与那笛子的神奇之处全都摸得一清二楚了。随后，他们便趁着发长彦不注意的当儿，先是悄悄地抽走了他腰间的笛子，然后猛地骑上黑狗的背，并将两位小姐和两条狗抱在肋下，异口同声地吩咐道：

"飞飞，飞飞，赶快飞到飞鸟国大臣居住的都城去！"

发长彦大吃一惊，立刻朝那二人扑去，但这时已刮起了大风，驮着武士的黑狗"飞飞"早已紧紧地卷起尾巴飞上蓝天了。

剩下的，就只有那两位武士所留下的两匹马了。发长彦趴在三岔路口的正中央，号啕痛哭了起来。

这时，从生驹山的方向吹来一阵清风，风中还响起了一个细声细气的声音：

"发长彦，发长彦。我是生驹山的驹姬。"

与此同时，从笠置山方向也吹来了一阵清风，风中也响起了一个细声细气的声音：

"发长彦，发长彦。我是笠置山的笠姬。"

随后，这两个声音便合二为一，轻声说道：

"我们这就去追那两个武士，帮你夺回笛子。你不用担心。"

话音未落，便风声呼啸着朝刚才黑狗飞去的方向远去了。

然而没过多久，那阵清风又吹回了三岔路口的上方，并同方才一样，从空中传来了细声细气：

"那两个武士已经与两位小姐一起到了飞鸟国大臣家了。他们还得到许多赏赐。来，您快吹起笛子，把那三条狗叫回来吧。趁此时间，也让我们帮你打扮得体面一点儿，让您风风光光地踏上发达之路吧。"

话音刚落，那根神奇的笛子，以及黄金铠甲、白银头盔、缀着孔雀羽毛的箭、香木制成的弓等威武的大将行头，闪着耀眼的光芒，如雨点般落在了青年樵夫的眼前。

六

片刻之后，身背着香木弓、孔雀羽箭，如同天神一般的发长彦跨着黑狗"飞飞"，肋下抱着白狗"嗅嗅"和杂色狗"咬咬"，便凌空飞到飞鸟国，降落在了大臣的府邸。那两个年轻武士见了，不由得慌作一团。

其实也不仅仅那两个武士，就连大臣本人也大吃一惊，一时间恍若身处梦境一般，呆呆地望着威风凛凛的发长彦。

发长彦脱下头盔，恭恭敬敬地向大臣鞠了一躬，说道：

"我叫发长彦，住在葛城山的山脚下。是我除掉了食餍人和土蜘蛛，救回了府上的两位千金。那两位武士与这事儿根本就是不沾边儿的。"

那两个武士已将从发长彦那儿听来故事当作自己的功劳，在大臣面前吹嘘过了，现在听发长彦这么一说，当即急得变了脸色，赶紧打断了他的话头，像煞有介事地说道：

"别听他那一派胡言。砍下食餍人脑袋的是我们，识破土蜘蛛诡计的也是我们。这可是千真万确的。"

这下子可就让站在他们中间的大臣没了主意了，他看了看发长彦和那两个武士，搞不清他们谁说的是真话，谁在撒谎。于是他便扭头对自己的两个女儿说道：

"我的好女儿们，这事就只能问你们了。到底是谁把你们救回来的呢？"

两位小姐一齐依偎在父亲的胸前，羞答答地说道：

"救我们回来的，是发长彦。我们把梳子插在他的头发上了，这就是证据。爸爸您自己去看好了。"

大臣上前一看，果然见女儿的金梳和银梳都在发长彦的头上闪闪发光呢。

事情到了这个地步，那两个武士再也无法狡辩了，只得浑身颤抖着跪倒在大臣的跟前，说道：

"我们起了坏心，想把发长彦救回小姐的功劳占为己有。现在我们全都坦白了，还请大臣留我们一条小命啊。"

之后的事情，就不用多说了。总之，发长彦不仅得到了许多奖赏，还做了飞鸟国大臣的乘龙快婿。那两个武士则被三条狗追赶着，狼狈不堪地逃出了大臣府邸。只不过到底是哪位小姐成了发长彦的妻子呢？因为这毕竟是很久很久以前的事情，到现在就很难搞清楚了。

大正七年（1918）十二月

女性

一只雌蜘蛛沐浴着盛夏的阳光，一动不动地待在红色月季花的花朵下方，正凝神思考着什么。

　　这时，空中响起了一阵振翅之声，紧接着，就有一只蜜蜂像一头撞下似的落到了月季花上。雌蜘蛛猛地抬眼望去。此时寂静的白昼空气里，尚留有蜜蜂翅音的余韵。

　　不知何时，雌蜘蛛出动了。她悄无声地从月季花下爬了出来。而浑身沾满了花粉的蜜蜂，此刻已将嘴巴插入了花蕊深处的花蜜之中。

　　无声而又残酷的几秒钟过去了。

　　随后，红色的月季花花瓣将雌蜘蛛的身影吐向了陶醉于花蜜之中的蜜蜂身后。突然，雌蜘蛛猛地跳到了蜜蜂的脖子上。蜜蜂拼命扇动翅膀，并没头没脑地挺出利刺想要刺死来犯之敌。在其翅膀的扇动下，花粉在阳光中飞舞、弥漫了开来。然而，雌蜘蛛那紧咬着的嘴巴，却死也不肯松开。

　　双方的争斗，其实是极为短暂的。

　　不一会儿，蜜蜂的翅膀就扇不动了。随即，脚也发麻了。最后，它像是痉挛似的将长长的嘴巴在空中啄了两三次。这就是悲剧的终结。与人类的死亡并无二致的，残酷的悲剧的终结。——一眨眼的工夫，蜜蜂就伸长着嘴巴，躺倒在红色的月季花下了。翅膀上、腿脚上，全都沾满着香喷喷的花粉，躺倒不动了……

雌蜘蛛也同样一动不动。不过她静静地吸起了蜜蜂的血。

不知羞耻的太阳光，割开重新回到月季花上的白昼的寂寞，照耀着因赢得了杀戮与掠夺而扬扬得意的雌蜘蛛的身姿：酷似灰色绸缎的腹部、黑色玻璃珠一般的眼睛，还有像患了麻风病似的，关节丑陋的、硬邦邦的腿脚。这只蜘蛛简直就像"恶"的化身，无休无止地、令人恶心地、趴在死蜜蜂的身上。

如此这般，极其残酷的悲剧在之后也不断地重复上演着。然而，红色的月季花在如此令人透不过气来的阳光和酷热中，美艳依旧，日日绽放着。

不久之后的一个正午，那只雌蜘蛛像是突然想起来了似的，钻过月季花花朵与叶子间的间隙，爬上了一根枝条的枝头。枝头上的花蕾尽管已被地面上的热气熏得枯萎了，花瓣也因酷热而打卷了，可依旧在微微释放着甜美的香气。雌蜘蛛爬到那儿后，就开始不停地往来于花蕾与枝条之间。与此同时，她将无数条雪白闪亮的丝线缠绕在半枯萎的花蕾上，并又渐渐地缠向枝头。

一会儿过后，那儿就出现了一个圆锥形的绢囊，在盛夏的阳光下泛着耀眼的白光。

蛛巢完成后，雌蜘蛛便在其精美的囊底产下了无数的卵。随后她又爬到囊口，编了个较厚的坐垫。坐到坐垫上后，她又编出了一个纱幕似的顶棚。那顶棚就跟一个圆屋顶似的将这个凶猛的灰色雌蜘蛛与正午的蓝天隔离了开来。不过这个圆屋顶，是带着一个小窗口的。于是，这只雌蜘蛛——产后的雌蜘蛛，将其瘦弱的身躯躺在了这个洁白的大厅的正中间，月季花也好，太阳也好，蜜蜂的翅音也好，她似乎全忘了，只顾独自沉湎于思考之中。

几个星期过去了。

在此期间，蛛囊里沉睡于无数的卵中的新生命渐渐苏醒。而最先注意到这一现象的，自然是那只躺在白色大厅的正中间、不再进食、如今已衰老不堪的母蜘蛛。当她感觉到丝垫下面蠢蠢欲动的新生命后，就慢慢地移动瘦弱的脚，咬穿了将母子隔离开来的丝囊中的隔层。于是，无数的小蜘蛛接连不断地爬了出来，铺满了白色的大厅。不，不如说是丝垫本身变成了百十来个微小的粒子并运动开来了更确切一些吧。

小蜘蛛们很快就钻过圆屋顶上的小窗口，涌到了阳光明媚、通风良好的月季花枝头。他们中有一团拥挤在承载着酷热的月季花的叶片上。另一团则误打误撞地挤入了怀抱着花蜜的月季花的多重花瓣之中。还有一团已经开始在蓝天下纵横交错的月季花枝条间张挂起肉眼看不见的细丝了。如果他们能够发声的话，那么肯定会像架在枝头的小提琴自动在风中歌唱一样，发出轰鸣声的。

然而，那只已经瘦得跟影子似的母蜘蛛，却孤零零地、无比寂寞地蹲在圆屋顶的窗前。不仅如此，不管过多长时间，她的脚都似乎不会再动一下了。寂寥的洁白大厅与芬芳的枯萎花蕾，同时也兼作了产下无数小蜘蛛的母蜘蛛的产房和坟墓。在此纱幕般的天棚下，完成了自己天职的母亲，不知何时，已怀着无限的喜悦而死去了。——那个活在大自然的盛夏之中的，咬死了蜜蜂，几乎就是"恶"之化身的女性。

大正九年（1920）四月

酒 虫[1]

1 改写自中国清代蒲松龄《聊斋志异·酒虫》。篇中引文也都出自该书。

一

天真热，近年来少有的热。无论你朝哪儿看去，都只见一幢幢泥打墙房屋上的瓦片如铅一般反射着沉闷的阳光。照此情形，屋檐下那些燕子窝中的雏燕和卵会不会被热浪蒸死呢？真叫人担心啊。所有的旱田里，无论是麻还是黍，全都被泥土的热气熏得耷拉着脑袋，绿叶也全都打蔫儿了。尽管天气晴朗，或许是被近来的暑气烘烤过度的缘故吧，田野上方靠近地面的空气异常浑浊，而天空中则散布着一撮撮浮云，就跟在陶釜中煎年糕丁似的。《酒虫》的故事，就是从三个甘冒如此酷暑炎热、特地跑到打谷场来的男人开始的。

令人不解的是，那三人中的一个，居然赤身露体、仰面朝天地躺在了地上。不仅如此，不知何故，那人的手脚还被人用细麻绳结结实实地捆了好几道。不过他本人倒也并未表现出痛苦的样子。这是个矮个子，面色红润，给人以笨重感的、肥猪似的男人。他的枕边还放着一个大小适中的素烧陶缸。至于缸里有些什么，就不得而知了。

另一人则身穿黄色袈裟，耳朵上挂了个青铜小环，一看就是个相貌古怪的和尚。他不仅肤色奇黑，头发、胡须还都打了卷，怎么看也像个打葱岭西边[1]过来的番僧。只见他一直在挥动着一柄朱柄麈尾，很有耐心地替那个赤身裸体的男子驱赶着牛虻蚊蝇。不过他这会儿像是也很累了，于是便来到素烧陶缸旁，像煞有介事地蹲了下来，形如一只火鸡。

还有一人，离他们稍远，正站在打谷场角上一间茅草房的屋檐下。这家伙只在下巴颏儿上长着几根老鼠尾巴似的胡须，身穿一件几乎要盖住脚后跟的皂布长衫，一条结儿打得很松的褐色带子耷拉在腰间。手持一柄白色羽扇，时不时还像模像样地扇上几下。看这模样，多半是个儒生吧。

这三人全都默不作声，像是事先约好了似的。连身体也不怎么动弹，屏息静气，让人觉得他们正怀着极大的兴趣，等待着即将发生的什么怪事。

日当正午。许是连狗都在午睡了吧，竟然听不到一声狗叫。打谷场周围的麻和黍，也不发出一点儿声响，只让其绿叶静静地反射着阳光。一望无际的天空中弥漫着闷热的炎霭，就连那云朵也像是因酷热难耐而气喘吁吁了。触目所及，除了这三个男人，已并无活物了。而这三个男人又像关帝庙中的泥塑木雕一般，一声也不吭。

当然了，这不是个日本故事。说的是某年夏天，发生在中国长山一户刘姓人家的打谷场上的事情。

1　指中亚地区。

二

这个赤身裸体躺在太阳底下的，正是该打谷场的主人。他姓刘，名大成，是长山一带首屈一指的大财主。此人唯一的嗜好，就是喝酒。可以说从早到晚，杯不离手。并且是个天生的海量，据说"每独酌，辄尽一瓮"。而他又"负郭田三百亩，辄半种黍"，所以"家豪富，不以饮为累也"。

那么他又为什么要在大热天里，赤身裸体地躺在这儿呢？其中自然是有个缘故的。

话说有一天，刘大成与酒友孙先生（就是那位手执白羽扇的儒生），正在一个通风极好的房间里，倚着竹夫人[1]下棋。忽有丫鬟来报：

"门前来了个自称是从宝幢寺来的和尚，要见老爷，请示下。"

"什么？宝幢寺？"

说着，刘大成像是因强光耀眼似的眨巴了几下他那双小眼睛。不一会儿，便十分怕热似的站起肥胖的身躯，吩咐道：

"那么，就让他上这儿来吧。"

随后，他瞟了孙先生一眼，又加了一句：

"多半就是那个和尚吧。"

所谓宝幢寺的和尚云云，其实是一个来自西域的番僧。此人不仅精通医术，还能施房中术，因此在这一带非常有名。譬如说，经他一治，张三的黑内障[2]马上好转；李四的痼疾也立刻痊愈了。诸如此类，坊间流传着他许多近乎神奇的传闻。这些传闻，刘孙二人自

1　旧时的一种消暑器具。用竹篾编成，中空，通体凉爽，略似现在的抱枕。
2　核性白内障。老年性白内障的一种。晶状体核心呈黑色，故名。

然也都有所耳闻。可问题是，这番僧今天又为何特意来访呢？不用说，刘大成从未主动邀请过他。

顺便说一下，刘大成并非什么好客之人。不过，在有客在先而再来一客的情况下，一般他还是乐于一见的。因为他有着孩子般的虚荣心，喜欢在客人面前炫耀自己的交游广阔。更何况今天来的这个番僧名声不错，在哪儿都吃得开，与他会面也是件能给自己脸上增光的事情。——刘大成决定与之见面的动机，大体如此吧。

"他来这儿会有什么事呢？"

"还不是想要些钱米？你瞧着吧，他一准儿会说'还望布施'之类的话的。"

正闲聊间，但见丫鬟引领着一位异形沙门走了进来。此人身材高大，目如紫水晶，身穿黄袈裟，长长的一头卷发垂到了肩膀上。手中执一柄朱柄麈尾，直愣愣地戳在屋子正中间，既不行礼，也不开口。

刘大成踌躇半晌，心中未免有些不安，终于忍不住开口问道：

"有何贵干？"

不料那番僧居然反问道：

"嗜酒如命之人，就是你吗？"

"这个嘛……"

冷不丁被人这么一问，刘大成不免有些惶恐。他支支吾吾地敷衍着，偷偷地将求救的目光投向了孙先生。孙先生正若无其事地独自往棋盘上落子，一副事不关己的样子。

"你得了一种罕见的怪病。你自己知道吗？"

番僧言之凿凿。刘大成听他说自己有病，不禁面露讶异之色，抚摩着竹夫人反问道：

“你说我⋯⋯有病吗？”

“正是。”

“可我从小到大⋯⋯”

番僧拦住了他的话头，继续问道：

“你喝起酒来千杯不醉，是不是？”

“⋯⋯”

刘大成怔怔地看着对方的脸，一时间说不出话来了。——确实如此，他不论怎么喝，也从未醉过。

“这就是病！”

番僧微微一笑，继续说道：

“你肚子里有酒虫。不将其除掉，这病是好不了的。贫僧正为治你这病而来。”

“能治好吗？”

刘大成不禁用微微发颤的声音问道，连他自己也感到有些害臊。

“能治好，我才来的嘛。”

这时，先前一直默不作声的孙先生，突然插话问道：

“要用什么药吗？”

“不需用药。”

那番僧没好气地答道。

这位孙先生原本就没来由地蔑视佛、道二教，所以跟和尚、道士在一起的时候很少开口。今天他突然开口，完全是听到了“酒虫”二字，内心有所触动的缘故。因为他也喜欢喝酒，疑心自己的肚子里是否也有酒虫，故而多少有些担心。然而，听到了番僧那没好气的回答后，他突然觉得自己遭到了冷遇，便板起脸来，又跟刚才一样，默不作声地一个人下起了棋来。与此同时，他内心还觉得刘大成居然和这种无礼的番僧见面，真是愚不可及。

然而，他的这点心思，刘大成自然是无从得知的。

"这么说，是要用针灸了？"

"不用。比针灸更简单。"

"那么，是要念咒语了？"

"不，也不用念什么咒语。"

他们重复着如此这般的一问一答，最后，那番僧简要地说明了一下治疗方法。说是只要脱光了衣服一动不动地在太阳底下待着就行了。刘大成觉得，这还不简单？要是这样就能治好病，何不让他治一治呢？除此之外，尽管自己并未意识到，他内心深处的好奇心，也在促使他接受番僧的治疗。

于是，刘大成终于低头恳求道：

"那就有劳你了。"

这，也就是刘大成在大热天里，赤身裸体地躺在打谷场上的原委。

由于番僧说过，身体是一动也不能动的，故而用细麻绳将刘大成的身体一道又一道地捆了个结结实实。随后，又吩咐童仆拿来一个盛满酒的素烧陶缸，放在刘大成的枕头旁。事情到了如此地步，作为糟丘良友的孙先生，也就理所当然地成了这一奇特疗法的见证人了。

这酒虫到底是个什么玩意儿？肚子里没了酒虫之后，又会怎样？放在枕边的那个酒缸，又是干吗用的？这些问题，除了番僧，没一个人知道。如此说来，刘大成在一无所知的情况下，就赤身裸体地躺在大太阳底下，岂不是太傻了吗？可是，普通人去学校接受教育，不也大体与之相同吗？

三

热。真热啊。汗水吱吱地渗出来，而就在它涨成一颗圆珠的当儿，唰地一下，又热乎乎地直奔眼睛而来了。偏偏双手被细麻绳捆住，没法擦汗。于是便晃动脑袋，以期改变汗水的行进路线。可刚一摇晃，又觉得头晕目眩。没奈何，这个法子也得作罢。而在此期间，汗水却毫不客气地濡湿了眼眶，顺着鼻翼淌到嘴边，最终直达下巴颏儿。啊，真受罪啊。

在此之前，刘大成还睁大眼睛，目不转睛地眺望着酷热白亮的天空，以及耷拉着叶子的麻田；可等到大汗淋漓之后，他就只得连这事也放弃了。到了这时，他才知道汗水流入眼睛有多么刺痛。此刻他脸上的表情，简直同一只待宰的羔羊没什么两样。他老老实实地闭上眼睛，一动不动地承受着太阳的暴晒。然而没过多久，无论是脸部还是身体上，只要是他身体朝上部分的皮肤，又渐渐地疼痛起来了。这种疼痛或许可以如此形容吧：似乎有某种力量要将整张皮肤都扯向四面八方，而皮肤本身已经丧失了所有的弹性，只剩下火辣辣的疼痛。这种痛苦又远甚于汗水的折磨。事到如今，对于接受番僧的治疗这事，刘大成感到有些懊恼了。

其实，若与日后的境况相比，眼下的这么点苦楚实在也是算不了什么的。

却说这时，刘大成觉得口渴得厉害。他也知道从前有个好像叫曹孟德还是什么的人，曾谎称前面有一大片梅林，解了手下军士们的一时之渴。可眼下却无济于事，不管自己怎么想象梅子的酸甜味，喉咙里还是一如既往地干渴。努动下颌也好，轻咬舌尖也罢，都无法降低口中的热度。更何况枕边还放着个酒缸呢。要是没这个酒缸，肯定会好受一些的。可这个要命的酒缸，偏偏散发出阵阵香气来，不住地侵袭着刘大成的鼻子。并且，也许是心理作用吧，他还觉得酒香越来越浓了。刘大成又睁开了眼睛。因为他心想，哪怕只是看一眼酒缸，兴许就会好受一点儿吧。他将眼珠子往上翻，终于看到了缸口和圆鼓鼓的陶缸的肚子。虽说看到的只有这些，可他的脑海里却浮现出了盛在昏暗的陶缸内部的、泛着金光的美酒。他不由自主地舔了一下已经干裂了的嘴唇，可嘴里并未分泌出唾沫来。其实，眼下的他，连汗水都没有了。——全都被太阳晒干了。

紧接着，连续出现了两三次剧烈的晕眩。而头疼则还在这之前就已经开始了。此刻刘大成的心中，开始怨恨起这个番僧来了。同时也觉得纳闷儿：自己怎么就轻易地上了那家伙的当，平白无故地来受这么大的罪呢？真是愚不可及啊。正寻思间，他觉得喉咙里越发干渴，并且胸口发闷，开始犯恶心了。不行了！再也受不了了！刘大成忍无可忍，终于拿定主意，要吩咐番僧停止治疗了。

可就在他喘着气儿，张开嘴巴——

他觉得有个莫名其妙的东西正一点点地从胸腔往喉咙口爬。有点儿像蚯蚓在蠕动，又有点儿像壁虎在爬行。总之是个柔软的东西，正沿着食道往上爬。爬到了喉结那儿的时候，它像是非要闯过难关似的特别使劲儿，突然，它就跟泥鳅出洞似的蹿过了那一段黑暗通道，气势凶猛地蹦了出来。

说时迟那时快，只听得扑通一声，有个什么东西落入了酒缸。

这时，一直稳稳当当地坐在一旁的番僧，立刻站了起来，解开了捆在刘大成身上的细麻绳，并说道：

"行了。酒虫出来了。你放心吧。"

"出来了吗？"

刘大成像是呻吟似的问道。他抬起晕晕乎乎的脑袋，出于强烈的好奇心，居然忘掉了口渴，连衣服也顾不上穿，就爬到了酒缸旁。见此情形，孙先生也用白羽扇遮挡着太阳，急匆匆地跑到这边来了。于是三个人一齐探头朝缸里看去。只见一条通体紫砂色、小鲵鱼似的东西在酒里游动着。长约三寸，有嘴巴，有眼睛。它一边游动，好像一边还喝着酒呢。看到这玩意儿后，刘大成突然感到一阵恶心……

四

番僧的治疗效果，可谓是立竿见影。自那天起，刘大成就喝不了酒了。到如今，据说只要一闻到酒味就觉得讨厌了。然而，让人不解的是，从那时起，他的身体竟然每况愈下。今年，已经是他吐出酒虫之后的第三年了，而他往日那种大腹便便的富态也早已荡然无存。油腻而没有光泽的面皮，包裹着棱角分明的脸骨，花白的双鬓，稀稀落落地耷拉在太阳穴上，一年之中到底有多少次卧床不起，也已经难以胜数了。

然而，日益衰弱的还不仅仅是刘大成的身体。他的家产，竟然也迅速衰败了。到如今，那三百亩负郭之田，已多半落入他人之手。刘大成自己，也不得不操起锄头，干起不习惯的农活来，穷困潦倒，苦度光阴了。

刘大成在吐出酒虫后为什么会健康恶化？为什么会家道中落？

只要将他吐出酒虫之事与之后的败落联系起来看，并考虑其间的因果关系，自然是谁都会产生如此疑问的。事实上，住在长山干着各行各业的人，都已经在反复探讨这样的问题，并且给出各色各样的答案了。下面所列举的三个答案，只不过是其中最具代表性的而已。

答案一：酒虫乃刘大成之福，而非其病。不幸的是，他偶遇了一个有眼不识金镶玉的番僧之后，自己断送了天赐之福。

答案二：酒虫是刘大成之病，而非其福。因为，每次喝酒都要喝一瓮，毕竟是常人所无法想象的。倘若酒虫不除，他必定早死。如此看来，贫病交加，对于刘大成来说，反倒是一种幸福。

答案三：酒虫既非刘大成之病，亦非其福。刘大成一生嗜酒如命。反过来说，不能喝酒后，他的人生还剩下什么呢？如此看来，刘大成就是酒虫，酒虫就是刘大成。因此，刘大成从自己身上除去酒虫，就等于自杀。也就是说，自他不能喝酒那天起，刘大成就不是刘大成了。既然刘大成已经不是刘大成了，那么刘大成的健康与家产也都随之而去，又有什么可奇怪的呢？

以上三个答案中，哪个最为妥当，老实说，我也不知道。我只是仿效中国小说家之Didacticism[1]，而将这些道德判断列于故事的末尾而已。

大正五年（1916）四月

1　英语。"教化"之意。

杜子春¹

1　改编自中国唐代郑还古（一说李复言）的短篇传奇小说《杜子春传》，但表达了与原著
完全不同的主题。

一

　　春日里的某个黄昏，唐都洛阳的西门下，一个少年茫然地仰望着天空。

　　该少年名叫杜子春，原本也是富家子弟，可如今已家财散尽，无以度日，境况凄凉。

　　当时的洛阳是天下无双的繁华都市，大道上车水马龙，人来人往，络绎不绝。如同油彩一般的夕阳光辉，满满当当地照在城门上，而穿行其中的，有老人所戴的纱帽、突厥少女的金耳环以及白马所配的五彩丝缰，川流不息，绚丽如画。

　　然而，杜子春依旧靠在城门下，茫然仰望着天空。空中已出现了一弯淡白色的纤月，如同一道爪痕，浮在明丽而又缥缈的晚霞之上。

　　"天色已晚，腹中空空，走投无路，无处容身。与其这样，或许投河自尽反倒更好些吧。"

　　从刚才起，杜子春就一直在毫无头绪地寻思着。

　　恰在此时，一个独眼老人突然在他跟前停下了脚步——也不知他来自何处。老人全身沐浴在夕阳之中，在城门上投下巨大的身影。他紧盯着杜子春的脸，神情倨傲地问道：

"你在想什么？"

"你问我吗？我连今晚睡觉的地方都没有，正在想该怎么办呢。"

由于老人问得突然，杜子春不由得低眉顺眼，说了实话。

"是这样呀。可怜见的。"

老人沉吟半晌，随即便指着照射在大道上的阳光说道：

"好吧。我就指点你一下吧。你现在站到夕阳中去。你的影子自然会落在地上。看准了影子脑袋所在的位置。半夜里去那儿挖就是了。那里埋着一车黄金呢。"

"真的吗？"

杜子春大吃一惊，不禁抬起了低垂着的眼睛。可更叫人觉得不可思议的是，那老人已经不知去向，踪迹全无了。但见天空中的月亮比先前更白了。两三只性急的蝙蝠，已在川流不息的行人头顶上翩翩起舞。

二

一夜之间，杜子春就成了洛阳首富。原来，他谨遵那老人的指点，在夕阳中投下身影，半夜里悄悄地将影子脑袋所在的地方挖开，果然获得了满满一大车的黄金。

成了富豪之后，杜子春立刻买下豪宅，过上了连玄宗皇帝都自叹不如的奢侈生活。他喝上了兰陵美酒，吃上了桂州龙眼，院里种了一日四变色的牡丹，还放养着好多白色的孔雀。他广收美玉，身披绫罗，香木为车，象牙为榻……其奢靡挥霍之情状，可谓不胜枚举。

一些过去在路上见了面连招呼都不打的朋友，听说杜子春发财之后，便不分朝夕地上门来玩了。而且人数与日俱增，没过半年，洛阳有名的才子佳人，就一个不落地全都造访过杜子春的府邸了。为了招待他们，杜子春每天都大排宴筵。而酒宴之丰盛、之热闹，也是语言所难以形容的。简要说来，那就是如此场景了：杜子春用黄金打造的酒杯喝着来自西洋的葡萄美酒，观看着天竺魔术师的吞刀表演，身边则围绕二十名窈窕美人，其中十人头戴翡翠莲花，十人头戴玛瑙牡丹，抚琴奏笛，莺歌燕舞。

然而，钱再多，也总有用完的一天。时间一年两年地过去，挥霍无度的杜子春也终于渐呈贫乏之色了。于是人情凉薄，一些到昨天为止还日日登门的朋友，如今非但过门不入，连招呼都不打一个了。到了第三年春天，杜子春变得跟从前一样，一文不名了。偌大的京都洛阳，竟无一间房屋可供他过夜。不，不要说留宿了，就连一碗水，也没人肯赏给他喝了。

于是在某日黄昏，他再次来到洛阳的西门下，走投无路，茫然地望着天空。这时，跟上次一模一样，那位独眼老人不知从何处冒出，站在了他的跟前，问道：

"你在想些什么？"

见到老人后，杜子春羞愧难当。他低下头，一时无言以对。老人和颜悦色地又问了一遍，杜子春也就战战兢兢地回答道：

"我连今晚睡觉的地方也没有，正不知道怎么办呢。"

"是这样啊。可怜见的。好吧。我就指点你一下吧。你现在站到夕阳中去。你的影子自然还会落在地上。看准了影子胸脯所在的位置。半夜里去那儿挖就是了。那里埋着一车黄金呢。"

同上次一样，话音刚落，老人又立刻消失在人群之中，无迹可寻了。

第二天，杜子春摇身一变成为天下首富。与此同时，他又开始了挥霍无度的奢靡生活。庭院中牡丹盛开，花丛中则睡着白孔雀。天竺来的魔术师表演着吞刀吃剑……总而言之，一切都跟从前一模一样。

于是，那满满一车的黄金，又被他在三年之内挥霍殆尽了。

三

"你在想些什么？"

独眼老人第三次来到杜子春的跟前，并问了他同样的问题。不用说，此刻的杜子春，也呆立在洛阳的西门下，茫然仰望着浮现于晚霞之上的一弯新月。

"你问我吗？我连今晚睡觉的地方都没有，正不知道怎么办呢。"

"是这样啊。可怜见的。好吧。我就指点你一下吧。你现在站到夕阳中去。你的影子自然还会落在地上。看准了影子肚子所在的位置。半夜里去那儿挖就是了。那里埋着一车……"

老人刚说到这儿，杜子春急忙举手拦住了他的话头。

"等等。我不要黄金了。"

"不要黄金了？哈哈，你已经厌倦了挥霍无度的奢靡生活了？"

老人用诧异的眼神，注视着杜子春的脸。

"什么呀！我并非厌倦挥霍无度的生活。我只是厌倦了世态炎凉，厌恶天下世人而已。"

杜子春面露不平之色，鲁莽生硬地说道。

"这倒有趣。你为何厌恶世人呢？"

"因为人情凉薄。我身为富豪时，人们百般奉承、百般顺从；可一旦穷困潦倒，就连一张好脸色都看不到了。想到这一层，我就觉得即便再当一次富豪，也是徒然的。"

听了杜子春的这一番话，老人忽然"嘿嘿"诡笑了起来。

"是这样啊。看来你不是个简单的毛头小子，还是有点悟性的。如此说来，你是想平安度日，即便生活贫寒也在所不惜了？"

杜子春踌躇片刻，可随即又抬起头来，用坚决的眼神看着老人，提出了自己的请求：

"就眼下的我而言，这也是做不到的。因此，我想拜您为师，修仙学道。您不必隐瞒。您一定是一位道行高深的仙人。如若不然，是不可能使我在一夜之间成为天下首富的。请您收我为徒，教我仙术吧。"

老人皱着眉头沉默半晌，仿佛在思虑着什么，随后又笑道：

"不错。我是仙人。号铁冠子，住在峨眉山上。我刚见到你时，就觉得你是有些悟性的，所以两次让你成为富豪。你既然这么想成为仙人，好吧，我就收你为徒吧。"

老人竟十分爽快地答应了。

杜子春大喜过望，没等老人把话说完，就已经匍匐在地，给他磕了好几个响头了。

"你也不必如此多礼。我虽然已答应收你为徒，但你能否成仙，全看你自己的修为。好吧。不管怎样，你先随我进峨眉山看看吧。正巧这儿有人掉了一根竹竿，快骑上去，我们一起升空而去吧。"

说着，铁冠子捡起一根青竹竿，口中念动咒语，与杜子春一起像骑马一般跨了上去。竹竿忽然犹如游龙一般腾空而起，飞越傍晚时分的春日晴空，直奔峨眉山的方向而去。

杜子春此刻早已吓得胆战心惊。他战战兢兢地朝下望去。可在夕阳残照之下，只看得到青山连绵，怎么也找不到洛阳的西门了（许是被晚霞遮蔽了吧）。这时，铁冠子一任雪白的胡子在风中飘扬，朗声吟道：

朝游北海暮苍梧，

袖里青蛇胆气粗。

三入岳阳人不识，

朗吟飞过洞庭湖[1]。

四

不一会儿工夫，两人所骑乘的青竹竿就飘然落在了峨眉山上。

他们是降落在一块下临深谷，十分宽大的岩石上的，看来位置还挺高，悬挂在半空的北斗七星一颗颗看起来都有饭碗大小，正

---

1 该诗为唐代道教八仙之一吕洞宾（798—？）所作。

闪闪发光呢。这山原本就人迹罕至，故而四周一片寂静，所能听到的，只有长在后面绝壁上的一棵蟠虬老松在夜风中簌簌作响。

到了这块巨石之上后，铁冠子让杜子春坐在绝壁下，吩咐道：

"我马上要上天去拜会西王母，你就坐在这儿等我回来好了。我走之后，估计会出现各种各样的魔障来迷惑你、诓骗你。但不管发生什么，你都绝不能出声哦。记住：只要你一开口，就成不了仙了。明白了吗？哪怕是天崩地裂，你也要默不作声。"

"您放心吧。我绝不出声。哪怕丢掉性命，也默不作声。"

"是吗？好吧，有你这话，我也就放心了。那么，我去去就来。"

道别之后，老人再次跨上那根竹竿，笔直地飞上黑夜中也清晰可见的陡峭群山之上的天空，消失不见了。

杜子春独自坐在岩石上，静静地眺望着星星。约莫过了半个时辰，正当深山中的夜气穿透他身上薄薄的衣衫，令他肌肤生寒的当儿，天空中突然传来了一声呵斥：

"何人在此？！"

杜子春谨遵仙人教诲，不予回答。

过了一会儿，同样的声音再次响起：

"快快回答。如若不然，性命不保！"

这次已是厉声恫吓了。

不必说，杜子春依旧沉默不语。

忽然，不知从何处上来了一只猛虎，它嗖地一下蹿上了岩石，双目炯炯闪亮，死死地盯着杜子春，发出了高声咆哮。与此同时，他头上的松树剧烈摇晃了起来，随即，便从身后的绝壁顶上，游下来一条白蛇。只见那蛇足有四斗的酒桶那么粗，吞吐着火焰般的红舌头，眼看着就要游到杜子春的身边了。

然而，杜子春依旧无动于衷。他镇定自若地端坐着，连眉毛都没动一下。

虎蛇争饵。有那么一会儿，它们彼此对视着，像是要窥探出对方的破绽来。突然，它们一齐扑向了杜子春，简直分不清是哪个先动起来的。是丧命于尖利的虎牙之下，还是被白蛇的巨舌吞噬？——就在杜子春命丧须臾、千钧一发之际，猛虎与白蛇竟然都随夜风而逝，消失得无影无踪了。唯有绝壁上的那棵蟠虬老松，仍同先前一样，在风中呼啸着。杜子春松了一口气。他心想，下面又会怎样呢？他未免心有所待。

这时，随着一阵狂风吹过，如墨一般黑的乌云即刻笼罩四野，而紫色的闪电又猛地将黑暗撕作两半，并响起了惊天动地的雷声。不，不仅仅是电闪雷鸣，与之一同而来的，还有如同瀑布般的暴雨。在此天象巨变之中，杜子春端坐不动，毫无惧色。狂风呼啸，暴雨如注，接连不断的电闪雷鸣，瞬间让人觉得这座巍峨雄壮的峨眉山也将要崩塌倾覆了。此时，随着一声震耳欲聋的雷鸣，从空中翻腾着的乌云之中，又落下了一根通红火柱，笔直地砸向杜子春的头顶。

杜子春不由自主地捂住了耳朵，将身伏倒在了巨岩上。可是，当他睁开眼睛来一看，天空依旧跟先前一样的万里无云，对面高耸的群山之上，饭碗大小的北斗七星仍在熠熠生辉。可见刚才的狂风暴雨也同猛虎、白蛇一样，是趁着铁冠子不在而前来捣乱的魔障。杜子春终于镇定了下来，擦了擦额头上的冷汗，他在岩石上重新端正了坐姿。

然而，就在他喘息未定之时，他的面前又出现了一个身高三丈、浑身金甲的威武天神。那天神突然将手里的三叉戟指向杜子春的胸膛，怒目呵斥道：

　　"呔！你是个什么东西？这峨眉山，自开天辟地以来，就是本神的居所。你竟敢孤身擅闯此山，想来亦非泛泛之辈。喏，若想保住性命，就快快回答。"

　　杜子春谨遵老人吩咐，依旧闭口不言。

　　"怎么着？你不回答？好咧。你不肯回答，那就随你的便吧。别怪我的手下不客气。他们会把你剁成肉酱的。"

　　天神高举三叉戟，朝着对面山顶上方的天空招了一招。突然，黑暗被撕裂，令人震惊的场面出现了：无数的天兵如云一般布满天空，他们全都挥舞着明晃晃的刀枪，眼看着就要冲杀过来了。

　　见此情景，杜子春吓得差点儿叫出声来。但他马上又想起了铁冠子的吩咐，生生地将到了嘴边的喊声给咽了回去。那天神见他并不害怕，不由得暴跳如雷，怒吼道：

　　"你这个冥顽不化的家伙。你再不开口，我便当真取你的性命了。"

　　话音刚落，他手中的那柄三叉戟寒光一闪便将杜子春刺死了。随即，天神发出了响彻峨眉山的高声大笑，眨眼间便消失得无影无踪了。自不待言，无数的天兵天将，也都随着呼啸的夜风，梦幻般地消失了。

　　北斗七星仍旧高冷地照耀着那块巨石。绝壁上的那棵蟠虬老松，也依旧在夜风中簌簌作响。只是杜子春已没了气息，仰面朝天地倒在那里。

五

杜子春的身体虽然仰面朝天地躺倒在了岩石上，可他的灵魂却悄无声息地离开了他的身体，堕入地狱的底层。

却说现世与地狱之间，有一条名为"暗穴道"的通道，那里一年到头都是黑咕隆咚的，还刮着冰冷刺骨的寒风。杜子春被那寒风吹着，像一片树叶似的凌空飘荡了一会儿，就来到了一座气派很大的殿堂前。殿上高悬着一块匾额，上书三个大字："森罗殿"。

大殿前有许多小鬼，看到杜子春后，他们便一拥而上，不分青红皂白地将他拖了去，按倒在台阶前。台阶上面有一位身穿黑袍、头戴金冠的大王，正威严地注视着四周。不用说，他一定就是早就听说过的阎罗了。杜子春不知道自己将被如何处置，只得战战兢兢地跪在地上。

"咄！我来问你，你为何要坐在那峨眉山上？"

阶上传来了阎罗那雷鸣一般的声音。杜子春刚要回答，忽又想起铁冠子那"绝不能出声"的吩咐。于是他只是垂着脑袋，像个哑巴似的一声也不吭。阎罗高举起手中的铁笏，脸上的胡子一根根地全都倒竖了起来，气势汹汹地怒骂道：

"你以为这里是什么地方？快快回答还则罢了，如若不然，本阎王立刻就叫你尝尝地狱之中刑罚的厉害！"

杜子春还是咬着嘴唇，一动也不动。见此情形，阎罗立刻扭头朝小鬼们急匆匆地说了句什么，小鬼们领命后，立刻押着杜子春飞到了森罗殿的半空中。

众所周知，那地狱之中除了刀山血池之外，还有被称作焦热地狱¹的烈焰谷和被称作极寒地狱²的冰海，都在那漆黑的天空下排列着。小鬼们将杜子春一次次地抛入这些地狱之中。故而杜子春惨遭酷刑：被利剑穿胸、被烈焰灼脸、被拔舌、被剥皮、被铁杵锤击、在油锅里煎熬、被毒蛇吮脑、被猎鹰啄眼——种种折磨，数不胜数。但饶是如此，杜子春依旧咬紧牙关，一声也没吭。

对此，小鬼们也都感到惊诧不已，拿他毫无办法。于是他们就带着杜子春再次飞上黑夜一般的天空，回到森罗殿，又跟上次一样，将他按在台阶之下，并异口同声地对堂上的阎罗回禀道：

"该犯死不开口。"

阎罗皱起眉头，沉思片刻，随后便像是想到了什么似的对一个小鬼说道：

"这家伙的父母，应该是落在畜生道³中了，快将他们带了来！"

那小鬼立刻乘风飞上了地狱的天空，才一眨眼的工夫，就如流星般地驱赶着两头畜生回到了森罗殿下。看到这两头畜生后，杜子春不由得胆战心惊。因为，这两头畜生的身体虽是瘦弱丑陋的马匹，可它们的脸却与他做梦都难以忘怀的、已故的父母一般无二。

"呔！你为何要坐在那峨眉山上？快快招来！如若不然，本阎王就叫你父母大吃苦头，痛不欲生！"

遭此恐吓，杜子春依旧不予回答。

1　佛教所称八热地狱之一。又作烧热地狱、烧炙地狱、炎热地狱、热恼地狱、热地狱。佛教传说若堕此狱，火随身起，烧炙罪人，皮肉焦烂，苦痛辛酸，万毒并至。

2　佛教所称八寒地狱之一。据《俱舍论》卷十一，八寒地狱位于阎浮洲之下，八热地狱之旁。

3　佛教所谓六道轮回之一道。称人活着的时候作恶，死后将变为禽兽之类的畜生。其余五道为：天道、人道、阿修罗道、饿鬼道和地狱道。

"好你个不孝的逆子。你只为自己逞能，居然连父母受苦都不顾了吗？"

阎罗厉声高叫，声音大得几乎震塌了森罗殿。

"打！小的们，给我狠狠地打！将这两头畜生打得骨碎肉烂。"

"遵命！"

众小鬼齐喊一声，手持铁鞭从四面八方一拥而上，劈头盖脸，毫不留情地狠抽那两匹瘦马。铁鞭带着嗖嗖的风声，没头没脑地抽打在马身上，所到之处皮开肉绽，血肉横飞。那两匹马——不，是杜子春那沦为畜生的父母，痛苦地挣扎着，眼里流出了血泪，哀哀嘶鸣，惨不忍睹。

"怎么样？你还不招供吗？"

阎罗让小鬼们停止鞭打，再次催逼杜子春答复。此时，那两匹马已经骨断肉裂，气息奄奄地倒在了台阶前。

杜子春拼命回想着铁冠子的吩咐，紧闭双眼。就在这时，他的耳边传来了一阵隐隐约约的声音：

"你不必为我们担心。我们怎么样都无所谓，只要你能获得幸福就比什么都强。别管大王说些什么，你若不想回答，就不要开口。"

毫无疑问，这就是他日思夜想的母亲的声音。杜子春不由自主地睁开了眼睛。他看到有一匹马无力地躺倒在地，正满脸悲伤地望着他的脸。那就是他的母亲。母亲即便如此痛苦，也仍体谅着儿子，甚至面对小鬼们狠毒的鞭打都没露出一丝怨恨之色。这与你身为富豪则阿谀奉承、你一贫如洗则不予理睬的世人相比，是多么可贵呀！杜子春将老人的告诫忘得一干二净。他连滚带爬地跑上前去，用双手搂住了垂死的瘦马的脖子，眼泪哗哗直淌，情不自禁地叫了一声：

"娘！"

六

随着这一喊声苏醒过来后，杜子春发现自己依旧沐浴在夕阳中，呆呆地伫立在洛阳的西门之下。绚丽的晚霞满天，白色的新月在望，大道上车水马龙，川流不息——一切都跟他没上峨眉山时一模一样。

"怎么样？你做了我的徒弟，却还是成不了仙人啊。"

独眼老人微笑道。

"是啊。我成不了仙人。不过成不了仙人，我反倒觉得欣慰。"

杜子春眼里含着泪，不由得握住了老人的手。

"就算我能成为仙人，要在那森罗殿前眼睁睁地看着父母受鞭打而不吭一声，我也是做不到的。"

"要是你真的一声不吭——"铁冠子突然板起面孔来，紧盯着杜子春说道：

"要是你真的一声不吭，我会当即要了你的性命的。这是我早就想好了的。好吧，你现在已不想成仙了，大财主呢，你也早就厌倦了。那么今后，你打算怎么办呢？"

"怎么着都行。我只想活得像一个人，老老实实地过日子。"

杜子春的话中带着一种前所未有的开朗明快的语调。

"好！你可别忘了现在说的这句话。因为我今天与你别过之后，就永不相见了。"

话音未落，铁冠子就已经迈开了脚步。然而，没走几步，他又猛地站定身躯，转身对杜子春颇为愉快地补充道：

"哦，幸好我想起来了。我在泰山南麓有一所房子。连同周边田地，一起送给你了。你快去那儿安家乐业吧。眼下可正是那房子周围的桃花烂漫绽放的时节啊！"

大正九年（1920）六月

魔 术

那是个下着阵雨的初冬夜晚。我乘坐人力车无数次上坡下坡，穿行在大森那一带陡斜的坡道之间；最后，终于停在了一座被竹丛环绕的小洋房前。借着车夫举起的灯笼的亮光，我看到了一块用日本字写着"印度马提拉姆·米斯拉"的姓氏牌[1]。门洞很窄，大门上的灰色油漆已斑驳陆离，唯独这块濑户物[2]的姓氏牌是新的。

　　提起马提拉姆·米斯拉君，诸位之中或许也有不少人是知道的。米斯拉君出生于加尔各答，常年为印度之独立而奋斗。与此同时，他还师从一位十分有名的婆罗门学习独门秘技，年纪轻轻的就成了一位魔术大师。我恰好在一个月前，经朋友介绍后跟米斯拉君有了交往。不过，我虽跟他探讨过不少政治、经济方面的问题，却一次也没见识过他那高妙的魔术。因此，我事先写信给他，希望他能给我展示一下，并于今晚特意坐了人力车，赶到了他那位于冷清的大森边缘的住所。

　　我冒着雨，借着车夫那昏暗朦胧的灯光，摁下了姓氏牌下方的

1　日本人的家门口都挂着一块牌子，上面写明户主的姓，有的甚至将全家人包括宠物的姓名全都写上。

2　日本爱知县濑户市及其周边地区烧制的陶瓷器的总称。不太讲究的时候，日本人也将所有陶瓷器都称作"濑户物"或"濑户烧"。

门铃。不一会儿，门开了，探出头来的是一个照料米斯拉君日常生活的矮个子日本老婆婆。

"米斯拉君在家吗？"

"请进。先生早就等着您来了。"

老婆婆和蔼可亲地说着，将我领进了位于大门内尽头处的米斯拉君的房间。

"晚上好！下这么大的雨，真是难为你了。"

黑皮肤，大眼睛，嘴边留着一圈柔软胡须的米斯拉君，拧了拧桌上那盏煤油灯的灯芯，精神饱满地跟我打着招呼。

"哪儿的话，只要能观赏到你的魔术，这点儿雨又算得了什么呢？"

我在椅子上坐下之后，便借着昏暗的煤油灯光，环视了一下这个阴气沉沉的房间。

这是个简朴的西式房间，正中间放着一张餐桌，靠墙处有一个大小适中的书架，窗前摆着一张书桌。除此之外，就只剩下我们正坐着的椅子了。这书桌与椅子都十分陈旧，就连餐桌上那块带红色织花镶边的桌布，也都丝缕尽显，似乎马上就要绽裂开来了似的。

寒暄过后，我们漫不经心地听了一会儿雨滴敲打在竹叶上的窸窣之声。不一会儿，那个女佣老婆婆就端来一套喝红茶的器具，米斯拉君则打开了雪茄烟盒。

"怎么样？抽一支？"他劝道。

"谢谢！"

我毫不客气地拿起了一支雪茄，一边用火柴点火，一边问道：

"你所役使的精灵，名字叫作'金'，是吧？那么，等会儿我所观赏到的魔术，也是借助'金'的力量完成的喽？"

米斯拉君也给自己的雪茄点着了火。他微微一笑，吐了一口味道好闻的烟，说道：

"认为有'金'这种精灵存在的想法，已经是好几百年之前的事了。甚至可以说是阿拉伯的《一千零一夜》时代的事了吧。我跟哈桑·甘学的魔术可没那么玄乎，你要是想耍的话也能耍的。因为那顶多不过是一种改进了的催眠术而已。——你看，我只需将这只手这么一划拉，不就成了吗？"

说着，米斯拉君举手在我眼前比画了那么两三回三角形，随后将手往餐桌上一放，就将桌布边缘处织的一朵红花给拈了起来。我吓了一跳，不由自主地将椅子往前挪了挪，仔细观察了一番。没错，这就是刚才还在桌布图案中的那朵花。米斯拉君将那花递到我的鼻子跟前，我甚至闻到了类似麝香的浓重香味。我觉得真是太不可思议了，连连发出感叹之声。米斯拉君依旧微笑着，随手又将那花扔在了桌布上。不用说，花一落下，就立刻变回了原先那编织图案的模样了，别说拿起来了，就连一枚花瓣也别想让它再动弹一下。

"怎么样？举手之劳而已。接下来请看这盏煤油灯。"

米斯拉君说着，将餐桌上的煤油灯轻轻地重新摆放了一下。可不知怎么搞的，那油灯居然就骨碌碌地旋转了起来，跟一个陀螺似的。它并不移动，而是以玻璃灯罩为轴线，飞快地旋转着。一开始我还怕得要命，心想要是搞出火灾来可就糟了，心里七上八下的。可米斯拉君却显得不慌不忙，稳如泰山，只顾悠悠然地呷着红茶。见他这样，我的胆气也壮了起来，眼睛一眨不眨地紧盯着这个越转越快的煤油灯。

我发现，这灯的灯盖都转得带着风了，可里面的黄色火焰却依旧纹丝不动地燃烧着，连闪都不闪一下，透着一种难于言表的美。这可真是个不可思议的场景啊！然而，由于转速不断增加，这会儿的煤油灯已变得清澈透明，就跟没在转似的。不知不觉间，它就跟之前一样，稳稳当当地停在原地，连灯罩也都端端正正的，没一点儿歪斜。

"吃了一大惊吧。其实这种玩意儿都是骗小孩子的。你要是想看，就再让你看一点儿吧。"

米斯拉君扭头回望着墙边书架，随后又朝那儿伸过手去，像是召唤般动了动手指。这次，是插在书架上的书，一本本地行动起来，十分自然地飞到了餐桌上方。并且，这些书在飞向空中的时候，封皮是朝两边展开的，就跟夏日黄昏里胡乱纷飞着的蝙蝠似的。我嘴里叼着雪茄，看得目瞪口呆。昏暗的煤油灯光中，好多本书就这么自由翱翔着，随即便井然有序地在桌上堆出了一座金字塔。而在所有的书都转移到桌上之后，又从最先到来的那本开始行动，一本本地，有条不紊地飞回书架去了。

最有趣的是，其中一本简装书，飘然"展翅"飞起之后，在餐桌上方回转一周，随即便书页沙沙作响地一个倒栽葱，落在了我的大腿上。正纳闷儿间，我拿起来一看，发现这正是我大约在一礼拜前借给米斯拉君的那本新出的法国小说。

"感谢你将这本书借给了我这么长时间，现在该还你了。"

米斯拉君微笑着向我道谢。当然，那么多的书这会儿都已回到书架上去了。一时间，我就跟刚从睡梦中醒来似的，居然连应酬话也说不出来了。过了一会儿，我想起了米斯拉君说过的那句话——"我的魔术，你要是想要的话也能耍的"，说道：

"哎呀，实在是太精彩了！虽说有关你在魔术方面的好评，我是早有耳闻的，可没想到竟会如此精彩，如此不可思议！可你刚才说，像我这样的人，要想要的话也能要，应该是开玩笑的吧？"

"能要呀，谁都能要。毫无问题。只是——"

说到这儿，米斯拉君停了下来，紧盯着我的脸，用从未有过的严肃口吻继续说道：

"只是，有贪欲的人是要不了的。想要学哈桑·甘的魔术，就得先摒弃欲望。你行吗？"

"我觉得我能行。"

我嘴上如此回答着，心里却不知为何，总觉得有点儿不太踏实，于是就赶紧补了一句：

"只要你肯教。"

即便如此，米斯拉君还是露出了颇为怀疑的眼神。不过他并没有继续追问，想必是觉得继续追问的话，未免太失礼了吧。随即，他便重重地点了点头，说道：

"好吧，那我就教你。不过，虽说没大不了的，可要学，总还是要花些时间的。今晚，你就住在这儿吧。"

"那可真是太不好意思了。"

米斯拉君肯教我魔术，令我喜出望外。我一连跟他道了好多次谢。但米斯拉君却显得有些满不在乎。他平静地站起身来，喊道：

"阿婆，阿婆。今晚客人在此过夜，请准备下床铺。"

我内心激动不已，连雪茄上的烟灰都忘了弹，只是一个劲儿地凝望着米斯拉君那张完全沐浴在煤油灯光中的和蔼可亲的脸蛋。

光阴荏苒，我跟米斯拉君学魔术一转眼就过去一个来月了。一天，也是个大雨如注的夜晚，在银座的某个俱乐部内，我跟五六个朋友围坐在壁炉前，正轻松愉快地闲聊着。

这儿是东京的中心地段，所以窗外的大雨只会淋湿汽车、马车的车顶。或许正因如此吧，一点儿也听不到在大森那次的、雨点敲打竹丛的萧瑟秋声。

当然了，窗内热烈明快的氛围，也是米斯拉君那个阴森的房间所无法相比的。无论是明亮的电灯光，还是宽大的包着摩洛哥山羊皮的椅子，或者是光滑闪亮的拼木地板，看着就不像是会有什么精灵出没的地方。

我们在雪茄的烟雾中聊了一会儿打猎、赛马之类的话题，随即，一位朋友将抽了一半的雪茄烟扔进壁炉，扭头对我说道：

"听说你最近学会变魔术了，怎么样，今晚就给我们露一手吧？"

"行啊。"

我依旧将脑袋靠在椅背上，摆出大魔术师的派头，满不在乎地答道：

"变什么随你，不过你可要变个跑江湖的变不来的，叫人觉得不可思议的戏法来。"

看来他这话，其他人也都赞同的。他们全都将椅子挪近了些，用催促的目光瞧着我。于是，我就慢吞吞地站了起来，说道：

"看好了。我的魔术，是一无道具二无机关的哦。"

说着，我卷起两只衣袖，从壁炉中捞起一块正燃烧着的煤炭来，满不在乎地放在了掌心。就这么一个举动，似乎已经将围在我身边的朋友们吓坏了。他们面面相觑，居然惊恐不安地纷纷后退了起来。看那意思，他们似乎觉得，贸然凑上前来，弄不好是会被烫伤的。

于是，我就越发显得镇定自如，将掌中燃烧着的煤炭递到他们眼前展示了一番，随即，便猛地将其抛撒向拼木地板。刹那间，地板上响起了一阵奇妙的沙沙"雨声"——足以盖过窗外真的下雨声。其实是，那通红的炭火在离开我手掌的一瞬间，就变成了无数的金币，如雨点般撒向了地板。

朋友们看得如痴如醉，茫茫然如在梦中一般，连喝彩都忘了。

"暂且就表演这么个小玩意儿吧。"

我脸上带着得意的微笑，若无其事地坐回原先的那把椅子。

"这、这些都是真的金币吗？"

过了五六分钟，才有一个朋友终于回过神来，并如此问道。

"当然是真的了。你要不信，可以捡起来看看嘛。"

"不会被它烫着吧？"

他战战兢兢地从地板上捡起了一枚金币，仔细端详了一番。

"没错！还真是金币呀！喂！服务生，快拿扫帚、簸箕来。将这些个统统扫拢起来。"

服务生立刻按照吩咐办事，将金币扫拢起来后，高高地堆在了旁边的一张桌子上。朋友们围在那张桌子的周围，七嘴八舌地议论了起来：

"估摸着有二十万日元吧。"

"不止吧。要是换一张细巧一点儿的桌子，恐怕会被压垮的吧？"

"不管怎么说，这可真是了不起的魔术啊。居然能把炭火变成金币！"

"照这样的话，用不了一个礼拜，就能成为堪与岩崎[1]、三井[2]比肩的大富豪了吧？"

总之，他们全都对我的魔术赞不绝口。而我呢，依旧坐在椅子上，慢悠悠地喷吐着雪茄的烟雾，说道：

"不过呢，我的魔术，是一旦起了贪心就再也不灵的。所以，这堆金币，等你们看过之后，我马上就要将它们扔回壁炉里去了。"

听了我这话，朋友们不谋而合地纷纷表示反对。说是将这么一大笔钱还原为煤炭，岂不太可惜了？可是，我因为与米斯拉君有约在先，坚持要将金币抛进壁炉里，并态度强硬地与他们争吵了起来。这时，其中有一位素以狡猾著称的朋友，十分轻蔑地冷笑着开腔道：

"你主张将金币变回煤炭。我们呢，又心有不甘。这样争论下去的话，何时才能了结呢？我来出个主意，倒不如这样吧：以这些金币为赌本，你跟我们来玩一把纸牌吧。你要是赢了，变回煤炭也好怎么着也好，都悉听尊便。可要是我们赢了，这堆金币就归我们所有了。怎么样？这可算是两全其美、皆大欢喜了吧？"

我听后依旧摇头，并未马上表示赞同。不料这位朋友却嘲笑得更露骨了，还用狡黠的眼神不住地来回打量着我与桌上的那堆金币，说道：

"你不跟我们玩牌，就说明你不想让我们得到这堆金币，是不

1　指以岩崎弥太郎（1834—1885），为第一代的三菱财阀。

2　指以三井八郎兵卫高利（1622—1694），为第一代的三井财阀。

是？要是这样的话，你所说的那个为了要魔术而抛弃欲望的决心，不也十分可疑吗？"

"不！我可不是因为舍不得这些金币而要将其变回煤炭的。"

"那我们就玩牌吧。"

类似的问答重复了几个来回之后，我终于陷入绝境，不得不按他所说的，以桌上的金币为赌本，来与他们一决胜负了。不用说，朋友们全都兴高采烈，他们当即叫人拿来了一副牌，将房间角落里的那张牌桌团团围住，还不住地催促尚有些犹豫不决的我赶紧入局。

于是在万般无奈之下，我只得不情不愿地与朋友们玩了一会儿纸牌。然而，奇怪的是，玩牌并不高明的我，却在那天晚上打得顺风顺水，简直连我自己都不敢相信。而更为奇怪的是，起初并不起劲儿的我，打着打着，居然也来了劲儿了，还不到十分钟，我就将一切都抛之脑后，全神贯注地打起牌来了。

我的那些朋友，原本是为了卷走那些金币才特意设下这个牌局的，所以到了如此地步，他们就急眼了，一个个全都面无神色，一心只想赢得牌局。可是，不管他们如何拼命，我不仅一局都没输，甚至最后还赢了几乎与那堆金币同等价值的钱。于是，刚才那位狡猾的恶友，便以疯子一般的气势，将纸牌摆到了我的眼前，恶狠狠地说道：

"来！你抽一张！我压上我的全部家当。土地、房产、马、汽车，一件不留，全部压上。你也要将那堆金币以及今天你赢的钱也全部压上。来！快抽呀！"

刹那间，我的贪欲陡然爆发了。如此说来，这次要是我不走运，那就不仅是桌上的那堆成小山似的金币了，就连刚才好不容易赢来的钱，也都要被对方拿走了。可是，只要我能赢，那么对方的财产也就全都成我的了。如此紧要关头，不施展一下魔术，那么我苦心学习还有什么意思呢？想到此，我再也按捺不住了，便悄悄地施展了魔术，并拿出以命相搏的气势说道：

"来呀！你先抽！"

"九。"

"老K！"

我在发出胜利者欢呼的同时，将抽到的纸牌递到了脸色惨白的对方眼前。可就在此时，不可思议的事情发生了：那张纸牌上的国王，像是被灵魂附体了一般。他抬起那颗戴着王冠的脑袋，嗖地一下子从纸牌里跨了出来。他手持宝剑，风度翩翩，脸上露出瘆人的微笑，说道：

"阿婆，阿婆。客人像是要回去了，你不用准备床铺了。"

哎，这个声音好熟悉啊！

随即，居然连窗外的雨声，也立刻变成雨点敲打在大森的竹丛上那会儿的声响了——这是怎么回事？

我猛然清醒过来。环视四周，发现自己仍沐浴在昏暗的煤油灯灯光里，而米斯拉君也仍在我对面坐着——脸上带着跟老K国王一模一样的瘆人的微笑。

我看了下仍在手指间夹着的雪茄，发现烟灰变长了一点儿，但还没掉落。可见我刚才所经历的什么一个来月之后的事情，只不过是两三分钟的梦而已。可是，就在这么短短的两三分钟之间，我和米斯拉君都明了了一件事：我是没资格学习哈桑·甘的魔法的。我羞愧难当，低下头，一时间说不出话来。

　　"想要学我的魔术，就得先摒弃欲望。这点修为，你尚不具备啊。"

　　米斯拉君将胳膊肘支在那块带红色织花镶边的桌布上，用颇为遗憾的眼神望着我，平心静气地嗔怪道。

大正八年（1919）十一月十日

沼 泽

那是一个雨天的下午。我在某画展的一个房间里，发现了一幅小小的油画。说"发现"或许略显夸张，但就实际情形而言，这么说也是无可厚非的。因为，唯独这幅画被挂在了采光极差的角落里，画框也极为简陋寒酸，简直就是一幅被众人遗忘的作品。我记得此画的标题是《沼泽》，画家则是个无名之辈。而画面所呈现的，也只是浑浊的污水、潮湿的泥土，还有这泥土上生长着的茂密的草木而已。对于一般的参观者来说，这么一幅画恐怕真是不值一顾的吧。

而更让人觉得不可思议的是，尽管画面上画着蓊郁的草木，可这位画家却没涂抹一笔绿色。他给芦苇、白杨树以及无花果所施加的色彩，怎么看也都是黄不拉几的。那种黄色就跟淋湿的墙土似的，晦暗、沉闷。莫非草木的颜色在那位画家的眼里真就是这样的吗？要不，是出于某种特别的偏好而故作如此之夸张的？——我站在此画前，细细品味之余，心中不免泛起了疑问。

然而，我越看就越感觉到这幅画中潜藏着某种可怕的力量。尤其是前景中的泥土，画得是如此之逼真，简直能叫人感受到踩上去时脚底的触觉。仿佛那就是一片真实的淤泥，滑腻腻的，一踩上去便扑哧一声陷至脚踝。总之，我在这幅小小的油画中，发现了一位欲以锐利的目光捕捉大自然景象的、迷茫的艺术家的身影。并且，正如所有优秀的艺术品都能给人以强烈感受一样，我也从沼泽中的黄色草木上感受到了一种恍恍惚惚的悲壮。事实上尽管展场内挂满了大大小小的画作，却根本找不到一幅能与之相抗衡。

"你像是很欣赏它嘛。"

随着这说话声，有人拍了拍我的肩膀。我觉得像是心上有什么东西被抖落掉了，于是便猛地回头看去。

"怎么样？这画。"

那人满不在乎地说着，用刚剃过的下巴颏儿指了指那幅《沼泽》。身穿棕色西服，大腹便便，一副消息灵通的模样。——是某报社的美术记者。之前，他曾给我留下过一两次不愉快的印象，故而我不情不愿地回答了一声：

"杰作。"

"杰作——吗？这倒有点意思了。"

这记者摇晃着肚子大笑了起来。估计是被此笑声惊到了吧，附近两三个正在看画的参观者，不约而同地朝我们这边看了过来。这使我越发不快了。

"有意思。要说这画，原本就不是会员的作品。架不住他本人口头禅似的老说要出展、要出展的，遗族苦苦央求评选委员会，才挂在这个角落里的。"

"遗族？你是说，画这幅画的人已经死了吗？"

"当然死了。其实他活着的时候，也跟死人差不多啊。"

不知不觉间，我的好奇心盖过了不快的情绪。

"此话怎讲？"

"因为这个画画的，早就疯了。"

"画这幅画的时候，已经疯了吗？"

"当然喽。要不是疯子，谁会画出这种颜色的画来呢？你还大加欣赏，说什么'杰作'。哈，真是太有意思了！"

那记者又扬扬得意地大笑了起来。想必他是料到我会因自己的无知而感到羞愧的吧？或者更进一步，还想让他在鉴赏方面的优越感给我留下深刻印象亦未可知。可是，他这两个期待全都落空了。因为，就在听他如此说的同时，一种近乎肃穆的情感以难以言表的冲击震撼着我的整个身心。我为之悚然动容，不禁再次凝视起这幅《沼泽》来，并再次从这面小小的画布中，看到了一位深受可怕的焦躁与惶恐所折磨的、茫然不知所措的艺术家的身影。

"要说起来，他似乎也是由于画不出自己想要的画，才发疯的。仅就这点而言，倒也并非一无是处。"

那记者明朗的脸上，露出了可称之为愉快的微笑。这就是无名的艺术家——我们之中的一员，牺牲了自己的生命之后从世间所获得的唯一报酬！我感到了一阵异样的战栗。我第三次将视线投向这幅忧郁的油画。发现在那昏暗的水、天之间，呈湿漉漉黄土色的芦苇、白杨、无花果，生长得是那么生机勃勃。我仿佛看到了大自然本身。

"这是一幅杰作！"

我直视记者的脸，昂然重复道。

大正八年（1919）四月

妖 婆

您也许不相信我下面要讲的这个故事。不，应该说，您一定会觉得我是在胡说八道。好吧，古代如何我不得而知，反正我下面要讲的这事发生在大正的太平盛世。并且发生在我们同样久住熟知这个东京都。一出门，电车、汽车风驰电掣；一进屋，电话声响个不停；一打开报纸，尽是些"同盟罢工"啦，"妇女运动"啦之类的报道。——也难怪，既然在如此这般的今天，却在这个大都会的某个角落里发生了仿佛只有在爱伦·坡[1]、霍夫曼[2]的小说中才会出现的、令人毛骨悚然的事情，那么任凭我红口白牙高调声称"千真万确"而您仍丝毫不信，也是情理之中的事情了。然而，尽管东京都市的灯火何止千百万，也总不能将随着日落而至的黑夜焚烧干净，将其变回朗朗白昼吧。同理，即便无线电和飞机能征服自然，也无法揭示出隐匿于大自然深处的神秘世界的地图来。既如此，又凭什么断言在此文明阳光照耀下的东京，那平时只活跃在人们梦中的精灵们的神秘力量，就不会在某种恰当的时机与场合，展现出奥尔巴

1　爱伦·坡（1809—1849），美国作家、文艺评论家。提倡"为艺术而艺术"，宣扬唯美主义、神秘主义。著有小说《怪诞故事集》《黑猫》《莫格街谋杀案》等。论文有《写作的哲学》《诗歌原理》。

2　霍夫曼（1776—1822），德国后期浪漫派小说家、音乐家。以其幻想和怪异相交错的文风而闻名。著有短篇小说《黄金壶》，长篇小说《魔鬼的万灵药》《雄猫穆尔的生活观》等。

赫的地窖一般匪夷所思的事物来了。甚至根本不需要什么"某种恰当的时机与场合"。要我说的话，只要您稍加注意，就会发现令人惊诧不已的超自然现象，如同夜里绽放的花朵一般，始终在我们的四周神出鬼没着。

譬如说，在冬天的深更半夜里，您走在银座大街上就肯定会看到落在柏油路面上的纸屑吧。二十来张，聚在某个角落里被风吹得直打旋儿。倘若仅此而已，自然是没啥好说的，可您不妨数一下纸屑打旋的个数。从新桥到京桥之间，必定是左侧三个，右侧一个，并且都在十字路口附近，无一例外。这或许也还可以用气流的关系来加以解释吧。可要是您再稍加注意的话就会发现，每个纸屑旋涡中，肯定会有一张是红色的——或是电影广告，或是千代纸[1]残片，甚至是火柴的商标。种类尽管不同，可必定是红色的。它们俨然是纸屑中的王者，一旦风起，它们便率先轻舞飞扬起来。随即，弥漫的尘埃中便响起一阵窃窃私语般的声响，懒洋洋地散落四处的纸屑便会立刻消失在柏油马路的上空。不，它们并未消失，只是画着弧线随风起舞而已。风停时也是如此。至少就我至今所见，都是红色的纸屑率先停止不动。见此情形，我想即便是您也会觉得不可思议吧？我当然是觉得不可思议的。事实上我就曾有那么两三次，伫立于大街之上，借着展览橱窗里射出的大面积灯光，凝神注视过这些漫天飞舞的纸屑。而在做如此观察之时，我又觉得自己仿佛能朦朦胧胧地看到一些如混入黄昏夜色中的蝙蝠之类、平时用肉眼所看不到的东西了。

1　一种用木板印出各种花纹的日本纸。可给孩子做纸工，或制成工艺品。

但是，东京所发生的匪夷所思之事可不仅仅是什么银座大街上的纸屑哦。乘坐深夜电车时，也会屡屡遇见一些异乎寻常的怪事。其中最叫人感到滑稽可笑的，恐怕要算行驶在空无一人街道上的"红电车"或"绿电车"会停靠在空无一人的站台上这事了吧。这也跟那"纸屑事件"一样，您倘若不信，尽可去实地观察——今夜便可得到验证。而同样是市内电车，此类怪事据说又以动坂线和巢鸦线居多。这不，就在四五天前的一个夜晚，我乘坐的"红电车"就在没有上下客的情况下到站就停了。那是在动坂线的团子坂下。并且，乘务员还手拉着铃绳朝大街上探出半个身子，一如既往地问道：

"有人上车吗？"

当时我就坐在靠近乘务员的座位上，所以也马上朝窗外看了一眼。但见天上薄云遮月，地上月色朦胧，站台的柱子下自不必说，两边的商店全都关门上锁，就连午夜的大街上也都空空如也不见一个人影。就在我暗自纳闷儿的当儿，乘务员拉响了车铃，并无一人上下车的电车又开动了。这时我再次朝窗外望去，只见随着站台的不断远去，我的视野里似乎出现了几个人影，且正在朦胧的月光中变得越来越小。这或许是我神经错乱所导致的幻觉，自然是不值一提的，可那位急着赶路的"红电车"的乘务员又为什么要在空无一人的站台处停车呢？况且，遇到如此情形的也并非只我一人。在我的熟人中就有那么三四位呢。总不见得每次都是乘务员一路打盹儿睡昏了头的缘故吧。事实上我的一位朋友还抓住乘务员严厉指责过呢。

"一个人都没有，你干吗要停车？"

"我觉得有很多人呀。"

据说那个乘务员就是满脸诧异地如此回答的。

除此之外，类似的怪事还有许多，倘要——列举的话，则诸如炮兵工厂[1]的烟囱里冒出的烟会逆风飘扬啦；没人去撞，尼古拉堂[2]里的大钟也会在半夜里突然响起啦；编号相同的两辆电车，居然一前一后地开过黄昏时分的日本桥啦；空无一人的国技馆[3]内，每晚都会爆发出观众的喝彩声啦——如此这般，即所谓"大自然的夜晚侧影"也恰似纷然交错的美丽飞蛾一般，不断地呈现在东京这个繁华都市的大街小巷。因此，我下面要讲的这个故事，也并非像您想的那样，是完全脱离现实世界的子虚乌有之事。不，在对东京夜晚的隐秘已有所了解的现在，您自然也不会以为我是在胡说八道的。倘若您听到最后，仍觉得有股子自鹤屋南北[4]以来的烧酒火味道，那恐怕不是故事本身荒诞不经的缘故，而是我的讲述水平太差，远不及爱伦·坡或霍夫曼的罪过。若要追本溯源，那就得说该事件的当事人于一两年前的某个夏夜跟我说起遇到了一件如此这般的怪事后，我就觉得有一种可称之为妖气的东西隐隐然地潜伏在了我的身边，令我至今都难以忘怀。

这个所谓的当事人，其实就是经常出入我家的、日本桥附近某出版书肆的少东家。平日里，他都是谈完正经事后就立刻回去的，

---

1 此指东京炮兵工厂。

2 东京复活大圣堂的通称。位于日本东京都千代田区神田骏河台。是日本东正教会的总部。明治二十四年（1891）由俄国传教士尼古拉建造。

3 日本相扑协会经营的体育场馆。现馆是1985年在旧馆原址上重建的。

4 日本江户时代歌舞伎作者的艺名。初代至三代为演员，四代被称为"大南北"，是文化文正时期江户歌舞伎狂言作者。擅长鬼怪故事创作。作品有《天竺国德兵卫异国谈》《东海道四谷怪谈》等。

可那天在傍晚时分下起了雨来，本想等雨一停就走，可一来二去的就耽搁下来了。这位肤色白皙、双眉微蹙、显得过于消瘦的少东家，正襟危坐在盆提灯[1]光芒笼罩下的檐廊上，天南海北地聊了起来，很快就过了初夜时分。闲聊之间，他忽然又说道：

"实不相瞒，有件事我一直想说给先生听听。"

而随后他面带惶恐之色而徐徐道来的，不用说，就是本篇正文所要叙述的"妖婆"故事了。当时少东家那身穿上等麻布外褂（肩头还印染着一抹淡淡的墨色），坐在一盆西瓜前，像是怕隔墙有耳似的小声叙述的模样，我至今回想起来也仍是历历在目。而他头顶上那盏圆鼓鼓的身体上画着秋草图案，发出如梦似幻般光芒的盆提灯，以及盆提灯上方那雨后乌云密布的天空，也同样动人心魄，叫人难以忘怀。

下面，我们就言归正传了。

却说故事发生在名叫新藏的少东家（为避免节外生枝，就暂用此名吧）二十三岁时的那个夏天。当时，他因心有所念，去了住在本所一目附近的某巫婆处问卜。而这，就是整个事件的开端。

六月上旬的某一天，新藏拉着一个在本所一带开衣料店的、商业学校时代的同学一起去了"与兵卫"寿司店。酒酣耳热之际，他就主动袒露了自己的心事。那位叫阿泰的同学听后，立刻收起了嬉皮笑脸的模样，十分热心地建议道：

"那就请阿岛婆给你看一下吧。"

新藏仔细一问才知道，那个叫阿岛婆的巫婆是两三年前从浅草

1　日本人在盂兰盆节时为了让祖先的亡灵顺利回家而装饰在佛龛等处的灯笼。这里是当作一般灯笼使用了。

那边搬来的，她不仅能掐会算，还会请神附体，驱使狐仙什么的，十分灵验。

"有件事想必你也知道吧。就是前一阵子'鱼政'店里那个退了休的老板娘投河自尽的事情。她那尸体老不见浮起，后来从阿岛婆那儿请了符，在一桥那儿往河里抛，结果当天就浮出水面了。并且就在抛下符的一桥桥桩那儿，黄昏的涨潮时分，正巧有条运石材的船经过那儿，结果就被那船老大发现了。'快看哪，是浮尸啊！''是啊，是土左卫门[1]啊。'人们吵吵嚷嚷的，马上就去桥头派出所报了案。我路过那儿的时候，警察已经到场了。我从人群外往里张望，只见那女尸身上盖着粗席躺在地上，两只被水浸胖了的脚露在外面。你猜，我还看到了什么？那道符正斜斜地粘在她的脚底心呢！看得我脊背发凉、直打哆嗦啊。"

听到这儿，新藏觉得自己的后背也是冰凉冰凉的。晚潮的颜色，桥桩的形状，还有那漂浮在桥底下的女尸——这些全都浮现在了他的眼前。可当时他已酒劲上头，不肯示弱，就继续说道：

"有意思。这么说来，还真的非要让她看下不可了。"

"行啊。我来带你去好了。不瞒你说，自从上次请她给我算过财运，我跟那老婆婆也算是有点交情了。"

"那就拜托你了。"

就这样，他们俩嘴里叼着牙签出了"与兵卫"后，就戴着遮阳草帽，身穿单衫，肩并肩，溜溜达达地朝那巫婆家走去了。

故事讲到这儿，有必要交代一下新藏的心事了。

1　全名为成濑川土左卫门。是日本江户时代亨保年间著名的相扑手，因为长得又白又胖，被人说是跟浮尸差不多。后来人们就将浮尸称作土左卫门了。

原来新藏家里用过一个叫作阿敏的年轻女佣。新藏与她朝夕相处，日久生情，后来发展到相亲相爱，已有一年多了。可不知为何，自从去年年底阿敏回去探望生病的姑母后，就一去不回、杳无音信了。这不仅让新藏失魂落魄，就连新藏的母亲也十分担心。因为她对阿敏也很看得上眼。通过保人，费了九牛二虎之力多方打听，结果还是不知所终。有人说看到她做了护士了，也有人说做了人家的小老婆了，闲言碎语听了不少，可真的追根究底下去，就全都靠不住了。新藏先是忧心忡忡，后来又怒气冲天，而最近，他只是直愣愣地发呆了。看到儿子那像是掉了魂儿的模样，他母亲就隐约地感觉到他跟阿敏的关系早已非同一般了。而儿子本身也成了她新的担忧。为了让儿子走出阴影重新振作起来，她劝儿子去泡温泉，或代替父亲招待客户，动了不少脑筋。那天就是他母亲以巡视本所一带的零售店为由，让他出来散散心的。还塞给他一个装了零花钱的袋子。正巧东两国那儿有他打小就熟悉的小伙伴阿泰，所以就拉着他去附近的"与兵卫"寿司店喝一杯，叙叙旧。

　　有了上面阿泰这些话做铺垫，尽管新藏此时已有了几分醉意，可去阿岛婆那儿时，他还是很当回事的。他们俩在一目的桥塜下左拐，沿着行人稀少的竖川河岸朝二目方向走了百十来米，就来到一栋夹在灰瓦店与杂货铺中间的、格子门上沾满了煤烟的屋子前。当听说这就是那个巫婆的家时，新藏心里不免惶恐起来，仿佛自己与阿敏的命运，全都取决于这个怪异阿婆的一句话似的，原有的些许醉意也彻底消失了。事实上阿岛婆的这所房子看着就怪瘆人的。这是所屋檐较低的平房，因当时的梅雨天气而在滴雨石上长出的青苔，湿漉漉、绿油油的，仿佛还会长出蘑菇来似的。而长在与隔壁杂货铺相邻处的一棵大柳树，竟有合抱粗细，垂下的枝条不仅遮蔽了窗户，就连屋顶也都被笼罩在其阴影之下。让人觉得，仅一道拉门之隔的屋子里面十分阴森可怖，不知隐藏着怎样的秘密呢。

不过阿泰似乎全然不理会这些，他走到竹格子窗前站定身躯后，便扭头对新藏说道：

"这就要拜见鬼婆婆了，你可别吓着哦。"

仿佛到现在才想起来要吓唬一下新藏似的。新藏自然不吃他这一套，笑着回了他一句：

"你当我是小孩呢，能被一个老太婆吓着吗？"

听他回答得这么洒脱，阿泰又挤眉弄眼、故弄玄虚地说道：

"说什么呢？老太婆自然没什么可怕的。可这儿还有一位超出你想象的小美人呢。所以我要忠告你一下嘛。"

话音未落，他就已经将手搭在了格子门上，扯开嗓门喊道：

"有人吗？"

"来了。"

屋里立刻传出了一声娇滴滴的应门声，随即，拉门开处，但见一个门槛里面跪坐着一个十七八岁、楚楚动人的姑娘。新藏见状，心想怪不得阿泰要说"别吓着"之类的话了，这姑娘果然美得吓人。姑娘长得皮肤白皙，鼻梁挺拔，一张清秀的瓜子脸，尤其那一双眼睛，水汪汪得十分迷人。可她却又显得那么憔悴，看着都叫人心疼。就连那条红梅色面子蓝色里子的薄呢绒腰带，也仿佛在挤压着她那漂亮的蓝底白花单褂下的胸脯。

见到姑娘后，阿泰就脱下了麦秸秆草帽，问道：

"妈妈呢？"

姑娘一脸无奈地回答道：

"真不巧，妈妈出去了，不在家。"

说着连眼眶都发红了，就跟她自己做错了事似的。随后，她抬起明亮的大眼睛朝格子门外瞟了一眼，竟突然脸色大变，大叫一声"啊呀"，显得惊慌不已，像是马上就要跳起身来逃走似的。

阿泰也大吃一惊。他心想，这个地方太偏僻，会不会有地痞流氓经过，便急忙回头看去。不料这一看之下又让他大吃了一惊：刚才还好好地站在夕阳下的新藏，居然不见人影了。没等他回过神来，那个巫婆的女儿便一把抓住了他的衣服下摆，气喘吁吁，断断续续地恳求道：

"求……求您了。您一定要告诉……您那个同伴。叫他千万……千万不要再到这附近来了。不然的话，他的性命不保。"

阿泰听了，佛置身于云里雾里一般，一点儿都摸不着头脑，呆呆地愣了半晌之后，总算还明白那姑娘是要自己传话，就赶紧应了一声：

"好的。我一定照办。"

说完，他就连草帽也顾不上戴，提在手里狼狈不堪地冲了出去，一口气跑出五六十米远，这才追上了新藏。

五六十米开外是个荒寂的石河岸，除了一根上半截被夕阳染红的电线杆子以外，别的什么也没有。新藏垂头丧气地站在河岸前，将手揣在薄外套的袖子里，正瞧着自己的脚尖发愣。终于赶来的阿泰没等自己喘过气来，就对新藏嚷嚷开了：

"开什么玩笑？我还叫你别吓着呢，好嘛，你倒把我给吓个半死。你看到那小美人到底想——"

没等他说完，新藏就脚步踉跄地朝一目桥方向走去了。他一边走，一边用亢奋的声调回答道：

"我认识她。她不就是阿敏吗？"

阿泰第三次大吃一惊。怎么能不吃惊呢？新藏想要知道其去向的心上人，居然就是阿岛婆的女儿！这还不令人震惊吗？可阿泰还肩负着那姑娘的重托，要将非同小可的口信带给新藏，哪能光顾着自己大惊小怪呢？于是将麦秸秆草帽戴好后，立刻就阿敏托付给他的话，绘声绘色地在新藏面前学说了一遍。新藏一声不吭地听着，随即便眉头紧蹙，眼神中带着狐疑，用气鼓鼓的声调说道：

"叫我别去我还能理解，说我去了就性命不保，这就奇了怪了。不仅奇怪，简直是岂有此理嘛！"

其实阿泰也只听了要他转告的话就从阿岛婆家跑出来了，并没问清楚其中有什么缘故，所以现在他要安慰新藏，也只能说些敷衍了事的场面话。而新藏则像是换了个人似的，一声不吭地走着，还加快了脚步。不一会儿，他们又来到了"与兵卫"寿司店的旗幡下，新藏突然转向阿泰，用十分遗憾的口吻嘟囔道：

"我要是能跟阿敏见上一面就好了。"

阿泰听了便若无其事地调侃道：

"那就再去一趟不就完了吗？"

他事后想来，觉得自己这句话等于是在新藏那十分想见阿敏的心火上，浇了一瓢油。

一会儿跟阿泰告别后，新藏马上返身来到了回向院前的一家鸡肉火锅店，在那儿边吃边等天断黑。结果一连喝掉了两三壶酒。等到天完全黑了，他便冲出了店门，嘴里喷着浓烈的酒气，将两只袖子甩在身后，直奔阿敏那儿，也即巫婆之家而去了。

那是一个星月全无、黑咕隆咚的夜晚，尽管地面上热气腾腾溽热难耐，可时不时地又会吹来一阵凉风——这正是梅雨季节里常有的天气。不用说，新藏自然是憋着一肚子气而来的，他已抱定宗旨，今天不听到阿敏的真心话绝不回去。

黑夜里的阿岛婆家显得越发瘆人了。一棵高大的柳树直指泼了墨一般的漆黑夜空，柳树下的竹格子窗里漏出些许昏暗的灯光。可眼下的新藏对这些已毫不在意了，他哗啦一声拉开了格子门，直挺挺地站在狭小的土间[1]，大喊一声：

"有人吗？"

想必光听这一嗓子就已经猜出来人为谁了吧，故而从里面传出的娇滴滴的应门声是微微发颤的。不一会儿，拉门被轻轻拉开了，阿敏将双手按在门槛外面，毕恭毕敬地跪坐在那里。她全身沐浴在从里间溢出的灯光里，显得是那么瘦弱憔悴，神情凄恻，仿佛正在哭泣似的。可新藏这会儿酒劲儿正足，心火正旺，哪顾得上怜香惜玉呢？他的草帽戴在了后脑勺上，冷酷无情地俯视着阿敏，佯装不认识似的粗声粗气地问道：

"喂，你妈妈在吗？我来是因为有些小事，想请她给掐算掐算。她能见我吗？有劳你去通报一下了。"

可想而知，阿敏听了这话该有多么伤心。她觉得浑身无力，精神也到了崩溃的边缘。没法子，只得强忍着眼泪，用别人几乎听不到的声音回答了一声：

1　屋内没铺地板的地方。

"是。"

正当新藏喷吐着浓烈的酒气，想要再次催促阿敏去通报的当儿，从隔扇背后的里间，传来了阿岛婆那有气无力、鼻音浓重、跟癞蛤蟆哼哼似的嗓音：

"外边什么人呀？没事的，带进来吧。"

外边什么人？这也太狂了吧。好你个匿藏阿敏的罪魁祸首！我先得给你一点儿颜色看看！

新藏气势汹汹地进了屋，脱下薄外套随手一扔，又摘下头上那顶麦秸秆草帽塞到了正不由自主地想阻拦他的阿敏的手里，昂首挺胸走进了里间。被撂在外面的可怜的阿敏，顾不上整理客人的薄外套和麦秸秆草帽，将身子贴在了隔扇上，将纤纤玉手交指握在胸前，抬起眼泪汪汪的双眼望着天花板，嘴里不住地祈祷着。

进入里间后，新藏就毫不客气地拿过蒲团来垫在自己的膝盖下，大模大样地四下打量了起来。房间有八铺席大小，与他想象中的一样，天花板和柱子都被煤烟熏得黑乎乎的。正面有个较浅的六尺壁龛，里面挂着一幅写着"婆娑罗大神"[1]的条幅。壁龛跟前，像模像样地供着一块圆形年糕，一对小酒壶，还有三四本用青、红、黄颜色的纸剪成的币束[2]——左侧的檐廊外，想必就是竖川了吧，隔着紧闭的隔扇仿佛能听到那潺潺的流水声，但也可能只是错觉而已。再看看最要紧的正主儿在哪儿呢？壁龛右边稍稍过去一点儿，有个上面摆了一长溜点心盒子、汽水瓶、白糖袋子、鸡蛋盒等礼品

---

1 也称"伐折罗大将"，是佛教中药师如来的十二神将之一。
2 祭神驱邪幡。

的衣柜，衣柜下坐着一个梳着切发[1]、塌鼻梁、大嘴巴、脸蛋子又青又肿的老婆子。她身穿一件黑色无领和服单衣，闭着睫毛稀疏的双眼，交叉着浮肿的手指，简直形同鬼魅。尤其是她的身量还特别大，一个人往那儿一坐，就几乎占了一整张榻榻米。刚才已说过，这老婆子说起话来就跟癞蛤蟆哼哼似的，可眼下看到她这副尊容，就该说是这可不是普通的癞蛤蟆，俨然是癞蛤蟆成了精又变作人的模样，且随时都会喷出毒气来似的。饶是新藏年轻气盛，见此情形居然也发起了怵来，甚至觉得头顶上的电灯也黯然无光了。

然而，毕竟他是有备而来的，又怎么会被阿岛婆的气势吓倒呢？于是他便开门见山地说道：

"我到这儿来不为别的，就是要请您看看我的姻缘。"

不料阿岛婆像是没听清似的，将眼睛睁开一条缝，又将一只手搭在耳朵上，反问道：

"什么？姻缘？"

随即，她又用同样含混不清的嗓音问道：

"我说，你是想要女人吗？"

她一边说，一边还从鼻子里发出嗤笑声来。新藏强忍着心头不断蹿起的怒火，回应道：

"是啊，就是想要女人才让你来看的呀。如若不然，谁肯到这种——"

他已顾不得自己的身份了，为了不输给这个老太婆，不仅说起粗话来，还同样鼻子里发声，哼笑着回敬她。但阿岛婆却不以为

1　日本江户时代女性发型之一。不编发髻，仅将束起的头发剪短。通常为武士家中未亡人的发型。

然，她就跟蝙蝠扇动翅膀似的挥了挥放在耳朵旁那只手，讪笑着打断了新藏的话头。

"别动肝火嘛。说话不中听，是我的老毛病了。"

随即她又换了个腔调问道：

"年龄呢？"

像是总算开始办正事了。

"男方二十三——属鸡的。"

"女的呢？"

"十七。"

"属兔啊。"

"出生月份是——"

"不用了。光有年份就够了。"

阿岛婆嘴里说着，便在将手放在膝盖上掐指算了起来，就跟数星星似的。不一会儿，她抬起那双眼皮松弛的眼睛瞪了新藏一眼，说道：

"不成，不成。大凶，大凶啊！"

她先是危言耸听，随即又像是在自言自语似的嘟囔道：

"这桩姻缘要是结了，要么是你，要么是那女的，总有一个会一命呜呼的。"

新藏一听便火冒三丈，眼见得那阿泰转达的什么"性命不保"的口信，就源自该老太婆之口。既然已经看破了她的诡计，新藏也就再也按捺不住了。他重新坐直了身子，扬起依旧酒气冲天的下巴来，咄咄逼人地说道：

"大凶就大凶，有什么可怕的？男子汉一旦情有所钟，还管什么死呀活呀的？即便被烧死、砍死、淹死，也是爱情之荣耀！"

阿岛婆依旧眯缝着眼睛，除了嚅动两片厚嘴唇外，浑身上下一动也不动。

"你说得轻巧，男人死了，那女的怎么办呢？再说，要是女人死了，那男的不也一样哭天抹泪的吗？"

她话里话外，分明带着嘲笑的意味。

好你个老太婆！你敢动阿敏一手指头试试！新藏气势汹汹，瞪起眼睛紧盯着阿岛婆说道：

"那女的背后还有男的呢！"

阿岛婆依旧交叉着手指，牵动了一下泛着青光的脸颊，装傻充愣似的反问道："那么那男的背后呢？"

新藏后来说，那会儿他不由得打了个冷战，觉得就跟接下了那老太婆的挑战书似的，所以觉得有些害怕了。而阿岛婆看到新藏露怯之后，便猛地拉低了黑色单衣的领子，用矫揉造作的声调说道：

"你自己想得最好又有什么用呢？有道是人算不如天算。还是别瞎折腾了吧。"

紧接着，她又大大地翻了个白眼，把两只手都搭在耳朵上，像煞有介事地低声说道：

"你听，你听。这不就是证据吗？你听到叹气声了吗？"

新藏的身体一下子就僵硬了。他侧耳静听，但除了躲在隔扇外的阿敏的喘气声以外，什么也没听到。这时，阿岛婆的双眼睁得越来越大了。

"听不见吗？一个跟你差不多大的小伙子，正在那石河岸的石头上长吁短叹呢。你听不到吗？"

说着，她还挪动膝盖，将身体往前移了一点儿。这下子，不仅她那投射在衣柜上阴影变得更大了，随之而来的还有一股子老婆子特有的体臭，直冲新藏的鼻子。而隔扇、拉门、酒壶、年糕、衣柜、坐垫……这一切也在阴森的妖气中走了形，呈现出与刚才截然不同的奇形怪状。

"那个小伙子也跟你一样色迷心窍，违背了附在我老婆子身上的婆娑罗大神的旨意。所以受到了天神的惩罚，马上就要送命了。他就是你的榜样，你就好好吸取教训吧！"

她的说话声如同无数的苍蝇在嗡嗡叫一般，从四面八方扑向新藏的耳朵。就在这时，拉门外的竖川那儿发出扑通一声，打破了黑夜的沉寂。——有人跳河了。这下子可真让新藏吓破了胆。他已经一刻也无法再在阿岛婆的家中待下去了。于是他匆忙说了句告别的话，就脚步跟跄地冲出了巫婆家，连正在哭泣的阿敏都忘了。

当天夜里，新藏就这么回到了位于日本桥的自己家。第二天一起床他就先找报纸来看，果然看到了昨夜竖川有人投河自尽的报道。——说的是龟泽町箍桶铺的儿子因失恋寻了短见，跳河的地点就在一桥和二桥之间的那段石河岸处。想必是这一事件让新藏在精神上受到了沉重打击的缘故吧，他突然就发起了高烧，一连三天卧床不起。然而，即便卧床不起，他也仍是心事重重的，而他所放心不下的，自然还是阿敏。事到如今，很显然并非阿敏变心，她突然请假也好，说不要再去找她也罢，这一切分明都是那个阿岛婆搞的鬼。新藏此刻既为自己错怪了阿敏而羞愧，又对跟自己无冤无仇的阿岛婆为何要搞鬼而百思不得其解。并由此觉得阿敏与那个仿佛能让一个大活人投河自尽的鬼婆婆待在一起，恐怕是随时都会为了向婆娑罗大神献祭，而被她扒光了衣服紧紧地绑在房柱上，遭受松针烟火的熏烤。一想到这儿，新藏就再也无法安安稳稳地躺着了，因此到了第四天一下床，他就立刻想去找阿泰商量对策。说来也巧，恰在此时，阿泰居然主动打来了电话，而这个电话正是有关阿敏的。原来昨夜已经很晚的时候，阿敏到他那儿去了。说是一定要跟少东家见个面，详细叙说一下其中的始末原委，但又不能直接往她以前帮工的主人家（也即新藏家）打电话，只能再次请求阿泰转达口信了。新藏自然也非常想跟心上人见面，所以听阿泰这么一说，他便紧握着听筒立刻追问道：

"她说在哪儿见面了吗？"

"这个嘛……"

惯于饶舌的阿泰先卖了个关子，然后才娓娓道来：

"她毕竟是个腼腆姑娘嘛，才见过两三次居然就会找上门来，想必她也真是无法可想、走投无路了吧。所以我也被她彻底打动了，马上就跟她一起研究起让你们相会的计划来。她说她只要跟那老婆子谎称去洗澡，倒是能出来的，可去河对岸就太远了——但一时间又想不出什么好地方来。于是我就说'这样吧，我就将我家二楼的房间让给你们用好了'，可她怎么也不答应。当然了，她不好意思打扰别人也是在情理之中的。我就问她：'那么你有什么好地方呢？'不料我这么一问，她的脸腾地一下就涨得通红。随后用低低的声音说道：'能让少东家在明日黄昏时分到附近的石河岸来一趟吗呢？'哈哈，正所谓'野地里幽会没罪过'，妙极，妙极。"

说到最后，阿泰显然是极力忍住了才没笑出声来。但在新藏来说，这可不是什么好笑的事情。

"那就是说，定在石河岸了，是吧。"

早已听得不耐烦了的新藏如此确认道。阿泰回答说：

"我也没更好的法子，所以就这么定了。时间在六点到七点。完事后你到我这儿来一下吧。"

新藏应允并道了谢之后，赶紧挂断了电话。接下来到傍晚这段时间实在是漫长难熬，简直就是一刻三秋。他打了一会儿算盘，帮着对了一会儿账，又安排了一下中元节给客户送礼的事情。在此期间，他还带着满脸急不可耐的神情，频频将目光投向账台上方那只时钟的指针。

经过如此痛苦的煎熬而终于跑出店门，是在五点之前一点点，西边的太阳尚未落下呢。当新藏穿上了小伙计给他摆放整齐的晴日木屐，刚从散发着油漆味的新书广告牌后面一步跨上柏油马路时，却发生了一件有意思的事情：擦着他戴着的麦秸秆草帽的帽檐，飞过了一对蝴蝶。应该是叫黑凤蝶吧。总之是一对翅膀漆黑且泛着瘆人的青光的蝴蝶。当时，他自然也没太在意，只是瞟了一眼那对相互追逐着飞上夕阳高照之天空的蝴蝶后，便跳上了一辆正好经过的、开往上野的电车。可当他于须田町换乘后在国技馆前下车时，又见两只黑色的蝴蝶在他的麦秸秆草帽旁翩跹飞舞了。他心想，总不会是日本桥的蝴蝶特意一路跟来的吧，所以还是没怎么在意。当时，离约定的时间尚早，所以拐向一目方向，看到了一家挂着"薮"字招牌的洁净的荞麦面馆后，他就走了进去，想边吃晚饭边调整一下自己的心态。今天的新藏十分慎重，故而滴酒未沾。却又觉得胸口堵得慌，喝了一杯冷麦茶才稍稍舒服了一点儿。一直等到大街上已经断黑，他才像要避人耳目的逃犯似的悄悄地撩开门帘，来到了店外。这时，一对蝴蝶又如影随形地出现在了他的鼻子跟前。还是一对如同在黑天鹅绒般的翅膀上刷上青色粉末的黑凤蝶。新藏见状不禁一愣。可更让他吃惊的是——也可能是幻觉吧——当这两只相互缠绕着的蝴蝶在夜晚冷飕飕的空气中从鼻尖笔直地掠过额头飞上天空时，竟觉得它们居然有乌鸦那么大。他心里"咯噔"了一下，不由自主地停下了脚步。此时，那两只蝴蝶仍在相互嬉戏着往上飞，越来越小，一会儿的工夫就消失在黑暗的夜幕之后了。奇怪的蝴蝶接二连三地出现，到底让新藏也感到有些不寒而栗了。他心里直打鼓：自己去了石河岸会不会也鬼使神差地跳到河里去呢？一时间他居然有些迈不开脚步了。可尽管如此，更让他担心的，还是今夜前来与他会面的阿敏。所以他立刻重新振作起来，目不斜视地穿过人影稀稀落落犹如蝙蝠一般的回向院前的大道，直奔约会地点而去。可当他赶到约会地点后，却又看见两只蝴蝶扇动着青光翅膀，从并排放着的两只狛犬[1]的上方飘然而下，而随着一阵夜风吹过，又立刻消失在微明半暗的电线杆根部了。

这下子可让在石河岸前溜溜达达地等待阿敏前来的新藏越发地感到忐忑不安了。他扶了扶头上那顶麦秸秆草帽，看了下藏在和服袖兜里的怀表，发现离约定的时间还有一小时不到的时间。可这会儿他的内心，比他下午待在店里账台后面那会儿更加焦躁难耐。由于阿敏的身影老不出现，渐渐地，他就在不知不觉间离开了石河岸前，朝着阿岛婆家的方向走出了那么五六十米。那儿的右手边有一

1　一种模样像狮子狗的石兽。源自印度，后与佛教一起从中国经由朝鲜半岛传入日本。通常成对地放置在神社、寺院前，有时也放在室内的屏风处。有着驱魔辟邪的寓意。

家澡堂子，在一个大大的彩绘仙桃上方，挂着一块仿唐风格的刷漆招牌，上面写着"根治万病桃叶汤"这么几个大字。他心想，阿敏以洗澡为由从家里出来，会不会指的就是这家呢？——恰在此时，写着"女汤"二字的门帘一动，走出一个人来。新藏定睛一看，发现这个来到了昏暗大街上的女子不是别人，正是阿敏。只见她的穿着跟上次看到时并无二致：蓝底白花单褂，扎着一条红梅色面子、蓝色里子的薄呢绒腰带。可今晚因为是刚刚出浴，脸色更是红润娇艳，银杏叶发髻的鬓发处似乎还是湿漉漉的，梳子梳理过的痕迹尚清晰可见。她将湿手巾和肥皂盒抱在胸前，像是惊恐不安地正朝大街两端左顾右盼呢。随即她像是看到了新藏，忧色未退的眼里立刻露出了笑意，脚步轻盈地走上前去，怯生生地问道：

"让您久等了吧？"

"没有。也没等多长时间。倒是你，出来一趟不容易吧。"

说着，新藏便和阿敏一起朝石河岸方向走去。可阿敏似乎仍心有余悸似的，时不时地回头观望一番。

"你怎么了？就跟追兵将至似的。"

新藏故意用调侃的口吻说道。阿敏脸涨得通红，仍有些惴惴不安地说道：

"哎呀，您看我，您特意前来看我，我还没表示感谢呢。——多谢了！"

这下子反倒让新藏也担心了起来，在前往石河岸的途中，他详细询问了其中的原委，可阿敏只是面呈苦笑地回答道：

"要是在这儿被发现可就糟了。不光是我，就连您也会倒大霉的呀。"

很快，他们就来到了约好的石河岸前。看到了蹲在朦胧夜色中的狛犬，阿敏这才长出了一口气，像是放下心来了。随后她又继续往下走，一直走到堆放着好多根从船上卸下的根府川石[1]石材的河边，她才停下了脚步。新藏也战战兢兢地跟在她身后，一直走到了河边。这儿有狛犬遮挡着，大街上往来行人是看不到的。他一屁股在已被傍晚的冷气润湿了的根府川石上坐下后，立刻就追问起刚才的问题了：

"什么我的性命不保啦，什么会倒大霉啦，这到底是怎么一回事？"

阿敏并未马上回答。她先是望着漫浸着石驳岸的黑魆魆的竖川河面，像是祈祷似的口中念念有词地嘟囔了一会儿。随后，她将视线回到新藏身上，嫣然一笑，轻声说道：

"到了这儿，就不用担心了。"

新藏的此刻神情就跟被狐仙迷住了似的。他一言不发地看着阿敏的脸蛋。阿敏终于也在他身边坐了下来，并悄声细语、断断续续地叙说了起来。照她说来，他们俩还真是遇上了一个可怕的强敌，在某些时候或场合下，稍有不慎，确有遭受杀身之祸的危险。

在此就必要先介绍一下阿敏的情况了。

世人都以为阿岛婆是阿敏的母亲，其实不然，阿岛婆只是阿敏的一个远房姑妈，阿敏的父母还活着的时候，是不与她来往的。阿敏的父亲，是个世代相传的营建寺庙、神社的木匠。用他的话来说，那就是：

1　日本神奈川县小田原市根府川出产的一种板状条理明显的安山岩石材。

"那个阿婆根本就不是人。你要不信，就去看看她的肋下好了，长着鱼鳞呢。"

在大街上遇到了，他不是赶紧打火镰，就是在她身后撒盐[1]。可在阿敏的父亲死后，阿敏母亲的侄女，也是阿敏小时候的玩伴，就成了阿岛婆的养女。这样，阿敏家与阿岛婆也就自然而然地开始了亲戚般的来往了。但这样的时光也只维持了一两年，阿敏的母亲死后，由于阿敏也没个能照料她生活的舅舅，所以没过百日，她就去日本桥的新藏家帮佣，从此也与阿岛婆断了来往了。那么她又怎么会去阿岛婆家呢？这个就容我后叙了。

至于那阿岛婆的身世，已经去世的父亲或许知道一些，但阿敏是一无所知的，只是似乎听母亲或什么人说过，她一直是个会招魂的巫女。可自从阿敏知道有阿岛婆这么个人起，她就已经在凭借婆娑罗大神之神力给人占卜、作法了。而这个婆娑罗大神，也跟阿岛婆一样，是个来历不明的神明，有人说是天狗，有人说是狐仙。而对于阿敏来说，像供奉着产土神[2]的天满宫中的神官之类，肯定是来自海底龙宫的。或许阿岛婆也不例外吧，她每天夜里钟敲两点的时候，都会从屋后檐廊处的梯子下到竖川河中，将身体浸泡在水中，只露出一个脑袋来。一泡就半个多小时。倘若只是在眼下这种初夏时节倒也还好，可她即便在寒冬腊月雨雪霏霏之际，也照样身裹一件薄浴衣扑通一声跳入水中。简直就跟一只人面水獭似的。有一次阿敏十分担心，就一手拉过电灯，一手推开防雨套窗，悄悄地

1　打火镰和撒盐的做法都源自日本人传统的驱鬼辟邪的做法。
2　出生地的守护神。后来也被视为氏族守护神、土地神。在日本，男孩三岁、五岁，女孩三岁、七岁在"七五三节"要去参拜该神。

朝河里望去。只见对岸那一排仓库的屋顶上已经积起皑皑白雪，连河面也因此显得更黑了，而阿岛婆那梳着切发的脑袋，就像个水鸟的浮巢似的漂在黑咕隆咚的河面上。也正因如此，阿岛婆作法也好，占卜也好，都特别地灵验。话虽如此，她所干的可并不都是与人为善的好事。事实上有求于她的人中，花了钱要她咒死亲夫或兄弟的，也不在少数。就拿前一阵子在此石河岸投河自尽的那人来说吧，听说就是给阿岛婆轻而易举地咒死的。因为她受了某米店老板的重托，而这个老板则是为了与那死鬼争夺一个柳桥的艺伎。但不知有着怎样隐秘的缘由，在阿岛婆咒死过人的地方——譬如这个石河岸一带，她作法就不能再伤害任何人了。不仅如此，那种地方所发生的一切，也是她那双如同千里眼一般的鬼眼所看不到的。其实这也正是阿敏非要将新藏约到这石河岸来见面的原因。

那么，阿岛婆又为什么非要棒打鸳鸯，拆散相亲相爱的阿敏和新藏呢？那是因为，今年春天，有个专业炒股的家伙来请阿岛婆预测股票行情，结果看上了阿岛婆身边这个年轻美貌的阿敏，要娶她做小老婆。于是就诱以重金，让阿岛婆答应了。但是，如果仅仅是因为这事，倒也还是只要肯花钱就能摆平的。其实这背后还有一件怪事。那就是，离开了阿敏，阿岛婆占卜、作法就统统不灵了。——据说阿岛婆在开始占卜、作法时，都是先让婆婆罗大神附在阿敏的身上，然后再从神灵附体的阿敏口中，一一请示神旨的。或许有人以为这不是多此一举吗？直接让神灵附在阿岛婆自己身上不就完了吗？其实不然。因为神灵附体时人就如同身处恍恍惚惚的梦境一般，当时，是可以与不为人知的冥界互通信息的，可一旦醒来，也就忘得一干二净了。因此阿岛婆也十分无奈，只能让神灵附在阿敏的身上，借以聆听神灵的旨意。也正是有了这么一个缘故，阿岛婆是说什么也不会让阿敏离去的。再说那个炒股的也看出了这一点，而他打的如意算盘是：自己娶了阿敏做小老婆，阿岛婆一定会跟来的。到时候就可以让她占卜股市的走向，如此一来，自己岂不是人财两得、富甲天下了吗？

　　然而，从阿敏的角度来看，尽管那些话都是自己在神情恍惚的状态中说的，可阿岛婆所干的那些怪事，事实上就是遵照自己的话去做的，别人良心丧尽那是别人的事情，而自己沦为害人的工具无疑已令她惊恐不已了。要说起来，之前阿岛婆的那个养女，也有着如此遭遇，自从被阿岛婆收养后，她就被用作如此工具了。她本来就身体羸弱，而如此这般的心理负担终于让她病倒了。最后，她再也受不了良心的谴责，就在阿岛婆睡着时，投缳自尽了。她在临死前给小时候的玩伴阿敏留下了一封遗书。而阿岛婆发现了这封遗书后，立刻想到正好可以让阿敏来接她养女的班。于是她就利用了这封遗书，让阿敏从新藏家请假出来，并将她骗到了自己家里的。她还恶狠狠地对阿敏说，宁可杀了她，也不放她回主人家去的。当然了，与新藏已经定下了三生之约的阿敏，是当天晚上就想逃走的。可想必阿岛婆也小心戒备着吧，阿敏每次窥视格子门时，都看见外面盘踞着一条大蛇，跟一座小山似的，所以她最终也没勇气往外踏出一步。之后，阿敏也多次钻空子出逃，可每次都会遇上些不可思议的怪事，故而一直未能如愿。于是她只好认为这一切都是命中注定的，尽管极不情愿，也只得唯阿岛婆之命是从了。

　　前一阵子新藏来访之后，阿岛婆像是立刻就识破了他们之间的关系。于是平日里就蛮横无理的鬼婆婆对阿敏就不仅仅是恶语相向了。她动不动就责打、掐拧阿敏。到了半夜里还施展魔法，将阿敏的双臂吊在空中，还把蛇盘在她的脖子上。阿敏遭的罪真是听着都叫人毛骨悚然。而更让阿敏心痛的是，阿岛婆还在折磨她的同时，嘲笑着威胁她说，倘若不死心，她是宁肯折损新藏的寿命，也不会把阿敏交给他的。这下子就将阿敏逼上绝路了。原先她已认定一切都是自己的宿命，可要是给新藏也带来了什么无法挽回的变故，就无法原谅自己了。所以她终于拿定了主意，要将一切都跟新藏讲清楚。可她又想到，新藏知道了这一切后，会不会觉得自己居然做过这么可怕的事情，从而讨厌自己、鄙视自己呢？因此在跑去找阿泰之前，她已不知犹豫过多少遍了。

阿敏讲完后，便抬起了苍白的脸，与往常一样，盯着新藏的眼睛，又说道：

"我就是这么个苦命人，所以尽管伤心、痛苦，也只能死心了。就让我们忘掉过去，只当什么都没有过吧——"

话没说完，她像是再也忍不住了，趴在新藏的大腿上，咬着自己的袖子，痛哭了起来。不知所措、一筹莫展的新藏，只能抚摩着阿敏的后背，并加以好言抚慰，给她打气。不过他也知道，要与阿岛婆正面为敌，让两人的爱恋能得偿所愿，很遗憾，只能说是毫无胜算的。但不管怎么说，现在当着阿敏的面是绝不能装孬的，所以他强打精神，故作镇定地说道：

"别怕！天无绝人之路，只要我们从长计议，肯定会有办法的。"

这当然只是一时的安慰而已。阿敏听了倒也收住了眼泪，并立刻坐直了身体。可随后又十分无奈地说道："只怕是没时间从长计议了。因为阿婆说了，后天晚上又要请神了。到那时，万一我又说了什么的话——"

这话又深深地刺伤了新藏的内心，好不容易鼓起的那么一点劲儿，又全都泄掉了。既然说到了"后天"，那就等于说非得在今明两天里想出办法来不可了。如若不然，自己暂且不论，阿敏必将坠入无法挽回的、痛苦的深渊。可要在两天之内就制服那个鬼婆婆，又怎么可能呢？即便去向警察举报，可尘世的法律又怎能惩罚发生在幽冥世界中的罪行呢？诉诸社会舆论吧，恐怕人们也只会觉得"哦，还有这么回事呢"，认为只是可笑的迷信，最后肯定也是不了了之的。想到此，新藏也只有茫然地在胸前交叉着胳膊发愣。经过了一段短暂而难耐的沉默之后，阿敏抬起眼泪汪汪的双眼，望着闪烁着微弱星光的天空说道：

"干脆，我就一死了之吧。"

可随即她又战战兢兢地环视了一下四周，有气无力地说道：

"回去太晚的话，又要被阿婆骂了。我得回去了。"

她像是已元气耗尽、精疲力竭了。

确实，来到这石河岸之后，肯定已超过半小时了。

夜色，与晚潮的腥味一起笼罩着他们俩，对面的柴堆以及停泊在那下面的苦篷船，全都隐没于苍茫的色之中，只有竖川河面绵延起伏着，仿佛大鱼的肚子似的，泛着浅白色的粼光。新藏搂住了阿敏的肩膀，温柔地吻了一下她的嘴唇，然后说道：

"不管怎么说，明天傍晚，你再到这儿来一趟。在此之前，我绞尽脑汁也会想出好办法来的。"

他拼命给阿敏鼓劲儿。阿敏用湿手巾轻轻地擦去脸颊上的泪痕，一声不吭，凄然地点了点头。她垂头丧气地从根府川石材上站起身来，随同无精打采的新藏一起，经过花岗岩狛犬，朝大道走去。随后她像是眼泪又突然涌了上来似的，赶紧低下头，露出了在夜色中也清晰可见的美丽的后脖颈子，再次轻声嘟囔道：

"唉！我还是死了算了。"

然而，就在此刻，刚才那两只黑蝴蝶消失的电线杆根部那儿，竟然浮现了一只大大的人眼来。那眼睛大逾三尺，没有眼睫毛，像是蒙了一层淡青色的薄膜，而瞳孔的颜色十分浑浊，也并不看某个特定的地方。起初，它就跟一个水泡似的呼地冒了出来，随即便离开地面飘浮了起来，并停在了那儿。突然，那颗煤烟色的眸子就斜斜地偏到了眼角处。而更让人觉得不可思议的是，尽管它已融入了夜色之中，显得朦朦胧胧的，可依然能叫人感受到它隐藏着不可名状的恶意。见此情形，新藏不由自主地捏紧了拳头，保护着阿敏的身体，同时也死死地盯着这一幻影。事实上当时他像是浑身张开的毛孔里都吹进了夜风似的，直感到脊背发凉，仿佛连气儿都喘不过来了。他想要叫喊，可舌头僵住了，动都动不了。所幸的是，那只眼睛在聚集了所有的恶意朝这边乜视了一会儿之后，其形状就逐渐变淡，最后如同一枚贝壳似的坠落在地，而那儿也只剩下电线杆子，再也没有什么怪物了。只见有像是黑凤蝶的东西，纷纷扬扬地从那儿飞起——或许是擦着地面飞过的蝙蝠亦未可知。之后，新藏与阿敏就像刚从噩梦中醒来似的，直愣愣地望着对方那没了人色的脸，且都从对方的眼里看到了可怕的不惜为之一死的神情。他们不由自主将手紧紧地握在一起，浑身不住地颤抖着。

半小时过后，新藏眼中的神色表示他依旧惊魂未定。此刻他已坐在阿泰家通风良好的内室里，正面对着主人小声讲述着他今晚所遇到的各种离奇事情。两只黑蝴蝶；阿岛婆的秘密；大眼幻境——对现代青年来说，这一切无一不是荒唐透顶的无稽之谈。但阿泰是与众不同的，因为他早就领教过阿岛婆那离奇的法力了。故而他毫不怀疑，一边劝新藏吃冰激凌，一边津津有味地聆听着。

"那只大眼睛消失后，阿敏的脸色就变得刷白刷白的了。她说：'这可怎么办？这可怎么办。我在这儿跟你见面的事情，肯定被阿婆知道了。'我当时豪气冲天地对她说：'那又怎么样？事到如今，我们跟那鬼婆婆就等于已经开战了。她知道也好，不知道也罢，又有什么关系呢？'可问题是，正如我刚才所讲的那样，我们已经约好了明晚还在那石河岸见面的，今晚的事情那老太婆要是知道了，她明晚怎么还会放阿敏出门呢？所以即便有什么能将阿敏从那鬼婆子的魔爪下救出来的好法子，也必须在今明两天内想出来才管用啊。明晚要是见不到阿敏，岂不是所有的计划都泡汤了嘛。一想到这个，我就觉得自己被神明、佛祖什么的抛弃了。跟阿敏分手后一路走来，就觉得整个人飘飘悠悠的，好像脚都没着地似的。"

新藏将事情经过从头至尾详详细细地讲完后，这才像是突然想起来似的扇了扇团扇，并忧心忡忡地望着阿泰的脸。可阿泰听了却并不怎么吃惊，他望着挂在屋檐下，被风吹得团团转的骨碎补[1]出了一会儿神，然后才将目光转移到新藏的脸上，并微微皱起眉头来，说道：

"如此说来，你要达到目的，就必须突破三道难关了。第一

道难关，就是你要从阿岛婆的手中夺回，并且是安全地夺回阿敏。第二道难关则是要在后天之前采取行动。而为了商定具体的行动部署，明天你必须见到阿敏，这也就是第三道难关了。而这第三道难关嘛，只要有了突破第一、第二道难关的方法，也就不成为难关了。"

听阿泰的口气，他似乎还是颇为自信的，可新藏心里没底，所以依旧愁眉苦脸地问道：

"为什么呢？"

阿泰不慌不忙地，带着满脸的笃定神色——简直到了面目可憎的地步，说道：

"急什么？小事一桩。你要是见不到——"

说到一半，他突然看了一下四周，然后压低声音继续说道：

"这个嘛，不到紧要关头，就暂且不说了。听你刚才说，那个老婆子像是已经在你身边布下天罗地网了，所以还是少说为妙。其实，我觉得就连第一、第二道难关也并不是牢不可破的。——总之，一切就包在我身上好了。今晚，我们就畅饮啤酒，给自己鼓足勇气吧。"

说到最后，他就轻松自在地笑了起来。对他的这种轻佻样儿，新藏自然是既感到急不可耐又觉得怒不可遏的，但一喝开了啤酒，他就觉得阿泰的担心果然并非什么故弄玄虚。因为确实发生了与之相关的事情。

就在他们有一搭没一搭地闲聊时，阿泰发现与那熏鲑鱼碟子一起放在新藏的食案上的啤酒杯中，啤酒还是满满的，气泡已经消失了，新藏却一口也没喝。于是阿泰就一把抓起正滴着水的啤酒瓶的下部，催新藏快喝。

"来吧，痛痛快快地干上一杯吧。"

新藏倒也没怎么在意，举起啤酒杯就想一饮而尽。这时，直径两寸左右泛着黑光的圆形啤酒表面，映出了吊在天花板上的电灯，以及他身后挂着苇帘的门——刹那间，又出现了一张素不相识的人脸！不，准确地说，只是一张素不相识的脸，至于是不是人的脸，也很难断定。按照我的理解，说它像鸟，像兽，甚至像蛇，像青蛙也未尝不可。并且，与其说是脸，还不如说是脸的一部分，尤其是从眼睛到鼻子之间的那部分。总之它像是正越过新藏的肩膀窥视着杯中之物呢——遮住了电灯光，投下了清晰的阴影。这么说来似乎持续了很长时间似的，其实正如前面所提到的那样，仅仅是瞬间之事。这对不知为何物的眼睛，从直径二寸光景的圆形啤酒之中，窥视着新藏的眼睛。而在其目光一闪过后，立刻就消失得无影无踪了。

新藏放下了刚想喝的酒杯，眼珠子滴溜乱转地四下打量了起来。但此刻的电灯依然明亮，骨碎补也仍在风中打旋，这个凉快的房间里并没什么带着妖气的物件。

"怎么了？飞进了虫子吗？"

听阿泰这么一问，新藏只得擦了擦额头上的冷汗，略带忸怩地回答道：

"不是的。是杯中出现了一张怪脸。"

"一张怪脸？"

阿泰条件反射似的重复道。他赶紧看了一眼自己啤酒杯——自然是除了他自己的脸外，再也没别的什么脸的。

"你神经过敏了吧。难道说那老婆子已将手伸到我家里来了？"

"你刚才不是说，她已在我的身边布下天罗地网了吗？"

"很有可能啊。可是，那老婆子总不会将舌头伸入啤酒杯偷喝了一口吧。要真是那样倒也无所谓。来，我们还是干杯吧。"

阿泰是为了给新藏打气才故意这么说的，可新藏的心情却越来越沉闷了。终于，他连一杯啤酒都没喝完，就准备打道回府了。于是阿泰只得再三再四地用好言相慰，要他千万不要灰心丧气；又说让他一个人坐电车回去不放心，硬是给他叫了一辆人力车来。

那天晚上，新藏睡着后也是噩梦连连，被魇住了好多次。可即便如此，早上一睁开眼睛，为了对昨夜之事表示感谢，他还是立刻就给阿泰打去了电话。可接听电话的是阿泰店里的掌柜的，他说是"老板今天一大早就出门去了"。新藏心想，阿泰莫非去了阿岛婆家？但又不能明着问。再说即便问了，旁人也未必知道，因此他拜托那掌柜的，老板一回来就让他打电话来，随即便挂断了电话。将近中午时分，阿泰果然打来了电话，说他早上确实去了阿岛婆家，借口是请她看房子的风水。

"还好，我遇见阿敏了。我将写着我那计划的书信悄悄地塞到了她的手里。虽说她要明天才能答复，但事关重大，看样子她是会同意的。"

听阿泰这么说，新藏就有了种万事顺遂的感觉，与此同时，也就更想知道阿泰所谓的那个计划了。

"你到底打算怎么干？"

新藏这么一问，阿泰似乎又跟昨晚似的嬉皮笑脸起来了。他在电话里说道：

"心急吃不得热豆腐。你就再等上两三天吧。别忘了我们的对手可是那么个鬼婆婆呀，即便是打电话也不能掉以轻心的哦。好了，有什么事我会打电话给你的。再见。"

话音刚落，他就把电话给挂断了。

之后，新藏跟往常一样，坐到了账台围框的后面。一想到自己与阿敏的命运就要在这两天里见分晓了，心里五味杂陈，说不清是惶恐还是焦躁，抑或是期待还是兴奋，直觉得心怦怦直跳，不得安宁，结果连账本和算盘都不想碰了。于是他借口发烧尚未退利索，过了午后就回二楼自己的房间睡觉去了。

而即便在这时，他也总觉得有谁在注视着自己的一举一动，不管他睡着还是醒着，那人都异常执拗地缠在他身边。到了下午三点多，他清楚地感觉到有人蹲在二楼的楼梯口，正透过苇帘窥视着他呢。他立刻跳起身来，冲到那儿去看，但外面空无一人，擦得锃亮的走廊地板模模糊糊映照出窗外的天空，仅此而已。

如此这般地到了第二天，新藏就越发地坐立不安了。他一心只想着阿泰怎么还不来电话。好不容易等到跟昨天差不多的时刻，终于有人来叫他去听电话了。一听之下，发觉阿泰的声音喜滋滋的，比昨天更精神了。

"我说，阿敏有回话了。一切都遵照我的计划执行。哎？我是怎么取得的回音的？我找了点闲差，亲自去找那个老婆子的。你猜怎么，由于昨天我是将计划写在信里交给阿敏的，所以今天阿敏出来开门的时候，也悄悄地在我手里塞了一张纸条。很可爱的回信，是不是？那上面用平假名写着'好的'。"

一股扬扬得意的神情溢于言表。但奇怪的是，今天的电话里除了阿泰的声音外，还夹杂着另外一人的声音。听不清声音到底在说是什么，只觉得它跟阿泰那精神抖擞的声音正相反，瓮声瓮气，有气无力，上气不接下气的。正好比一个在太阳底下，一个阴山背后。它夹杂在阿泰那滔滔不绝的话语的间隙处，从听筒底部冒出来。起初新藏以为是串线了，并不怎么在意，只是"后来呢，后来呢"地一个劲儿地催促着，急切地想听有关阿敏的消息。可后来，连阿泰也听到那奇怪的声音了。

"怎么这么吵呢？是你那边的吗？"他问道。

"不，不是我这边的问题。是串线了吧。"

新藏如此回答道。

"那就先挂了。重新再打吧。"

然而一次、两次、三次，尽管他们不断地埋怨接线员，重打了好多次，可那个如同癞蛤蟆哼哼似的嘟囔声依然不绝于耳。最后，阿泰也只好作罢了。他接着前面的话茬继续说道：

"算了，不管它了。反正是不知哪儿出了故障了吧。言归正传，总之阿敏已经同意了，这计划应该是能大获成功的，你就放下心来，静候佳音吧。"

但新藏还是想知道阿泰的计划内容，所以又像昨天似的问道：

"你到底打算怎么办呢？"

可阿泰也跟昨天似的，半开玩笑地卖起了关子：

"你着什么急呢？不就是再等一天嘛。到了明天的这个时候，你肯定会获得佳音的。——好吧。你权当坐上了大船，等着靠岸就是了。不是说'有福不用忙'吗？"

说着说着他就又开起玩笑来了。可他的话音未落，听筒里就又传来那个瓮声瓮气的声音："瞎折腾些什么呀？"很明显，这是在嘲笑他们。阿泰和新藏同时向对方发问：

"这是什么声音？"

然而电话听筒中此刻已寂静无声了。那个癞蛤蟆哼哼的嘟囔声已消失得无影无踪了。

"不好了！刚才那话，就是鬼婆婆说的！搞不好那计划也——反正一切都看明天了。我先挂了。"

说完，阿泰就挂断了电话。由他的话音可知，他的神情一定是十分狼狈的。再说，既然阿岛婆已经连他们俩通电话这事都给盯上了，那么阿泰与阿敏自以为得计的秘密交换书信，肯定也没瞒过那老婆子的法眼。所以阿泰的狼狈不堪也是情理之中的事情。而从新藏的角度来看，阿泰那个尽管不知道具体内容，但想来定是无可替代的计划，既然已被阿岛婆识破了，那岂不等于万事皆休了吗？因此，新藏放下了电话后，就如同丢了魂儿似的，浑浑噩噩地上了二楼的房间，直到黄昏来临，就一直那么眺望着窗外的蓝天。而那蓝天上——或许是错觉吧——时不时地会出现几十只黑凤蝶。它们成群结队地交叉飞舞着，就跟进口印花布上的图案似的。但此刻的新藏早已身心俱疲，甚至面对着如此不可思议的离奇景象，都不感到不可思议了。

那天晚上新藏也是噩梦连连，根本就没睡安稳过。可即便这样，天一亮，他又生出了几分劲头来，味同嚼蜡地吃完了早餐后，就立刻给阿泰打了电话。

"你的电话来得也太早了吧。对于我这样爱睡懒觉的人，简直就是残酷无情啊。"

阿泰用还带着睡意的声音抱怨道。可新藏没理他这茬儿，像个任性的孩子似的自顾自地往下说：

"昨天出了那个电话事件后，我就觉得再也不能在家里这么傻等下去了。我马上就去你那儿。知道吗？光听你在电话里说话，我是放心不下的。你听好了。我马上就过来。"

想必阿泰听到了他那异常兴奋的口气后，也拿他没辙了吧。于是就老老实实地应承道：

"好吧。你就过来吧。我等着你。"

新藏挂了电话后，也不跟满脸担心之色的母亲说一声上哪儿去，就板着面孔冲出了店门。来到大街上一看，但见天空阴沉沉的，东边云层之间闪耀着紫铜色的光芒，天气闷热异常。此刻的新藏自然是顾不得这些的。他马上就跳上了电车，所幸的是车内很空，于是他就在居中的位子上坐了下来。这时，他身上一度消退了的疲劳像是又气势汹汹地卷土重来，再次令他萎靡不振。不仅如此，他的脑袋还剧烈地疼痛了起来，仿佛那顶麦秸秆草帽正在不断地收紧似的。为了转移一下自己的注意力，他抬起一直看着自己那穿着木屐的脚尖的眼睛，扫视了一下自己的周围。却发现这电车里面也不乏怪异之处。

整整齐齐地挂在车顶两侧的吊环，正随着电车的晃动而像钟摆似的摆动着。可奇怪的是，所有的吊环都在摆动着，唯独新藏前面那一个却是一动也不动。起初他也只是觉得这事有点怪，也并不怎么太在意；可没过一多会儿，他就觉得像是有人正盯着自己看，就觉得心里不是滋味了。他心想，看来自己不能坐在这个吊环下面，便特意换到了对角处的一个空座位上。等他坐定了身躯再抬头一看，刚才摇摆不定的那些吊环，突然像固定在了车厢上似的，全都一动也不动了。而与此相反，刚才那个不动的吊环，反倒像喜获自由似的，势头很足地摇摆起来了。与往常一样，新藏感到了不可名状的恐惧，甚至连头疼都忘掉了。他不由自主地像寻求援助似的环视了一周其他乘客的脸。发现坐在他斜对面的一个老婆婆正透过金丝边眼镜回看自己呢。那人身披一件黑罗披风，领子敞开着，像是个赋闲在家的老人。当然，她肯定与那个会请神作法的鬼婆婆是毫无瓜葛的，但被她这么看着，新藏的眼前立刻就浮现了阿岛婆那张又青又肿的脸来。不行了，他感到自己再也无法忍受了。他突然将车票交给乘务员，就跟一个没得手的扒手似的猛地跳下了电车。但毕竟他是从飞驰着的电车上跳下来的，所以脚一着地，不仅头上的草帽飞了，木屐的袢儿断了，还摔了个狗吃屎，连膝盖上皮都蹭掉了。不，还不止如此呢。此时正好有一辆货运汽车卷起尘埃疾驶而来，要是他起身再慢那么一点点，恐怕就要命丧车轮之下了。被擦身而过的汽车喷了一脸尾气的新藏望着那黄色车身后面像是商标似的黑蝴蝶图案，觉得自己能捡回一条小命简直就是个奇迹。

那地方就在鞍掛桥车站前一百来米处，所幸的是，那儿正好停着一辆在路边候客的人力车，惊魂未定的新藏不管三七二十一，爬上了这辆人力车就吩咐车夫快往东两国跑去。一路上他的心依然怦怦直跳，膝盖上也火辣辣地疼，再加上他刚刚接连遭遇怪事，不免又生出了会不会翻车的担心，真是一刻也不得消停。尤其是快到两国桥的时候，只见国技馆的上空乌云密布，层层叠叠的云层还像是镶着银边。宽阔的大川河面上帆影云集，一面面都跟小灰蝶的翅膀似的。见此情景，新藏觉得自己与阿敏的生死之界已迫在眼前，一股悲壮之情油然而生，不禁令他热泪盈眶。因此，等人力车过了大

238

桥，停在阿泰家的门口时，他只觉得心中百感交集，是喜是悲自己也搞不清楚，往一脸讶异的车夫手中塞了超额的车钱后，便慌慌张张地掀开门帘闯了进去。

阿泰一看到新藏，就赶紧拉着他进了里间，过一会儿才注意到他手上、脚上的创伤和单裤上撕裂的口子，吃惊地问道：

"你怎么搞的？弄成这么一副狼狈相。"

"从电车上掉下来的呗。嘿，我在鞍掛桥那儿跳车下来，结果摔了个大跟头。"

"你又不是乡巴佬，怎么这么笨手笨脚的呢？再说了，你又干吗要在那儿跳车下来呢？"

于是新藏便将在电车里遇到的怪事一一讲给阿泰听。阿泰专心致志地全部听完后，不禁皱起了眉头，喃喃自语似的说道：

"情况不妙。恐怕阿敏要坏事啊。"

新藏听到了阿敏的名字，觉得心又怦怦直跳了起来。赶紧追问道：

"要坏事是什么意思？你到底要让阿敏干什么了？"

但阿泰并未正面回答他，只是不知所措地叹了一口气，说道：

"事到如今，我恐怕是罪责难逃的。我要是不在电话跟你说起将信交给了阿敏的事，那老太婆肯定不会察觉我的计划的。"

他这么说话，自然就令新藏越发地着急了。

"事到如今，你还不肯透露你那个计划吗？你这是不是有点过分了？你这不是要我忍受双倍的痛苦吗？"

新藏怨气冲天，连嗓音都微微发颤了。

"别急，别急呀。"阿泰连忙摆手说道，"你说的这些我也都清楚。可我们的对手是那么个鬼婆婆嘛，这也是不得已的事情嘛。

正如我刚才说的那样，要是我不将把信交给阿敏的事告诉你，或许就万事顺遂、太平无事了。问题就在于你的一举一动，都在那阿岛婆的监视之下了。不，说不定，自从电话事件以来，连我都被她监控起来了。不过到目前为止，我还没跟你似的遇到那么多的怪事。所以在确实搞清楚我那计划是否失败之前，我是不能告诉你的。你再怎么怨我，我也只能忍着。"

新藏听了阿泰这一番苦口婆心，既开导又安慰的话语，自然也是理解的，但还是无法减轻他对阿敏如今是否安好的担心，故而他依旧板着脸，皱着眉，穷追不舍地问道：

"即便如此，我还是要问，你的计划不会对阿敏带来伤害吧？"

"这个嘛……"

阿泰忧心忡忡地支吾了一声后，便陷入了沉思。少顷，他抬头看了看挂在柱子的大钟，像是下定了决心似的说道：

"我也非常担心啊。这么着吧，我们不去那老太婆的家，就去她家附近侦察一下吧。"

新藏早就坐立不安了，对此建议自然是不会反对的。因此他们商量停当之后，没过五分钟，就都穿着单褂，肩并肩地出了阿泰家的大门。

然而，就在他们刚出得家门，尚未走出五六十米远的当儿，就听到身后响起了一阵慌乱的脚步声。两人同时回头看去，发现并非什么怪物，原来是阿泰店里的一个小伙计，肩上扛着一把眼伞[1]心急火燎地追了上来。

---

[1]　用蓝色或紫色和纸糊面的竹骨伞。伞面糊有环状（蛇眼）白纸。日本人自古奉蛇为神的使者，认为蛇眼具有驱魔的神力，故名。

"是来送伞的吗？"

"是啊。刚才掌柜的说快要下雨了，要你们稍等一下的……"

"既然来送伞，怎么不给客人也送一把来呢？"

阿泰苦笑着接过了蛇眼伞，小伙子则大大咧咧地挠了挠头，愣头愣脑地鞠了一个躬，又撒腿跑回店里去了。

说来倒也是，此刻他们的头顶上已经铺满了黑压压的积雨云，从这儿、那儿云层的缝隙里射下的上天之光，宛如一根根磨亮的钢条，冷冰冰的，十分阴森可怕。

与阿泰并肩而走的新藏，望着如此模样的天空，又感到了一种不祥的预感，于是他跟阿泰间的话自然而然地就减少了，并且还加快了脚步。这下子让阿泰每每落在后面，非得时不时地小跑几步才能赶上他，弄得他气喘吁吁，老得擦汗。不一会儿，阿泰就放弃了追赶，让新藏一个人在前面先走，自己则提着那柄蛇眼伞，十分同情地望着朋友的背影，溜溜达达地跟在后面。当他们两人在一桥的桥堍处往左拐，来到了新藏与阿敏那天傍晚看到大眼睛幻境的石河岸前时，后面跑来一辆人力车，擦着阿泰的身边过去了。一看那车上的乘客，阿泰立刻就皱起了眉头，"喂！喂！"地大声呼喊着，叫住了前面的新藏。新藏不得已，只得停下了脚步，极不情愿地转身看着阿泰。

"怎么了？"

阿泰紧赶几步走上前去，没头没脑地问道：

"你看到坐在刚过去的那辆车里的人了吗？"

"看到了。一个瘦瘦的、戴着黑框眼镜的男人，是不是？"

新藏诧异地说着，又迈开了步伐。可阿泰却毫不让步，用更为严肃的口气说出了一个令新藏意想不到的情况。

"你知道吗？他可不是别人，是我们家的大主顾，叫作键惣，是个证券投机商。我猜想，要娶阿敏做小老婆的，恐怕就是这个家伙吧。倒也没什么根据，只觉得应该就是他了。"

新藏听了似乎毫无兴趣，扔下一句"纯属捕风捉影嘛"，就又迈开了脚步，连那块"桃叶汤"的招牌都不看一眼。

阿泰紧跑几步，用蛇眼伞指着前方，说道：

"未必是捕风捉影哦。你看看，那车不是在阿岛婆家的门前停下了吗？"

他扬扬得意地回头望着新藏。新藏一看，果不其然，但见那辆人力车将印着金色家徽的车后身对着这边停在了垂柳树荫里，车把已经放了下来，车夫像是正坐在踏脚板上歇息呢。见此情形，新藏那愁云密布的脸上，多少泛起了一点儿兴奋的神色。可尽管这样，他说起话来还改不了懒洋洋的腔调。

"可是，来请阿岛婆占卜的证券投机商，也不见得就是键惣吧。"

他似乎还有些不耐烦。

说话间，他们就来到了与阿岛婆家相邻的灰瓦店前。这时，阿泰已不再坚持自己的主张，而是留神着四周的动静，并像是要保护新藏似的与他肩并肩地，慢慢地走过了阿岛婆家的门前。他们边走边用眼睛的余光打量着，却见与往常不同的，也仅仅是多了一辆人力车而已。只不过那车刚才是远远地望见，而现在是近在眼前了。但见它粗壮的橡胶轮胎在地上轧出了清晰的辙痕，威风凛凛地停在了灰瓦店的排水口那儿。耳朵上夹着"蝙蝠"牌香烟的烟屁股的车夫，正一本正经地看着报纸呢。但除此之外，阿岛婆的竹格子窗也好，被煤烟熏黑了的格子门也好，以及苇帘和格子门里面的陈旧拉门的颜色，都没有一点儿变化。想必屋里也一如既往地沉浸在阴森死寂的氛围之中吧。遗憾的是，别说侥幸看到阿敏的身姿了，就连她那可爱的蓝底白花小褂的袖子都没闪现一下。因此，当他们经过阿岛婆家前走向隔壁的杂货店时，内心的紧张得到了缓解，却又因期盼落空而陷入了深深的沮丧。

杂货店的门口摆放着浅草纸、龟背形棕刷、洗发粉等商品，而那上方则挂着一溜写着"蚊香"字样的红灯笼。

然而，当他们来到杂货店门前时，却发现那个站在店里正与老板娘说话的人，不正是阿敏吗？两人不由自主地对视了一眼，几乎连一秒钟都没犹豫，便衣袂带风地走进杂货店。察觉到有人进店后，阿敏扭头朝他们俩看去，许是当着老板娘的面多少有些顾忌吧，眼见得她那原本十分苍白的脸上泛起淡淡的红晕。她极力抑制着内心的激动，只轻轻地惊呼了一声。

这时，阿泰镇定自若地用手扶了一下麦秸秆草帽的帽檐，若无其事地与她搭话道：

"你妈妈在家吗？"

"在家的。"

"那么你怎么在这儿呢？"

"客人要用半纸[1]，我来买呀——"

阿敏的话音未落，刚觉得这个柳荫下的店门口越发地昏暗了，猛地就有一缕粗大的雨丝闪着寒光擦过红灯笼斜斜地落下。与此同

1　长为32～35cm，宽为24～26cm的日本纸。原由整张纸裁成两半而成，故名，后来就直接制成如此规格了。

时，便响起了轰隆隆的打雷声，震得门外的大柳树枝叶乱颤。阿泰借此机会返身来到店外，说道：

"那就请你跟你妈说一声吧。我还有事要请教她呢。——刚才在你家门口喊了一嗓子却毫无动静，我还纳闷儿呢。原来你这个开门人在这儿磨洋工啊。"

说着他轮流看了看阿敏和杂货店老板娘，显得十分愉快、洒脱。

对他们之间的事情一无所知的老板娘，自然是看不破阿泰的高超演技的。她急忙催促阿敏道：

"阿敏，你快跟他们去吧。"

说着，她自己也赶紧走了出来，慌忙将那些个红灯笼收了进去，免得被暴雨淋坏了。

于是阿敏也说了声"大妈，回头见"，便夹在阿泰与新藏之间，出了杂货店。

当然了，他们回到阿岛婆家的门口时也并未停下脚步，而是用那柄蛇眼伞遮挡着噼里啪啦地砸下来的大雨点，快步朝一目方向走去了。事实上在这几分钟内，阿敏和新藏这两个当事人自不必说，就连一向无拘无束的阿泰也都觉得，命运的骰子已经抛下，是凶是吉就在此一举了。因此，到那石河岸之前，他们三人不约而同地全都低着头，一声不吭地快步疾走，似乎连下得越来越大的阵雨也没怎么放在心上。

不一会儿，他们就来到了那对花岗岩的狛犬那儿了。到了这里，阿泰才抬起头来，对另外二人说道：

"既然这儿是最安全的，我们就在这儿躲躲雨，休息一下吧。"

于是他们三人全仗着蛇眼伞挡雨，穿过高高堆起的石料，走进了一个工棚——想必平时石工们就是在这儿干活儿的吧。这时，雨下得更大了，隔着竖川望去只见白茫茫的一片，几乎看不到对岸了。这个工棚顶上只铺着一张草席，自然是抵挡不住倾盆大雨的。不仅如此，浓雾一般的雨沫也与潮湿的土腥味一起扑了进来。因此，虽说他们三人已经躲在工棚里了，可赖以避雨的主要还是一柄蛇眼伞。

他们紧挨着在切割成门柱似的花岗岩石条上坐下后，新藏立刻说道：

"阿敏，我还以为再也见不到你了呢。"

说话之间又闪过了一道青白色的闪电，随即便是将欲炸裂浓云的轰然雷鸣。阿敏不由自主地将梳着银杏叶发髻的脑袋伏在了膝盖上，一时间浑身僵硬，一动也不动。一会儿过后，她才抬起全无人色的脸蛋，将迷离恍惚的眼神投向外面的雨幕，用平静得吓人的语气说道：

"我也早已横下心来了。"

"殉情"——听阿敏这么一说，新藏的脑海里立刻浮现出了这两个惊心动魄的字来，且简直就像是用白磷写就的，仿佛立刻就要燃烧起来似的。这下子就让坐在他们中间、撑着那柄很大的蛇眼伞的阿泰感到不知所措了。他来回地看了看他们俩，强打起精神来，大声说道：

"喂！你们可不能泄气啊！阿敏你也要拿出勇气来。要知道这时候正是死神最喜欢光顾的当儿哦。——再说今天来的那客人，就是那个叫作键惚的证券投机商，是不是？我也认识他的。要娶你做小老婆的，就是那家伙吧。"

他很快就将话题拉回到了现实层面上来。于是阿敏也像是突然从梦中醒来似的，用清澈的双眸注视着阿泰，不无懊恼地答道：

"是的，就是这个人。"

"你看看，你看看。我说什么来着。一猜一个准吧！"

阿泰转向新藏，得意扬扬地说道。随即他又转向阿敏，十分认真地安慰道：

"你看雨下得这么大，那个键惣怎么着也得在你家待上二三十分钟吧。借此机会，你就说一下我那计划到底怎么样了吧。要是万事皆休了，那么男子汉自当挺身而出，赴汤蹈火，在所不辞。过会儿我就去你家，跟键惣直接摊牌好了。"

他这番话充满了男子汉的豪气，让新藏也深受鼓舞。

在他们说话间，雷声越来越大，闪电越来越耀眼，倾盆大雨也几乎成了瀑布了。阿敏此刻似乎忘记了悲伤，做好了不惜一死的准备。她那美丽的面容透着凛然之色。她颤抖着依然鲜红的嘴唇，用虽低却又十分透亮的嗓音说道：

"计划全被识破——一切都完了。"

随后，阿敏便在这个雷雨交加的工棚里，带着万分的遗憾，断断续续地讲述了那个新藏至今仍一无所知的计划，是如何昨晚一夜之间，经过了怎样的曲折变故而彻底失败的。

原来，阿泰一开始听新藏说，阿岛婆在作法时要先让神灵附在阿敏的身上，然后再向阿敏请旨，就心生一计，觉得让阿敏假装神灵附体，然后给那老婆子摆上一道是最直截了当的。于是便如前面已提到的那样，他假装要请阿岛婆看风水而去她家时，就将写着该计划的书信塞给了阿敏。阿敏也知道要真的实行该计划是十分危险的，但一时间又想不出别的能渡过难关的好办法来，所以只能在第二天早上痛下决心，给了阿泰一个"好的"的回信。可到了当天夜里十二点钟，那个老太婆照例在竖川的河水里浸泡过后，终于开始请婆娑罗大神降临了，阿敏才知道那根本就不是靠常人的手段所能对付的。

为了叙述这一过程，在此就必须先交代一下阿岛婆那当今世人所无法想象的、稀奇古怪的修行之法。

每逢阿岛婆要请神下界时，她居然都要脱光阿敏的衣服，浑身上下只裹上一件薄浴衣，并将她的双手反绑在背后吊起，连发髻都从根部拆开后披散开来，然后让她在关掉了电灯的屋子正中央，朝北跪坐着。阿岛婆自己也赤身裸体的，左手拿着点燃的蜡烛，右手拿着一面镜子，又开两腿站在阿敏的跟前。她会嘴里念着秘密咒语，不断地将镜子伸向对方，专心致志地祈祷着。对普通的女孩子来说，仅这一番折腾就足以令其晕厥了。

随着咒语声越来越高，阿岛婆又如执盾牌一般握着镜子一步步地朝阿敏走过去，最后，或许就是被那镜子的气势所压倒的吧，两手无法动弹的阿敏就仰面朝天地倒在了榻榻米上。将阿敏逼倒之后，那老婆子还不罢休，她会像一只食腐的爬行动物一般爬上阿敏的身体，伏在她的胸前，并让阿敏自下而上地看着那面被烛光照亮的可怕的镜子。一会儿过后，想必那个婆娑罗大神便宛如自古潭底部冒出的瘴气似的，无声无息地于黑暗中潜入屋内，并悄悄地附到了阿敏的身上了吧。因为到了这时，阿敏就会目光呆滞、手脚抽搐起来，在那老婆子连珠炮似的追问下，连喘气的工夫都没有，接连不断地说出各种秘密来了。

那天晚上，阿岛婆也是按照这么一套程序来请神的。阿敏遵守与阿泰的约定，打算表面上装出失魂落魄的样子来，内心保持冷静，然后瞅准了机会就以假乱真地说出"不得妨碍两人爱恋"的假神旨来；还想好了要是那老婆子刨根问底，就装出一副天机不可泄露的样子来，一概不予回答。

可是真到了那一步，当阿敏紧盯着那面尽管不大却在烛光下熠熠闪光的镜子后，不论她怎么努力保持清醒，内心却自然而然地恍惚起来，不知不觉地，就开始把握不住自己了。而此时的阿岛婆，尽管嘴里不停地念着咒语，却毫不放松地窥探着阿敏的脸色，决不容她抽冷子将视线从镜子上移开。渐渐地，阿敏的视线就被那镜子吸引住了。而那面镜子所放出的光芒也越来越怪异，且一寸一分地不断地逼近阿敏，简直比步步紧逼的宿命更加可怕。脸蛋子又青又肿的阿岛婆所念的咒语，也如同肉眼看不见的蜘蛛网似的，从四面八方兜住了阿敏的心，要将其拖入如梦似幻的境地。这一过程也不知经过了多长的时间，因为阿敏事后回想起来，竟然连一点儿朦胧的记忆都没有。反正她觉得这样的境况似乎持续了整整一个晚上，而最后，自己所有的努力全都化为泡影，完全落入了阿岛婆那魔法的陷阱中。当无数大小不一的黑色蝴蝶在闪烁不定的蜡烛光中画着数不胜数的圆圈飞向天花板的时候，阿敏就看不到眼前的镜子了，随后就跟之前的好多次一样，如同死人一般沉沉睡去了。

在轰隆隆的雷鸣和哗哗的暴雨声中，阿敏神情激昂地讲完了昨晚的全过程。聚精会神地听她讲述的阿泰和新藏，到了这会儿，则不约而同地长叹了一声，并交换了一下眼神。虽说他们早就有了心理准备了，可现在听阿敏将其细节一一道来之后，那种竹篮打水一场空的幻灭感，仍给了他们巨大的打击。一时间，他们俩都哑口无言，只是茫然地听着那上天倾覆一般的暴雨声。

但过了一会儿，阿泰像是重新振作了起来，他激励似的问因刚才亢奋过头而陷入消沉的阿敏道：

"当时的情形，你一点儿都想不起来了吗？"

阿敏低垂着眼帘，回答道：

"是的。一点儿也……"

随即又抬起满是哀怨的眼睛，望着阿泰的脸，战战兢兢地说道：

"等我好不容易清醒过来时，已经天光大亮了。"

她十分无奈地补充了这一句后，突然就以袖遮面，泣不成声了。

就在他们说话的当儿，外面的天气非但不见放晴，头顶上还滚雷阵阵，仿佛随时都会掉下来似的。耀眼的闪光直透草席屋顶，晃得他们睁不开眼。这时，刚才一动不动的新藏却猛地站起了身来，露出一副吓人的凶相，像是立刻就要冲入风雨雷电之中。而他的手里竟然还攥着一柄也不知他是在什么时候捡起的石匠忘在这儿的钢凿。见此情形，阿泰一把扔掉了那柄蛇眼伞，紧追几步，从背后搂住了新藏的肩膀，将他摁住。

"喂！你疯了吗？"

阿泰出其不意地怒吼着，用尽全力想把新藏拽回来，可新藏却像是换了个人似的，尖声高叫道：

"放开我！事到如今还有什么可说的？不是我死，就是那老婆子亡！"

"别干傻事。今天那个键惣不是来了吗？一会儿我就去找他——"

"你找他又有什么用？就是他要娶阿敏为妾，你跟他理论，他会听吗？你还是放开我。看在朋友的分儿上，放开我吧。"

"你忘了阿敏了吗？你这么蛮干，叫她怎么办？"

当两人扭作一团时，新藏感到阿泰搂住自己脖子的两条胳膊尽管瘦弱，且还在微微颤抖，却依旧不肯放松。他又看到阿敏那对噙满泪水的大眼睛，含着无限的悲伤，正目不转睛地注视着自己。最后他又在暴雨声的间隙中，听到了一个低到几乎听不见的声音：

"让我们死在一起吧！"

而与此同时，一个炸雷落在了不远处。随着这天崩地裂似的一声劈裂，以及迸溅于眼前的紫色火花，新藏在恋人与友人的环抱中失去了知觉。

几天过后，新藏终于从如同长长的噩梦般的昏睡状态中醒来了。他发现自己正静静地躺在日本桥的自己家中，额头上放着冰袋，枕头边放着药瓶和体温表，还有一盆小小的牵牛花，正绽放着温馨可爱的蓝色花朵——想必眼下正是早晨吧[1]。暴雨、雷鸣、阿岛婆、阿敏——他模模糊糊地追寻着如此记忆。眼珠一转，他又看到了坐在苇帘旁的阿敏。只见她银杏叶发髻有些散乱，脸颊仍是那么苍白，依旧是一副忧心忡忡的样子。不，她不仅仅是坐着，看到新藏醒来后，她的脸忽然就红了起来，还悄声细语地说道：

"少东家，您醒了？"

"阿敏。"

1　牵牛花一般在早晨开花，所以又叫"朝颜"。日文中汉字就是这两个字。所以新藏觉得此时是早晨。

新藏嘴里嘟囔着恋人的名字，觉得自己似乎仍在梦中。

"好了好了，这下终于可以放心了。——哎，你别动，别动。一定要安心静养哦。"

这声音尽管出乎意料，但无疑是阿泰的。

"你也在呀。"

"在啊。你妈也在。医生也刚回去呢。"

说话间，新藏将视线从阿敏身上转向另一边，如同眺望远方似的看去，果然看到阿泰与母亲也正坐在枕边呢。他们面露放心了的神色，正面面相觑呢。刚刚醒来的新藏还搞不清楚自己是怎么在那场可怕的暴雨过后，回到位于日本桥的自己家里的，只是茫然地看着那三个人的脸。一会儿过后，母亲便亲切地望着新藏的脸，安慰他道：

"一切都风平浪静了。就是你一定要好好休养，早日恢复健康哦。"

阿泰又用比平时更为欢快的语调补充道：

"放心吧。你们俩的真情感动了神灵，阿岛婆在跟键惣说话的当儿，叫雷神给劈死了。"

听到了这个完全出乎意料的消息之后，新藏心潮激荡，也说不清是喜是悲，竟然泪流满面，闭上了双眼。一旁看护着他的那三人，以为他又昏死过去了，立刻惊慌失措、手忙脚乱了起来。不料新藏很快又睁开了双眼。正要站起身来的阿泰十分夸张地咂了个响舌，回头看看那两个女人，说道：

"哈哈，他在吓唬人呢。——放心吧。你们看，乌鸦才又哭又笑啦。"

确实，一想到这个世上已没了那个鬼婆婆的影子，新藏的嘴角处便自然而然地浮起了微笑。充分享受了一会儿这幸福的微笑之后，新藏又看着阿泰的脸问道：

"那个键惣呢？"

阿泰笑道：

"你问键惣呀。键惣没死，只是晕死过去了而已。"

不知道为什么，说到这儿他突然犹豫了一下，随即又像重新拿定了主意似的，继续说道：

"昨天我去探望他了。他亲口对我说，神灵附在阿敏身上时，曾反复对阿岛婆说不得阻挠你们俩的爱情，否则性命不保。可那老婆子以为是阿敏在说胡话，根本就没理会。第二天键惣去的时候，她还气势汹汹地说什么，即便大开杀戒也要将他们俩拆开。也就是说，我的计划尽管已一败涂地，而实际所发生的事情却与那计划一模一样。正因为阿岛婆将神旨当作诳语才落得个自取灭亡的下场。由此看来，那婆娑罗大神到底是善是恶，倒还真不好说呢。"

听阿泰颇为诧异地这么一说，新藏就更对从前一阵起就将自己玩弄于股掌之上的那幽冥怪力，感到惊讶不已了。随即他又忽然想起那个雷雨之日以来自己的情况来，便问道：

"那么，我呢？"

这回阿敏代替阿泰，细声细气地说道：

"那会儿我们立刻就叫来了车，把你从那石河岸送到了附近的医生那里。可能是被那暴雨淋湿了的缘故吧，你发烧烧得很厉害。到了傍晚时分才回到这儿，一直昏迷不醒呢。"

阿泰听了也颇为满意地往前挪了挪身子，接过话头来说道：

"你能够退烧，是全靠了你妈妈和阿敏的悉心照料啊。到今天为止的三天里，你一直在说胡话。阿敏自不必说了，就连你母亲都没正经合过眼啊。出于追善之心，我还一手承办了阿岛婆的葬礼。当然了，无论是哪一桩，都少不了你母亲劳神费心啊。"

"妈妈，谢谢你。"

"说什么呢？该谢谢阿泰才是嘛。"

说着，他们母子俩，不，就连阿敏和阿泰，也全都眼泪汪汪的。不过阿泰到底是个男子汉，很快便振作起来，说道：

"快到三点钟了，差不多我也该告辞了。"

说着他就要站起身来。新藏诧异地皱起眉头来，问道：

"三点钟？现在不是早上吗？"

吃了一惊的阿泰说道：

"你开什么玩笑？"

说着他从腰带里掏出怀表来，正要打开盖来给新藏看，转眼又看到了放在他枕边的那盆牵牛花，立刻又笑逐颜开地说了这么一段话：

"这盆牵牛花是阿敏还在阿岛婆家里时精心培育的。唯有下大雨那天开的蓝色花朵，居然到今天还不凋谢。真是神了。阿敏她坚信，只要这朵花不败，你就一定能醒来。她不仅自己相信，还不断地跟我们念叨着。真是上天不负有心人，如今你真的醒过来了。同样是匪夷所思的事情，可这一件却要情意绵绵得多了，是不是？"

大正八年（1919）九月二十二日

奇异的重逢

一

阿莲被人包养在本所[1]的横纲，是在明治二十八年的初冬之际。

这个外宅位于御藏桥附近的河边，是一栋十分狭小的平房。由于御竹仓（如今已成了两国[2]火车站）一带的竹丛、树林遮住了那时不时就来一场阵雨的天空，故而站在庭前朝河对岸望去时，景致倒也颇为幽静娴雅，并无身居闹市之感。然而，也正因如此，在她男人不来的夜晚，就往往会觉得过于冷清，让人孤寂难耐。

"阿婆，那是什么声音？"

"哦，您问那叫声吗？那是苍鸨嘛。"

有时，阿莲就这样与眼神不济的年老女佣，守着一盏孤灯，恓恓惶惶地闲聊着。

阿莲的男人牧野，隔不了三天就会来一趟。即便是在大白天，他也会在下班回家途中，穿着陆军一等主计[3]的军装，精神抖擞地

1　地名。位于今日本东京都墨田区西南部，隔田川东岸的一个地区。

2　地名。位于今日本东京都墨田区。

3　日本旧陆海军中负责处理会计、供给的职务名。

跑来。当然，入夜后溜出他那位于厩桥[1]对面的本宅而来此与阿莲幽会，就更是家常便饭了。要说牧野这家伙，不仅有老婆，还有一男一女两个孩子呢。

故而梳着圆髻[2]的阿莲，几乎每天晚上都要隔着长火钵[3]陪牧野喝酒。横在他们之间的小矮桌上，通常摆放着几个精致的小碟子，里面是咸鱼子干、咸海参肠之类的下酒菜。

这种时候，往日的生活场景便时常会在阿莲的脑海中清晰地浮现出来。一想起那个热闹的大家庭和同伴们的面容，她就越发地为远赴他乡、无依无靠的自己而黯然神伤。而牧野那越来越胖的身体，也时常会触发她内心的厌恶之感。

牧野则总是乐滋滋的，一小口一小口地喝着酒。时不时地开几句玩笑，打量一下阿莲的脸色，突然哈哈大笑起来——这已成了他喝酒时的一大癖好了。

"怎么样？阿莲，东京也还过得去吧？"

听到牧野这话，阿莲一般都笑而不答，把心思都用在烫酒上。

公务在身的牧野，几乎从不在此过夜。一看到放在枕头边的座钟指针快要指向十二点了，他马上就会将粗壮的胳膊伸进针织衬衫的袖子里。阿莲则总是放荡地支起一条腿坐着，用慵懒的眼神瞟着急于整装而归的牧野。

"喂，递一下我的短外褂。"

1　架设在隅田川上的桥梁名。其西岸为东京台东区，东岸为墨田区本所。

2　日本已婚妇女的一种椭圆形略带平髻的发型。随着年龄的增长，发髻会越梳越小。

3　一种长方形的箱式火盆，下部或旁边有抽屉，火盆一端可放烧水的铜壶，常用于起居室等室内。

有时候在灯光下显得油光水滑的牧野，会这么急不可耐地吩咐道。

送走了男人，阿莲总是感到精神上疲惫不堪。几乎每天夜里都这样。而与此同时，剩下她孤身一人后，就多少有些寂寞难耐了。

刮风也好，下雨也罢，河对岸的竹林、树丛都会发出些令人心神不宁的声响来。阿莲总是将冰冷的脸颊埋在酒气熏天的棉睡衣的衣襟里，一动不动地听着。有时，她听着听着就热泪盈眶。不过通常是，听着听着，沉沉睡意——其本身就如同噩梦一般的睡意，很快就掩埋了她那纷乱的心绪。

二

"你脸上的伤，是怎么回事？"

一个冷雨霏霏的寂静夜晚，阿莲一边给牧野斟酒，一边将目光停留在了他的右脸颊上。那儿，刮过胡子后黑魆魆的一片之中，暴起了一条粗大"红蚯蚓"。

"你说这个？嘿，还不是让黄脸婆给挠的。"

牧野说这话时，无论是脸色还是声音，都透着一股满不在乎的劲儿，让人觉得他不过是在开玩笑。

"啊呀，尊夫人可真厉害呀。她这是为了什么呀？"

"为了什么？不为什么。不就是醋劲大发呗。你看看，连我都挂了彩了，你就更别提了。她要是遇见了你，管保一口咬住你喉咙。总之，她就是条疯狗。"

阿莲哧哧地笑出了声。

"这可不是好笑的事哦。要是她知道了我在这儿，没准儿明天就会打上门来的。"

说着说着，牧野的话中就带上了较真儿的味道了。

"兵来将挡，水来土掩嘛。"

"嚯，你还真是胆大包天啊。"

"不是我胆子大。是我们那边的人——"

阿莲将目光落在长火钵里的炭火上，沉吟半晌后继续说道：

"我们那边的人，全都很撇得开。"

"照这么说，你就不会吃醋了？"

一瞬间，牧野的眼中闪出了狡黠的神情。他继续说道：

"我们那边的人可是个个都很会吃醋的哦。特别是我——"

恰在此时，阿婆从厨房端来了从外面买来的烤鱼串。

当天夜里，牧野十分难得地住在了这个外家。

等他们睡下后，外面的下雨声就变成了雨夹雪的声音了。不知为何，阿莲在牧野睡着后也老是睡不着。她那十分清醒的眼前，浮现出了从未见过面的牧野老婆的各种各样的模样。可是，别说同情了，她甚至连憎恶和嫉妒都没感觉到。伴随着如此想象而产生的，只有那么一点点的好奇而已。他们夫妻干起架来会是怎么个阵仗呢？阿莲一边注意听着雨夹雪打在外面的竹林、树丛上所发出的唰唰声，一边十分认真地想起了这事儿。

然后，听到两点钟响之后，她也终于犯起困来了。不知从何时起，阿莲与许多旅客一起坐在了一个昏暗的船舱里。透过圆圆的舷窗朝外看去，但见黑色的波涛重重叠叠。而远处，有个发着奇妙的红光的圆球，也搞不清那玩意儿到底是月亮还是太阳。不知为何，同船的乘客全都坐在阴影里，鸦雀无声，没一个说话的。阿莲渐渐地因如此静默而害怕了起来。不一会儿，她觉得有人走近了她的后背。她不由自主地扭头看去。只见那个早已分手了的男人，正带着满脸悲凉的微笑，一动不动地俯视着她呢。

"阿金！"

阿莲被自己的喊声从黎明时分的睡梦中惊醒了。牧野还在她身边发着轻微的鼻息声。不过阿莲也无从得知这个背对着自己的男人是否真的睡着了。

三

阿莲曾有过男人这事，牧野也像是有所察觉的。不过对于这种事情，他并未显得怎么在意。再说那男的就在牧野迷上阿莲的同时，突然就不再露面了，所以要说牧野实在是没醋好吃，倒也未尝不可。

可是在阿莲的心中，还一直有着那个男人的一席之地。可这与其说是恋情，倒不如说是一种更为残酷的感情。他为什么突然就不再露面了呢？对于这一事实，阿莲怎么也无法接受。当然，阿莲也曾多次将此归结为世上男人千篇一律地见异思迁。可是细想一下他不再露面前后的事情，却又觉得未必如此。就算他发生了什么不得已的事情，鉴于两人的交往是如此之深，也总不至于不辞而别吧？莫非他遇上了什么意想不到的巨大灾祸了？想到这儿，阿莲既感到害怕，却又似乎有些但愿如此。

就在梦见阿金的两三天后，阿莲去澡堂子洗澡回来时，忽然看到一户人家的格子门里挑出了一面白幡，上面写着八个大字："判命断运玄象道人"。与众不同的是，那旗幡上印的不是算木[1]，而是红色的带孔铜钱。阿莲刚要打那儿经过，忽然心中一动。她想，倒不如让这个玄象道人来算一算阿金到底怎样了。

少顷，阿莲就被引进了一间日照很好的房间。许是主人崇尚风雅吧，屋里摆放着中国式的书架和种着兰花的花盆，整体装饰颇有些煎茶家[2]的趣味，营造出了一种典雅惬意的氛围。

玄象道人是个剃着光头、仪表堂堂的老人。但是，从他嘴里镶着的大金牙，以及吧嗒吧嗒地抽烟模样来看，又显得毫无品位，一点儿也不像个"道人"。阿莲坐在这道人面前，说自己有个亲戚去年失踪了，想请他占卜一下去向。

于是道人便立刻从角落里搬出一个红木小几，放在他们两人之间。随后又恭恭敬敬地在此小桌子上摆上了一个青瓷香炉和一个织金锦缎的小袋子。

"请问贵亲年庚几何？"

阿莲回答了阿金的年龄。

"哈哈，正值青春年少啊。人在少年，难免荒唐。一旦到了老朽这年纪，就——"

玄象道人直勾勾地看着阿莲，还不无猥亵意味地笑了那么两三声。

1　占卜的六根四角形木棒。
2　精于煎茶道之人。日本的煎茶道源于中国广东潮州的工夫茶，形成于江户时代中晚期，当时流行于文人墨客之间，后在明治时代得到普及，为日本茶文化中的文士茶。而收藏、鉴赏和使用中国文物，正是煎茶道的一大特色。

"出生年份呢？哦，不用了。应该就是卯之一白[1]。"

说着，道人从织金锦缎的小袋子里取出了三枚铜钱。每一枚都单独用红色的薄绢包裹着。

"我这个占卜法叫作'掷钱卜'，乃古代汉朝之京房[2]所创，用以取代筮[3]。想必你也知道，这筮，一爻有三变，一卦有十八变，其实很难判断吉凶。而化繁为简，正是此'掷钱卜'之所长……"

就在他这么说的时候，先前在香炉中焚的香，其青烟已开始在这个明亮的房间里袅袅升起了。

四

道人随即又解开了红色薄绢，取出里面的铜钱来，在香炉上冒出的烟里一枚枚地熏了一遍。接着又毕恭毕敬地在壁龛[4]里所悬挂的挂轴前低下了脑袋。那挂轴上用像是狩野派[5]的画风画着伏羲、文王、周公、孔子四大圣人。

"唯皇上帝，宇宙神圣，闻此宝香，愿赐降临。犹豫未决，质疑神灵。请垂皇悯，速示吉凶。"

1　九星算命术中的一星。"九星"为"一白""二黑""三碧""四绿""五黄""六白""七赤""八白""九紫"。须根据生辰日期来确定星位。

2　京房（前77—前37），西汉学者，本姓李，字君明。西汉顿丘（今河南省清丰县西南）人。从焦延寿学《易》，长于灾变，后因上奏言灾异，下狱而死。著有《易传》《周易章句》《周易错卦》等书。

3　用蓍草占卦。

4　日本和式房间里为了在墙上挂画和陈设装饰物而略将地板加高的地方。

5　日本室町时代的画家，狩野正信（1434—1530）所开创的画派。在中国宋、元、明朝的画法基础上，加入了大和绘的技法，使画面具有强烈的装饰性。由其儿子狩野元信（1476—1569）最终完成，并因受到幕府的庇护而发扬光大。

念完了这通祭文后，道人就哗啦啦地将三枚铜钱撒在了红木小几上。三枚铜钱中有一枚文字朝上，其余两枚显示的都是波纹。道人立刻用笔在卷纸上记下了铜钱的排列顺序。

掷铜钱，定阴阳。——如此这般前后一共重复了六遍。阿莲则惴惴不安地关注着铜钱的顺序。

"如此看来——"

掷钱结束后，道人看着卷纸，沉吟半晌。

"此乃'雷水解'之卦。诸事不顺。"

阿莲战战兢兢地将视线从三枚铜钱上转移到了道人的脸上。

"看来，那个是你亲戚之类的年轻人，你是再也见不着了。"

玄象道人说着，开始将铜钱一枚一枚地用红色薄绢重新包裹起来。

"难道他已经死了？"阿莲问道。

可她连自己都觉得声音在发颤。事实上她在听了道人的话后，"果然如此"与"绝不可能"这两种截然相反的感受同时涌现，所以就不由自主地冒出了这么一句。

"是死是活，很难断定，总之你是再也见不到他了。"

"为什么见不到呢？"阿莲不依不饶地追问道。

道人扎紧了织金锦缎小袋子的口，油腻的脸上带着嘲讽的神情说道：

"也有所谓'沧桑之变'的说法。就是说，等到这个东京都变成了大森林，没准儿你们还能相见的吧。——只不过，卦象上就是那么说的。"

与来时相比，阿莲此刻的内心更加惶恐不安了，付过不菲的占卜费后，她便匆匆忙地回家去了。

那天夜晚，她茫茫然地坐在长火钵前，手托香腮，听着铁壶中开水的吱吱声发愣。玄象道人的占卜，结果等于什么也没说。不，毋宁说，他将阿莲心中原有的一点儿希望——不论多么渺茫，也总还是希望吧，也就是寄希望于万一的幻想，打了个粉碎。阿金真像道人所暗示的那样，已不在人世了吗？要说起来，当时她所居住的地方，确实是最为混乱的，该不是他在去阿莲家的途中，遇到什么不测了吧？如若不然，他又怎么会像失忆了似的，突然就不来了呢？阿莲感到自己那抹了白粉的半边脸颊，已被炭火烤得滚烫了，与此同时，她还发现自己不知从何时起，玩弄起了火筷子了。

"金、金、金……"

这些字样，被她无数次写在了灰上，又悄悄地抹去。

五

"金、金、金……"

正当阿莲这么不停地写着，忽然听到阿婆在厨房里轻声叫唤了起来。这儿所谓的厨房，其实与房间也就只隔了一道隔扇而已。

"阿婆，你怎么了？"

"啊呀，太太。您快来看哪。真是的，我还以为是什么玩意儿呢……"

阿莲立刻跑去了厨房。被炉灶占去不少空间的厨房里，因隔扇挡住了灯光而显得既昏暗又静谧。身穿和服短罩衫的阿婆，正从昏暗的角落里弯着腰，抱起一只白色的小动物。

"是猫咪吗？"

"不是的，是条小狗啊。"

阿莲在胸前袖着双手，一动不动地看着那条狗。那小狗也很乖，任由阿婆抱着，不时转动着水灵灵的眼睛，鼻子里频频发出呼噜声。

"这就是今天早晨在垃圾堆那儿汪汪叫的那条小狗。不知怎的，竟跑到里边来了。"

"你一点儿也没发觉吗？"

"是啊。打刚才起，我就一直在这儿洗碗呢。唉，这人要是眼睛不管用了，还真是没辙啊。"

阿婆打开了汲水口的小隔扇，要把小狗扔到漆黑一片的屋外去。

"等等。我也想抱一抱它。"

"别价。会弄脏衣服的。"

阿莲不听阿婆的劝阻，伸出双手把那小狗给抱了过来。小狗在她的手中，微微颤抖着。就这么一瞬间，阿莲的心就飞回了她那往昔的世界。阿莲还在那个热闹的家里时，就养过一条白色的小狗，夜里没客人时，她还跟小狗一起睡觉呢。

"好可怜呀——我们就留下它吧。"

阿婆诧异地眨巴着眼睛。

"阿婆，留下它吧。你放心，不会给你添麻烦的——"

阿莲将小狗放下后，就带着天真的笑容，开始在碗橱里翻找，像是在给小狗找东西吃。

从第二天起，一只套着红色项圈的小狗，就出现在这个外家的榻榻米上了。

对于这一变化，酷爱清洁的阿婆自然是不悦的。尤其是当小狗去院子里转悠后直接跑进房间，会惹她生一整天的气。不过无所事事的阿莲，却像宠爱孩子似的宠爱着这条小狗。吃饭的时候，她一定要让小狗蹲在饭桌旁。到了夜晚，端详它悠悠然地睡在自己睡衣下摆处的模样，已经成了阿莲每晚必做的功课了。

"从那时起，我就觉得恶心。你猜怎么着，在昏暗的灯光下，那小白狗有时还仔细端详太太熟睡时的脸蛋呢。"

据说在一年之后，阿婆曾如此这般地对我的朋友——K医生说过这样的事。

六

讨厌这条小狗的，还不止阿婆一个。牧野看到小狗躺在榻榻米上后，也会面带愠色地皱起他那两条粗眉来。

"怎么回事？这家伙！滚！一边去！"

身穿陆军主计制服的牧野，抬腿就恶狠狠地朝小狗踢去。其实，这也难怪，因为只要他一走进房间，那小狗就会竖起背上的白毛，对着他狂吠。

"没想到你会这么喜欢狗，真是服了你了。"

晚上小酌时，牧野望着小狗，也仍是气鼓鼓的。

"是不是以前也养过这么一条啊？"

"是啊是啊，也是一条白狗呀。"

"哦，我记得你还说过，跟那条狗告别时，还真有点难分难舍什么的呢。"

阿莲抚摩着趴在她腿上的小狗，露出了无奈的微笑。当时她很清楚，要带着狗狗出远门，又坐轮船又坐火车的，确实很麻烦。可一想刚刚与阿金分了手，如今又要远赴人生地不熟的他乡，就实在是寂寞难耐。所以在终于要上路了的前一天晚上，她好多次抱起狗狗，将脸蛋贴它的鼻子上，不停地啜泣着。

　　"那条狗倒是很通人性的，可这一条是个笨蛋。别的先不说，就看长的这人样儿——呃，不，是狗样儿，就平庸至极嘛。"

　　已经酒至微醺的牧野，这会儿像是忘了刚才的不快，开始扔生鱼片什么的给小狗吃了。

　　"啊呀，这条狗不是也很像吗？只有鼻子颜色这么一点点不同罢了。"

　　"什么？鼻子颜色不同？你瞧瞧这不同的地方。"

　　"这狗狗的鼻子是黑色的不是？那狗狗的鼻子可是红色的。"

　　阿莲给牧野斟着酒，眼前却清晰地浮现出了以前养的那条小狗的红鼻子。那鼻子老是被舔得湿漉漉的，还跟哺乳期的女性乳房似的，透着棕色的斑纹。

　　"哦，这么说来，红鼻子的小狗，或许就是狗中美女啊。"

　　"不是美女，是帅哥哦，那狗狗。这一条是黑鼻子，就只能算是丑男了。"

　　"原来是公的呀，两条都是。我还以为进了我家的公的，就我一个呢。你看这话是怎么说的。"

　　牧野捅了捅阿莲的胳膊，独自笑了个前仰后合。

　　不过这样的好心情，牧野也很难一直保持下去。因为当他们钻被窝后，小狗就在陈旧的隔扇外，不停地发出凄苦的哀叫声。不仅如此，后来它居然还用爪子将隔扇抓得嘎吱直响。忍无可忍的牧野终于在昏暗的夜灯下露出了苦笑，对阿莲说道：

"喂，去把那儿打开吧。"

出乎意料的是，等阿莲过去拉开隔扇后，那小狗居然不慌不忙地踱到了他们的枕头旁。像一团白影似的趴在那儿，一动不动地凝望着他们。

阿莲觉得小狗的眼神，就跟人的眼神似的。

七

两三天过后的一个夜晚，阿莲与从自己家里溜出来的牧野，一起去附近的曲艺场看了场演出。

魔术、剑舞[1]、幻灯、大神乐[2]——这个专演此类节目的曲艺场里人满为患水泄不通。他们俩也是等了好一会儿，才终于在一个远离舞台的，紧巴巴的位子上坐了下来。他们刚一坐下，周围的观众便不约而同地将目光投向了梳着圆髻的阿莲，就跟看什么稀罕之物似的。这让阿莲有些发窘，与此同时，又让她感到一种不可名状的落寞。

此刻的舞台上，一个头上缠着白布的男人，正在明晃晃的吊灯下挥舞着一把长刀。与此同时，从后台传出了中气十足的吟诗声：

---

1 日本明治时期流行的一种文娱形式，一边舞剑（日本刀），一边吟诵汉诗。
2 也称"太神乐"，一种表演狮子舞、耍球、踢球、转碟等杂技节目的日本传统演艺。

"踏破千山万岳烟[1]……"对于这剑舞自不必说,就连这吟诗也让阿莲觉得索然无味。但牧野却抽着烟,看得津津有味。

剑舞之后是幻灯。一块幕布垂挂在舞台上,那上面放映着日清战争[2]中的一个个场景,一会儿出现,一会儿消失。"定远"号沉没时掀起巨大的水柱;樋口大尉怀抱着敌方的婴儿指挥冲锋……每当画面中出现日本国旗,观众中必定会爆发出高声喝彩。其中还有人狂呼"帝国万岁!"但真上过战场的牧野却对这些人不屑一顾,只是独自冷笑不已。

"打仗要真是这样的,那就轻松喽……"

看到牛庄激战[3]的画面后,牧野对阿莲如此说道。与此同时,他这话一半也像是说给周围的观众听的。可即便如此,阿莲仍热切地关注着银幕,只是微微地点了点头而已。这也难怪,幻灯对于她来说还是个新鲜玩意儿,自然是妙趣横生的。而除此之外的其他画面——白雪皑皑的城楼屋顶、拴在枯柳上的骡子、垂着长辫子的清国士兵……这些都对她更具吸引力。

散场出来时,已经十点钟了。两人肩并肩地走在空无一人的大街上,两旁的家家户户也都大门紧闭。天上浮着半轮明月,将寒光洒在了家家户户那已经着了霜的屋面上。月光下,牧野抽着烟,许

---

1 这是江户后期勤王志士斋藤一德(1822—1860)参与樱田门外刺杀井伊直弼的行动时所作的汉诗《题儿岛高德书樱树图》中的第一句。全诗为:踏破千山万岳烟,銮舆今日到何边。单襄直入虎狼窟,一匕深探蛟鳄渊。报国丹心嗟独力,回天事业奈空拳。数行红泪两行字,付与樱花奏九天。

2 即爆发于1894年的中日甲午战争。

3 中日甲午战争中的重大战役之一。光绪二十一年(1895)二月,日军由辽宁海城分路进攻牛庄。清军以寡敌众,英勇抗击,给日寇以大量杀伤。史称"牛庄战役"。

是刚才的剑舞场景还在脑海里萦回不去的缘故吧，他时不时地会低声吟诵些"鞭声肃肃夜渡河"[1]之类的陈腐诗句来。

然而，刚转入一条胡同，阿莲就跟受了惊吓似的，拉扯了一下牧野的外衣。

"吓我一跳！你怎么了？"

牧野并未停下脚步，只是回头看了看阿莲。

"像是有什么人在叫我呢。"

阿莲依偎着牧野，眼里流露出惊恐之色。

"叫你？"

牧野不由自主地停下了脚步，侧耳静听了一会儿。可这空寂的大街上，连狗叫都听不到一声。

"是幻觉吧。怎么会有人叫你呢？"

"也许吧。"

"莫不是给那幻灯闹的吧？"

八

去曲艺场看表演的第二天早上，阿莲嘴里衔着牙刷去檐廊上洗脸。与往常一样，檐廊上的洗手池前，已经放着盛有热水的带耳铜盆了。

院子里草木枯萎的冬天景色一片寂寥。院子前面的景色，也

1　为日本江户时代后期儒学家、历史学家赖山阳（1780—1832）的汉诗《题不识庵击几山图》中的第一句。全诗为：鞭声肃肃夜渡河，晓见千兵拥大牙。遗恨十年磨一剑，流星光底逸长蛇。

只有倒映着沉沉阴天的河水，不胜荒凉之感。然而，看到了如此景色，正漱着口的阿莲，不由得想起了昨晚那个已被遗忘了的梦。

在梦中，她独自徘徊在阴暗的竹林或树丛之中。她走在羊肠小道上，心里却不住地寻思着："我的念力终于应验了。放眼望去，这东京已变成空无一人的森林了。我肯定马上就能遇见阿金了——"走了一会儿之后，不知从哪儿传来了枪声和炮声。与此同时，树林的上空，渐渐地呈现黑红色，就跟哪儿发生了火灾似的。"战争！战争爆发了！"想到这儿，她想撒腿就跑。可不知道为什么，不论她心里多么着急，就是迈不开步。

洗过了脸后，为了擦洗身子，阿莲又脱掉了衣服。这时，有个冷冰冰、湿漉漉的东西贴到了她的背上。

"啊！"

她并不怎么吃惊，反倒目光流转，娇媚地朝身后看了一眼。那条小狗正在她身后摇着尾巴，还一个劲儿地舔着自己的黑鼻子呢。

九

自那以后又过了两三天。这天牧野来到外家要比往日都早，还带了个叫作田宫的男人一起来玩。这个田宫，供职于某著名御用商人[1]的店铺，职位相当于掌柜的。在牧野包养阿莲这事上，他可是出过大力的。

"这还真是神了，是不是？梳上这么个圆髻后，就没一点儿从

1　本义为获得特殊许可，为皇宫、官厅采购物品的商人。考虑到牧野是陆军主计，此处或指为军队采购物品的商人。

272

前那个阿莲的样儿了。"

田宫那张长着浅麻子的脸，被灯光映得通红。他一边给对面的牧野劝酒，一边说道：

"是吧，牧野先生。要是那会儿阿莲就梳个岛田髻[1]或戴个带卷儿的假发套什么的，现在看着也不会觉得判若两人了。可不管怎么说，从前归从前……"

"喂，喂！这儿的阿婆虽说眼神不好，耳朵可不聋哦。"

牧野嘴里这么提醒着对方，脸上却乐滋滋地笑着。

"没事。就算听到了，也是一头雾水吧。是吧，阿莲。回想起那会儿来，是不是觉得跟做梦似的。"田宫说道。

阿莲避开他的视线，只是一味地逗弄着抱在腿上的小狗。

"我受到牧野先生的重托，虽说一口答应了下来，可心里却七上八下的。毕竟事太大，万一穿帮了，可就吃不了兜着走了。一直到神户太太平平地上了岸，心里的大石头才总算落了地啊。"

"说什么呢，干这种走钢丝似的危险活儿，你不是早就轻车熟路了吗？"

"开什么玩笑。人口走私，我可只干过这么一回哦。"

田宫一口喝干了杯中酒，故意扮了个苦相。

"不过，阿莲能有今天，确实是多亏了你啊。"

牧野伸出粗胳膊，给田宫斟了一杯酒。

"你这么说，我就不敢当了。不过那会儿，还真是提心吊胆

1　日本未婚女子梳的一种传统发髻。相传为东海道岛田驿的艺伎首创而得名。有高岛田、散岛田、文金岛田等多种变化。

啊。更何况我们坐的那船，一进入玄海[1]就遇上了鬼天气，翻江倒海的，吓死人了。是吧，阿莲。"

"是啊。我还以为要翻船了呢。"

阿莲一边给田宫斟酒，一边附和着。可她忽然又闪过了这么个念头：那会儿要是真的翻了船，兴许反倒更好了呢。

"不管怎么说，能像现在这样，不是对大家都好吗？我说，牧野先生，阿莲完全适应了梳圆髻后，你就不想让她恢复一下旧时装扮来看看？"

"我倒是想，可有什么法子呢？"

"没法子？难道说，以前的衣物，一件都没带来吗？"

"带着呢。别说是衣服了，就连梳子、簪子也都带着呢。当时我怎么拦都拦不住啊。"

牧野隔着长火钵，用眼睛瞟了一下阿莲的脸。阿莲像是只关心铁壶里的水开没开，根本就没在听他说话。

"这不是正好吗？怎么样？阿莲。过几天，你能不能换一身装扮来给我们斟酒啊？"

"这样的话，你也好触景生情，怀念一下从前的老相好了，是不是？"

"嗐，我那个老相好，要是也像阿莲这么'好标致'[2]，那还值得怀念怀念啊……"

田宫那张带有浅麻子的脸上露出了扭怩的笑容，随即他便用筷

1　也称"玄界滩"，指日本福冈、佐贺两县北部的海域。自古以来为日本通往大陆的海上交通要道。冬季风浪很大。

2　田宫在此说的是中国话。

子卷起了一坨山芋泥。

当天晚上在田宫回去后，牧野便对原先一无所知的阿莲说，不久之后，他就要辞去在陆军里的职务，去做个商人了。只要辞呈一得到批准，如今雇用田宫那个著名的御用商人就会立刻高薪聘请他的。

"这样的话，我们也就不用住在这里了，可以另找个宽敞一点儿的房子住了。"

牧野像是累了，他在火钵前躺了下来，抽起了田宫带来的马尼拉香烟。

"这个房子够住了呀。反正只有阿婆和我两个人嘛。"

阿莲这会儿正忙着给馋嘴的小狗喂剩菜剩饭呢。

"到那时，我也要来住的哦。"

"哎？你家有尊夫人的呀！"

"你说那个黄脸婆？哼！别提了。我马上就跟她一刀两断。"

从牧野的口气和脸色来看，这一消息尽管出人意料，倒也不像是在开玩笑。

"这种罪过的事情，还是少做为好呀。"

"怕什么？这是她自作自受。又不是我一个人的罪过。"

牧野目露凶光，吧嗒吧嗒地大口抽着香烟。阿莲则一脸凄然，一时间无言以对。

十

"那条小白狗生病——哦，对了，就在那田宫老爷来过的第二天。"

那个给阿莲当用人的阿婆，给我那朋友K医生描述了当时的情形：

"大概是食物中毒什么的吧。一开始，只是每天都懒洋洋地躺在长火钵跟前，后来就时不时地在榻榻米上拉稀撒尿了。太太向来是像疼孩子似的疼它的，所以特意订了牛奶给它喝，还喂它吃宝丹[1]，照顾得可周到了。还有一件事，说起来倒也不算不可思议，可总叫人觉得怪怪的。您猜怎么着？自从那小狗生病后，太太就跟它聊起天来了。这样的事，还越来越多了。

"当然了，说是聊天，自然也只是太太对着小狗独自唠叨罢了。挺吓人的，是不是？尤其是在深更半夜，谁听了都害怕呀。叫人觉得似乎那小狗也开口说话了似的，您说叫人听了能好受得了吗？另外还有一次，那天正刮着很大的风，我出去办事刚回来——其实就是去附近那个算命的那里，请那先生来给小狗看病——我刚回来，就听到被风吹得隔扇嘎嘎作响的客厅里，传来了太太说话的声音。我理所当然地以为老爷也在，可透过隔扇的缝隙朝里一瞧，却发现里面只有太太一个人。再加上大风刮得云朵在太阳跟前乱飞，太太那将小狗抱在腿上的模样一会儿亮一会儿暗的。啊呀，我活了这大把年纪，这么吓人的场面还是头一回看到呢。

"所以在小狗死去的时候，我就觉得松了一口气。——尽管这么说有些对不住太太。小狗拉稀撒尿后，我就得给清扫干净，所以小狗死了，我就觉得轻松多了，这是自不必说的。其实，小狗死后觉得高兴的还不止我这么一个用人呢。就连老爷，听说小狗死了，也像是摆脱了一个累赘似的，偷着乐呢。哎？您问那小狗吗？那天

---

1 当时一种解毒剂的名称。

一大早的，别说太太了，就连我都还没起床的时候，那小狗就趴在梳妆台前死掉了——还吐了一些颜色发青的东西。从它懒洋洋地总是睡在长火钵跟前那会儿算起，一来二去的总有半个来月吧。"

那天正巧是药研堀[1]有集市的日子。阿莲在宽大的梳妆台前，找到了那条已经断了气的小狗。正如阿婆所说的那样，小狗那冰冷的身体躺在一摊它自己的青色呕吐物里。其实这样的结局，阿莲也早就料到了。上一条狗是生离，这一条狗是死别。看来自己生来就是个不能养狗的命。这样的念头将令人绝望的沉寂重重地压在了她的心头。

阿莲坐在一旁，茫然地望着小狗的尸体。随后她又将无精打采的眼睛看向了冷飕飕的镜子。镜子里同时映照出了她和死去的小狗。阿莲怔怔地看着镜中的小狗。突然，她像是头晕目眩似的将手覆盖在了脸上。随即便发出了一声低叫。

不知从何时起，镜中小狗尸体的鼻子，从原先的黑色变成了红色！

外妾之家的新年，自然是冷冷清清的。尽管门前也竖起了竹筒[2]、客厅里也摆放了"蓬莱"[3]，可阿莲仍只是手托香腮孤零零地坐在

1　位于日本东京都中央区东日本桥两国。江户时代那里有"Ｖ"字形（形同药捻儿，故称）的护城河，现在只剩下地名了。过去那里住着许多妓女以及以给人堕胎为业的医生。
2　指日本庆贺新年时与松树枝一起装饰在门前的竹筒。统称为"门松"。
3　即"蓬莱台"。日本庆祝新年时在白木高座方盘上盛以白米、干鲍鱼片、龙虾等模仿成蓬莱仙山的一种装饰物。民间认为吃了这上面的食物就会长命百岁。

长火钵前，用百无聊赖的眼神看着隔扇上的阳光一点点地淡去。

自从年前死了小狗以来，阿莲那原本就闷闷不乐的内心，会动辄遭到突发性抑郁的袭击。其实令她心烦不仅仅小狗的死亡，至今不知去向的阿金，以及牧野那个连面都没见过一次的老婆，也都让她不堪其忧。与此同时，近期出现的各种莫名其妙的幻觉，也在不停到地折磨着她。

有时她钻入被窝后，刚要睡着，就突然觉得睡衣的下摆很重，像是被什么东西压住了。小狗还活着的时候，倒是经常跑来，躺在她的被子上——感觉就跟这一样，被一个软绵绵而又沉甸甸的东西压着。每逢这时，阿莲总是立刻从枕头上轻轻地抬头望去，然而，映在灯光里的，总是除了带格子花纹的棉睡衣，什么也没有……

有时她坐在梳妆台前，梳理蓬乱的头发时，会从镜中看到，有个白色的东西在她身后一闪而过。不过她也并不怎么在意，继续盘起她那润滑光鲜的长发来。可这时，那个白色的东西又从相反的方向，在她身后一闪而过了。她拿着梳子，略略迟疑了一会儿，终于没回头去看。此刻房间里十分明亮，不像有什么活物的样子。"还是我看花眼了吧。"她心里嘀咕着，抬头看着镜子，可没过多一会儿，那白色的东西又第三次在她身后一闪而过了。

还有时她一个人坐在长火钵前，会听到远远的外面大街上有人在喊她的名字。虽说那夹杂在门松竹叶唰唰声里的呼叫声她也只听到过那么一次，可那声音无疑是她来东京之后也一直惦念着的那个男人的。当时，她屏住了呼吸，侧耳静听。这时，大街上又传来那个令人怀念的男人的声音，并且这次似乎还比上一次更近一些。可她的心念刚这么一动，那声音就变成寒风中支离破碎的狗叫声了。

除此之外，有时候她半夜醒来，会发现在同一个被窝中，睡着一个不可能在此处出现的男人。狭窄的额头，长长的睫毛——夜半的灯影下，一切都与以前分毫不差。左眼角里应该有颗黑痣的吧——检验过如此细节后，她觉得没错，果然是他。此时的阿莲顾不上诧异，抑制不住发自内心的狂喜，拼命搂住了那男人的脖子，仿佛要将自己的身体与他融为一体似的。可是，这个被弄醒了的男人，却不耐烦地嘟囔了起来，而出乎意料的是，这声音分明是牧野发出的！不仅如此，阿莲这时才发现，自己原来正双手缠绕在浑身酒气的牧野的脖子上呢。

然而，如此这般的幻觉之外，在现实世界中，也同样发生了令阿莲不得安宁的事情。那就是，没等贺岁的门松撤去[1]，那位传说中的牧野夫人，就突然登门了。

十二

牧野夫人的登门造访，恰好是在阿婆外出办事不在家的时候。听到叫门声吃了一惊的阿莲，只得不情愿地站起身来，朝着昏暗的玄关走去。透过朝北的格子门可以看到挂在屋檐下的装饰物。就在那儿，一个脸色极差、戴着眼镜、披着已不怎么新的披肩的女人，微微地低着头，站在那儿。

"请问，您是……？"

阿莲嘴上这么问着，可是凭直觉，她心里已经知道对方是何许

---

1 东京的新年一般持续到一月七日，在此之前称为"松之内"，到了第八日就要撤去门松了。

人也了。于是她便目不转睛地打量起这个梳着圆髻、身穿碎花短外褂、似乎不怎么引人注目的女人的脸。

"我是……"

这女人稍稍犹豫了一下，便依旧低着头，继续说道：

"我是牧野的内人。名叫阿泷。"

这下可就轮到阿莲结巴了：

"是……是吧？我……我是……"

"您不用说了，我已经知道了。牧野一直承蒙您关照，我也应该感谢您才是啊。"

这女人的话说得十分恳切，不带一点儿调侃的口吻，简直叫人难以置信。可这么一来，就又让莲不知道该说些什么才好了。

"新年伊始，我就冒昧前来打扰，只为有个小小的请求——"

"那是什么事呢？只要是我力所能及的……"

阿莲并未掉以轻心，她觉得自己已猜到了对方这个"请求"的具体内容了。与此同时，她也感觉到，一旦对方把话挑明，恐怕自己也不是三言两语就能将她打发得了的。可当这个眼帘低垂着的牧野夫人低声细气地述说起来后，阿莲就知道自己的猜想压根儿就是胡思乱想。

"说是请求，其实也不是什么了不得的大事。事情是这样的，我听说，整个东京，马上就要变成一片大森林了，到时候，还请您像对待牧野那样，也让我待在您的家里。我所谓的请求，其实也就这么一点儿而已。"

牧野夫人不紧不慢地说着，那模样，似乎她一点儿都没觉得自己所说的话有多么疯狂。阿莲愣住了，一时间她只是呆呆地注视着这个背对着阳光、阴气沉沉的女人，毫无反应。

"怎么样？能将我留下吗？"

阿莲的舌头仿佛僵硬了，什么话都说不出来。不知何时抬起了头来的牧野夫人，将冷冰冰的眼睛睁开了一条缝，透过镜片凝视着她。这就更让阿莲感到毛骨悚然了，仿佛这一切都是一场噩梦。

"其实我也是无所谓的，只是觉得让两个孩子也流落街头，未免太可怜了。所以尽管会给您带来麻烦，还请您收留我们吧。"

牧野夫人这么说着，突然拉起那条陈旧的披肩遮住了脸，抽抽搭搭地哭起来了。不知为何，这让阿莲也突然悲伤了起来。"终于能跟阿金重逢了。好开心，好开心啊。"内心正如此雀跃着的她，突然发现自己的眼泪掉落在穿着新年盛装的膝盖上了。

然而，也不知过了几分钟，等阿莲回过神来一看，这个朝北的昏暗的玄关前已空无一人，牧野夫人像是早就回去了。

十三

喝七草粥的那天[1]晚上，牧野一来到这个外家，阿莲立刻将他妻子到这儿来过了的事告诉了他。不料牧野却显得十分平静，一边听她叙说，一边抽着马尼拉香烟。

"尊夫人可有些不对劲呀。"

说着说着，阿莲就亢奋起来了。她焦躁不安地皱起了柳眉，十

---

[1] 即正月七日。也称"七草祭"。草粥是用"春七草"（水芹、荠菜、鼠麴草、繁缕、宝盖草、芜菁、萝卜）加米熬制的粥。喝七草粥是日本新年里的传统活动之一，有着全家和睦、幸福美满的寓意。

分固执地继续说道：

"现在要是不想想办法，恐怕以后会不可收拾的呀。"

"唉，到时候再说吧。"

牧野眯缝起眼睛，透过缭绕的烟雾看着她。

"你就别担心人家了，还是关心一下自己的身体吧。这阵子我每次来，看你都闷闷不乐的，是不是？"

"我是怎么着都无所谓的——"

"怎么能无所谓呢？"

阿莲愁眉不展的，半晌无言。突然，她又眼泪汪汪地抬起头来，说道：

"我求求你了，不要抛弃夫人。"

牧野像是惊呆了，一时不知道该怎么回答。

"求求你了。好吧，求求你了……"

说着，她像是要遮掩自己的眼泪似的，将下巴深深地埋进了黑缎衣领里。

"对夫人来说，你就是世界上最要紧的人了。你也多为她想想，不能太薄情了呀。在我们那儿，做女人的……"

"好的。好的。你说的我都明白。你就不要这么担心了。"

连烟都忘了抽的牧野，像哄小孩似的说道：

"说到底，这房子还是阴气太重了——对了，前一阵子不是还死了一条小狗吗？怪不得你老是闷闷不乐了。找了好一点儿的房子，还是趁早搬过去吧。那就能开开心心地过日子了。嘿，反正再过上十天，我就不吃这碗公家饭了嘛……"

可不管牧野怎么安慰，阿莲这天整个晚上都一直心事重重、愁眉不展的。

"太太那样子，老爷其实是很担心的，可是……"

K医生问起各种情况时，阿婆就如此这般地讲开了。

"说到底，太太现在的病，在那时就有了先兆了，所以老爷也好谁也好，也只能放弃了。其实本宅的夫人突然去横纲那会儿，我也看到了。当时我到外面办事刚回来，这儿的太太直愣愣地坐在玄关那儿，而本宅夫人则透过眼镜片死死地看着她，根本没有要进屋的意思，只是用客气过头的口吻，喋喋不休地说着各种难听话。

"我躲在暗处听她那么埋汰老爷，自然心里也不好受。可我要是一出面，事情肯定会越弄越僵的。因为我四五年前也是在本宅那边干活儿的，要是被她发现我如今跟着这边的太太了，这就等于火上浇油，会让她更加火冒三丈的。要真这样可就闯祸了。所以，在本宅夫人骂够了回去之前，我就一直躲在隔扇后面，没敢露面。

"可奇怪的是，这边的太太后来见到我后，却说：'阿婆，今天夫人来过了。她见到了我，居然连一句难听的话都没说。真是个好人哪。'您说怪不怪？我刚觉得纳闷儿，可她又笑着说：'她还说整个东京都马上就要变成一片大森林了。像是脑子有些不对劲啊，唉，好可怜哪。'您看看，太太竟会说出这种话来。"

十四

进入二月份后不久，阿莲的这个外家就搬入同在本所的松井町的一个宽敞的二层住宅里了。可即便如此，阿莲的抑郁症仍没有好转的迹象。平时，她跟阿婆都不怎么说话了，总是一个人待在茶间里，听着铁壶中水烧开后发出的声响。

乔迁新居后还不到一个星期的某个夜晚，已经在别的地方喝过酒的田宫，又飘然来到了牧野的这个外家。早已喝上了的牧野看到了这个酒友，立刻将手里的小酒盅递了过去。可田宫在伸手去接酒盅之前，却从露着衬衫的怀里掏出了一个红色的罐头来。然后在接受阿莲斟酒的同时，对她说道：

"这是礼物。阿莲夫人。这是给你的礼物。"

"什么玩意儿，这是？"

趁阿莲道谢的当儿，牧野拿过罐头来打量着。

"瞧那上面的标贴。是海狗啊。海狗罐头。听说你抑郁成疾，故而献上一罐。产前、产后、妇科病，什么都管用。这是我从一个朋友那里听来的功效。这就是那家伙开始鼓捣的罐头啊。"

田宫舔了舔嘴唇，轮流地看着他们俩。

"能吃吗？海狗什么的。"

听牧野这么说，阿莲也只是勉强在嘴角边挤出一丝微笑。可田宫却摆着手，立刻接过了话头。

"能吃。当然能吃了。我说，阿莲。这海狗，一头公的身边，时常围着上百头母的。用人来打比方的话，就是牧野这样的吧。说来也是啊，似乎脸蛋也挺像嘛。所以你当作是牧野——这个可爱的牧野，把这给一口口地吃了吧。"

"你胡说八道些什么？"

牧野只得在一旁苦笑。

"一头公的身边——喂，牧野，这不是很像你吗？"

田宫那张带有浅麻子的脸简直乐开了花，他根本不顾别人的反应，继续唠叨着：

"今天我听朋友，就是做罐头生意的那位说，海狗这种动物，要是公的争夺起母的来——嘿，海狗的事就算了吧。阿莲，今夜你能否展示一下旧日风采呢？怎么样，阿莲？再说了，你如今叫阿莲，可这也不过个遮世人眼的假名而已。这里面的奥妙，简直够上音羽屋[1]演一场的了，是吧？阿莲……"

"喂，喂，争夺母海狗到底是怎么回事啊？我倒更想听听这个呢。"

已经面呈不快之色的牧野，总算将话题从危险领域再次拉回到了海狗身上。可结果却并不能让他更省心些。

"争夺母海狗？那自然是大打出手了。不过海狗们倒是堂堂正正的，不像你那样在背后玩阴的。啊，啊呀，该死！该死！怎么能当着和尚的面骂秃驴呢？阿莲，来来，我敬你一杯。"

发现脸色大变的牧野正乜视着自己后，为了掩饰自己的失态，田宫赶紧将酒杯递给了阿莲。可阿莲只是用令人发怵的眼光凝视着他，根本就没一点儿要伸手去接的意思。

十五

当天夜里三点过后，阿莲从被窝里钻了出来。她离开了二楼卧室，蹑手蹑脚地下了楼梯，用手摸索着来到了梳妆台前。然后拉开抽屉，取出了剃刀盒。

1　日本歌舞伎演员尾上菊五郎（1844—1903）的屋号。

"好你个牧野！你这个畜生！"

阿莲嘟囔着，抽出了盒中之物。顿时，一股强烈的气味直冲她的鼻子。那是剃刀的气味，是磨得快的钢刃所发出的气味。

不知从何时起，一种狂暴的野性在她的心底发动了。那是她在卖身之前，与狠毒的继母抗争时发作过的狂暴野性。是这几年里像用白粉遮掩皮肤似的，掩藏在日常生活之下的野性。

"好你个牧野！你是个恶鬼！我决不会让你看到明天的太阳的！"

阿莲将一柄剃刀藏在华丽的长衬衣的袖子里，在梳妆台前"嚯——"地站起了身来。

这时，突然有一个轻微的声音传入了她的耳朵。

"罢手。罢手。"

她不由得倒吸了一口冷气。然而细听之下，刚才那声音，似乎只是钟摆在黑暗中发出的声响。

"罢手。罢手。"

在她要走上楼梯时，那声音却再次揪住了她的心。她站在那里，朝漆黑一片的茶间望去。

"谁？"

"我。是我。我。"

这无疑是她以前的一个要好的同伴的声音。

"是一枝姐吗？"

"嗯，是我。"

"好久没见了。你现在哪儿？"

不知不觉间，阿莲已来到了长火钵前，像日间那样坐了下来。

"罢手。罢手。"

那声音并不回答她的问话，只是不停地重复着同一句话。

"为什么连你都要阻止我呢？杀了他，有什么不对吗？"

"罢手。活着呢。因为还活着呢。"

"活着？谁？谁活着？"

接下来是一段长长的沉默。在此沉默中，钟摆依旧一刻不停地发出声响。

"你说谁还活着？"

沉默半晌过后，阿莲再次问道。这回，那声音在她耳边轻轻地说出了一个令她魂牵梦萦的名字。

"金——阿金。阿金。"

"真的吗？要是真的就好了——"

阿莲手托香腮，眼里弥漫着忧思。

"阿金要是还活着，他一定会来看我的，不是吗？"

"会来的。会来的。"

"会来的？什么时候？"

"明天。他会来弥勒寺看你的。去弥勒寺。明晚。"

"弥勒寺？就是弥勒寺桥[1]吧。"

"去弥勒寺桥。晚上来。说要来的。"

之后，就再也听不到那个声音了。然而，只穿了一件长衬衣的阿莲，依旧久久地、一动不动地坐在那儿，像是根本没感到黎明前的寒冷。

1　地名。位于本东京都江东区。弥勒寺如今还在，但弥勒寺桥已经没有了。

十六

　　第二天正午过后，阿莲仍未离开位于二楼的寝室。然而，到了四点左右终于钻出被窝后，她就开始梳妆打扮了起来，并且比平时更加用心。然后，她上下身都穿起了最华丽的衣裳，就像要出去看戏似的。

　　"喂，喂，你干吗要这么捯饬自己呢？"

　　没去店里上班、一整天都泡在外家的牧野，一面翻看着《风俗画报》[1]，一面有些诧异地朝阿莲说道。

　　"我要出去一下。"

　　阿莲站在梳妆台前系着鹿斑染[2]的腰带背衬，冷冷地回答道。

　　"去哪儿？"

　　"到弥勒寺桥那儿就行了。"

　　"弥勒寺桥？"

　　牧野不仅感到讶异，更觉得心里越来越惶恐起来了。而他的如此反应，反倒最能在阿莲的心里催生出快感来。

　　"去弥勒寺桥干吗？"

　　"干吗呢？"

　　阿莲朝牧野投去一个轻蔑的眼神，轻轻地扣上了腰带上的金属扣。

　　"你放心好了。我不会投河自尽的。"

1　日本最早的画报。自明治二十二年（1889）创刊至大正五年（1916）停刊的27年间，总共发行了518期（含特别刊）。内容主要为江户时代的风俗考证，以及各地风俗的介绍。
2　一种有着如鹿斑般整齐排列的细小斑点的扎染。

"你胡说些什么？"

牧野啪的一声将《风俗画报》扔在了榻榻米上，气鼓鼓地咂了个响舌。

"就这么着，据说就在那天晚上七点左右——"

在讲述了之前的经过后，我的朋友K医生又不紧不慢地继续说道：

"阿莲不顾牧野的阻拦，独自出门了。阿婆也很担心，说是要跟她一起去，可架不住她要小孩子脾气，说什么不让她一个人去就死给你们看，最后也只好作罢。当然了，牧野是不能真让阿莲一个人出去的，所以他之后偷偷地跟在她的身后。

"到外面一看，发现那天晚上弥勒寺桥一带正在办'药师缘日'[1]的描绘，故而尽管天寒地冻，但第二大街上照样是人来人往、熙熙攘攘。这对于盯阿莲的梢来说，是最好不过的了。牧野就跟在阿莲身后不远处而没被她发觉，说到底还是托了庙会的福。

"大街两侧排满了来赶庙会的商贩。在马灯和煤油灯的照耀下，卖饴糖摊贩画着旋涡状图案的招牌和卖糖煮豆摊贩的红色阳伞在左右两侧都随处可见。然而，阿莲对这些个看都不看一眼。她微微地低着头，轻快地穿行在人群之中。反倒是为了不跟丢人而紧随其后的牧野，不得不加快脚步，费了九牛二虎之力。

"不一会儿来到弥勒寺桥的桥墈下，阿莲终于停下了脚步，茫

---

1 "药师"为"药师琉璃光佛"之简称。"缘日"为"有缘日"之略称。意为佛菩萨与此世界有缘之日，也即生日的意思。如观音菩萨生日在阴历二月十九日。日本又以三十佛配一个月中的三十日，而药师缘日则在每月的八日。每逢"缘日"都有庙会，故而十分热闹、嘈杂。

然环视着四周。从那儿到转向河岸的一带，都是花木铺。虽说赶庙会的花木铺是没什么名贵品种的，但松树、扁柏什么的，在这儿行人稀少，路边还是显得十分茂密且郁郁葱葱。

"到这种地方来也未尝不可，可她到底想干吗呢？——心里纳闷儿的牧野躲在电线杆子后面，窥视着小妾的动静。可阿莲只是呆呆地站在那儿，出神地望着这一片花木。于是牧野便蹑手蹑脚来到了阿莲的身后。令他吃惊的是，阿莲居然在自言自语，且翻来覆去地说道：'变成森林了。东京终于变成森林了。'"

十七

"倘若仅仅是这样，倒也还好，可是——"

K医生继续说道：

"就在此时，人群中突然窜出了一条雪白的小狗。阿莲见了，立刻展开双臂，将小狗抱了起来。不仅如此，她嘴里还喃喃细语了起来。以为她说些什么呢？一听才知道，原来说的是：'你也来啦？这一路可真够远的呀。隔着高山，隔着大海了嘛。我好想你啊。与你分别之后，我没有一天不掉泪的。前一阵子也养了一条狗，算作你的替身，结果也死了。'就跟说梦话似的。那小狗倒也不认生，被她抱在怀里既不叫，也不咬。只是鼻子里哼哼着，不停地舔阿莲的手和脸颊。

"事情到了这地步，牧野到底也不能再偷看下去，只好出来带阿莲回家。可阿莲说是阿金不出现她就决不回家，说什么都不听。因为那天正赶上有庙会，一会儿的工夫就聚拢了一大堆看热闹的人。有人甚至还大喊大叫什么'快来看哪！看美女疯子了！'或许是喜欢小狗的阿莲时隔许久又抱上了小狗的缘故吧，她像是多少得着一些安慰，所以在一番争执之后，她终于答应跟牧野回家了。可真要动身回去的时候，那些看热闹的人却不肯轻易让路，引得阿莲又耍起了性子，又要回弥勒寺桥上去了。最后，牧野好说歹说，连哄带骗，终于将阿莲带回了位于松井町的外家。此时，牧野的外套里面早已被汗水湿透了。"

阿莲回家后，抱着小白狗径直上了二楼。然后将这条可爱的小狗放在了黑咕隆咚的房间里。小狗甩着小尾巴，撒着欢儿四处乱窜。那奔跑的模样简直跟上一条小狗从她床上跳下来跑上石板路时一模一样。

"哎？"

想到房间里一片昏暗的阿莲，觉得很不可思议地环视着四周。这时她发现，天花板上吊着一盏已经点亮了的琉璃灯呢——正在她的头顶上。

"啊，真美啊。简直就跟回到了从前一样了。"

她心醉神迷地望了那璀璨的灯火好一会儿。可当她借着这灯光看到自己身上后，便悲哀地摇了两三下头。

"我已经不是从前的我了。我现在是个叫阿莲的日本人了。阿金又怎么会回来看我呢。可是，只要阿金肯来看我——"

忽然抬起头来的阿莲，再次发出了惊呼。因为她发现，那小狗刚才待过的地方，躺着一个中国男人！只见他将胳膊拄在四方形的枕头上，正优哉游哉地抽着鸦片呢。狭窄的额头，长长的睫毛，左眼角上还有一颗黑痣。——这一切都表明，他不是阿金，还能是谁呢？不仅如此，那人看到阿莲后，还跟以前一样，嘴里叼着烟枪，而那双明亮的大眼睛里浮现出了灿烂的微笑。

"你看看，东京真的变成森林了。到处都是树木嘛。"

果不其然，这二楼的亚字栏外，长着许多陌生的树木，而这些树的枝条上，有许多跟刺绣图案上一模一样的鸟儿，正在欢快地啼啭歌唱呢。——就这样，凝望着如此景色，阿莲神情恍惚地在日思夜想的阿金身旁坐了一整夜。

"又过了一两天，阿莲——哦，她的本名叫孟蕙莲，已经成了这所K精神病医院的一名患者了。据说她原本是日清战争那会儿，在威海卫的某妓院还是什么地方接客的妓女。——什么？你问她是个怎样的女人？稍等。我这儿还有她的照片呢。"

在K医生所展示的照片上，有一个身穿中国服饰、神情凄然的女人，还有一条白狗。

"刚进这家医院时，不管谁说什么，她都不肯脱下那套中国衣裳。还有，只要那条狗不在身边，她就会'阿金！阿金！'地大声叫唤。唉，仔细想来，牧野也是个倒霉蛋。他好歹也是个帝国军人，为了娶小老婆，居然一打完仗就想着法儿将敌国女子带回来，这期间肯定也经历了许多不为人知的波折吧。——哎，你问阿金怎么了？嘿，你也太拎不清了吧。这还用问吗？老实说，就连那条小狗是不是病死的，我也怀疑着呢。"

大正九年（1920）十二月

离奇的故事

某个冬天的夜晚，我与老朋友村上一起漫步在银座大街上。

"前不久收到了千枝子的来信，她还要我向你问好呢。"

村上突然想起似的将话题转到了如今住在佐世保的妹妹身上。

"千枝子的身体还好吧？"

"是啊，最近一直很好。以前在东京那会儿，她神经衰弱得很严重——那会儿你跟她就认识的，是吧？"

"认识啊。不过，至于神经衰弱嘛……"

"哦，你还不知道吧。要说起当时的千枝子，简直跟疯子没什么两样，一会儿号啕大哭，一会儿哈哈大笑的。她还干出了一些莫名其妙的事情呢。"

"莫名其妙的事情？"

村上在回答我之前，首先推开了一家咖啡馆的玻璃门。于是，我们便在一张看得见街景的桌子旁，面对面地坐了下来。

"这莫名其妙的事情，我还没讲给你听过吧。不过我也是在她去佐世保之前，才听她说起的。"

正如你也知道的那样，欧战时期[1]千枝子的丈夫作为"A"舰上

1　指第一次世界大战。

295

的海军军官，被派去了地中海。丈夫不在家期间，她是一直住在我家的，可就在战争快要结束的时候，她却突然患上了严重的神经衰弱症。其主要原因，或许就是之前每星期都能收到的丈夫的来信，后来突然就没有了。也难怪啊，她是新婚才半年就与丈夫分开的嘛。翘首盼望丈夫的来信也是人之常情。我当时口无遮拦，还拿这事取笑她呢，现在想来，实在是有些过头了。

事情就发生在那段时间里。有一天——哦，对了，那天好像还是纪元节[1]。那天从一大早就下起了雨，到了午后更是十分寒冷。可千枝子却说好久没去镰仓了，要去那儿玩玩。因为她有个现在做了某实业家太太的同学，就住在镰仓。她要去镰仓，其实就是想找她去玩儿的。当然这也未尝不可。但没必要非挑这么个下雨天，大老远地跑那儿去吧。于是我还有我内人都劝她别去了，还说即便要去，也还是等到明天去为好。可她固执己见，说是非得今天去。到最后，她气鼓鼓地稍稍收拾了一下行装就出门去了。

临出门时她还说，说不定今晚就住那儿了，要到明天早晨才回来。可事实上没过多久，也不知道为什么，她脸色苍白，被淋得像落汤鸡似的回来了。一问才知道，她没打伞，从中央火车站一直走到了护城河边的电车站。至于她为什么会这样，那就要说到那个莫名其妙的事情了。

千枝子一走进中央火车站——不，在此之前也还有这么回事呢。她坐电车时，一上车就发现座位全都坐满了，于是只能抓着吊

---

1 日本四大节日之一，2月11日。明治五年（1872）将《日本书纪》所载神武天皇即位之日作为日本纪元开始而制定的节日。二战后该节日被废除。昭和四十一年（1966）又将该日定为"建国纪念日"。

环站在车窗前。这时，她居然在玻璃车窗上看到了朦胧模糊的海景。电车当时正行驶在神保町一带的大道上，所以车窗上是不可能映出大海来的。可她却不仅能透过车窗看到外面的街景，还能同时看到海面上汹涌的波涛。尤其是当雨滴打在窗玻璃上后，她还看到了烟雨蒙蒙的水平线。由此看来，恐怕在那时，千枝子的神经就已经出毛病了吧。

后来当她走入中央火车站后，一个"红帽子"[1]突然上前来跟她打招呼，说道：

"您丈夫还好吧？"

这事儿本身就够莫名其妙的了，可更为莫名其妙的是，千枝子一点儿也不觉得"红帽子"这么问有什么奇怪，还回复他道：

"谢谢！只是最近老也不来信，不知道怎么样了。"

于是那"红帽子"又说道：

"好吧，那我就去看看他吧。"

去看看他？可他在遥远的地中海呀。当千枝子意识到这一点之后，才觉得那"红帽子"不是在说胡话吗？而当她正要反问他的时候，"红帽子"对她点了点头就立刻消失在茫茫人群之中，任千枝子怎么寻找都找不到了。不，不仅找不到，更为离奇的是，就连刚才面对面说话的那个"红帽子"的长相，也一点儿都想不起来了。也正因为这样，在她找不到那个"红帽子"的同时，又觉得每一个"红帽子"都是刚才的那个"红帽子"了。于是她认为，自己虽然找不到他，可那个诡异的"红帽子"却始终在监视着自己的一举一

1　在车站帮助旅客搬运行李的服务员。因头戴红色帽子，故名。

动。到了如此地步，她自然就觉得，别说去镰仓，就连待在车站里都毛骨悚然了。

最后，千枝子就连伞也不打，冒着倾盆大雨，如同梦游一般逃出了火车站。当然了，千枝子所说的离奇故事，无疑应归咎于她那不正常的神经，但她也确实因此而患上了感冒。从第二天起，她一连发了三天高烧，嘴里还像是在跟丈夫说话似的，不停地说着胡话，什么"你要原谅我"啦，"你为什么还不回来"啦。然而，"镰仓之行"的报应还不限于此。在她感冒痊愈之后，只要一听到"红帽子"这个词，她就会一整天闷闷不乐，连话都不怎么肯说了。有一次她有事外出，看到某家船行招牌上画着的"红帽子"，就连事都不办，立刻回家了。

但过了一个来月后，千枝子对于"红帽子"的恐惧就消失殆尽了。她还笑着对我内人说：

"嫂子，有个叫镜花[1]的作家写的小说里，不是有个长着猫脸的'红帽子'吗？我前一阵子遇到那种怪事，估计就是读了那篇小说的缘故吧。"

可在三月里某一天，她却又被"红帽子"给吓着了。自那以后，直到她丈夫归来，她就不管有什么事都不去火车站了。你去朝鲜那会儿她没去送你，据说也是因为怕看到"红帽子"。

所谓"三月里的某一天"，其实是她丈夫的同僚，时隔两年，从美国归来的日子。千枝子为了去迎接他，一大早就出门了。正如你也知道的那样，那一带因为地段的关系，即便是在正午时分也是

1　泉镜花（1873—1939），日本小说家。本名镜太郎。是近代浪漫主义文学的代表作家之一。代表作有《高野圣》《照叶狂言》《妇系图》《歌行灯》等。

行人稀少的。那天也是这样，冷冷清清的路边，还停着一辆卖玩具风车的推车，就像是被谁遗忘在那儿似的。那天又正好是个风很大的阴天，车上插着的彩色风车全都一个劲儿地旋转着。仅仅看到如此情形，千枝子的心里就已经开始发虚了，而她正要走过那儿的时候，忽又看到一个头戴红帽子的男人，正背对着她蹲在路边呢。不用说，那人应该就是卖风车的小贩，正在那儿抽烟吧。可千枝子一看到那顶红帽子后，心中就立刻产生了一个不祥的预感，觉得今天去火车站，肯定又会遇上什么怪事的。所以她一度还想直接原路返回了呢。

可她去了火车站，直到接到了客人为止，都没遇到什么怪事。不过在她让丈夫的同僚走在前面，一同经过昏暗的检票口时，就听到背后有人在说：

"您丈夫的右臂受了伤，所以不能给您写信了。"

千枝子猛地回头看去，可身后并没有"红帽子"，有的只是一位已相当熟悉的海军军官及其夫人而已。毋庸赘言，这对夫妇是不会说这种没头没脑的话的。所以说这事本身也确实是有些莫名其妙，但好在没看到"红帽子"，估计千枝子的心情还是较为轻松的吧。她就这样过了检票口，并同其他人一起在停车廊将丈夫的同僚送上了汽车。

这时，身后又传来了一个十分清晰的声音：

"夫人，您丈夫下个月就要回来了。"

千枝子再次回头看去，还是没有"红帽子"。不过她身后虽然没有，前面倒有两个"红帽子"，正在往汽车上装行李呢。不知为何，其中的一个突然朝她看了一眼，还神情古怪地笑了一笑。目睹了这一情景后，千枝子脸色大变，以至于连周围的人都察觉到了。可等她镇定下来再朝那儿看去时，却发现刚才是两个"红帽子"，而现在在那儿搬运行李的"红帽子"却只有一个了。并且，他根本就不是刚才发笑的那个。既然这样了，那么她应该记得刚才那人的长相了吧，非也，依然一点儿都不记得。她一回想起来，脑海里浮现出的只有红帽子，而红帽子下面的那张脸，居然是没有鼻子和眼睛的。——这就是我从千枝子那儿听来的第二个离奇故事。

又过了一个来月——应该就是你去朝鲜的前后吧，她的丈夫果然回来了。不可思议的是，所谓因右臂受伤而有段时间不能写信之事，居然也是事实。

"千枝子思夫心切，自然就未卜先知了吧。"

我内人还当场这么调侃她呢。

之后又过了半个来月，他们夫妇就去了丈夫的任地佐世保了。可刚一到那儿，她就立刻写信来了。令人吃惊的是，信上写的是她第三次遇到离奇事件。

说的是千枝子夫妇离开中央火车站时，帮他们搬运行李的"红帽子"将脸凑到已经开动的火车的窗口，跟他们告别。不料她丈夫看到后，突然脸色大变，一会儿过后，才略带忸怩地说出了下面这件事。

她丈夫在法国的马赛港上岸后，曾与几名同僚一起去了咖啡馆。不料他们刚坐下，就有一个日本人"红帽子"走到他们的桌子旁，跟老朋友似的向她丈夫打听起近况来了。法国马赛的大街上，自然是不可能有日本的"红帽子"四处溜达的。可不知为何，她丈夫却一点儿也不觉得惊奇，居然如实告诉他自己右臂受伤，以及归期已近等情况。这时，他的一个喝醉了的同僚打翻了一个斟了科涅克酒的酒杯，将他吓了一跳。当他回过神来再看那个"红帽子"时，却发现已经无影无踪了。这到底是怎么一回事呢？

如今想来，当时他明明是清醒着的，却又似乎是在做梦。不仅如此，他的同僚们一个个都神态自若，似乎都没看到过什么日本人"红帽子"。因此在当时他就没将这事跟任何人提起。回到日本后，他听妻子说曾两次遇到怪异的"红帽子"后，就心想，自己在马赛遇到的，应该就是这个"红帽子"。可这事也太过天方夜谭了，再说让人知道了，恐怕还会因自己在光荣的远征中老想着家里的老婆而被人嘲笑，所以一直将此事藏在心里。可今天一看到前来道别的"红帽子"，马上就觉得他的长相跟出现在马赛咖啡馆的那个"红帽子"分毫不差。

千枝子的丈夫如此这般地讲完之后，沉默良久，随后又惴惴不安地说道：

"可是，这也太离奇了，是不是？说是长相分毫不差，可我又怎么想不起那'红帽子'的长相来呢？只不过隔着车窗看到他的时候，立刻就觉得：就是他……"

村上讲到这儿，咖啡馆里又进来了三四个人。他们似乎还都是村上的朋友，很快他们就走到我们的桌子跟前，一个个地跟村上打起招呼来了。我借机站起身来，对村上说道：

"我这就告辞了。反正在回朝鲜去之前，我还会再去拜访你一次的。"

我走出了咖啡馆后，不禁长长地叹了一口气。正好三年前，

301

我与千枝子在中央火车站定了两次幽会，结果她两次都爽约了，随后只给我回了一封短信，说是要永远做一个贞洁的妻子。其中的原委，今晚，我总算是明白了……

大正九年（1920）十二月

两封信

由于某个偶然的机会，我得到了下面的这两封信。这两封信都是以预付邮资的方式寄给警察署长的。它们分别是于今年二月中旬和三月上旬发出的。至于为什么要在此公开这两封信，信件内容本身已经做出了说明。

第一封信

警察署长阁下：

首先请您相信鄙人是个精神正常之人。关于这一点，鄙人可以向所有的神明起誓，并做出保证。因此，请您也务必相信，鄙人的精神状态毫无异常。如若不然，鄙人给您写信这事，也就毫无意义了。若当真如此，那么鄙人又何苦给您写这么长的信呢？

阁下，坦诚相告，在写此信之前，鄙人也曾犹豫过。其缘由便是，要写下此信，鄙人就必须将鄙人之家庭秘密毫无保留地暴露在您眼前了。而这，毋庸讳言，是极为有损鄙人之清誉的。然而情势紧迫，已到了多存一刻即令人痛苦不堪之地步。故而鄙人终于下定决心，采取了此一断然之措施。

如此迫不得已而写下此信的鄙人，倘若被人当作疯子看待，又让人情何以堪？故而鄙人再次郑重其事地请求您：阁下，请相信鄙人是个精神正常之人。并且，还望您不惮烦扰，务必阅读此信。因为此信是赌上了鄙人与内子之清誉而写下的。

阁下职务繁忙，而鄙人写得如此繁复啰唆，或许会令阁下不胜其烦。然而有鉴于鄙人下面所述之事的性质，是无论如何也必须请阁下相信鄙人是个精神正常之人的。若如不然，阁下又怎么会接受此一超自然之事实呢？又如何能视此具有创造性的精力之离奇效用为可能呢？事实上，鄙人欲请阁下加以留意之事实，就具有如此不可思议之性质。正因如此，鄙人才不揣冒昧，提出了如上之请求。更何况鄙人下面所写之事，恐怕还难免会受到冗赘杂沓之指责。然而，这一方面是为了证明鄙人之精神状态绝无异常；另一方面，多少也是出于让阁下明了此类事实并非古往今来绝无仅有之必要。

要说历史上最著名的实例之一，恐怕就得说是出现在卡特琳娜女王[1]跟前的那次了吧。此外，出现在歌德[2]面前的那个现象，也同样十分有名。然而，由于这两起事件都太过于脍炙人口了，在此，鄙人也就不赘述了。鄙人准备通过另外两三个具有权威性的实例，尽可能简短地说明该神秘现象的性质。首先，就从 Dr. Werner 所提供的实例入手吧。他说，在路德维希堡有个名叫 Ratzel 的珠宝商，有一天在走夜路时，刚转了一个街角，就迎面遇见了一个长得跟自己一模一样的男子。不久之后，该男子就在帮助一个樵夫砍伐橡树时，

1　卡特琳娜·斯福尔扎（1463—1509），活跃于文艺复兴时期的意大利女领主。
2　歌德（1749—1832），德国诗人、小说家、剧作家。主要作品有小说《少年维特之烦恼》、诗剧《浮士德》、叙事诗《赫尔曼和窦绿苔》和自传体作品《诗与真》等。

被树压死了。与此例极为相似的，则是发生在Becker教授身上的事情。Becker教授在罗斯托克教数学。一天夜里，他跟五六个朋友争论起神学上的问题来，需要找本书来加以佐证，于是他就去了自己的书房。不料走进书房后，却发现另一个自己正坐在自己的椅子上，读着一本什么书。Becker教授大吃一惊，隔着那人的肩膀朝他正读着的那本书看去，见是一本《圣经》。那人正用手指着"快去准备你的坟墓吧，你的死期将至"那一章。Becker教授回到友人所在的房间后，就将自己快要死了的事情告诉了他们。事实上也正如那预言所示，他于第二天下午六点钟，静静地离开了人世。

以上实例，会让人觉得Doppelgaenger[1]的出现即预告了死亡。其实也未必如此。Dr. Werner就记录着这么一件事：一位名叫迪莱尼丝的夫人与她六岁大的儿子以及小姑子在一起时，三人都看到了身穿黑色服装的第二个迪莱尼丝夫人，但之后也并未发生什么怪事。并且，这还是一个此种现象被第三者看到的实例。此外，Stilling教授所提供的名叫特里普林之魏玛[2]官员的实例，以及他所认识的某M夫人的实例，也都属于此类。

倘若要更进一步了解仅在第三者跟前出现Doppelgaenger的现象，就会发现这方面的事例也是比比皆是的。据说Dr. Werner本身就发现了其女仆的幻影。再者，乌尔姆[3]高等法院的审判长Pflzer，就给他的官员朋友们在自己的书房里看到了远在格丁根[4]的儿子一事，

1　德语。自像幻视。一种自己看到自己形象的幻觉。（该德语单词应为Doppelgänger，此处保留作者原文写法，余同——编者注）

2　位于德国中部图林根地区的城市。18—19世纪时，是德国艺术、文化的中心。

3　德国南部的城市。14—16世纪时，经济、文化方面相当繁荣。

4　德国中部的大城市。以精密机械工业发达而闻名。

提供了确切的证明。此外，还有《幽灵性质之探究》的作者所提供的，在卡姆巴兰德之卡格林顿郊区，七岁少女看到其父之幻影的实例；以及《自然的黑暗面》的作者所提供的，某科学家兼艺术家H，于1792年3月12日夜，看到其父之幻影的实例等。诸如此类，可谓是数不胜数。

鄙人在此列举以上种种实例，亦非只为浪费阁下的宝贵时间，只是想让阁下明白，这些都是毋庸置疑的事实。如若不然，或许阁下就会觉得鄙人下面所述之事纯属无稽之谈了。因为，鄙人也正因自身之Doppelgaenger而深受其苦，且在此方面，鄙人多少还有赖阁下的相助呢。

上面已写到鄙人也有自身之Doppelgaenger。其实，确切地说，应该是鄙人以及内子之Doppelgaenger。鄙人名为佐佐木信一郎，居住本区××町小猴子丁目××番地。年龄三十五岁，自东京帝国文科大学哲学系毕业后，一直在××私立大学担任伦理学和英语教师。内子名叫房子，与我成婚四年，今年二十七岁。我们至今尚无子女。在此我要特别提醒阁下的是，内子素有歇斯底里之气质。以结婚前后那一阶段尤为严重，甚至一度因极度忧郁而与我不交一言。但近年来已极少发作，性格也比之前开朗多了。然而，自去年秋天起，她的精神状态又出现了较大的波动，最近则更是时常会做出一些反常的言行举动，令我难以应对，痛苦不堪。至于我为何要在此强调内子之歇斯底里症，实在是由于与我针对那奇怪现象之说明有着某种关系的缘故，而相关说明，则容我在后面详细阐述吧。

那么，出现在鄙人与内子面前的Doppelgaenger，到底是怎样的呢？总体而言，到目前为止已发生了三次。下面，就允许鄙人在参考鄙人之日记的同时，尽可能准确地一一加以阐述吧。

第一次，发生在去年十一月七日，时间大概是在下午九点至九点三十分吧。当天，鄙人与内子一同去有乐座[1]观看了慈善演出。坦白地说，这戏票，原本是我的朋友接受强行摊派才买下的，可他们夫妇又有事去不了，才出于一番好意转让给我们的。至于演艺会本身，其实是无须赘述的。事实上鄙人向来对什么音乐、舞蹈没什么兴趣，只是为了陪同内子才一起去的。老实说，其大部分节目只会徒增我的无聊与倦怠而已。因此，即便此刻想要向您汇报，也是极度缺乏具体内容的。我只记得，在幕间休息之前，有过一段《宽永御前比武》[2]的讲谈。当时我似乎觉得，自己正期待着某种异常事物的出现，因而还想到自己的如此心态是否会因听了《宽永御前比武》的讲谈而消失得无影无踪呢？

幕间休息时来到走廊上后，我马上就留下内子，独自去厕所解小手了。自不必多言，当时那狭窄的走廊上已是人满为患。解过小手后，我从人缝中挤回来，沿着弧形的走廊来到大门前的时候，正如我所预期的那样，我的视线落到了靠着走廊墙壁站立着的内子身上。内子像是电灯光太亮的缘故，低垂着眼帘，以侧脸对着我，安静地站在那里。这自然并无任何怪异之处。然而，就在下一个瞬间，我的视觉便受到了严酷的挑战，而我的理性则几乎被撞得粉碎。因为，我十分偶然地——不如说是由于某种超越人类认知的隐

---

1 剧场名。位于日本东京都千代田区（旧麹町区）有乐町。首演于明治四十一年（1908）十一月。是日本最早的西洋式剧场。

2 讲述江户时代宽永十三年（1636）端午节，在第三代将军德川家光面前举办的各国武士大比武的讲谈篇目。

秘原因吧——看到了一个背对着我站在内子身旁的男子。

阁下，鄙人就是在那时，第一次从那个男子的身上看到我自己的。

这"第二个我"穿着与"第一个我"一模一样的外褂，一模一样的裙裤。甚至连姿态也跟"第一个我"一模一样。要是他扭过头来的话，恐怕连长相也会跟我一模一样的吧？我简直不知道该如何形容我当时的心情。我的四周有许多人，正在一刻不停地走动着。我的头顶上有许多电灯，正放射着白昼一般的亮光。也就是说，在我的前后左右，不具备与神秘性共存的任何条件。可事实上我就是在如此环境之中，看到了一个自身存在以外的存在。我的错愕一跃而成了震惊。我的惶惑一跃而成了恐惧。要不是内子当时抬头瞥了我一眼，我恐怕是会大声惊呼，将周围众人的注意力全都吸引到这一怪异的幻影上来的吧。

所幸的是，内子的视线与我的视线对接上了。并且几乎是与此同时，那个"第二个我"很快就从我的视野里消失了——快得就跟玻璃上爆出裂纹一样。于是，我像个梦游者似的，茫然地朝内子走去。然而，想来内子并未看到那个"第二个我"吧，等我走到她身旁时，她用一如既往的口吻说道："时间真长呀。"随后她看了看我的脸，这次则不安地问道："你怎么了？"不用说，我当时一定是面如土色。我擦了把冷汗，心想要不要将我看到的超自然现象告诉她。我一时间犹豫不决。然而，看到内子那副担心的模样后，我就不忍心实言相告了。我怎么能让内子更加担心呢？于是我就决定只字不提有关"第二个我"的事情。

阁下，您想想，要是内子不爱我，或者我不爱内子，我怎么会做出如此决定呢？我可以断言：直到今日，我们一直都是相亲相爱的。但是，世人却并不认同这一点。阁下，世人并不认为内子是爱我的。这令我感到恐惧，感到耻辱。就我而言，这事比否定我爱着内子更为屈辱，而其程度之深，我简直不知道如何用语言来加以表达。不仅如此，世人还得寸进尺，竟然怀疑起内子的贞操来了。

非常抱歉，我有些情绪失控，不知不觉间几乎就要将叙述引入歧途了。还是回到正题上来吧。

自那个夜晚起，我就一直遭受着惶恐不安的袭扰。因为，正如前面所列举的实例那样，Doppelgaenger的出现，往往预示着当事人的死亡。然而，一个来月的时间，就在如此不安中太平无事地过去了。随后，又辞旧迎新，来到了新的一年。当然了，我也并未忘记那"第二个我"。只是随着时间的流逝，那种恐惧和不安也渐次转轻、日益淡化而已。不，不仅如此，有时候我也将这一切统统归结为"幻觉"了事。

恰在此时，就仿佛要惩戒我掉以轻心似的，那"第二个我"再次出现在我的面前了。

事情发生在一月十七日，时值星期四的正午时分。那天我还在学校里的时候，有旧友来访，正巧那天我下午没课，就同他一起去一家位于骏河台[1]下的咖啡馆吃饭。正如您所知，在骏河台下，靠近十字路口的地方，有一座大钟。我下电车的时候，瞟了那大钟一眼，见它的指针正指着十二点十五分。当时我看到那大钟以雪意浓浓的铅灰色天空为背景，一动不动地立在那儿，就毫无来由地感到一阵恐慌。或许这就是前兆亦未可知。感到恐慌之后，我便不经意

1　日本东京都千代田区北部的地区。传说因德川家康死后，常驻骏府的武士移居于此而得名。现为文教区。

地将视线从大钟转移到了电车铁轨对面的、位于中西屋之前的车站上。就在这时，我居然看到我自己和内子肩并肩地、似乎十分亲密地一起站在那儿！

内子身穿黑色大衣，围着一条深棕色的丝绸围巾。"我"则身穿鼠灰色大衣，戴着一顶黑色软礼帽。内子正跟"我"——"第二个我"说着什么话。阁下，那天的我——"第一个我"，正是穿着鼠灰色大衣，头戴一顶黑色软礼帽的。我当时是用如何充满恐惧的眼神，望着那两个幻影的呀！是在内心燃烧着怎样的憎恶而望着他们的呀！尤其是，当内子以撒娇似的眼神看着那"第二个我"的时候——啊啊，这一切简直是一场噩梦。我已经没有勇气来再现我当时的状态了。我下意识地抓住朋友的胳膊肘，失魂落魄地站在路边。此时，外濠线的电车正从骏河台的方向沿着坡道轰隆隆地飞驰而下，挡住了我的视线。这可真是来自冥冥之中的神明的相助啊。因为，当时我们正要跨过外濠线的铁轨，走到对面去。

当然，电车在转瞬之间就从我们面前驶过了。而在此之后，遮挡住我的视线的，就只有中西屋前的红色柱子了。刚才那两个幻影，已在被电车挡住的那个瞬间，消失得无影无踪了。紧接着，我催促着满脸诧异之色的友人，带着莫名其妙的笑容，故意迈开了大步。那位友人后来散布了关于我已发疯的谣言，但就我当时的异常举动而言，倒也不能怪罪于他。但让我觉得受到了侮辱的是，他竟然将我发疯的原因，归结于内子的品行不端。最近，鄙人已正式向他发出了绝交信。

请原谅，刚才我只顾忙于叙述事实，而没有证明当时我所看到的内子，仅仅是一个幻影。因为，那天正午前后，内子并未外出。

关于这一点，内子本人自不必说，就连下女也如此声称。再说，从前一天起，内子就说头疼，神情也较为忧郁，所以就更不可能突然外出了。如此看来，当时出现于我眼前的，不是Doppelgaenger，又会是什么呢？我问内子是否外出过时，她瞪大眼睛说："没有啊。"这副表情，至今仍历历在目。倘若真如世人所说的那样，内子背叛了我，那么她是绝不可能露出如此孩童般纯洁无邪的表情的。

自不待言，我在相信"第二个我"这一客观存在之前，也曾首先怀疑过自己的精神状态。可事实是，我的思维丝毫不乱。觉睡得很香，学习方面也毫无问题。诚然，自从第二次遇见"第二个我"之后，我变得动不动就担惊受怕起来了。但这正是遇见了那怪异现象所导致的结果，而绝非导致怪异现象出现的原因。因此，到最后我不得不相信，在我这个此身存在之外，确实尚有另一个存在。

然而，即便到了那时，我也没将幻影之事告诉内子。倘若命运允许的话，恐怕我直到今天也会对她闭口不言的吧。可问题是，那个阴魂不散的"第二个我"，又第三次出现在了我的面前。事情发生在上星期二，也即二月十三日下午七点钟左右。这件事的发生，导致我再也无法隐瞒，不得不向内子坦诚相告了。因为除此之外，已经没有任何别的手段能减轻我们的不幸了。当然，关于这一点，我会在下面详加叙述的。

那天正好轮到我值班。可放学后不久，我就发生了强烈的胃痉挛，于是我遵照校医的忠告，马上就坐车回家了。正午时分，天就下起了雨来，随后又狂风大作，等我快到家的时候，已是大雨滂沱了。我在大门前付过车钱，冒着雨匆匆地跑入了玄关。与往常一样，玄关的木格子门，在里面用钉子插住了。不过我可以在外面将其拔掉，所以我就打开了格子门，走进了房间。想必是下雨声盖过了开门声的缘故吧，没人从里面迎出来。我脱了鞋，将帽子和大衣挂在挂钩上后，就从玄关走到隔着一个房间的书房前，拉开了纸拉门。因为我有个习惯，在去茶间[1]之前，总是先将装有教科书等东西的手提包放到书房里去的。

可就在此时，我的眼前突然呈现出一幅完全意想不到的光景。当然，放在朝北窗子前的书桌，书桌前的转椅以及围在四周的书架，都没有任何变化。可是，那个侧脸朝外、站在书桌旁的女子，坐在转椅上的男人，又是什么人呢？阁下，我此刻又看到了"第二个我"，还有"第二个内子"，并且近在咫尺！当时的光景给我留下了恐怖的印象，令我想忘都忘不了。我站在门槛处，可以看到两人的侧脸。从窗外射入的冰冷的寒光，将那两张脸照得明暗分明。而那两张脸前面带有黄色丝绸灯罩的电灯，在我当时的眼里则几乎是黑色的。更具讽刺意味的是，他们此刻竟正在阅读我那本记录着此种离奇现象的日记——看到摊开在桌上的那本书的形状后，我立刻就认出来了。

我记得就在我一眼瞥见如此光景的同时，我就不由自主地发出了连自己都不知道是什么意思的叫喊声。我还记得，随着我的喊声，那两个幻影便同时朝我看了过来。倘若他们都不是幻影，那么我至少可以让他们中的一个，也即内子来描述一下我当时的模样了。然而，这无疑是不可能的事情。随后我所记得的，就只有强烈的头晕目眩，除此之外，就什么都不记得了。因为我当场就扑通一

1　日式房屋中用于家人起居闲坐或吃饭的房间，有时也用作客厅，不是专用于喝茶的房间。

声倒在地上，失去了知觉。等内子听到响声从茶间跑来时，想必那两个幻影都已经消失了吧。内子让我在书房里躺下来，还赶忙在我的额头上敷了冰袋。

大约过了三十来分钟，我恢复了知觉。内子看到我苏醒过来后，突然就放声大哭了起来。她说，我近期的言行，令她十分害怕。

"你在疑神疑鬼，是不是？如果是这样，你为什么不直截了当地说出来呢？"

内子责备我道。

世人怀疑内子之贞操的事情，想必阁下是知道的。当时，我也听到了如此传闻。恐怕如此可怕的谣言也同样传入了内子的耳朵了吧。我从内子的话中，感觉到了她的担心和战栗。她担心我是否也有着同样的怀疑，并为此而战栗着。看来，她是将我所有的异常言行，都归结到这种"怀疑"上来了。显而易见，倘若我还保持沉默的话，只会让内子更加痛苦。于是，我为了不让冰袋从额头上掉下来，小心翼翼地将脸转向了她，并低声说道：

"对不起。我有事隐瞒了你。"

随后，我就将三次出现"第二个我"的事情，原原本本地、尽可能详细地告诉了她。之后，我特意强调道：

"外界的谣传，我以为是有人看到了'第二个我'跟'第二个你'在一起后捏造出来的。我对你绝对信任。所以，你也要绝对信任我。"

可是，内子毕竟是一个弱女子，平白无故地成为世人的怀疑对象后，痛苦异常，难以自拔。或许说，Doppelgaenger现象太过异常了，对于消除众人的怀疑而言，显然是无能为力的。因此，在我解释过后，内子也仍伏在我的枕边啜泣不已。

于是，我列举了前文所列举过的种种实例，耐心地向内子解释Doppelgaenger之存在的可能性。阁下，您可知道，像内子这样具有歇斯底里气质的女性，尤其容易产生如此之离奇现象。诸多记录中也不乏此种实例。例如著名的梦游者Auguste Muller等辈，据说就时常展示其幻影。然而，有人或许会指出，那种情况是基于梦游者之意志而产生Doppelgaenger现象的，故而并不适用于内子的情况。或者会提出疑问，说是，即便退一步而言，那也只能用来解释内子的幻影，而不能用来解释鄙人的幻影。然而，这绝非难以解释之难题。为什么这么说呢？因为，另一个毋庸置疑的事实是，能造成他人之幻影的人，也同样是存在的。根据弗朗兹·冯·巴德尔寄给Dr. Werner的书信，艾卡鲁滋哈森在临死之前，就公然声称自己具有制造他人之幻影的能力。由此可见，第二个疑问也同第一个疑问一样，关键在于内子是否有意为之。但是，要说到有意还是无意，这其实是个非常难以确定的事情，不是吗？诚然，内子是无意呈现Doppelgaenger的。可她无疑是时刻都将我挂在心头的呀。或者说，她一直希望与我一起去什么地方亦未可知。对于具有内子之体质的人来说，难道就不能认为，这终将导致与有意呈现Doppelgaenger相同之结果吗？至少我认为这是很有可能的。更何况如内子这样的实例，也另有两三个散见于各种记录呢。

鄙人如此这般地解释了一通，极力安慰内子。最后，内子也像是终于理解并予以认同了。随后，她止住了眼泪，怔怔地望着我的脸说：

"只是，太难为你了。"

阁下，以上就是到目前为止，鄙人的幻影出现在鄙人面前的大致经过。直到今天为止，这还仅仅作为鄙人与内子之间的秘密，从未对任何人透露过。然而，如今已顾不得这些了。因为世人已开始公然嘲笑起我，并且憎恶起内子来了。甚至还有人唱着嘲讽内子品行不端的小调，故意在我家门前招摇而过。事到如今，鄙人怎么还能对此视而不见、默不作声呢？

　　但是，鄙人在此向阁下申述，也并非仅仅由于鄙人夫妇无端遭受侮辱之故。而是因为，默默忍受如此侮辱的结果是，内子的歇斯底里症出现了恶化之倾向。而歇斯底里症之恶化，也可能导致Doppelgaenger的出现愈加频繁。而这又将加重世人对内子贞操的怀疑。鄙人不知道到底要如何才能脱离此两难境地。

　　阁下，对于身处如此事态之鄙人而言，仰仗阁下之保护，已是鄙人最后且唯一的生路了。故而请您务必相信鄙人如上之陈述，并对深受世间残酷迫害之苦的鄙人夫妇给予同情。鄙人的一位同事，曾故意对鄙人喋喋不休地转述报纸所载有关通奸的报道。鄙人的一位前辈，特地写来书信，在暗示鄙人品行不端的同时，还若无其事地奉劝鄙人与内子离婚。更有甚者，鄙人的学生，不仅不认真听鄙人上课，还在黑板上画鄙人跟内子的漫画，并在画下写上"可喜可贺"的字样。然而，说到底，这些人还多少是与鄙人有些关联的；而近来，出于毫不相干之人的意想不到的侮辱，居然也绝非少数。有人寄来匿名的明信片，将内子比作禽兽。有人在我家的黑色围墙上，施展远比学生高超的手腕，涂抹了一些不堪入目的图画和文字。更有胆大妄为者，居然潜入我家院内，偷看鄙人与内子吃晚饭的情景。阁下，您说如此这般，还是人的所作所为吗？

阁下，鄙人就是为了申述如此事实，才写下此信的。官府应该如何处置侮辱、胁迫鄙人夫妇之世人，这当然是阁下所应考虑的问题，并非鄙人所应考虑之问题。然而，鄙人确信，贤明如阁下者，是定能为了鄙人夫妇而确当地使用阁下所拥有之权力的。在此，鄙人恳请阁下为了不使昌明之世蒙受污名而切实履行阁下之职责。

又：若有垂问，鄙人可随时至贵署奉告。就此搁笔。

第二封信

警察署长阁下：

由于阁下的怠慢，导致鄙人夫妇遭遇了最后的不幸。内子于昨日突然失踪，至今杳无音信。鄙人忧心如焚。以为内子或因再难忍受世人之压迫，而竟至自杀身亡矣。

世道汹汹，终至杀害了无辜良民。而贵为阁下，居然也能成了可恶的帮凶之一。

鄙人打算于今日起，不再居住本区了。因为，在如此无能无为之阁下的治理下，又如何能安居乐业呢？

阁下，鄙人已于昨日辞去了学校的教职。今后，鄙人将倾全力从事超自然现象之研究。阁下或与无知世人一样，对鄙人之计划抱以冷笑吧。然而，身为一堂堂警察署长而贸然否定一切超自然之事物，不也为可羞惭之事吗？

阁下恐怕应首先考虑的是：人，其实是多么的无知。例如，阁下手下的警官之中，就有许多人患有阁下做梦也想不到的传染病。

而尤为离奇的是，这种传染病会因接吻而快速传播。而知道此一内情者，亦仅仅鄙人一人耳。仅此一例，就足以粉碎阁下傲慢之世界观了……

*   *   *

以下，此信还拉拉杂杂地写了许多。但只是一味地耍弄哲学腔，空洞无物，味同嚼蜡。愚以为已没有转述之必要，故于此统统略去。

大正六年（1917）八月十日

黑衣圣母

……我在此泪谷中呻吟、哭泣，诚心向您祈祷。……请您用慈悲的慧眼眷顾我们。……深深的柔情，深深的哀怜。至圣童贞玛利亚。

——柯兰德

"你瞧瞧这个，怎么样？"

田代君说着，将一尊玛利亚观音像放到了桌子上。

所谓玛利亚观音像，是禁教时代[1]里，教徒时常用来替代圣母玛利亚加以膜拜的一种观音像。一般用白瓷制成。不过现在田代君展示的这尊玛利亚观音像，却并不是博物馆陈列室或民间收藏家橱柜里的那种。首先它就不是白瓷的，除了脸部以外，通体都用紫檀雕刻而成，是尊一尺来高的立像。不仅如此，将十字架悬挂于颈下的璎珞上还镶嵌着黄金和螺钿，做工极为精巧。其脸部则为精美的象牙雕刻，嘴唇上甚至还添加了珊瑚一般的朱色……

我交叉着双臂，默默地注视了一会儿黑衣圣母那美丽的面庞。不料看着看着，我就觉得她那象牙脸蛋上似有若无地泛起了一个奇怪的表情。不，仅仅说是"奇怪"，无疑太过粗略了。我甚至觉得她那整张脸都充满了恶意的嘲笑。

"你觉得怎么样啊？"

田代君的脸上带着收藏家所共有的矜夸的微笑，视线在桌上的玛利亚观音像和我的脸之间游移着，再次问道：

1　指日本江户时代初期幕府以极为残酷的手段禁止天主教传播的时代。许多教徒被迫改宗，但也有不少人转入了地下，玛利亚观音像就是那时出现的。

"毫无疑问，这是个珍品啊。只是我怎么觉得她脸上带着一种瘆人的神情呢？"

"尚未达到圆满具足之境吧？要说起来，关于这尊玛利亚观音像，还有个颇为神奇的传说呢。"

"神奇的传说？"

我不由自主地将视线从玛利亚观音像上转移到了田代君的脸上。田代君带着一本正经的表情，将那尊玛利亚观音像从桌子上拿了起来，可随即又马上放回了原处，说道：

"是啊。据说这可不是个转祸为福而是转福为祸的、不吉利的圣母啊。"

"不会吧？"

"可据说，这种事还真就发生在她的主人身上了呢！"

田代君在椅子上坐了下来，带着完全可以用忧心忡忡来形容的抑郁眼神，对我做了个手势，示意我也在桌子对面的椅子上坐下来。

"真有其事？"

我一坐到椅子上，就不由自主地发出了疑问。

这位田代君比我早一两年大学毕业，是个有着秀才之美誉的法学士。据我所知，他是个富有教养的新型思想家，一点儿都不相信什么超自然现象。因此，这话既然出于他之口，那么"神奇的传说"云云，想来也不是什么荒唐无稽的怪谈吧。

"真有其事吗？"

我再次问道。田代君擦了一根火柴，一边点燃烟斗，一边说道：

"这个嘛，就只能由你自己来判断了。总而言之，听说这尊玛利亚观音像是有着十分骇人的缘由的。你要是不嫌乏味，我就不妨说给你听听。"

这尊玛利亚观音像在为我所有之前，属于新潟县某町一位姓稻见的大富豪。当然了，在那里并非被当作古董藏品，而是用以祈求家族兴旺的菩萨。

那位稻见家的户主，与我是同届的法学士，同时也是一位经营着公司、银行的实业家。因为有着这一层关系，我也曾为他提供过一两次方便。或许他是出于感激之情吧，有一年来东京时，就顺便将这尊他们世代相传的玛利亚观音像送给了我。

我刚才所说的"神奇的传说"，就是那会儿从他那里听来的。当然了，他自己也并不相信。只不过是说明一下他从母亲那儿听来的有关这尊圣母像的缘由而已。

据说事情发生在稻见的母亲还只有十岁或十一岁那年的秋天。算一下年代的话，正是"黑船"在浦贺港引起骚乱的嘉永末年。当时，他母亲的弟弟，一个叫作茂作的八岁男孩患了麻疹，病情十分沉重。稻见的母亲名叫阿荣。自从两三年前父母都因传染病去世以来，阿荣和茂作姐弟俩就由年逾七十的老祖母抚养了。因此，茂作得了重病，稻见的这位祖母，早已梳起切发赋闲了的老婆婆的担心，自然就非比寻常了。然而，纵然医生想尽了办法，可茂作的病情却只是一味地加重，还不到一个星期，就到了命在旦夕的程度了。

有天夜里，阿荣睡得正香，祖母突然走入她的房间，硬生生地就将她抱了起来，并十分麻利地亲自给她换好了衣服。阿荣迷迷糊糊跟做梦似的就被祖母牵着手，提着昏暗的灯笼，走过空无一人的长廊，来到了连大白天里都很少有人去的土仓[1]。

土仓靠里处，有个用来供奉防火神的白木神龛。祖母从腰带上取下钥匙，打开了神龛的门。借着灯笼的亮光往里一看，但见陈旧的锦缎幔帐后端端正正地立着一尊神像——不是别的，正是这尊玛利亚观音像。阿荣一看到这尊神像，就立刻感到这个在半夜里连蛐蛐的叫声都听不到的土仓十分阴森可怖，不由自主地抱着祖母的腿，抽抽搭搭地哭了起来。可那天夜里的祖母却与往日有所不同，她一点儿也不理会阿荣的哭泣，而是跪坐在那尊玛利亚观音像前，恭恭敬敬地在额头上画了个"十"字，开始念起了阿荣听不懂的祷告词来。

祈祷持续了十多分钟。随后，祖母就轻轻地抱起孙女，不住地哄她说不用怕不用怕，并让她坐在自己的身边。紧接着便用阿荣听得懂的话，对这尊用紫檀雕成的玛利亚观音像祈求道：

"童贞圣母玛利亚啊，我赖以仰仗的，就是今年才八岁的孙子，和已带来这里的、他的姐姐阿荣。正如您所看到的一样，阿荣尚幼，还没到婚配的年纪。要是今天茂作有个三长两短，那么明天稻见家就要断子绝孙了。请您一定不要让如此惨祸发生，一定要保住茂作的一条小命。倘若我的虔心尚不足以如此祈求，那么至少在我还活着的时候，保住茂作的性命吧。我已年迈，想来将自己的灵魂奉献天主那一天，也为时不远了。但在之前，倘若不横遭意外，阿荣想必能长大成人的吧。在此我恳请圣母保佑，千万别让那死亡天使的利剑在我瞑目之前就碰到茂作的身体。千万请圣母大发慈

1　一种为防火防盗而在外墙上涂了很厚的泥土的仓库。

悲。”

　　如此这般，祖母便垂下那梳着切发的头，万分虔诚地祈祷着。当祖母祈祷完毕，阿荣战战兢兢地抬起眼来时，或许是错觉吧，她竟然看到玛利亚观音像的脸上像是露出了笑容！阿荣低低地惊叫了一声，又趴到了祖母的腿上。但祖母反倒很满意，她抚摩着孙女的后背，反复说道：

　　“走，我们回去吧。玛利亚观音已经接受了奶奶的祈祷了，真是难得啊。”

　　到了第二天，或许祖母的祈祷真的应验了吧，茂作的高烧居然比起昨天来减退了许多，神志也较为清醒，不像之前样昏昏沉沉了。看到如此情形，祖母简直高兴得合不拢嘴。据说直到现在，稻见的母亲也依旧清晰地记得祖母那边笑边流泪的面容。一会儿过后，祖母看到孙子已安详入睡了，许是她自己也想休息一下，好缓解一下连日来看护的疲乏吧，她便很少见地在病房的隔壁房间里铺上被褥后躺了下来。

　　当时，阿荣就坐在祖母的枕边玩弹珠；而祖母像是累坏了，一躺下就睡着了，而且睡得很沉很沉，简直就跟死人似的。

　　然而，大约过了一小时吧，看护茂作的一个年长女佣便拉开了里间的隔扇，慌慌张张地说道：

　　“小姐小姐，你快把奶奶叫醒。”

　　阿荣还是个孩子，便不问情由地跑到祖母身边，喊道：

　　“奶奶，奶奶。”

　　还拉了两三下祖母的袖子。可不知为何，平时十分警醒的祖母今天却怎么喊都毫无反应。病房中的女佣也觉得奇怪，便跑了过来。她看到祖母的面容后便发疯似的拉扯着祖母的衣服，带着哭声大叫道：

"老奶奶！老奶奶！"

但眼圈呈现出紫色的祖母依旧一动不动地睡着。不多一会儿，另一个女佣也慌慌张张地拉开了隔扇，大惊失色地用颤抖着的声音喊道：

"老奶奶！少爷他——老奶奶！"

那女佣喊的那嗓子"少爷他——"，即便是阿荣听了，也立刻察觉到肯定是茂作的病情发生了突变。但祖母依旧紧闭着双眼，想是根本就没听到眼下已伏在她枕边痛哭的那个女佣的喊声。

就在此后的十分钟之内，茂作停止了呼吸。玛利亚观音是严格遵守约定的，她并未在祖母活着的时候带走茂作。

田代君讲完后，又抬起充满忧郁的眼睛，怔怔地望着我。

"怎么样？你觉得这个传说真有其事吗？"

我支支吾吾道：

"这个嘛……可是……怎么说呢？"

田代君沉默不语。片刻过后，他将已经熄灭了的烟斗重新点燃，说道：

"我觉得是真有其事的。只不过这是否该归咎于稻见家的圣母，还是个疑问。——哦，对了。你还没看这尊玛利亚观音像底座上的铭文吧？你看，这儿刻着一排洋文呢。——DESINE FATA DEUM LECTI SPERARE PRECANDO"（别指望你的祈祷能改变上帝的旨意）……

我不禁将恐惧的目光投向了这尊是命运之象征的玛利亚观音像。这位圣母身裹着用紫檀雕成的服装，而她那用象牙雕刻而成的美丽的脸上，却永远带着冷冰冰的、充满恶意的嘲笑。

大正九年（1920）四月

孤独地狱

这个故事是我从母亲那儿听来的，而我母亲又说是从我叔祖那儿听来的，所以故事的真伪就不得而知了。只是按我叔祖之品行来推断，这事是极有可能的。

我叔祖是一个所谓的"达人"，在幕末[1]的艺人、文人之中有许多好友。例如河竹默阿弥[2]、柳下亭种员[3]、善哉庵永机[4]、善哉庵冬映[5]、第九代团十郎[6]、宇治紫文[7]、都千中[8]、乾坤坊良斋[9]等辈。其中，默阿弥在其《江户樱清水清玄》中所创作的纪国屋文左卫门一角，就是以我叔祖为原型的。虽说他作古已有五十来年了，可由于他生前有过

1　日本江户幕府末期。一般指自1853年美国佩里将军率舰队到达日本逼其开港（"黑船事件"），到1868年明治政府成立之间的时期。

2　河竹默阿弥（1816—1893），本名吉村新七。日本江户末期、明治初期的歌舞伎剧作家。是江户歌舞伎的集大成者。代表作有《三人吉三廓初买》《青砥稿花红彩画》等。

3　柳下亭种员（1807—1858），日本江户末期通俗小说作家。代表作有《白缝谭》《儿雷也豪杰传》等。

4　善哉庵永机（1823—1904），日本江户末期、明治初期的俳句诗人。

5　善哉庵冬映，生卒年不详。与善哉庵永机同为日本江户末期、明治初期的俳句诗人。

6　第九代团十郎，即第九代市川团十郎，1838年11月29日至1903年9月13日，日本江户末期、明治初期的歌舞伎演员，致力于戏剧改良运动，擅长表演历史人物。

7　宇治紫文（1791—1858），日本江户末期"一中节宇治派"净琉璃（日本传统说唱艺术）演员。

8　都千中（？—1834），日本江户后期"一中节"派净琉璃演员。

9　乾坤坊良斋（1769—1860），通称梅泽屋良助。日本江户后期说书人。

"今纪文"[1]之雅号，说不定至今仍有人听说过他的名字亦未可知。他姓细木，名藤次郎，俳名[2]香以[3]，俗称"山城河岸之津藤"的便是。

却说津藤有一次在吉原[4]的玉屋结识了一位僧人。据说此人是本乡附近某禅寺的住持，法名禅超。这禅超自然也是一名嫖客，与那玉屋中名叫锦木的花魁打得火热。当然了，这还是在禁止僧人食肉娶妻[5]之前的事情。从外表来看，禅超绝不像个和尚，他总是在黄底格纹绸和服外罩一件黑纺绸的带族徽的礼服，对人则自称医生。——我叔祖与他也可谓是不打不相识。

那是一个掌灯时分的夜晚，地点是在玉屋的二楼。津藤上厕所回来经过走廊时，无意间发现有个男人正倚在栏杆上看月亮。又瘦又矮，剃着光头。借着月光看去，津藤还以为是常来此处风流的、只会耍嘴皮子骗钱的庸医竹内呢。于是在走过他身边的时候，就轻轻地伸手揪了一下他的耳朵，打算等他回过头来的时候，好好地耍笑他一番。

不料等那人回过头来一看，反将津藤吓了一跳：除了光头之外，

1　纪国屋文左卫门的通称。

2　俳句诗人的笔名。

3　细木香以（1822—1870），日本江户末期、明治初期的俳句诗人。通称津国屋藤次郎。江户商桃江园雏龟之子，新桥山城河岸的酒馆主。天保年间，与在为永春水所著的剧本中以津藤之名登场之乃父藤次郎龙池一起，成为多位文人、优伶、俳人、通俗作家的资助者，曾大受好评。晚年没落后，隐居在下总寒川（千叶县）。但作者在此似乎有意将细木香以与其父合为一人了。据日本学者考证，细木香以还是芥川龙之介的外曾祖父。文豪森鸥外还以"细木香以"为题为其作传。

4　日本江户时代的官准妓馆区。元和三年（1617）开设，直到昭和三十三年（1958）实施《卖淫防止法》后才被废止。开始在江户日本桥一带，后因火灾，迁至日本堤山谷附近。

5　日本在明治维新以前，除了净土真宗，是禁止僧侣吃肉娶妻的。1872年，明治政府为了神道教，打压佛教，颁布了《肉食妻带解禁令》，宣布"僧人今后无论蓄发、娶妻、生子、食酒肉，皆听从自便"，还规定僧侣之子可继承父业而成为职业僧侣。

没一处与竹内相像。只见那人尽管额头挺宽，两条眉毛却挨得很近。或许是两颊消瘦的缘故吧，眼睛显得很大。左脸颊上有一个老大的黑痣，即便在当时暗淡的月光下也清晰可见。并且颧骨很高。——零零碎碎地映入津藤那惊慌不定的眼眸之中的，就是这么一副尊荣。

"有何贵干？"

那和尚怒气冲冲地问道。他的身上似乎还带着几分酒气。

不好意思，刚才我忘了说了。当时在津藤的身边，还跟着一个艺伎和一个帮闲[1]呢。和尚要津藤道歉，他们也不好在一旁袖手旁观。于是那帮闲就替津藤道了冒失之过。而津藤也趁机带着艺伎匆匆溜回了自己的房间。可见尽管他老练通达，在那会儿也是颇感窘迫尴尬的。那和尚听了帮闲的解释，知道是认错人了，也就转怒为喜，哈哈大笑了起来。不消说，这和尚就是禅超。

随后，津藤叫人送了点心过去，以表歉意。对方也觉得过意不去，特意过来道谢。从此，这两位算是定交了。然而，说是交往起来了，其实也仅限于在玉屋的二楼见面而已，除此之外，并无来往。而且，他们俩也算不得是一路货。譬如说，津藤是滴酒不沾的，禅超却是个千杯不醉的大海量。在物质生活方面，比起津藤来，禅超是极尽奢华的。最后，就沉湎女色方面而言，禅超也是远胜津藤的。为此，津藤本人就批评道："简直搞不清楚谁是出家人了！"

因为身肥体壮，所以容貌丑陋的津藤，总是将前额剃得溜光，胸前挂一个用银链拴着的护身袋，好穿条纹和服，扎一条白色三尺腰带。

1　近世日本妓院等社交场所中，在宴会上陪酒、说笑制造气氛的男性艺人。

有一天津藤遇到禅超时，禅超披着锦木的长罩衫，正在弹三弦。这家伙平日里就气色不佳，那天更是形容可怕。两眼充血，脸皮僵硬，嘴角还不时地抽搐着。津藤立刻想到，他该不是有什么心事？便试探性地问道："如蒙不弃，还望一吐心曲。"

可交谈之下，发现并没有什么值得敞开心扉的隐衷，只是他的话比平时少了，时不时地失了话头。于是津藤便将其理解为在嫖客身上常见的倦怠症。这种因纵情酒色而患上的倦怠症，靠酒色自然是治不好的。在此境况下，两人反倒于不知不觉间，心平气和地交谈了起来。这时，禅超像是突然想起似的，说了下面的一段话：

根据佛教的说法，地狱也有好多种，大体可分为根本地狱[1]、近边地狱[2]、孤独地狱这么三大类。

从"南赡部洲[3]下过五百蹦缮那乃有地狱[4]"这句话来看，自远时代起，地下就有地狱了。但唯独其中的孤独地狱，是无论"山间旷野树下空中"[5]，随时都能忽然出现的。也就是说，就在你眼下所处的境地，也可能立刻出现地狱之苦难的。其实，我自两三年前起，就已经掉入如此地狱了。任何事情都无法给我持久的兴趣。所以我老是从一种境界转入另一种境界，疲于奔命。不必说，即便如此，仍逃不出地狱。可话虽如此，倘若我不从一种境界转入另一种境界，

---

1 包含八大地狱（也称八热地狱）和八寒地狱。
2 分布在八大地狱四周的小地狱。每个大地狱周边有十六个，共有一百二十八个。又叫十六游增地狱。
3 佛教传说中四大部洲（另外三个为东胜神洲、西牛贺洲和北俱芦洲）之一。位于须弥山之南方咸海中，由四大天王之一的增长天王守卫。中国和日本都在其中。
4 语出佛典《婆沙论》。其中"蹦缮那"即"由旬"，是天竺里数的名称。
5 《婆沙论》中的原话。

也仍是痛苦的。所以就转来转去地混日子，企图忘却这种痛苦。而倘若这又成为新的痛苦，那就只有死路一条了。过去，尽管也觉着痛苦，可又不想死。现在……

最后那句，津藤没听清。因为禅超是和着三弦的曲调说的，说得又特别轻。

自那以后，禅超就不去玉屋了。也没人知道这个放荡的三弦禅僧之后怎么样了。不过那天禅超将一本《金刚经疏抄》忘在了锦木那里了。后来津藤败落后闲居在下总的寒川，书桌上常放的书籍之中，就有这本《疏抄》。津藤还在其封皮背面题了一句自作的俳句："漫漫槿花野／才见晨露晶莹圆／匆匆四十年。"[1]那本书如今已不知去向，估计也没人记得这句俳句了吧。

那是安政四年的事情。估计我母亲也是觉得有关地狱的说法很有意思，才顺带着记住这个故事的吧。

我是个将一天中的大部分时间都消磨在书斋里的人，就生活方式而言，叔祖以及那个禅僧，完全处在两个毫不相干的世界。即便从爱好方面来说，我对德川幕府时代的通俗小说啦，浮世绘什么的，也没什么特别的兴趣。然而，就我某种气质而言，却又极愿意以"孤独地狱"这样的词语为媒介，对他们的生活寄予深切同情的。对此，我不想予以否定。因为从某种意义上来说，我自己也是个深受孤独地狱之苦折磨的人。

大正五年（1916）二月

1　当时的口头语是"人生五十年"，所以过了四十岁就进入暮年了。事实上细木香以享年也只有四十八岁。

齿　轮

一 雨衣

　　为了出席某熟人的婚礼，我拎着一只皮包，从东海道[1]附近的某避暑胜地坐汽车赶往火车站。汽车行驶在两旁尽是茂密松林的路上，可到底能否赶上上行[2]的列车，显然是颇可怀疑的。汽车内除了我，还坐着一个理发店老板。那是个如一颗枣一般胖乎乎的、下巴上留着短胡子的主儿。我心里惦记着时间，嘴上却不时地与他搭话。

　　"还真是天下之大无奇不有啊！听说某某先生的府上，大白天都闹鬼啊！"

　　他说道。

　　"大白天也闹？"

　　我眺望着沐浴在夕阳下的松山，漫不经心地搭着腔。

　　"还说是天好的时候不闹，下雨天闹得最厉害。"

　　"该不是特意出来淋雨的吧？"

　　"您可真会开玩笑……据说那鬼还穿着雨衣呢。"

1　日本江户时代开通的五大道之一。从江户（今东京）到京都，全长为五百千米。其他的四条大道分别为中山道、日光大道、甲州大道和奥州大道。

2　此处指由外地开往东京的电车。反之则为"下行"。

汽车摁响喇叭，横着停靠在了火车站的入口处。我跟理发店老板道了别，走进了火车站。果不其然，上行列车已在两三分钟前开走了。候车室的长凳上坐着一个身穿雨衣的男人，正呆呆地望着外面。想起刚刚听来的鬼故事，我不由得苦笑了一下。随即决定去车站前的咖啡馆，等下一班列车。

其实，这家咖啡馆到底能不能称作咖啡馆也是颇值得考虑的。我在角落里的一张桌子旁坐了下来，叫了一杯可可。桌上铺着白底细蓝线大格子的防水桌布，但边角处已经磨损，露出了脏兮兮的帆布底子。我一边喝着带有骨胶气味的可可，一边四下打量着这个没什么人气的咖啡馆。只见沾上了灰尘的墙壁上贴着好几张纸，上面写着"亲子盖浇饭"或"炸肉排"。

"土鸡蛋、蛋包饭"。

其中有一张如此写道。我从这些纸张联想到了东海道铁路沿线的农村——有电气列车在小麦田或包菜田中穿行而过的农村。

我坐上下一班的上行列车，已是黄昏时分了。平时，我总是坐二等车的，可这次也不知何故，我坐了三等车。

车厢里相当拥挤。尤其是坐在我前后的，都像是去大矶[1]或什么地方远足的小学女生。我点起了一支卷烟，看着这群女生。她们一个个全都兴高采烈的，异常活泼，嘴里面还叽叽喳喳地说个不停。

"摄影师，什么是'恋爱场景'呀？"

坐在我前面的，像是随同学生一起远足的"摄影师"，含含糊糊地应付着。可是，一个十四五岁的女生，又向他提出了各种各样

1　神奈川县中南部一个濒临相模湾的城镇。以海水浴场、别墅区而闻名，是著名的避暑胜地。

的问题。我突然发现她的鼻子上长了一个脓包，忍不住想笑。而我身旁的一个十二三岁的女生，则坐在一位年轻女教师的大腿上，一只手搂着老师的脖子，一只手抚摩着老师的脸蛋。并且，在和别人说话的当儿，她还见缝插针，不忘对女教师也说一句：

"老师您真可爱呀。您的眼睛太可爱了。"

这些女生在我看来，似乎已不是学生，而是成熟的女人了。要是不看她们还在带皮啃苹果，或剥牛奶糖纸的话。不过有个像是年长一些的女生从我身边走过时，像是踩着别人脚了吧，立刻就说了声"真对不起"。虽说她比其他女生要老成一些，可在我眼里却更像女学生的样子。我叼着卷烟，不由得对发现如此矛盾的自己发出冷笑。

不知什么时候亮起了电灯的列车，终于停在了位于某个郊外的车站。我在寒风中下了月台，过一座桥，然后等省线电车。这时，碰巧遇上了某公司的T君。于是，我们就边等车边聊起了经济不景气的事。当然了，对于这方面的问题，T君要比我精通多了。不过他那粗壮的手指上，却戴着一枚与不景气无缘的绿松石戒指。

"你戴的这个，可非同小可啊。"

"你说这个吗？这是一个朋友硬买给我的，他去哈尔滨做生意了。如今他也正头痛着呢。因为跟合作方做不成生意了。"

幸好我们坐上的省线电车不像刚才的火车那么拥挤。我们并排坐着，天南海北地聊了起来。T君之前在巴黎工作，是今年春天刚回东京的。故而我们的谈话中也不时会出现巴黎元素。什么凯容夫人的逸事啦，螃蟹大餐啦，出游中的某某殿下啦……

"法国倒并不怎么糟糕哦。只是法国佬原本就不肯纳税，所以内阁接连倒台。"

"可是，法郎不是在暴跌吗？"

"那都是报上说的。可你到那边去看看，那边的报上，日本不是闹大地震，就是发大洪水，简直叫人没法活了。"

这时，穿雨衣的男人坐到了我们的对面。我心中一惊，想把先前听来的鬼故事告诉 T 君。可没等我开口，T 君却将手杖把手滴溜一下转向了左边，脸依旧冲着前面，小声地对我说道：

"那边有个女的，是吧？披着鼠灰色呢绒披肩的那个。"

"梳着西洋发式的那个？"

"嗯，就是那个抱着个包袱的女人。今年夏天她在轻井泽[1]，穿着时髦的西式服饰……"

可她现在的穿着打扮，任谁看了都会觉得寒酸的。我跟 T 君聊着天，偷偷看着那女人。不知怎的，她眉宇之间的神情，让人觉得有些疯疯癫癫。而她抱着的那个包袱里，又露出了豹子一般的海绵。

"在轻井泽的时候，她还跟一个美国小伙子跳舞来着。呃，叫……摩登还是什么的。"

我跟 T 君道别的时候，那个穿着雨衣的男人已经不在了，也不知道他是什么时候跑掉的。我依旧拎着皮包，从省线电车的某个车站，步行去了某家酒店。这儿的道路两旁耸立着的，基本上都是高楼大厦。走着走着，我就想起了松树林。不仅如此，我的视野里还居然出现了不可思议的东西。不可思议的东西？虽说如此，其实是个不停旋转着的半透明的齿轮。在此之前，我已经有过几次这样的

1　轻井泽町。位于日本长野县东部。西北面有浅间山，是著名的避暑胜地。

经历了。齿轮的数量不断增加，占据了我一半的视野。不过这种现象也并不怎么持久，一会儿就消失了，取而代之的则是头疼。——每次都是这样。眼科医生说这是错觉（？），总是嘱咐我要少抽烟。可这些齿轮在我尚未开始抽烟的二十岁之前，就已经出现过了。

"又来了！"我心里嘀咕着，为了检查一下左眼的视力，用一只手捂住了右眼。果然，左眼什么事都没有。可右眼的眼帘后面，好几个齿轮还转着呢。我任由这道路右侧的高楼大厦次第消失，匆匆赶路。

我走进酒店大门的时候，齿轮已消失不见了。不过头还在疼。我将外套和帽子交给了服务员，顺便要了一间房间。然后给某杂志社打电话，商量钱的事。

婚宴像是已经开始了。我坐在餐桌一角，动起了刀叉。不用说，自正面的新郎、新娘起，围坐在白色"凹"字形餐桌周围的五十多位来宾，全都精神焕发、喜气洋洋的。可我的心情却在明晃晃的电灯光下，变得越来越阴郁了。为了摆脱此种心情，我就跟邻座的来宾搭讪了起来。这是一位留着狮子般白色颊髯的老者。不仅如此，他还是一位连我都久闻其名的著名汉学家呢。故而，我们之间的交谈，不知不觉间就落到古典话题上了。

"麒麟其实就是独角兽。还有那凤凰，就是一种叫作菲尼克斯[1]的鸟……"

对于我的如此"高论"，这位著名汉学家似乎并不感兴趣。起初我只是十分机械地说着，可渐渐地，就产生了一种病态的破坏

1　埃及神话中的灵鸟。又称不死鸟。

欲，终于说出了尧、舜自然都是虚构人物，就连《春秋》的作者，也是很久以后的汉朝人这样的话来。于是该汉学家就毫不掩饰地露出了不快的神情，看都不看我一眼，用老虎低吼似的嗓音打断了我的话头。

"如果说没有尧、舜，就等于指责孔子在胡说八道了。可圣人又怎么会胡说八道呢？"

我自然只好闭口不言。随即又拿起刀叉来打算切割盘子里的肉。突然，我看到一条小小的蛆，在肉块的边缘静悄悄地蠕动着。蛆在我的头脑里立刻唤出了"Worm"[1]这么个英语单词来。这肯定也跟麒麟和凤凰一样，表示着某个传说中的动物。我放下了刀和叉，看着杯中不知何时给我斟上的香槟酒。

晚宴终于结束之后，我为了躲进自己的房间里去，走在空无一人的走廊上。这走廊给我的感觉是，不像是酒店的走廊，更像是监狱里的走廊。所幸的是，我的脑袋已经不怎么疼了。

我的皮包自不必说，就连帽子和外套此刻也都送到我的房间里了。我看到我那件挂在墙上的外套时，觉得就跟我自己站在那儿似的，于是赶紧将其取下来，扔进了房间角落里的衣橱里。然后走到镜台前，呆呆地照着自己的脸。在镜中，我脸皮底下的骨骼显露无遗。蛆忽又在我记忆中清晰地浮现了出来。

我开门来到走廊上，漫无目的地走着。看到通往前厅的角落处，有一座带有绿色斗笠状灯罩的高高的落地电灯，十分鲜明地映在一扇玻璃门上。不知为何，这给我带来了一种平和安详之感。我

---

1 英语。"蠕虫"的意思。

在那前面的椅子里坐了下来，开始考虑起各种事来。可在那儿也没能坐上五分钟。因为这次雨衣就出现在了我的身旁——不知是谁将它脱在了一旁长椅的靠背上，随随便便，凌乱狼藉。

"这么冷的天，居然还……"

我心里犯着嘀咕，又沿着走廊折回去。走廊角落里的服务处连一个服务生都没有。不过他们的说话声却隐隐约约地传入了我的耳朵。像是被问到什么之后的回答，说的是英语中的All right[1]。All right？我情不自禁地想要搞清楚这对话的准确含义。All right？All right？到底是什么事情All right？

我的房间里自然是寂静无声的。可不知为什么，我有点害怕开门进去。踌躇片刻之后，我把心一横，猛地开门进去。进入房间后，我有意不看镜子，径直走到书桌前，在椅子上坐了下来。椅子是蒙着与蜥蜴皮很像的绿色摩洛哥山羊皮的安乐椅。我打开皮包，取出稿纸来，想接着写某个短篇小说。可蘸上了墨水的钢笔，怎么也动不起来。不仅如此，在它总算动起来之后，写下的却是同一串字符：All right……All right……All right sir……All right……

就在此时，床边的电话突然响了起来。我吓了一大跳，站起身来，将听筒贴在耳朵上应道：

"谁？"

"是我呀。是我……"

说话的是我姐姐的女儿。

"怎么了？出什么事了？"

---

1 英语，意为"好吧；行，可以；不要紧，没什么"。

"不好了，出大事了。所以……反正是出大事了。刚才我给舅母也打过电话了。"

"大事？什么大事？"

"是啊。所以你快来吧。马上来。"

说完，她就把电话给挂断了。我将电话听筒放回原处，条件反射似的按了按呼叫铃。不过连我自己也知道，我的手在颤抖着。服务生老不来，我与其说是焦躁不安，不如说是痛苦不堪。我又按了好多遍呼叫铃。终于明白了命运告诉我的"All right"的含义。

我的姐夫那天在离东京不太远的某处乡下，被碾死了。而且还披着与季节无缘的雨衣。我现在仍在那个酒店的房间里写着那个短篇小说。夜已深，走廊上没一个人走过。可时不时的，能听到门外有翅膀扇动的声音。或许什么地方养着鸟儿呢吧。

二　复仇

上午八点钟左右，我在这家酒店的房间里醒了过来。可是，正要下床的时候，发现了一件不可思议的事情——拖鞋只剩下一只了。这可是最近一两年总是让我感到恐惧不安的怪事。不仅如此，它还让我联想起希腊神话中只穿着一只凉鞋的王子。我按了呼叫铃，把服务生叫了来，要他帮我寻找另一只拖鞋。服务生满脸讶异，在狭小的房间里四处寻找着。

"在这儿呢！在浴室里。"

"怎么跑到那里去的呢？"

"谁知道呢，兴许是被老鼠叼去的吧。"

服务生走后，我喝着不加牛奶的咖啡，开始给写好的小说润色。由凝灰岩[1]窗框镶成四方形的窗户面对着积雪的庭院。每当我停下手中的笔，总要呆呆地望一阵子那积雪。花蕾盈盈的瑞香花下面，积雪已被大都市里的煤烟污染了。如此风景，令我心痛不已。我抽着卷烟，不知不觉间停下了手中的钢笔，陷入了漫无边际的沉思。想我的妻子，我的孩子们，可想得最多的还是我的姐夫。

姐夫在自杀前曾蒙受纵火的嫌疑。而这倒也是有口难辩的。因为他在他家房子失火被毁前以两倍的价格保了火险。更何况他当时还因伪证罪而身处缓期执行中呢。可是，令我深感不安的倒还不是他的自杀，而是我每次回东京，都一定会看到熊熊大火。或是在火车上看到山林大火，或是在汽车里（当时和妻子一起）看到常磐桥附近的房屋失火。就连姐夫家失火之前，我也并非没有将要失火的预感。

"今年家里没准儿要失火呢。"

"这么不吉利的话你也说？……真要是失火了可够呛啊。还没正经上保险呢……"

我跟他曾这么聊过。只是失火的并不是我家——我尽力收敛起野马似的胡思乱想，想要再次奋笔疾书。可钢笔却毫无干劲，别想靠它轻轻松松地写下一行字。我终于离开了书桌，和身躺倒在床上，读起了托尔斯泰的《波里库什卡》[2]。该小说主人公的性格中交织

---

1 一种由火山灰凝结而成的岩石。如日本栃木县的大谷石等。

2 《波里库什卡》，俄国作家、思想家列夫·尼古拉耶维奇·托尔斯泰在1861—1863年所写的小说，是他的早期作品。故事主要表现农奴制下不可能为农民造福的思想，女地主的"仁慈"却导致波里克依的自杀，作品充满了阴暗的色彩。在这部作品里作家第一次提出金钱万恶的问题。

着虚荣心、病态心理和荣誉心，十分复杂。而将他一生中的悲喜剧稍加修正，正好就成了一幅描绘我之一生的讽刺画。尤其是当我在他那悲喜剧中感受到了命运之冷笑时，就渐渐地觉得不寒而栗起来了。没读上一小时，我就从床上一跃而起，猛地将书扔到了垂挂着窗帘的房间角落里。

"去你的吧！"

这时，一只很大的耗子从窗帘底下，斜斜地窜过地板，朝浴室跑去了。我一个箭步冲进浴室前，打开门四处寻找。可是，连浴缸后面都找遍了，就是找不到它的身影。我突然害怕了起来，赶紧踢掉拖鞋，换上鞋子，走到了空无一人的走廊上。

今天的走廊依旧如监狱般的压抑。我低垂着脑袋上楼下楼，不知不觉间走进了厨房。厨房里格外明亮——排列在一侧的炉灶，有好多个正冒着火苗呢。我穿过厨房的时候，明显感到了那些个戴着白色厨师帽的厨师向我射来的冰冷视线。与此同时，我有了一种堕入地狱的感觉。"上帝啊！惩罚我吧！请勿动怒。我即将灭亡。"——这样的祈祷也在那一瞬间自动爬上了我的嘴唇。

来到了酒店之外，我就沿着积雪融化后映照出蓝天倒影的马路，急匆匆地朝姐姐家走去。路边公园里的树木，枝叶尽黑。不仅如此，每一棵还都跟我们人类似的，有着正面和背面。这给我带来了超越了不快的恐怖感。我联想起了但丁所描写的地狱中的那些变成了树木的灵魂。于是我就走到了高楼林立的电车轨道的对面去。不过在那儿也没太平无事地走满一町地。

"路上不期而遇，真是不好意思，您是……"

一个身穿带有金纽扣制服的、二十二三岁的青年拦住了我。

我默不作声地看着他，发现他的鼻子左侧有一颗黑痣。他脱下了帽子，怯生生地跟我搭话。

"您是Ａ先生吗？"

"是的。"

"我就觉得是嘛……"

"有何贵干？"

"不，只是早就想跟您见面而已。我也是喜欢您的作品的读者之一啊。"

没等他说完，我就连脱下的帽子也没戴上，离他而去了。"先生，Ａ先生……"——这正是近来最令我不快的语言。我相信我犯了所有的罪孽，而他们却一有机会就不停地叫我"先生"。我从中感觉到了某种具有嘲弄意味的东西。是什么东西呢？——但我的物质至上主义又是必须拒绝神秘主义的。就在两三个月前，我还在某本小小的同人杂志上发表了这样的言论："我不具有包括艺术良心在内的所有的良心。我所具有的只是神经而已。"[1]

姐姐带着三个孩子躲在白地后面的临时窝棚里避难。贴着褐色纸张的窝棚里面，似乎比外面更冷。我们在火盆上烤着手，这个那个地聊开了。体格魁梧的姐夫一直出于本能地看不起我这个比常人瘦得多的小舅子。不仅如此，他还公然声称我的作品是不道德的。我也总是居高临下地蔑视他，从未与他推心置腹地交谈过。可是跟姐姐聊了一会儿之后，我就逐渐感觉到，姐夫也跟我一样，早已堕入地狱了。据说他真的在卧铺车厢里看到过幽灵。我点燃了一支卷

1　出自作者的格言集《侏儒的话》。

烟，尽量只谈钱的事。

"既然已经到了如此地步了，还是把东西全卖了吧。"

"那是自然。打字机什么的，还能值几个钱吧。"

"嗯，还有画什么的。"

"连 N（姐夫）的肖像画也卖吗？可那个的话……"

我看了一眼挂着窝棚墙上的一张没有画框的炭笔画，立刻就意识到不能随便开玩笑了。因为姐夫是被火车碾死的，据说当时整个脸蛋都变成了肉块，只留下嘴唇上的一点点小胡子。这事本身要说起来就十分瘆人。而他的肖像画上，哪儿都画得好好的，唯有小胡子那儿模糊不清。我心想这或许是光线的关系吧，于是就从各个不同的角度来观察这幅炭笔画。

"你干吗呢？"

"没干吗呀。只是，这幅肖像画的嘴边似乎……"

姐姐略一回头，随即便若无其事地回答道：

"是小胡子变淡了，是吧。"

原来不是我的错觉。可倘若不是我的错觉的话——没等姐姐留我吃饭，我就告辞出来了。

"嗯，行啊。"

"改天吧……今天还要去青山[1]那边呢。"

"啊，要去那儿？身体还不好吗？"

"还是不停地吃药啊。光是催眠药就要吃好多种。什么巴比妥、诺依洛那、台俄那、诺玛阿尔……"

1　指日本东京都港区西北部的青山区域。高档商业居住区。因江户时代德川家康的重臣青山家曾在建造住宅而得名。

大约过了三十分钟，我走进一幢大楼，坐电梯到了三楼。然后去推一个餐厅的玻璃门，想进去吃饭。可那扇玻璃门却纹丝不动。一看，发现那儿挂着一块涂漆牌子，上面写着"公休日"。我越发地不快了，只得看了一眼玻璃门里面餐桌上堆放着的苹果和香蕉一眼，重新回到大街上去。出门时与两个像是公司职员的男人擦肩而过。他们开心地交谈着，正要进入这幢大楼。这时，我听到其中的一个似乎在说：

　　"焦躁不安了吧。"

　　我站在马路边上等出租车，可出租车老也不来。偶尔开过的，也都是些黄色出租车（也不知为什么，坐这种黄色出租车常会让我遇上交通事故）。又过了一会儿，终于发现了一辆较为吉利的绿色出租车。于是我就去了位于青山墓地附近的精神病医院。

　　"焦躁不安。——tantalizing[1]——Tantalus[2]——Inferno[3]……"

　　坦塔罗斯不是别人，就是隔着玻璃门眺望水果的我自己。我诅咒了两次出现在我眼前的但丁的地狱，怔怔地盯着司机的后背。随后我又感到，所有的东西都是虚幻的。政治、失业、艺术、科学——人们所说的这一切，在我看来无非是遮掩可怕人生的瓷漆罢了。我觉得越来越难受，打开了出租车的窗户，可那种揪心的感觉依然如故。

　　绿色出租车终于开到了神宫前。我记得那儿有一条小巷可以

1　英语。难熬的。

2　英语。坦塔罗斯。希腊神话中主神宙斯之子，因作恶多端而被打入地狱，遭受着无穷无尽的惩罚，永远处于痛苦之中。后来人们常把一个人所受的巨大磨难和人生挑战说成"坦塔罗斯的磨难"。

3　英语。火海；地狱般的场所。

拐进精神病医院的，可今天不知怎么搞的，怎么也找不到了。我让出租车沿着电车轨道来来回回开了好多趟，最后只能灰心丧气地下了车。

　　我终于找到那条小巷，转入了烂泥很多的小路。不料又走错了，来到了青山殡仪馆的门前。自参加夏目先生的遗体告别式以来，一晃已过去了十年，在这十年里，我从未在这幢建筑物的门前走过。十年前的我，其实过得也不好，但至少是比较平和安稳的。我望着门内那铺着石子的院子，想起了"漱石山房"[1]里的芭蕉，不由得觉得我的人生也已经告了一个段落了。不仅如此，我也感到冥冥之中有谁在这第十个年头上，把我又带到了这片墓地前[2]走出了精神病医院的大门后，我又坐上了汽车，并回到了先前的那家酒店。可我在酒店大门口下车后，却发现一个穿着雨衣的男人正在跟服务生吵架。服务生？——不，不是服务生，是穿着绿色衣服的管汽车的人。我觉得进这家酒店似乎不太吉利，就立刻转身回到了大街上。

　　我来到银座大街，已是将近黄昏时分了。大街两旁商店鳞次栉比，琳琅满目，大街上人来人往，熙熙攘攘。可这一切都令我越发郁闷了。尤其是来来往往的人们全都迈着轻快的步子，那种仿佛根本不知道什么是罪恶的样子，最令我不快。暗淡的天光与电灯光混杂在一起，而我则一个劲儿地朝北走去。不一会儿，一家堆着杂志的书店勾住了我的眼球。我走进书店，茫然仰视着也不知到底有多

1　指夏目漱石位于东京都新宿早稻田南町七号的居所。去世前的九年里，夏目漱石一直住在这里。作者写有《漱石山房之秋》一文。
2　夏目漱石的墓地在东京都丰岛区的杂司谷灵园。这里的墓地应是泛指。据说作者在自杀的前一年，曾独自去过夏目漱石的墓地。

少层的高高的书架。随后便取下一本《希腊神话》翻看了起来。这本黄色封面的《希腊神话》似乎是给孩子看的。不过我偶然读到的一行字，一下子就将我击垮了。

"连最伟大的天神宙斯，也对付不了复仇之神……"

我离开书店，走入了人群之中。我那不知何时开始变驼的后背，不住地感觉到复仇之神那紧追不舍的眼神。

三　夜

我在丸善二楼的书架上找到了斯特林堡[1]的《传说》，翻阅了两三页，发现其内容与我的个人经历差不多，而且封面是黄色的，我就将其放回到了书架上。随后我又顺手抽出了一本厚厚的书。这书中的一幅插图也很怪异，画了一排有着我们人类的眼睛和鼻子的齿轮（那是德国人收集而成的精神病人的画集）。渐渐地，在我自己抑郁的心情中感到了某种反抗，开始像个破罐子破摔的赌徒似的翻开各种各样的书籍。

可不知为什么，每一本书的文本或插图里，似乎都隐藏着锐利的尖针。每一本书？——是的，就连我拿起那本已经读过好多遍了的《包法利夫人》时，也会觉得自己就是那个属于中产阶级的包法利先生。

1　奥古斯特·斯特林堡（1849—1912），瑞典作家，瑞典现代文学的奠基人，世界现代戏剧之父。其作品充满对人和社会的尖锐讽刺，生前一直被视为怪人和疯子。著有小说《红房子》，剧本《父亲》《朱莉小姐》《死魂舞》等。《传说》是他深受偏执狂症状折磨时期的作品。

时近黄昏的丸善二楼上，除了我没有第二个顾客。我沐浴在灯光中，徘徊于书架之间。随即，我在挂着"宗教"标签的书架前停下了脚步，抽出一本绿皮封面的书，翻看了起来。这书目录中的某一章，列出了这样的词语"可怕的四个大敌——猜疑、恐惧、傲慢、肉欲"。我一看到这些词语，就感到反抗精神越发高涨了。因为，这些被称为"大敌"的东西，在我看来，无非是感性与理智的别名而已。传统精神居然也和近代精神一样给我以不幸，就让我越发地难以忍受了。我手里拿着这本书，心里却忽然想起了曾经用过的一个笔名：寿陵余子。这是《韩非子》中一个青年的名字[1]。据说他在邯郸学步没学像，却又忘了寿陵的走路方式，最后只能匍匐在地，像蛇一般的爬回了故乡。其实我今天的模样，在任何人的眼里也无非就是个"寿陵余子"而已。何况尚未堕入地狱时的我还用过这样的笔名。——我背靠着巨大的书架，想要竭力摆脱胡思乱想，正好发现对面有个广告画的展览厅，便走了过去。其中一幅画着一个像是圣乔治[2]的骑士，他正独自刺杀一条长着翅膀的恶龙。而那骑士的头盔下，露着半张像是我某个敌人的愁苦的脸。这又让我联想起了《韩非子》中的那个"屠龙之技"[3]的故事。于是我没浏览完整个展厅，就走下了宽阔的台阶。

此时已经入夜，我走在日本桥的大街上，心里继续嘀咕着"屠龙"这个词。它还是我一方砚台上的铭文。这方砚台是一位年轻的

1　寿陵（地名，在燕国）余子和"邯郸学步"的出处在《庄子·秋水篇》，此处说成《韩非子》，或为作者误记。

2　欧洲神话中杀死恶龙拯救公主的英雄。

3　典出《庄子·列御寇》："朱泙漫学屠龙于支离益，殚千金之家，三年技成，而无所用其巧。"

实业家送给我的。他尝试了好多个实业，结果都以失败告终，终于在去年年底破产了。我抬起头来仰望着天空，打算思考一下地球在这无数星光中到底有多渺小，并随之也思考一下我自己到底有多渺小。然而，白天还是好好的万里晴空，也不知从什么时候起就变得阴云密布了。我突然感到了什么东西正对我怀着深深的敌意，就赶紧跑进电车轨道对面的一家咖啡馆去避难了。

毫无疑问，这确实是"避难"。这家咖啡馆的玫瑰色墙壁给了我一种近似于祥和的感觉，我终于在最靠里的一张桌子前，轻松愉快地坐了下来。所幸的是，那儿除了我之外，也只有两三位客人。我要了一杯可可，悠然啜饮着，并和平时一样抽起了卷烟。卷烟上冒出的蓝色轻烟飘向玫瑰色的墙壁并沿着它缓缓上升。色调是多么和谐、柔美，令我心旷神怡。可不久之后，我看到了我左边墙壁上挂着的拿破仑的肖像画，就又开始局促不安起来了。拿破仑还是学生的时候，就在他的地理笔记本的最后一页写道："圣赫勒拿岛，一个小小的海岛。"这或许就是我们所说的偶然吧。可这确实又让拿破仑自己都感到了恐惧。

我凝视着拿破仑，开始思考起我自己的作品来。立刻从记忆深处泛起的，则是《侏儒的话》[1]中的格言。（尤其是"人生比地狱还像地狱"这一句）随后则是《地狱变》中的主人公——画师良秀的命运。然后……我抽着卷烟，开始四处打量起这家咖啡馆来，目的只是从如此这般的记忆中逃出生天。可我跑到这儿来避难还不满五分钟啊。就这么短短的时间里，这家咖啡馆却已完全变样了。其中

1　作者的随笔评论集。也是作者最得意的格言集。作品短小精悍，每段只有一两句话，而意味深长。表达了作者对艺术和人生的看法。

最令我不快的，就是仿红木的桌子、椅子。它们与玫瑰色的墙壁在色调上一点儿都不搭。我生怕再次坠入世人看不到的痛苦之中，便扔下了一枚银币，急匆匆地就要逃离这个咖啡馆。

"喂！喂！要付两角钱呢……"

原来我扔下的是一枚铜币。

满怀屈辱之感一个人走在大街上，突然想起了位于遥远的松林中的我的家。那房子位于郊外，其实也不是我养父母的房子，而是为了以我为中心的家人而租来的。直到十年前，我都生活在那儿。可是，后来因为某件事，我十分轻率地与父母住在一起了。从此，我就开始变成了奴隶、暴君以及软弱无力的利己主义者。

就这么一来二去的，我回到先前的那家酒店时，已是夜里十点钟了。走了那么长的路才回到酒店的我，已经连走回自己房间的力气都没有了，于是便在燃烧着粗木头的火炉前的椅子上坐了下来，开始思考我计划中要写的长篇。那是个以从推古到明治各时代的老百姓为主人公的，有三十多个短篇按照时代顺序连接起来的长篇小说。我看着升腾飞舞的火星，忽然又想起了矗立在皇宫前的某个铜像[1]。那铜像顶盔掼甲，高高地骑在马上，简直就是忠义的化身。可他的敌人——

"谎言！"

我将思绪从遥远的古代拉回到了当下的现代。这时，正好来了一位比我年长的雕刻家。他一如既往地穿着天鹅绒的上衣，留着短短的往上翘着的山羊胡。我从椅子上站起身来，握住了他伸过来的

---

1 指南北朝时期的著名武将楠木正成（1294—1336）的铜像，位于东京皇居前。楠木正成在推翻镰仓幕府、中兴皇权中起了重要作用。

手。（这可不是我的习惯。只不过是顺从在巴黎和柏林度过了半辈子的他的习惯而已。）然而，不可思议的是，他的手湿漉漉的，就跟爬虫类动物的皮肤似的。

"你在此下榻吗？"

"嗯……"

"为了写作？"

"嗯，倒也写得。"

他目不转睛地看着我的脸。我从他的眼里看到了某种近似于侦探的神情。

"去我的房间聊一会儿，怎么样？"

我富有挑战性地邀请道。（明明缺乏勇气，却又会突然采取挑战性的姿态，这是我的恶习之一。）于是他微笑着问道：

"你的房间在哪儿？"

我们像好朋友似的，肩并肩地在一些正轻声细语地聊着天的外国人中间穿过，朝我的房间走去。他一进入我的房间，就背对着镜子坐了下来。随后，我们天南海北地聊了起来。天南海北？——其实聊的大多是女人。毫无疑问，我就是个犯了深重罪孽而堕入地狱的人。可也正因如此，谈论不道德的话题会使我更加郁闷。一会儿我又成了清教徒，去嘲笑那些放荡的女人。

"你看看S子的嘴唇。是为了跟许多人接吻才……"

说到这儿我停下了，我注视着他在镜中的背影，突然发现他耳朵下方贴了块黄色的膏药。

"为了跟许多人接吻？"

"我觉得她就是那种人。"

他微笑着点了点头。我觉得他为了探寻我的秘密而正在不住地打量着我。可尽管如此，我们的谈话也还是离不开女人。老实说，比起憎恶他来，我更为自己的怯弱而感到羞愧，心情也变得越发郁闷了。

等到他终于回去后，我就倒在床上读起了《暗夜行路》[1]。该书主人公每一次的精神斗争都让我感同身受。我觉得我跟该书的主人公相比，简直就是个傻瓜蛋，以至于在不知不觉间，我竟然流下了眼泪。这眼泪平复了我的内心。然而，这也没持续多久。因为我的右眼里又出现了半透明的齿轮——旋转着，不断地增多。我担心头疼，便将书放在了枕边，吞下了零点八克的巴比妥，决定不管怎么着，好歹先睡一觉吧。

在梦中，我正对着一个游泳池出神。池中有男男女女好几个小孩在戏水。他们一会儿游泳，一会儿扎猛子。我转身离开游泳池朝对面的松树林走去。这时，有人在背后喊我：

"他爸——"

我一回头，看到了站在游泳池前面的妻子。与此同时，我感到了强烈的后悔。

"他爸，要毛巾吗？"

"不要毛巾。你看着点孩子吧。"

我继续往前走。可是，走着走着，不知怎的，我又走在月台上了。这像是个乡下的火车站，还带有长长的树篱笆呢。那儿站着一个名叫H的大学生，和一个上了点年纪的女人。他们看到我后就走上前来，争先恐后地跟我说话。

1　日本近代小说家志贺直哉的长篇小说。描写一个孤独的知识分子因自己的身世和妻子的失贞而苦恼不堪，经过种种探索，最后在临终时获得了内心平静。

"那可真是一场大火啊。"

"我也是好不容易才逃出来的。"

我觉得这个上了点年纪的女人有些眼熟。不仅如此，跟她说话还让我觉得愉快、兴奋。恰在此时，火车喷吐着浓烟，缓缓地停靠在了月台上。我一个人上了火车，走在两旁都垂挂着白色窗帘的卧铺车厢里。发现某个铺位上横躺着一个近似于木乃伊的裸体女人——她面朝着我。她肯定又是我的复仇女神——某个疯子的女儿。

我一睁开眼睛就不由自主地跳下了床。我的房间里依旧亮着明晃晃的电灯。可是，不知从哪儿又传来了翅膀扇动和老鼠撕咬的声音。我打开房门来到走廊上，又急匆匆地走到了火炉前。然后一屁股坐在椅子上，注视着摇曳不定的火苗。这时，一个身穿白色衣服的服务生前来添加木柴。

"几点了？"

"三点半左右吧。"

对面前厅的一个角落里，有个像是美国人的女人，正在读一本什么书。即便老远看去，也能看出她身上穿着的是一件绿色连衣裙。不知怎的，我有了一种获救了的感觉，就一动不动地坐在那里等待天明。就跟熬过了长年累月的病痛、静静等候死亡来临的老人似的。

四　没完没了

我终于在这家酒店的房间里写完了这个短篇小说，并寄给了某杂志社。当然了，这篇小说的稿费是根本抵不过我在这儿待上一礼拜的住宿费的。可我对于自己完成了一件工作，感到很满意。为了给自己添加一些精神上的强壮剂，我决定去银座的某家书店逛逛。

冬日的阳光照在柏油马路上，路面上飘落着几张纸屑。由于光照角度的关系，使得每一张纸屑看起来都跟玫瑰花似的。我感受了某种莫名的安慰，走进那家书店。我发现书店里面也比平时整洁多了。一个戴眼镜的姑娘正在与店员交谈着什么，唯有这一点令我放心不下。不过我想起了飘落在大马路上的纸屑玫瑰花后，就买下了《法朗士对话集》[1]和《梅里美书信集》[2]。我怀抱着这两本书，走进了一家咖啡馆。我坐在最靠里的桌子前，静候着我的咖啡。我的对面坐着一男一女，像是母子俩。那儿子比我还年轻，长得却几乎与我一模一样。不仅如此，他们俩居然还像一对情侣似的头碰头窃窃私语着。看到他们如此亲热，我不由自主地意识到，那儿子肯定在性方面也给母亲以安慰的。其实这是我也体验过的"亲和力"[3]的实例之一。与此同时，这无疑也是某种意志要将现实世界变成地狱的实例之一。可是——就在我为将再次坠入痛苦的深渊而深感恐惧的时候，幸好咖啡被端来了，于是我就读起《梅里美书信集》。与他的小说一样，梅里美的书信集中也有许多耀眼的格言警句。读着读着，这些格言警句就让我的内心变得坚硬如铁了（容易受影响也是我的弱点之一）。一杯咖啡喝完

---

1 《法朗士对话集》，阿纳托尔·法朗士的作品。阿纳托尔·法朗士（1844—1924），法国作家、文学评论家、社会活动家。以充满怀疑的、理智的作品和印象性评论而著称。主要作品有小说《黛依丝》《诸神渴了》，评论《文学生活》等。

2 《梅里美书信集》，普罗斯佩·梅里美的作品。普罗斯佩·梅里美（1803—1870），法国现实主义作家、剧作家、历史学家。用冷静、简洁的文体描写激情、命运等。主要作品有《塔曼果》《高龙巴》《卡门》《伊尔的美神》等。

3 是"化学亲和力"的简称。是旨在说明物质间反应程度不同的一个古典概念。歌德在1809年出版的长篇小说《亲和力》中，把这种化学上的亲和力原理应用到了两对男女的恋爱上，巧妙地描写了他们的恋爱心理。在此，作者以亲和力来代指男女之间的恋情。

后，我就变得无所畏惧，心里嘀咕了一句"来吧！随你是什么，尽管放马过来！"，就快步走出了咖啡馆。

我走在马路上，浏览着各式各样的橱窗。看到一家画框店的橱窗里挂着一幅贝多芬的画像。那可是一幅头发倒竖着的、极有天才范儿的肖像画。可我只觉得这样的贝多芬非常滑稽可笑。

走着走着，突然邂逅了一位自高等学校以来的老朋友。这个教应用化学的大学教授，夹着一个公文包，一只眼睛充着血，通红通红的。

"你的眼睛怎么了？"

"这个吗？没事，是结膜炎。"

我忽然想到，这十四五年来，只要感受到"亲和力"，我的眼睛就会像他的眼睛似的患上结膜炎。不过我当时也只是在心里这么想想，什么也没说。我拍了拍他肩膀，跟他聊起了我们的朋友的事。聊着聊着，他又把我带进了一家咖啡馆。

"跟你还真是久违了。大概自朱舜水[1]的立碑仪式以来，就一直没见过面吧。"

他点上燃了一支雪茄，隔着大理石的桌面跟我说话。

"是啊。那个朱舜……"

1　朱舜水（1600—1682），名之瑜，号舜水。中国明朝遗臣。明亡后参与反清复明运动，失败后于1659年流亡日本，受聘于水户藩第二代藩主德川光圀，对水户学产生了重大影响。著有《舜水先生文集》等。明治四十五年（1912）六月二日，日本全国"朱舜水纪念会"在朱舜水去世之地——原驹込屋敷所在地，举行了"朱舜水先生永住日本250年纪念会"，并立一块写有"朱舜水先生终焉之地"字样的纪念碑。该碑后因关东大地震、东京大空袭、道路改造等原因而数次迁移。现位于东京大学农学部校门旁，距最初所立位置约有200米距离。

不知怎的，我不能正确发出"朱舜水"这三个字的音。那可是日语啊！也正因如此，令我惶恐不安。不过他却一点儿也没在意，天南海北地聊开了。一个叫作K的小说家啦；他买的斗牛犬啦；一种叫作里韦萨特的毒气啦……

"你根本就没在写嘛。那本《点鬼簿》[1]，我倒是读过的。那是你的自传吗？"

"嗯，是我的自传。"

"那可有点病态啊。近来你的身体怎么样？"

"总是离不开药啊。"

"我最近也得了失眠症了。"

"'也得了'？——你为什么要说'也得了'呢？"

"你不是说你得了失眠症吗？失眠症可危险着呢。"他那只充血的左眼泛起了一点儿近似于微笑的神色。我在回答他之前就发觉自己是发不好"失眠症"中"症"这个音的，于是就说道：

"作为疯子的儿子，这也是顺理成章的嘛。[2]"

没过十分钟，我又一个人走在马路上了。飘落在柏油路面上的纸屑时不时地呈现出我们人类的面容来。这时，从对面走过来一个剪短发的女人。远远望去，这人长得还是挺美的，可等她走近了再一看，就发现不仅长得丑，脸上还布满了细小的皱纹。不仅如此，似乎还怀着身孕呢。我不由自主地扭头转入了一条较宽的弄堂。然而，没走出多远，就觉得我的痔疮疼痛起来了。对我来说，这种疼痛除了坐浴是没有别的法子可治愈的。

---

1 作者写于大正十五年（1926）九月的短篇小说。

2 作者在其作品《点鬼簿》中写道："我的母亲是个疯子。"

"坐浴——记得贝多芬也曾坐浴来着。"

突然一股坐浴时使用的硫黄的气味直冲我的鼻子。可是街上哪儿也看不到有硫黄——这是理所当然的。我再次回想起纸屑玫瑰花，竭力保持着正常的走路姿势。

大约一小时过后，我就把自己关在房间里，坐在窗前的书桌旁，写起了新的小说。钢笔十分顺溜地在稿纸上滑动着，连我自己都觉得有些不可思议。可是，两三个小时之后，像是有个看不见的什么人，把我的钢笔给摁住了。没办法，我只得离开了书桌，在屋里到处转悠起来。我的夸张妄想在这种时候也最为活跃。在野蛮的欢愉之中，我觉得我既没有双亲也没有妻子儿女，有的只是从笔端不断流淌出来的生命。

四五分钟后，我不得不接听了一个电话。我应了好几声，可电话里老是重复着暧昧不清的话语。反正听着就像在说什么"摩尔"。我终于放下了电话，继续在房间里踱步。可心里却老是放不下那个"摩尔"。

"摩尔——Mole……"

Mole在英语里就是"鼹鼠"的意思嘛。这个联想令我不快。过了两三秒钟后，我又将Mole重新拼写为"la mort"。拉·摩尔——法语中"死亡"的意思。这又一下子令我惊恐不安了起来。正如死亡进逼过姐夫一样，现在似乎也朝我进逼而来了。不过我又在惊恐不安中感到了某种莫名其妙的滑稽。不仅如此，我还不自觉地微笑了起来。有什么可笑的呢？——连我自己都不知道。我站在好久没照过了的镜子跟前，堂堂正正地面对着自己的镜像。当然，我的镜像也在微笑着。我注视着我的镜像，看着看着又想起了第二个我。

第二个我——所幸的是，我并没有看到我自身的，德国人所谓的Doppelgaenger。可是，成了美国电影明星的K君的夫人，却在帝国剧场的走廊上看到了"第二个我"。（我突然听到K君夫人对我说"前几天匆匆忙忙的也没跟您打个招呼"时，只觉得一头雾水。）还有就是现已作古了的那位独脚翻译家，也在银座的一家香烟店里看到过"第二个我"的。或许死亡已降临到了"第二个我"的身上而非我的身上亦未可知。就算降临到我身上——我在镜前转了身，重新回到了窗前的书桌旁。

透过由凝灰岩窗框镶成四方形的窗户，可以看到院中已经枯萎的草坪和池塘。我眺望着这个院子，回想起在遥远的松树林中焚烧几本笔记和未完成的剧本的事情来。然后拿起钢笔，继续写我的新小说。

五　赤光[1]

阳光开始折磨起我来了。事实上我已经放下了窗帘，像只鼹鼠似的避开了阳光。我一个人躲在房间里，大白天里也开着电灯，正一个劲儿地写已经开了头的小说。写累了，就翻开泰纳[2]的《英国文学史》，看看文学家们的生平事迹。我发现他们都很不幸。就连伊

1　源自日本现代著名短歌诗人斋藤茂吉的诗集名《赤光》。
2　泰纳（1828—1893），法国哲学家、历史学家、文艺评论家。创立了实证主义哲学。其文艺理论对自然主义文学的形成产生了较大的影响。著有《艺术哲学》《现代法国的由来》等。

丽莎白时代的巨匠们——一代学者本·琼森[1]也曾陷入过极度的精神衰竭，甚至在自己大脚趾上看到了罗马与迦太基之间的战争场面。他们如此这般的种种不幸，不由得让我感受到了充满残酷恶意的欢愉。

在一个刮着猛烈的东风的夜晚（这对我来说是个好兆头），我钻过地下室来到了大街上，去看望一位老人。他在一家圣经公司做勤杂工，常一个人躲在阁楼上虔诚祈祷，认真读书。我们坐在墙上挂着的十字架下面，烤着火盆的火，天南海北地聊着天。我母亲为什么会发疯？我父亲的实业为什么会失败？我又为什么会受到惩罚？——知道这些秘密的他带着不同寻常的、庄严的微笑，十分耐心地陪我聊着。不仅如此，他还时不时用简短的话语描绘出人生的漫画，我没法不尊敬这个阁楼隐士。可聊着聊着，我就发现他也受到了"亲和力"的影响。

"那个花店里的姑娘不仅长得好看，性情也很温柔——还有，对我也十分亲热。"

"她多大了？"

"今年十八岁。"

或许他是出于一种父爱般的关怀吧。可我分明又从他的眼中感受到了炽热的情感。不仅如此，不知从何时起，他劝我吃的那只苹果的发黄了的皮上，出现了一只独角兽。（我时常会在木纹或咖啡杯的裂纹上看出神话中的动物来。）独角兽其实就是麒麟。我又联想起了某位对我怀有敌意的批评家称我为"九百一十年代的麒麟

1　本·琼森（1572—1637），英国剧作家、诗人。在戏剧创作中实现了文艺复兴时代的古典主义文学理论，讽刺人类贪得无厌的欲望。主要剧作有《人人高兴》《炼金术师》等。

儿"的说法，感到这个挂着十字架的阁楼也并非什么安全地带。

"你近来怎么样？"

"精神上还是老觉得焦躁不安。"

"这个光靠吃药可不管用啊。你不打算信教吗？"

"要是我也能成为信徒的话……"

"没什么难的嘛。只要相信上帝，相信上帝之子基督，相信基督所行的神迹……"

"相信恶魔我倒是能行的。"

"那么你为什么就不相信上帝呢？只要相信了影子，就该相信光，不是吗？"

"可是，也有没有光的黑暗吧？"

"没有光的黑暗是指什么？"

我只能闭口不言了。他也像我一样，还在黑暗中行走着呢，只不过他相信既然有黑暗就一定有光明。我俩在逻辑上的差异，其实就这么一点儿。但是，这无疑是一条我无法跨越的鸿沟。

"光是一定有的。其证据就在于有神迹呀。所谓的神迹，其实现在也时有发生的哦。"

"那是恶魔所行的神迹吧。"

"你怎么又提起恶魔了呢？"

我感到了一种冲动，一种要将最近一两年里的自身经历向他一吐为快的冲动。可我又害怕他会告诉我妻子，最后导致我自己被关进精神病医院。

"那儿一长溜的是什么？"

这个魁梧的老人扭头看了一眼旧书架，随即便显出了牧羊神[1]般的神情。

"《陀思妥耶夫斯基全集》。你要读《罪与罚》[2]吗？"

我早在十年前就一度很喜欢陀思妥耶夫斯基，读过他的四五本书。可是，我又被他偶然（？）提起的《罪与罚》感动了，就跟他借了这本书，回先前的那个酒店去了。走在灯火通明、人来人往的大街上，我还是感到不快。而最叫人受不了的，就是遇到熟人。于是我就尽量选择较暗的街道，像个小偷似的走着。

没过多久，我就开始胃疼了，而要止住胃疼，就只能去喝一杯威士忌。我找了一家酒吧，推开门刚要进去，就发现这家狭小的酒吧里雾气腾腾，有几个像是艺术家的青年正聚在一起喝酒呢。不仅如此，他们正中间，还有一个梳着盖耳式发型的女人正一个劲儿地弹奏着曼陀铃。我沉吟半晌，转身离开了。这时，我发现我的身影在左右晃动。而且照在我身上的是有些瘆人的红光。我在大街上站定了身躯。可我的身影仍像刚才那样左右晃动着。我战战兢兢地回头看去，终于发现了吊在那家酒吧屋檐下的，镶着彩色玻璃的提灯——那玩意儿正在凛冽的寒风中缓缓摇晃着呢。

后来我去了一家开在地下室里的餐厅。我站在这家餐厅的吧台前，要了一杯威士忌。

1　希腊神话中牧羊神潘、罗马神话中的法乌努斯等。其形象上半身为人，下半身为山羊，有角和蹄。其职责为守护牧人和家畜。
2　俄国十九世纪作家陀思妥耶夫斯基的长篇小说。基本内容为某大学生拉斯科尔尼科夫因杀死了一个老太婆而受到理性与感情相矛盾的痛苦折磨而几近疯狂。后在圣洁的妓女的感化下迈向了新生。

"威士忌？这儿只有Black and White[1]。"

我将威士忌倒入苏打水中，默默地，一口一口地喝着。我身旁坐着两个三十岁左右的男人，像是新闻记者，正在小声地嘀咕着什么。不仅如此，他们说的还是法语。尽管我背对着他们，可我的全身都能感觉到他们射来的视线，如同电波似的，叫我坐立不安。他们像是知道我的名字似的，也正在说着一些有关我的传闻。

Bien... très mauvais... pourquoi?...

Pourquoi?... le diable est mort!...

Oui, oui... d'enfer...[2]

我扔下了一枚银币（也是我身上最后一枚银币），逃也似的离开了那个地下室。我的胃疼已大为减轻了，而夜风呼啸的大街，也使我的神经坚强了许多。我想起了拉斯科尔尼科夫，产生了一种想要忏悔一切的冲动。但是，悲剧并非只发生在我的身上，在我自身之外——不，甚至在我的家人之外，无疑也发生着种种悲剧。不仅如此，我甚至连这种忏悔的冲动是否真实也有些吃不准。要是我的神经如常人一般坚强的话——为了这个我又必须远走他乡：去马德里，去里约热内卢，去撒马尔罕……

没过多久，一家店铺屋檐下挂着的一块白色小招牌又突然令我紧张了起来。那上面画的是带翅膀的汽车轮胎商标。看到了这个商标，我就想起了那个靠人造翅膀飞翔的古代希腊人。那家伙飞上天

1　一种威士忌酒，酒名"黑白狗"。——编者注
2　法语。译文："是啊……太可怕了……为什么？……"
　　"为什么？……恶魔死了！……"
　　"哦，哦……地狱……"

后，翅膀被太阳光烧毁，掉入大海淹死了。去马德里，去里约热内卢，去撒马尔罕——我不由得嘲笑起自己的痴心妄想来。与此同时，又不由得想起了被复仇之神追杀的俄瑞斯忒斯[1]来。

我沿着运河，走在昏暗的大街上。随即又想起了我养父母那位于郊外的房子。想必他们现在仍住在那里，并正盼望着我回家了吧。想必我的孩子们也……可是我十分害怕那种一回到那儿就自己把自己给捆绑住的力量。运河里波浪起伏，一艘驳船停泊在岸边。从那艘驳船的底部，露出了淡淡的灯光。那里肯定生活着男男女女一家数口。想必他们也相爱相恨着。这时我又重新唤醒了斗志，带着威士忌的醉意，朝先前的那家酒店走去。

我又坐在了书桌前，继续读《梅里美书信集》。读着读着，它又在不知不觉间给了我生活的力量。可是，当我知道了梅里美在晚年成了新教徒之后，就立刻感知到了他那藏在面具背后的真面目。说到底，他也跟我一样，是个在黑暗里行走的家伙。在黑暗里？——对我来说，《暗夜行路》已经变得相当可怕了。为了摆脱内心的忧郁，我读起了《法朗士对话集》。可是，这位近代的牧羊神也背负着十字架呢。

大约过了一小时，服务生进来给了我一捆邮件。其中有一封信是莱比锡的一家书店寄来的，要我写一篇题为"近代日本女人"的小论文。他们为什么偏偏要我来写这么一篇文章呢？不仅如此，这封用英语写成的书信的结尾处，还特意以P. S[2]的方式，添加了一行主

1　希腊神话中迈锡尼国王阿伽门农之子。为报父仇，他杀死了母亲及其情夫。

2　Post Scripts（备注，附言）的缩写。早期英文信件手写的居多，不便于修改、增删，故常用此方式来补充信息。

人的亲笔："您的大作即便是像除了黑白没有任何色彩的日本女性肖像画，我们也会满意的。"这一行字叫我联想起了那个叫作"Black and White"的威士忌品牌。我立刻便将该信撕得粉碎。然后又随手打开了另一封信，浏览起里面黄色的信笺来。这封信是一个我素不相识的青年写来的。可没读上三行，"您的《地狱变》……"这话又让我气不打一处来。我打开的第三封信，是我外甥写来的。我好不容易喘了一口气，读着他写来的种种家务琐事。可就连这么一封信，也居然在快要结尾的时候，突然将我打垮了。

"我会给您再版的歌集《赤光》的，所以……"

《赤光》！我觉得有什么人正在冷笑，于是我赶紧跑到屋外去避难了。走廊上 个人影也没有。我一手扶着墙，好不容易才走到了前厅，随后便在椅子上坐了下来。别的暂且不管，我首先点燃了一支卷烟。也不知为什么，这支烟居然是"飞艇"牌的。（自从入住这家酒店后，我就专抽"星"牌的了嘛。）人造翅膀再次浮现在了我的眼前。我叫来对面的服务生，吩咐他去买两盒"星"牌香烟来。可不巧的是，"星"牌的已经卖完了。如果那服务生可信的话。

"要是'飞艇'的话，是有的……"

我摇了摇头，环视着宽阔的前厅。我的对面有四五个外国人，正围着桌子聊天呢。并且他们中的一人——一个身穿红色连衣裙的女人，一边小声与同伴说话，一边还不时地用眼睛朝我身上瞟。

"Mrs. Townshead……"

一个我看不见的什么人在我耳边轻声嘀咕了一声，马上又走开了。不用说，"唐斯赫德夫人"这样的名字，我自然是不知道的。即便这就是对面那个女人的名字——我从椅子上站起身来，担心自己会不会立刻发疯，赶紧回到了我的房间。

我本打算是一回到房间立刻就给某精神病医院打电话的，可我又很清楚，一旦去了那儿，我就等于死了——这是毫无疑问的。思前想后，踌躇良久之后，为了摆脱这种恐惧感，我读起了《罪与罚》。可我随手翻开的那一页，其内容分明是《卡拉马佐夫兄弟》[1]中的一段。拿错书了吗？我又看了一下该书的封面。《罪与罚》——这书是《罪与罚》，没错啊。我觉得这是印刷厂的装订错误——而命运又让我的手指翻到了装订错误的这一页。没办法，我只得从这一页往下读。可是，还没等我读完这一页，我就浑身颤抖起来。因为这一段所描写的是，正在遭受恶魔折磨的伊万[2]。描写的是伊万，是斯特林堡，是莫泊桑[3]，或者是待在这个房间里的我自己。

现在，能够拯救我的唯有睡眠了。可是，我的安眠药却连一包都不剩了。睡不成觉，我可忍受不了这无边无际的痛苦。最后，我的内心深处产生了绝望的勇气，叫人送来了咖啡，开始发疯似的舞动起钢笔来。两页、五页、七页、十页——转眼间稿纸就堆起了一大摞。我让这个小说的世界里充满了各种超自然的动物。不仅如此，我还将其中的一只动物描绘成了我自己的自画像。可后来，疲劳渐渐地让我的脑袋发晕。最后我终于离开了书桌，仰面朝天地躺倒在了床上。可在此之后，我也只睡了四五十分钟。我听到又有什么人在我耳边轻声嘀咕着什么。我忽然睁开了眼睛，站起了身来。

---

1 《卡拉马佐夫兄弟》，十九世纪俄国著名作家陀思妥耶夫斯基的长篇小说，也是他的遗作。本书通过杀父事件以及审判过程，多方位探究了神与人、善与恶等思想以及宗教问题。
2 此指《卡拉马佐夫兄弟》中三兄弟中的老二，是崇尚理性的无神论者。
3 莫泊桑（1850—1893），法国小说家。是一位以悲观主义的眼光来描写人类的愚蠢和迷惘的自然主义作家。著有长篇小说《一生》《漂亮朋友》，短篇小说《羊脂球》等。

"Le diable est mort." [1]

带有凝灰岩窗框的窗外，不知从什么时候起已经天光大亮了，一片冷森森的样子。我站在房门前，望着空无一人的房间，发现对面因外面的空气而斑驳陆离的窗玻璃上，呈现出了一小片风景。那里有发黄了的松树林，以及松林背后的大海。我战战兢兢地走近窗户，这才发现造就这一风景的，原来是院子里枯黄的草坪和池塘。然后，我的这一错觉又引发了我浓浓的乡愁。

我将皮包放在书桌上，一边往包里塞书和手稿，一边默默地拿定了主意：到了九点钟就给某杂志社打电话要钱，搞到了钱，立马就回家。

六 飞机

我在东海道线的某个火车站坐上汽车，前往山里的避暑胜地。不知为何，这么冷的天，司机却披着一件旧雨衣。这一巧合让我觉得有些恐惧，于是我就将视线投向窗外，尽量不去看他。这时，我看到一片低矮的松树林前面——应该是在一条古老的大道上吧，行进着一队送葬的人群。队伍中好像没有白色灯笼和龙灯，但有金银色的人造莲花在灵柩前后静静地摇摆着。

好容易回到家后，借助妻子与安眠药之力，我相当安稳地度过了两三天。在我家二楼上，能透过松林隐隐约约地看到大海。我仅在上午，坐在二楼的书桌前，一边听着鸽子的"咕咕"叫声，一边

---

1 法语。意为"恶魔死了"。

写作。除了鸽子和乌鸦，还有麻雀是时常会飞到檐廊上来。这也令我心情愉快。"喜雀入堂"——我握着钢笔，每次看到麻雀都会想起这句话来。

在一个暖洋洋的阴天下午，我去杂货店买墨水。可这家店摆着的，净是些棕黑色的墨水。棕黑色的墨水总是比其他任何颜色的墨水更令我不快。我只得出了这家杂货店，来到行人稀少的街道上闲逛着。这时，从对面走来了一个耸着肩膀的像是眼睛近视的四十来岁的外国人。他就住在这儿，是个患有迫害狂精神病的瑞典人。并且，他的名字就叫斯特林堡。我与他擦身而过的时候，觉得肉体上似乎有所感应。

街道只有两三町长。可是，就在这两三町长的路程中，一条半边脸为黑色的狗，就在我走着这一侧跑过了四次。我转入一条横巷，不由得想起了那个叫作 "Black and White" 的威士忌酒。不仅如此，我还想起刚才那个斯特林堡的领带也是黑白相间的。对于我来说，这一切绝对不是偶然的。可如果不是偶然的话——我觉得我好像只是脑袋在行走，便当街站住了。路边用铁丝编成的栅栏中有一只彩虹色的玻璃盆被人扔在了那儿。盆底四周带有凸起的翅膀似的花纹。好几只麻雀从松树梢上朝它俯冲飞去，可快到玻璃盆的时候，它们又不约而同地一齐逃向了天空。

随后我去了妻子的娘家，在他们庭前的藤椅上坐了下来。院中一角围着铁丝网，里面有好多只白色的来航鸡正安静地踱着步。除此之外，还有一条黑犬躺在我的脚边。虽说我正急于解开谁都不懂的疑问，可外表却不动声色，只是和丈母娘以及小舅子无关痛痒地聊着闲天。

"这儿可真安静啊。"

"也就比东京安静一点儿吧。"

"这儿也有烦人的事情吗？"

"说什么呢？这儿也还是人世间呀。"

我岳母说着，笑了起来。确实，这儿也是"人世"。这一点是毫无疑问的。事实上我就非常清楚在这短短的一年间，这儿产生了多少罪恶，发生了多少悲剧。有企图慢慢毒死病人的医生，有放火烧了养子夫妇家房子的老婆婆，有想霸占妹妹财产的律师——看到这些个家庭，我总会产生一种在人世间看到了地狱的感觉。

"这镇上有个疯子的，是吧？"

"你说的是H吧。他不是疯子，是傻子。"

"得的早发性痴呆吧。我一看到他就觉得毛骨悚然。前一阵子，他还对着马头观音[1]一个劲儿地鞠躬呢，也不知道在发什么神经。"

"毛骨悚然？你也太没用了吧？你得变得厉害点才行啊。"

"小弟倒是比我厉害——"

满脸邋遢胡子的小舅子起床后什么都没收拾，跟往常一样，小心翼翼地加入了我们聊天。

"厉害之中也有窝囊的地方的。"

"啊呀呀，这可麻烦了。"

我岳母如此说道。我望着她只有苦笑。这时，小舅子远眺着篱笆墙外的松树林出神，呆呆地继续说着什么。（我时常会觉得这个

---

1 为六观音、八大明王之一。人身马头，或宝冠上有马头，呈怒相。是六道中畜生道的护法明王。日本自江户时代，马头观音作为马的守护神在民间得到广泛的信仰。

病后的小弟，简直就是脱离了肉体躯壳的精神本身。）

"以为已经与众不同了，可世俗欲望还十分强烈……"

"以为是好人，却同时也是坏人。"

"不，是比起'好坏'来更加对立的东西……"

"那就说，大人的内心里也有小孩的成分了？"

"也不是。我说不清楚……就跟电有正负两极似的，一身兼备两种截然相反的东西。"

这时，突然响起了飞机巨大的轰鸣声，把我们全都吓了一大跳。我不由自主地抬头望去，看到了那架几乎是贴着松树梢飞上天的飞机。飞机的翅膀漆成了黄色。这是一架很少见的单翼飞机。院子里的鸡呀狗的全都受到了惊吓，叽叽喳喳四下逃窜着。尤其是那条狗，竟然夹着尾巴钻到走廊的地板下面去了。

"这飞机不会掉下来吧？"

"没事。姐夫你知道'飞机病'吗？"

我一边点烟，一边摇了摇头。

"说是坐那种飞机的人，老是呼吸着高空的空气，渐渐地就受不了地面上的空气了。"

出了我妻子的娘家，我漫步在树枝纹丝不动的松树林里，心里却越来越郁闷了。那架飞机为什么不到别处去飞，非要在我的头顶上飞过呢？那家酒店为什么只卖"飞艇"牌香烟呢？各式各样的问题弄得我痛苦不堪。我专拣没人的小路，在林中走着。

隔着一座低矮的沙山，前面就是一望无际的大海，阴沉沉的，一片灰暗。沙山上立着一副没有秋千的秋千架。我望着这副秋千架，忽然想到了绞刑架。秋千架上站着两三只乌鸦。它们看到了我，也没显出一点儿要飞走的意思。不仅如此，居中的那一只，还将大嘴伸向天空，一连叫了四声。

我沿着草皮已枯黄的沙土堤，转入了一条通往许多别墅的小道。这条小路的右边也尽是些高大的松树。我记得这松林中应该耸立着一栋白色西洋式木结构的二层楼房的。（我的一个好朋友曾将其称为"春在屋"。）可是，当我经过它前面的时候，却发现混凝土地上只剩下一只浴缸了。火灾——我立刻就想到了，并尽量不朝那儿看，疾步经过了那儿。这时，一个骑自行车的男人正从对面过来。那家伙戴着一顶棕黑色的鸭舌帽，两眼发直，身体倾压在把手上。忽然，我觉得他的脸简直与我姐夫的脸一模一样，故而没等他来到跟前，我就一转身走入了另一条小路。可令人丧气的是，这条小路的正中间躺着一只死鼹鼠，肚皮朝天，且已开始腐烂了。

所有的东西都在算计着我。我每踏出一步，都令自己更加不安。而就在此时，半透明的齿轮又一个个地出现了，逐渐挡住了我的视野。最后的时刻越来越近了。我为此而深感恐惧，却又挺直了脖子继续往前走着。随着齿轮数量的增多，渐渐地，它们又开始旋转起来了。与此同时，右侧那枝叶交错的松树林，又开始变得像是透过雕花玻璃所看到的景象了。我觉得我的心脏在剧烈地跳动着，好几次想在路边站定身躯。可是，就跟有什么人在我背后使劲推着似的，连站都站不住了。

大约过了三十分钟，我仰面朝天地躺在二楼的房间里，紧闭双眼，强忍着剧烈的头痛。这时，我的眼皮后面出现了一只翅膀——银色的羽毛如同鱼鳞一般叠得整整齐齐的翅膀。它十分清晰地映在我的视网膜上。我睁开眼睛看了看天花板，天花板上自然是什么都没有的。确认了这一点后，我再次闭上了双眼。可是，那银色的翅膀又清晰地浮现出来了。我忽然又想起前一阵子坐的汽车的引擎盖上也有一只翅膀。

这时，像是有谁慌慌张张地上楼来了，可随即又急匆匆地下楼去了。我知道那就是我老婆。于是我赶紧起身，去位于楼梯前的茶间看了看。只见妻子正趴着身子，气喘吁吁的，肩膀还不住地颤动着。

"你怎么了？"

"没，我没事……"

妻子好不容易抬起头来，强装着笑脸继续说道：

"我是没什么事，只是觉得你就要死了似的……"

这是我一生中最可怕的经历。——我已经无力再写下去了。活在如此心境之中，真可谓是苦不堪言啊。有谁能行行好，趁我睡着的时候悄悄地掐死我吗？

昭和二年（1927）遗稿

经典就读三个圈　导读解读样样全

三个圈
独家文学手册

导 读

芥川龙之介《地狱变》中的心灵冲突

作者：肖书文

（华中科技大学外国语学院教授，主要研究方向为修辞学、

日本文学，曾出版《日本近现代文学名作选析》

《从夏目漱石到村上春树》等多部著作。）

　　芥川龙之介是日本文学"新思潮派"的代表，在日本文学史上具有极其重要的地位，被视为日本近（现）代文学史上最优秀的短篇小说家，素有"鬼才"之称。以他的名字命名的日本最高文学奖"芥川奖"自1935年设置以来，除二战期间一度中断外，每年评选、颁发两次，专门奖励纯文学新秀。芥川本人35岁时因精神苦闷而自杀，但在短短12年的创作生涯中写出了148篇小说，还有大量其他形式的作品和评论，影响了一大批后来的作家，堪称一代宗师。

　　芥川龙之介的小说名篇《地狱变》（又译作《地狱变相图》）发表于1918年，是他在纯文学领域的一篇力作，突出表现了新思潮派作家不满足于仅仅自然主义化地描摹现实，或是理想主义化地美化生活，而是力求表现人性中的永恒矛盾这一创作思路。鲁迅说："他的作品所用的主题，最多的是希望已达之后的不安，或者正不安时的心情。""他想从含在这些材料里的古人的生活当中，寻出与自己的心情能够贴切的触着的或物，因此那些古代的故事经他改作之后，都注进新的生命去，便与现代人生出干系来了。"[1]"希望已达"而又"不安"，由"不安"而又带来"新的生命"，都是在强调芥川作品所包含的内心冲突和矛盾。

1　参看《鲁迅全集》第10卷，〔北京〕人民文学出版社1993年版，第221页。——作者注（如无特别说明，本导读注释均为作者注。）

的确，据岩井宽说，芥川17岁时就在《杂感》一文中表示："天才之人就是矛盾之人，超凡的生涯就是矛盾的生涯……与时代相矛盾的就是时代的天才，与凡人相矛盾的就是平凡的哲人……内在的非凡常隐藏于外在的平凡。"[1]他还指出，芥川的《地狱变》取材于古代故事集《宇治拾遗物语·卷三》，"但这个借故事在虚构中描绘的人物，正是芥川自己"[2]。芥川借用古代作品题材所要表达的思想往往都具有挖掘现代的人性的深层含义。

但历来不少芥川小说的研究者都习惯于从外部社会批判和单纯伦理道德的角度来评价芥川的《地狱变》，认为该作品表现的仅仅是在封建社会的残酷现实的压迫下人性的扭曲和丧失[3]。宫本显治甚至认为《地狱变》表达的是"野蛮的艺术"的"不幸的胜利"，并因此把芥川的文学命名为"失败的文学"[4]。这就忽视了作品中所蕴含的象征性的永恒意义。

一

《地狱变》中堀川大人手下的画师良秀，是一个形象丑陋、脾气古怪、傲慢自大、目空一切的怪人，但由于他在绘画上的名气和才气，颇得大人的器重，他的爱女还受到大人的照顾，安排在身边当女侍。良秀在艺术上有种疯魔的邪癖，喜欢以现实的人物为原型描绘妖魔鬼怪，人们都说他的画有一股令人毛骨悚然的阴惨鬼气，他则鄙夷别人"又哪里

1　参看岩井宽《芥川龙之介：艺术与病理》，〔东京〕金刚出版社1978年版，第185页。

2　参看岩井宽《芥川龙之介：艺术与病理》，〔东京〕金刚出版社1978年版，第47页。

3　参看赵迪生《芥川龙之介〈地狱图〉人物形象评析》，载〔沈阳〕《日本研究》2000年第2期等及下文日本学者相关评论。

4　参看鹤田欣也《现代日本文学作品论》，〔东京〕樱枫社1975年版，第41页。

懂得丑恶事物中的美呢？"[1]；但同时，他对自己温顺娇美的独生女儿却溺爱到不顾一切，表现出人性中感人的一面。有一次，他奉大人之命画一面《地狱变》的屏风，"只要他一画起画来，就将别的事情统统都抛在脑后了"[2]，狂热得就像被鬼迷了心窍。他把自己关在不见阳光的黑屋子里，白天黑夜神魂颠倒，不断做有关地狱的噩梦，还命令他的弟子们受各种不堪的虐待，以演示在地狱受难的情景，让他观摩。这样半个月以后，画的大部分已经完成，只剩下最关键的部分还空着。于是良秀向大人请求制造一场悲惨的火灾，把一位穿着华丽的贵妇锁在车内被活活烧死，他说只有目睹了这样一场惊心动魄的惨剧，才能完成他作品最后的核心部分。大人答应了他的请求，几天之后把他召来观摩火灾的现场。当良秀发现被锁在车中的恰恰是他自己最疼爱的女儿时，他陡然失色，伸出两臂，在燃烧着的红红火光中，"无论是他那双睁得大大的眼睛，还是扭歪了的嘴唇，抑或是不停抽搐着的脸颊，都清清楚楚地表明了他心中往来交错着的恐惧、悲哀和震惊"[3]，显出惨痛欲绝的神色。但是，正当火势最猛烈的时候，情况却起了变化：

> 令人感到不可思议的，还不是这家伙眼睁睁地看着独生女儿痛苦死去而无动于衷，那时的良秀身上，居然产生了一种人类所不具有的、宛如梦中怒狮般奇妙的威严之感。正因如此，受到突如其来的火势所惊吓，无数狂飞乱叫的夜鸟，也似乎都不敢接近良秀那顶软塌塌的乌帽了。或许那些浑朴的鸟儿，也看到了他头顶上如同佛光般的威严了吧。

....

1　参看正文第11页。——编者注
2　参看正文第16页。——编者注
3　参看正文第36页。——编者注

……一个个全都屏息凝神……如同观看大佛开眼一般，目不转睛地望着良秀。漫天飞舞、噼啪作响的烈焰，失魂落魄、呆若木鸡的良秀——这是何等庄严、何等欢喜的场面啊。[1]

良秀完成了举世震惊的《地狱变》屏风画，"想必是不管平日里如何讨厌良秀的人，只要看到了那面屏风，就会不可思议地为其威严的内心所震慑，就会身临其境地感受到炎热地狱之莫大痛苦的缘故吧"[2]。而良秀本人在画完这幅画后的第二天便投缳自尽了。

小说的情节可以说是惊心动魄的。然而，打动读者的是什么？是对封建统治者的愤恨？是对无辜少女的同情？是对黑暗社会扭曲人性的悲哀？都是，又不完全是。这些虽然都在小说中有所体现，但在作者笔下都作了淡化或含蓄的处理。如整个事件的制造者堀川大人，其言行在小说中都是借助他的侍者之口从旁介绍出来的，从而模糊了他的行为的真正动机。人们当然可以猜测大人把画师的女儿收作女侍是别有用心，但按照这位侍者的说法，这都是"闲言碎语""流言"，哪怕侍者有一回亲自撞见了姑娘几乎受辱的场合，也毕竟未证实那人就是大人[3]。所以有人认为大人将良秀的女儿烧死是出于不能得到她而进行的报复，这只能说是一种合理的猜测，其实，说成是大人应良秀本人的要求这样做也是完全可以的。又如对良秀女儿的描绘，篇幅不多，主要是通过她与一只小猴子的友情表现她的善良、温柔，虽然很感人，但并非小说的重点。至于对画师的性格的描述则是全篇的核心，但作者并没有把这一惨剧完

---

1 参看正文第38页。——编者注

2 参看正文第40页。——编者注

3 日本学者近年来甚至认为那天晚上侵犯良秀女儿的人并不是大人，而正是良秀本人。参看关口安义、庄司达也《芥川龙之介全作品事典》，〔东京〕勉诚出版社2000年版，第223页。

全归结为外部社会原因，像有的评论者所说的"既是揭露日本封建统治者的残酷暴虐，又是借古喻今影射'比地狱还地狱'的社会现实"一般[1]，而是主要立足于人物的内心冲突；作者也没有站在道德的立场上对良秀的"丧失人性"进行谴责，他虽然引述了当时某些人的议论："甚至有人骂他是个只知道画画而没有父女之情的、人面兽心的怪物。就连横川的那位僧都，也赞同这种说法。他常说：'即便技艺多么出众，不辨人之五常，也必将堕入地狱。'"[2]

但显然不能说这种观点就代表了作者的观点，因为作者接下来就说，由于看到了良秀的辉煌作品，包括那位僧都在内，便"几乎没人再说良秀的坏话了"[3]。画师最后的自杀是一个悲剧的结局，但这是否就像有的评论所说的，表明了他"艺术至上主义"的失败，说明"他受到了良心的谴责，也受到了道德的谴责，可以说最终还是道德战胜了艺术"[4]呢？这种观点把一个本来带有人性的永恒性的矛盾消解掉了，似乎一切问题都可以用一个固定的道德标准来衡量，这就使作品的深层意义受到了很大的限制。

二

其实，小说的结局是一个类似于黑格尔意义上的悲剧结局。黑格尔认为，最典型的悲剧就是两种同等合理的伦理力量的冲突借助于主人公

1　参看赵迪生《芥川龙之介〈地狱图〉人物形象评析》，载〔沈阳〕《日本研究》2000年第2期等及下文日本学者相关评论。

2　参看正文第39页。——编者注

3　参看正文第39页。——编者注

4　参看白晶《从〈地狱图〉看芥川龙之介的人生观和艺术观》，载〔长春〕《长春大学学报》2003年第1期。

的牺牲而得到调解，"因此在单纯的恐惧和悲剧的同情之上还有调解的感觉"[1]。他经常喜欢举的一个例子就是古希腊的著名悲剧——索福克勒斯的《安提戈涅》（又译作《安提贡》）。安提戈涅的哥哥在对国王的叛乱中被打死，国王下令不准任何人收尸，违者将被处死；而和王子订了婚的安提戈涅违背国王克瑞翁的禁令收葬了她的兄弟，然后自杀了，王子也随后自杀。在这里，两种合理的伦理力量就是国王的法律和安提戈涅的亲情。安提戈涅的死，既成全了亲情，又维护了法律的尊严。同样，在《地狱变》中，这两种伦理力量就是良秀对女儿的亲情和他对艺术的忠诚。虽然芥川未见得读过黑格尔的《美学》，但他对悲剧的这种理解的确达到了黑格尔所推崇的最高水平。

良秀对人性和世界是看得很透的，在他眼中，人心是丑恶的，人生就是苦难，这个世界本身就是一个地狱，甚至"比地狱还地狱"。所以他要画地狱，就直接从现实世界去找现成的模特。但他从对人间地狱的真实的艺术刻画中获得了极大的精神快感，他陶醉于挖掘"丑中之美"，或者不如说追求"恶之华"，使艺术成为他超越人间苦难、拯救人性罪恶的唯一手段。这里无疑也表明芥川受到了当时自然主义和写实主义文艺观的影响，不仅主张艺术必须客观地反映现实（如良秀的创作原则"不是亲眼所见之物，小人是画不出来的"），而且让艺术的"美"和"真"结盟去取代已经变得日益肤浅和虚伪了的"善"的位置。而另一方面，良秀作为一个有血有肉的凡人，又具有人的七情六欲，对自己的独生女儿有一种自然而然的父爱，这是任何"人性本恶"的观念都取消和否定不了的。按照他的艺术观，他心目中唯一美丽善良的女儿必须毁灭，以实现他对艺术的最高理想的追求，即把毁灭世

1　参看黑格尔《美学》（第三卷　下册），朱光潜译，〔北京〕商务印书馆1981年版，第289页。

上最美好的东西这件最大的罪恶栩栩如生地表现出来；但按照他作为一个慈爱的父亲的心，他巴不得一辈子把女儿留在身边，不要受到任何外界的伤害，甚至"要不要给她寻个好女婿之类的念头，他是连做梦时都不会有的"。很难说良秀把自己的这种父爱看作一种"道德"或"善"，这只是一种自然情感和本能。但当他以自己的女儿做牺牲而去成全艺术的极品时，他内心的矛盾冲突就上升到道德和艺术的冲突了。当他向大人建议用一位美女做艺术的祭品时，他心目中的样板很可能就是自己的女儿（这从他头几晚梦见女儿在地狱等他可以证明），当然也未必就料到大人果真选定了他的女儿；但最说明问题的是，当他最后真的亲眼见到自己女儿被烧死时，他在经历了最初的自然本能的情感反应之后所表现出来的那种不可思议的、超凡入圣的庄严肃穆，这是作者浓墨重彩大力渲染的，可以说是达到了整篇小说的最高点。无论如何，良秀从内心深处是准备为艺术牺牲亲情的，从他心甘情愿把自己的女儿送进地狱来说，他的行为违背了起码的道德伦常，甚至可以说是他亲手杀死了女儿；但他这样做的动机并非别的什么世俗追求，而是为了艺术和美。正是这种惨痛牺牲的崇高性质给他带来了那种"法悦光辉"，那种神圣的威严，正如亚伯拉罕为上帝献祭自己的独生子。艺术就相当于良秀的上帝，他面对爱女身上燃烧的大火的态度，使人感到有如面对上帝的虔诚。

但上帝拯救了以撒，艺术却不能拯救良秀的女儿。相反，艺术恰好要靠千百万人的痛苦牺牲来养活，在这种意义上，艺术又相当于恶魔的仆从。所以芥川在《艺术和其他》一文中写道："艺术家为了创作非凡的作品，有时候，有的场合难免要把灵魂出卖给魔鬼。"[1]良秀的形象正是芥川的夫子自道。歌德笔下的浮士德也正是把灵魂出卖给魔鬼而获得

1　参看吉田稠、中谷克己《芥川文艺的世界》，〔东京〕明治书院1978年版，第35页。

了创造的力量，成就了美的人生，而浮士德的灵魂最终为上帝所拯救。艺术也是这样，它并不致力于拯救人的肉体，而是提升人的灵魂。良秀的精神力量震慑了所有人，包括大人这样刚愎自用、自以为是的主子，这种精神力量使他生平唯一一次在大庭广众前惊恐失态。所以，从小说中我们也丝毫看不出有什么批判"艺术至上主义"的思想；恰好相反，作者对艺术的超凡的伟力做了极度的赞美。但同时作者也表明，这种力量是残忍的，其代价不是任何一个凡人所能够承受的。所以当良秀获得了这种力量后，他就只有去死。良秀的死不仅仅是为了女儿，也是为艺术而殉道。因为他为艺术放弃了自己在人间最起码的骨肉之情，再也没有作为一个有血有肉的存在继续活在人世间的理由，而他所达到的艺术高峰，由于不存在比《地狱变》更强烈、更美的艺术素材，也不再是他今后能够超越的了。他以人间最珍贵的亲情，换取了最高级的艺术，他就像一个输光了本钱的赌徒，再也没有什么能够为艺术而抵押出去的了。所以他的死对这两方面，即感人的亲情和崇高的艺术，具有一种"调解"作用。这两方面在现实生活中势不两立，在良秀心中形成剧烈的冲突，并实际造成了不可宽恕的罪恶；但由于良秀作为矛盾的承担者所做出的自我牺牲和对罪恶的自我惩罚，双方都最终得到了肯定，具有了永恒的价值。这就是良秀之死的崇高的悲剧意义，这就是我们从《地狱变》这一悲剧中所获得的在恐惧和同情之上的那种"调解的感觉"。由此我们也可以窥探芥川本人后来走向自杀的真正的心理动机，良秀这个人物的心灵冲突实在可以被看作芥川内心矛盾的写照。

日本评论家吉田精一在评论《地狱变》时也认为，良秀的死虽然的确是他在现实生活中的失败，但他"内心却并无悔意"，这或许已经预示了芥川必将自杀；但他又主张，芥川并没有承受像谷崎润一郎那种"恶魔的美"和"人道"之间的"二律背反"，在良秀身上所体现的是"只能从艺术中感受到生存价值，而将生活隶属于艺术的一个典型"，所以芥川虽然心中也有"在艺术和伦理之间的竞争",但并没有走上反道德的歧路,而是比谷崎更好地做到了"生活与艺术的一致"[1]。吉田精一的这种观点至少比单从一方面(要么道德,要么艺术)来评价《地狱变》要更为全面。但遗憾的是,他似乎又忽视了另一方面,即双方冲突的一面,他对芥川所达到的这种"一致"的矛盾内涵估计不足。实际上,良秀或芥川的"生活和艺术的一致"并不是由一方"隶属于"另一方来实现的,而是由对立双方剧烈的冲突、矛盾和主人公的自我毁灭造成的,正是这种矛盾和毁灭,表明了"人道"和"美"二者都具有超越于个人生命之上的精神力量和崇高性。所以芥川虽然没有像谷崎那样走向片面的"恶之赞美",但正因为如此,他的内心冲突其实比谷崎更激烈、更深刻;而冲突双方在调解后的一致,由于不是靠牺牲任何一方、隶属于任何一方而达成的,也就更和悦、更超迈。因此正宗白鸟赞扬《地狱变》是当之无愧的,他说:"在我所读过的作品中,我毫不犹豫地推赞这一篇为芥川之最高杰作。在明治以来的日本文学史上也是绽放特异光彩的名作,……是芥川与生俱来的才能及十多年修养的结晶。"[2]

总之,芥川的《地狱变》并没有用人之常情去否定艺术,也没有用艺术去否定人之常情,而是通过良秀和他女儿的悲剧,表现了人心中"太人性的"方面和"超人"的方面之间的巨大的张力和永恒的矛盾,大大拓展、深化了我们对艺术家和人性的深层境况的了解。

1　参看吉田精一《芥川龙之介·2》,〔东京〕樱枫社1981年版,第60—70页。
2　参看鹤田欣也《现代日本文学作品论》,〔东京〕樱枫社1975年版,第30页。

三

但是，有必要指出的是，芥川的《地狱变》虽然在伦理观念上符合黑格尔所总结的古希腊悲剧模式，然而仔细比较起来仍然有一些重要的差别。一个最明显的差别在于，在古希腊悲剧中，例如在《安提戈涅》中，冲突并没有表现为强烈的心灵冲突，而只是道义冲突。两种不同的道义力量即亲情和法律，体现在不同的人身上：安提戈涅的自杀其实是抗拒法律而殉情；代表法律的克瑞翁，因蔑视亲情以及自己的儿子即安提戈涅的未婚夫的自杀而受到了惩罚。只是从第三者（例如合唱队）的立场上看，我们才可以说两种完全合理的伦理力量因当事人的死而获得了调解，但在每个当事人那里却仍然是片面地坚持一方而排斥另一方，这种矛盾冲突仍然是外在的。例如安提戈涅在被国王克瑞翁抓获时，国王问她："你知道我的命令吗？"她坚定地回答："我知道……但这不是永生的神祇所发的命令。而我知道别的一种命令，那不是今天或明天的，而是永久的，谁也不知道它来自何处。无人可以违犯这种命令而不引起神祇的愤怒；也就是这种神圣的命令迫使我不能让我的母亲的儿子暴尸不葬。"[1]国王的态度也是针锋相对，甚至可以说是"大义灭亲"，他不顾安提戈涅是自己的外甥女和自己儿子的未婚妻，为维护法律的尊严而毅然将安提戈涅送进了坟墓。

与此相反，良秀的冲突则完全是内心的冲突，对艺术的追求和对女儿的爱都是他绝不可能放弃的，因此这种冲突就显得特别深刻和尖锐。芥川的这种着眼于内心冲突的悲剧在古希腊是找不到的，应当说是现代悲剧的特色。对古代悲剧和现代悲剧的这一差别，黑格尔也做过分析，

---

[1] 参看斯威布《希腊的神话和传说》，楚图南译，〔北京〕人民文学出版社1982年版，第254—255页。

他提到这样一种"在近代常见的",而"在古代悲剧里很少见的"现象："单凭单纯主体方面的旨趣和性格，如统治欲、恋爱、荣誉乃至其他情欲之类去抉择行动，而这类动机只有从个别人物的特殊性格和自然倾向中才找得出辩护理由。"[1]他还明确指出："近代悲剧却一开始就在自己的领域里采用主体性原则。所以它用作对象和内容的是人物的主体方面的内心生活，不像古典艺术那样体现一些伦理力量。"[2]因此，他对近代悲剧的评价不如对古代悲剧的评价高，觉得它深陷个人的癖性。但他自己也承认，即使在近代悲剧中，"跟这种个性化和主体性相对立，人物所抱的目的有时也可能具有普遍意义和涉及较广泛的内容，有时也可能被主体看作本身具有实体性而力图实现"[3]。如歌德的《浮士德》就是这样，"在大体上这部悲剧企图对主体的有限知识与绝对真理的本质、现象的探索这两方面之间的矛盾找出一种悲剧式的和解"[4]。黑格尔的这种动摇可以看作向现代悲剧意识的一种过渡。

芥川所揭示的良秀的内心冲突显然更多地受到近代和现代的悲剧意识的影响。芥川从学生时代起就沉浸于现代西方的哲学和艺术氛围之中，叔本华、尼采、斯特林堡等是他经常提到的名字，他还以基督教精神为题材写过一个悲剧故事——《奉教人之死》，这些都显示了他的视野中包容了西方近代和现代的悲剧精神。因此，我们完全可以把他的《地狱变》中的悲剧冲突看作一种现代人的精神冲突。这就是前面所引的鲁迅说的"那些古代的故事经他改作之后，都注进新的生命去，便与现代人生出干系来了"的意思。然而，单是这样理解，似乎还不足以

1　参看黑格尔《美学》（第三卷 下册），朱光潜译，〔北京〕商务印书馆1981年版，第306页。
2　同上书，第319页。
3　同上书，第320页。
4　同上书，第319—320页。

充分揭示这篇小说的特点。应当说，同样是现代人的精神冲突，芥川的《地狱变》也带上了日本民族的传统特色。这并不仅仅是指他的描写方式完全是日本式的，具有细腻、雅致、华丽、含蓄的特点，这种对人物内心微妙情感冲突的把握其实也正是日本文学的一个传统，只是芥川将它用西方现代的矛盾人格加以充实，发挥到极致了而已。

在这方面，我们可以引证日本最古老的文学文本之一《古事记》中的一段故事。公元700多年成书的日本神话传说《古事记》中，就有这样一个类似于古希腊悲剧《安提戈涅》的故事，说垂仁天皇的宠妃沙本姬的哥哥想篡夺皇位，怂恿沙本姬趁天皇熟睡时杀掉天皇，但沙本姬不忍心下手，导致阴谋败露，天皇派兵包围了沙本姬哥哥的城堡。但沙本姬却私下投奔城堡，生下了小皇子，又在阵前把皇子抱给天皇看，托付了养育孩子、给孩子取名及天皇续娶的后事，然后返回城堡与哥哥死在一起。[1]同样是两种相互冲突的伦理力量（亲情和国家王法），同样是当事人的死达成了这两种伦理力量的和解，但沙本姬与安提戈涅不同，她不是只代表冲突的一方，而是同时代表双方，使这两种观念的冲突在她自己一个人的内心中剧烈地纠缠，并以自己决绝的死同时彰显了两种伦理价值的伟大和神圣。不过，由于古人思想感情的朴素性，以及日本古代文献用汉字书写，行文非常简洁，不可能深入人物内心深处和各种细节，所以这个故事并没有像现代悲剧那样着力渲染人物在痛苦中的内心感受，只是采用对外部动作和语言的白描来表现和暗示人物的内心活动。芥川《地狱变》的悲剧则正是在这方面对日本传统悲剧意识的一个大的提升，它突出表现了主人公那细致而复杂的内心冲突。但他并没有采用大段的内心独白或心理描写的手法，仍然是东方式的外部形态描

1 　参看肖书文《从〈古事记〉看日本妇女性格的形成》，载〔武汉〕《湖北大学学报》（哲学社会科学版）2004年第3期。

写，只不过这种描写比起古代作品的白描来要更加富有情节和色彩。他依托了各种外部环境的烘托和气氛的营造来表现人物的内心，却没有一句直接抒发内心情感的话，从头至尾都是通过外人的评论和细细描写事情本身的发展进程让读者去猜测人物的思想，这具有典型的日本式的含蓄。所以，芥川龙之介的这部作品可以称得上是古今、东西艺术精神相互完美融合的结晶。

图文解读

芥川龙之介饱受折磨的一生

"人生比地狱还像地狱。""人生不如一行波德莱尔。"这两句话都出自日本作家芥川龙之介之口，可以说是这位阴郁的作家对自己人生的注解。1927年，年仅35岁的芥川龙之介服药自尽，结束了自己饱受折磨的一生。

精神失常的生母

1892年3月1日，芥川龙之介出生于日本东京。原姓新原，生父经商，家境还算殷实。在芥川出生的前一年，他6岁的姐姐因病去世，因而中年得子的父母对芥川宠爱有加。然而好景不长，芥川刚出生7个月，母亲就突发精神疾病。后来，直到芥川10岁那年，母亲才离世，整整疯了十年。

母亲发疯后，年幼的芥川就被寄养在舅舅芥川道章家。在本该被呵护的年纪，芥川从未得到过来自母亲的温暖，这种情感缺失成了他一生都难以抚平的创伤。在《点鬼簿》[1]中，他曾说：

> 我母亲是个疯子。我从未对母亲有过骨肉之情……从未被母亲照料过。

"疯子的儿子"是他不想承认却甩不掉的标签。生活在母亲发疯的阴影下的童年，似乎就注定了芥川一生阴郁的底色。他曾在《侏儒的话》[2]中写道：

> 人生悲剧的第一幕始于成为父母子女。

1　参看芥川龙之介《罗生门》，鲁迅、文洁若、文学朴译，江苏凤凰文艺出版社2019版，第294页。——编者注

2　参看芥川龙之介《罗生门：芥川龙之介短篇小说选》，楼适夷、文洁若、吕元明译，译林出版社2010版，第314页。——编者注

寄人篱下的童年

芥川7岁时，他的小姨嫁给了芥川的生父，并生下了二弟，根据当年的司法裁定，芥川被正式过继给舅舅，改姓芥川。虽然舅舅一家人都对芥川很好，但长期寄人篱下的生活，还是使年幼的芥川变得异常敏感。芥川总是乖巧懂事，顺从听话，凡事隐忍。这也导致了他日后压抑的个性，成了他终生的枷锁。

在留给好友的一封遗书中，芥川如此写道：

我是人家的养子，从未说过真正任性的话。现在我要自杀了。这或许就是我一生中唯一的一次任性行为。我也像所有的青年那样，有过种种梦想。可如今看来，我总还是个疯子的儿子。[1]

1910年，中学时期的芥川龙之介

1　参看本书《芥川龙之介遗书及手记》第408页。——编者注

一生中难得的亮色

　　芥川天资聪颖，加上对养父母怀着近似讨好的孝顺，他从小就努力刻苦，因此在学生生涯中一直是令人艳羡的佼佼者。1910年，18岁的芥川更是以优异的成绩免试进入第一高等学校文科。

　　1913年，芥川进入东京帝国大学英语文学系。在这里他遍读莫泊桑、波德莱尔、易卜生、托尔斯泰、萧伯纳、斯特林堡等人的著作，也认识了日后的挚友久米正雄、菊池宽、松冈让等人。和志同道合的伙伴一起浸润在文学中的这段日子成了芥川生命中难得的亮色。

1919年，芥川和友人们，从左到右分别为菊池宽、
芥川龙之介、夏目漱石、久米正雄。

以向家族妥协告终的初恋

　　1914年的夏天，芥川爱上了一个叫吉田弥生的姑娘，他对这段感情非常认真。但在得知芥川的恋情后，芥川家族表现出了强烈的反对，尤其是芥川最最敬爱的姨母。芥川和姨母的感情最为深厚，为了顾及姨母的感受，他还是选择和初恋分开。他放弃了自己的初恋，成全了包括姨母在内的芥川家族的"自私"。芥川曾毫无保留地表露过这样的无奈：

　　　　他的姑妈常常跟他在楼上吵架。他的养父养母有时出面调解。可是他最爱这位姑妈。姑妈终身未嫁，当他二十岁的时候，她已接近六十岁了。他在某郊外的楼上屡屡思索：莫非相爱的人就得彼此折磨吗？[1]

　　这段以芥川的妥协告终的恋爱，这种身不由己的无奈，加深了芥川日后的痛苦。后来，他曾坦言后悔自己的过分孝顺，在给孩子们的遗书中留言道：

　　　　你们要孝顺你们的母亲，但也没必要为了孝顺而委曲求全。这样反倒能让你们的母亲度过幸福的晚年。[2]

---

[1] 参看芥川龙之介《罗生门》，鲁迅、文洁若、文学朴译，江苏凤凰文艺出版社2019版，第271页。——编者注

[2] 参看本书《芥川龙之介遗书及手记》第410页。——编者注

早早洞悉人性阴暗面的天才

情场失意之后的芥川开始投身创作，他曾回忆道：

> 当时在写的小说是《罗生门》与《鼻子》两篇。从半年前开始，拘泥于恋爱问题的影响，独处时便情绪消沉，因此想写尽可能与现状隔离、尽可能愉快的小说。因此首先从《今昔物语集》取材，写了这两个短篇。

复杂的家庭背景让早慧、敏感的芥川对世界、人性有一种惊人的洞察能力。1915年，年仅23岁的他，便凭借写透复杂人性的短篇小说《罗生门》在日本文坛崭露头角，并得到了前辈夏目漱石的赏识。次年5月，他便出版了人生中第一部短篇集《罗生门》。同年11月，又出版了第二部短篇集《烟草与魔鬼》。

这份敏感，给芥川带来的除了无与伦比的才华，还有极度的痛苦。人性的阴暗面、价值的扭曲、社会的不公，这些我们习以为常的黑暗，是芥川眼中难以忍受的刺。同时，因为心性脆弱，他又很难坚定地去改变世界，只能将这种矛盾和痛苦深埋内心。即使写到人性中善良的一面，他对道德的约束和理性的力量也持悲观的态度。因此，在他的小说中，人只要遇到危机，趋利的本能就很容易被暴露出来。这种对人性的怀疑使他陷入更深的不安中。

1922年的芥川龙之介

常年饱受折磨的病体

1919年3月，芥川辞去了海军机关学校的教职，开始专心创作。此时的芥川尝试突破自己，但却佳作不多。1921年，芥川曾游历中国，约见过胡适、章炳麟等人，出版了《中国游记》。但本就羸弱的芥川在旅途中身体频频出现状况。此后6年，芥川更是因神经衰弱、胃痉挛、肠炎、心悸失眠等身体上的不适而饱受折磨。他曾在《鹄沼杂记》[1]中这样形容道：

> 我在顺着风向倾斜的松林中发现一栋白色的西式住宅。可是住宅却斜立着。我以为是我的眼睛有问题，然而反复观察之后，住宅还是斜立的。这实在令人害怕。

后来，芥川的神经衰弱和失眠症越来越严重，甚至开始出现幻觉。在最后时期的作品《齿轮》里，芥川描绘了主人公行将就木的精神状态，包括被迫害妄想症、紧张不安和幻觉、濒临崩溃的神经，这些几乎是他自己的真实写照……这样的精神状态严重影响了芥川的创作，躺在床上不能动弹的他写道：

> 想写作，因病弱而不能；痛苦，亦因病弱而益甚。

---

1 参看芥川龙之介《芥川龙之介精选集》，高慧勤编选，北京燕山出版社2008年版，第591页。——编者注

1926年的芥川龙之介

至亲、好友的悲剧带来的致命打击

1927年，是芥川龙之介生命中的最后一年。这一年他遭遇了两件事，一件是姐夫的自杀，另一件是好友的发疯，无疑都加速了芥川的离开。

1月，芥川二姐家中的房子失火，而姐夫在此前不久为房子投过巨额保险金，因此被怀疑是故意纵火，不堪屈辱的姐夫选择了卧轨自杀。姐夫死后，芥川承担下照顾姐姐及其孩子，并且偿还巨额债务的责任，这样生活的重担让本就脆弱的芥川濒临精神上的崩溃。

同年6月，芥川好友宇野浩二精神失常。看到昔日好友发疯的模样，母亲发疯留给芥川的阴影再次发作。他无比害怕自己会和母亲、好友一样发疯，又觉得这一天必将到来。这种恐惧使得芥川更加决然地踏上自我毁灭之路，在带有强烈自传色彩的《某傻子的一生》[1]中，他写道：

> 他的前途不是发疯就是自杀。

1927年，7月24日，芥川于家中服用过量安眠药，沉沉睡去，不再醒来。这个饱受折磨的天才结束了他绚丽而短暂的一生。

报道芥川龙之介去世的新闻报纸

1　参看芥川龙之介《罗生门》，鲁迅、文洁若、文学朴译，江苏凤凰文艺出版社2019版，第291页。——编者注

芥川龙之介遗书及手记

1927年7月，年仅35岁的芥川龙之介在家服药自尽。自尽前，他在桌上放好了给妻子、孩子和友人们留下的六封遗书及手记。芥川曾留下将遗书"阅后立即烧毁"的遗言，故而留存的这些遗书弥足珍贵。

芥川龙之介遗书（其一）¹

　　我们人类是不会轻易为了一个事件而自杀的。我是为了对过去的生活做个总结算而要这样做的。尽管如此，我29岁时与秀夫人²所犯下的罪孽，可谓我一生中的重大事件。不过我并未因自己所犯的罪孽而受到良心的谴责，只为对象选择不当（秀夫人是个十足的利己主义者，有着强烈的动物本能），不利于自己的生存而深感后悔。何况与我有过恋爱关系的也并非秀夫人一人。但是，我在30岁之后，就没有过情人了。这也并非碍于道德，仅仅是出于对利害得失的算计罢了。（但也不是没有产生过爱情。在情有所钟时，我也创作过《越人》³《相闻》⁴等抒情诗，只不过在陷入爱情过深之前，我就悬崖勒马了。）我自然是不想死的，但活着也极痛苦。旁人或许会因我父母妻子健在自己却偏偏要自杀而笑我是个傻瓜。但是，倘若我是孤身一人的话，恐怕就不会这样做了吧。我是人家的养子，从未说过真正任性的话。（应该是不能说吧。我对于养

1　该遗书通常被认为是写给好友小穴隆一的。——编者注（若无特殊说明，本篇注释均为译者注。）
2　秀茂子，和歌作家，有夫之妇，曾与芥川龙之介发生过一次关系。这使芥川龙之介饱受精神煎熬。
3　写给和歌诗人、爱尔兰文学翻译家片山广子的诗。
4　写给和歌诗人、爱尔兰文学翻译家片山广子的诗

父母的态度"近似于孝顺",为此我也感到很后悔。可对我来说,这也是无可奈何的事情。)现在我要自杀了。这或许就是我一生中唯一的一次任性行为。我也像所有的青年那样,有过种种梦想,可如今看来,我总还是个疯子的儿子。我现在不仅对我自己,也对一切的一切都感到厌恶了。

芥川龙之介

P. S. [1]

我借着去中国旅行的机会,终于摆脱了秀夫人。(记得我在洛阳的旅馆中读了斯特林堡[2]的《痴人的忏悔》,得知他也和我一样给情人写了撒谎的信,并为之苦笑不已。)之后,我就连一根手指头也没碰过她,但她的苦苦追逼常令我痛苦不堪。我由衷地感谢爱我且不令我痛苦的女神们。(这个"们"仅表示两人以上的意思。我毕竟不是唐璜[3]。)

芥川龙之介遗书(其二)

给我的孩子们[4]:

一、要记住,人生就是一场至死方休的战斗。

二、因此,你们不要过多使用你们的力量,而要以培养、积蓄你们的力量为要务。

---

1 参看正文第371页注2。——编者注
2 参看正文第355页注1。——编者注
3 西班牙传说中好色之徒。最后被自己所杀男人的石像杀死。常被用作文艺作品的素材。
4 芥川龙之介有三个儿子。

三、要如同对待父亲一般地对待小穴隆一。因此，你们要听从他的教导。

四、茫茫天命虽然难以预料，但你们也不该依赖家人。你们要抛却欲望，这反倒是能让你们过上安稳生活的坦途。

五、你们要孝顺你们的母亲，但也没必要为了孝顺而委曲求全。这样反倒能让你们的母亲度过幸福的晚年。

六、恐怕你们也像你们的父亲一样，会神经质吧。你们要特别注意。

七、你们的父亲是爱你们的。（如果不爱你们，或许就会弃你们于不顾了。倘若真能弃你们于不顾，我倒也未必没有生路可走。）

芥川龙之介

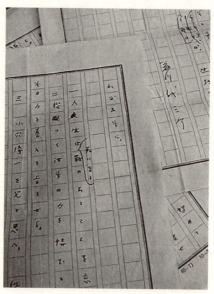

芥川龙之介"给我的孩子们"遗书原稿

《寄给某旧友的手记》（节选）[1]

从未有哪个自杀者如实记录过自己的心理活动，恐怕这是自杀者的自尊心使然，或是对自身心理缺乏兴趣的缘故吧。但我却想在这寄给你的最后一封信中，明白无误地向你传达我的心理。当然了，即便我不特意告诉你我的自杀动机，也未尝不可。雷尼耶[2]曾在其短篇小说中描写过一个自杀者，该小说的主人公居然连自己都不知道为什么要自杀。其实，只要打开报纸，你就能在社会新闻版面上看到各种各样的自杀动机，诸如衣食无着啦，病痛难耐啦，精神上痛苦不堪啦，等等。但是，根据我的经验可知，这些并非自杀动机的全部。非但如此，这些大多只是酿成动机的过程而已。恐怕自杀者大抵都像雷尼耶所描写的那样，是不清楚自己为什么要自杀的吧。那里面包含着导致我们做出某种行为的复杂动机。不过，至少我是知道的。我之所以要自杀，是由于某种隐隐约约的不安。某种我对于未来的、隐隐约约的不安。也许你不会相信我说的话吧。这自然也无可厚非。因为近十年来的经验告诉我，除非你离我较近且身陷类似的处境，否则我说的话就会像风中的歌声一般消

1　本篇通常被认为是写给好友久米正雄的。——编者注

2　亨利·德·雷尼耶（1864—1936），法国象征派诗人、小说家。著有《水都》《一个青年的休假》等。

散于无形。因此，我并不责怪你。

近两年来，我净在考虑死亡之事。也正是在这段时间里，我深有体悟地阅读迈因兰德[1]。毫无疑问，迈因兰德以抽象的语言，巧妙地描述了通向死亡的道路。然而，我却想以更为具体的方式来描述同一个主题。

在此欲望[2]前，对于家人的同情之类，我是一概没有的。就此而言，我不得不又先留下如此inhuman[3]的话语了。倘若你认为这便是"无情"，那我也不得不认为，我确实是有着"无情"的一面。

我有着将一切都如实记录下来的义务。（我也解剖了我对未来的不甚明了的不安。关于这一点，我觉得在《某傻子的一生》中已基本表达清楚了。只是故意没写我所面对的社会环境——将阴影投射于我身上的封建时代。为什么故意不写呢？是因为直到今天，我们仍或多或少地置身于封建时代阴影之中。我只想将此舞台之外的背景、照明以及出场人物的——基本上是我自己的所作所为写出来。更何况对于自己本就身处其中的社会环境之类，我是否真有清醒的认识，也是颇可怀疑的。）

⋯⋯⋯⋯⋯

我死后，我的家人就只能依靠我的遗产生活了。而我的遗产只有100坪[4]土地、我的房子、我的版权以及2000日元的储蓄

1　迈因兰德（1841—1876），德国诗人、哲学家、厌世主义者，认为人生毫无价值。著有《救济的哲学》等。
2　指自杀的念头。
3　英语，意为"无情的"。
4　面积单位。一坪约合3.3平方米。

而已。我的房子或因我自杀而难以出售，我为此十分苦恼。因此，我十分羡慕那些拥有别墅的资本家。我说这些话，或许会让你觉得好笑吧。其实我自己也为现在说的话感到好笑。然而，在考虑此事时，我却真切地感受到了现实层面上的不便。因此，我只想采取除了家人外，尽量不让外人发现尸体的自杀方式。

············

我们人类也只是被称作"人"的动物，故而具有怕死的动物本能。所谓的"生活能力"，其实也不过是动物之求生能力的别名而已。说穿了，我也只是一只被称作"人"的野兽，且已厌倦了食色，由此可见，我已渐次丧失了动物之求生能力了。

我如今身处冰一般透明澄澈的、病态的精神世界中。昨晚我跟一个妓女谈论了她的工资，深切地感受到我们人类"为了活而活着"的悲哀。倘若甘于进入永久的睡眠，那么即便不能给自己带来幸福，也能带来平和安详吧。可话虽如此，我到底何时才能毅然决然地实现自杀，也还是一个问题。不过大自然在我如今的眼里显得越发美丽了。热爱大自然之美却又想自杀——想必你要笑我这种自相矛盾了吧。但是，这也仅仅是大自然之美映入我这双临终之眼的缘故而已。对于大自然，我比别人看得更多，爱得更深，理解得更透彻一些。仅就这点而言，即便身处重重困苦之中，我自己也还是满意的。

这封信请你妥善保管，在我死后数年间也不要公开。因为，我也可能是病死而未必是真的自杀。

追记：

　　我读了恩培多克勒[1]的传记后，就感到那种想自我封神的欲望有多么的陈腐。仅就我的意识所及，我的这篇手记并非自我封神之作。恰恰相反，我是将自己当作芸芸众生之一的。想必你还记得，二十年前，我们在那棵菩提树下讨论"埃特纳的恩培多克勒"[2]的情景吧。当时的我，倒也是想自我封神的人之一。

昭和二年（1927）七月　遗稿

（徐建雄　译）

1　约前495—前435年，古希腊哲学家、诗人。主张万物由土、水、火、风四元素组成，因爱和憎而产生结合和分离。

2　埃特纳是位于意大利西西里岛东北部的活火山，海拔3323米。传说恩培多克勒为了证明其永生，曾跳入埃特纳火山的火山口。而火山十分高兴地吞没了这位哲学家后，又将他一只华贵的青铜凉鞋吐了出来。

欢迎您从《地狱变》走进
读客三个圈经典文库

亲爱的读者，感谢您选择读客三个圈经典文库。

我们的封面统一使用"三个圈"的设计，读者可以凭借封面上形式各异的"三个圈"找到我们，走进经典的世界。

你想成为什么样的人？

对你来说什么是重要的？

这个世界应该是什么样子？

我们在生命中遇到的这些问题，或许可以在浩如烟海的文学经典中找到答案。

跟随读客三个圈经典文库，认识世界、塑造自我，成为更好的人！

《漫长的告别》　《西西弗神话》　《人间失格》《人类群星闪耀时》　《鼠疫》

《小王子三部曲》　《局外人》　《月亮与六便士》《基督山伯爵》　《罗生门》

读客三个圈经典文库

精神成长树

你想成为什么样的人？
对你来说什么是重要的？
这个世界应该是什么样子？

　　我们在生命中遇到的问题，每个时空的人都经历过，一些伟大的人留下一些伟大作品，流传下来，就成了经典。正是这些经典，共同塑造并丰富着人类的精神世界。

　　我们重新梳理了浩若烟海的文学经典，为您制作了精神成长树。跟随读客三个圈经典文库，汲取大师与巨匠淬炼的精神力量，完成你自己的精神成长！

树干：

不同的精神成长主题，您可以挑选任意感兴趣的主题进行深入阅读

例如：
寻找人生意义
探索自己的内心
拥有强大意志力
理解复杂的人性
……………

枝丫上的果实：

我们为您精选的经典文学作品

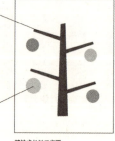

精神成长树示意图

局外人　人间失格
漫长的告别　荒原狼
尤利西斯　长眠不醒　假面的告白
复活　我是猫
卡拉马佐夫兄弟
罗生门　心
罪与罚
毛姆短篇小说全集　金阁寺　地狱变
莎士比亚戏剧集
小王子的情书集　浮生六记　起风了
小王子三部曲　傲慢与偏见
再见，吾爱　爱的教
格林童话　昆虫记
夜莺与玫瑰
银河铁道之夜　爱丽丝漫游奇境记　柳林风
绿野仙踪　伊索寓

月亮与六便士

西西弗神话

悉达多

人性的枷锁

田园响曲

野草

在路上

红与黑

快乐的死

查拉图斯特拉如是说

寻找人生意义

门

探索自己的内心

人鼠之间

名人传

人类群星闪耀时

少年维特的烦恼

刀锋

了不起的盖茨比

拥有强大意志力

日瓦戈医生

巴黎圣母院

野性的呼唤

老人与海

钢铁是怎样炼成的

基督山伯爵
（全3册）

解复杂的人性

变形记

悲惨世界
（全3册）

鼠疫

道林·格雷的画像

猎人笔记

洞察人间百态

西线无战事

骆驼祥子

战争与和平
（全4册）

人间喜剧

简·爱

潮骚

茶馆

彷徨

面纱

爱玛

呼兰河传

欧·亨利短篇小说精选

茶花女

学会爱与被爱

包法利夫人

呼啸山庄

小妇人

门

后来的事

成长中的女性

一个陌生女人的来信

安娜·卡列尼娜

卡门

鲁滨孙漂流记

走出非洲

爱伦·坡短篇小说集

地心游记

八十天环游地球

朝花夕拾

金银岛

海底两万里

永葆童心

进入奇幻博物馆

格列佛游记

汤姆·索亚历险记

列那狐的故事

菜根谭

理想国

泰戈尔诗选

拥有哲人智慧

宋词三百首

唐诗三百首

世说新语

人间词话

如果你喜欢《地狱变》
你可能也会喜欢"理解复杂的人性"书单

《罗生门》
文库编号：023

《罪与罚》
文库编号：111

《心》
文库编号：156

《金阁寺》
文库编号：163

《我是猫》
文库编号：072

《复活》
文库编号：061

《卡拉马佐夫兄弟》
文库编号：138

《巴黎圣母院》
文库编号：036

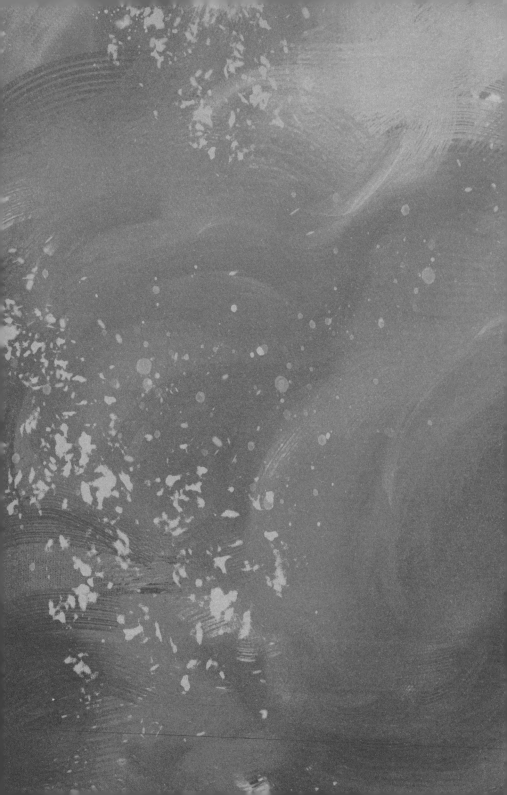